M.H. Allafi

Gabriela findet einen Stapel Papier

Für Sabine und Annahita

Hinweis:

Sämtliche Personen und Handlungen in diesem Buch sind frei erfunden. Sollten Sie dennoch Ähnlichkeiten mit lebenden Personen entdecken, so sind diese keineswegs beabsichtigt, waren aber offenbar nicht zu vermeiden.

M.H. Allafi

Gabriela findet einen Stapel Papier

Roman in 15 Kapiteln
und 8 Stapeln

East meets West 11

GLARÉ

Bibliografische Information der Deutschen Nationalbibliothek
Die Deutsche Nationalbibliothek verzeichnet diese Publikation in der Deutschen Nationalbibliografie; detaillierte bibliografische Daten sind im Internet über http://dnb.d-nb.de abrufbar.

1. Auflage 2012

Postfach 500 717, 60395 Frankfurt/Main
www.glareverlag.de

Lektorat: Sabine Siebenschläfer
Umschlaggestaltung und Foto: Artur Przibylla
ISBN: 978-3-930761-79-1

1. Kapitel

Doch, es war etwas geschehen. Gabriela wusste noch, dass sie am Vorabend nicht allein gewesen war. Nun hatte sie ein merkwürdiges Gefühl, das sie sich nicht erklären konnte. Während des Frühstücks versuchte sie, sich an die letzte Nacht zu erinnern. Aber es war unmöglich, denn diese Nacht war sehr lang, länger als ein Leben. Gabriela sah keinen Sinn darin, sich mit dieser Nacht zu beschäftigen. Es war ungeheuerlich, sein ganzes Leben noch einmal Revue passieren zu lassen. Sie war völlig konfus und hatte das Gefühl, dass lauter wirre Gedanken nicht nur durch ihren Kopf schossen, sondern ihr ganzes Nervenkostüm in Aufruhr versetzten, ohne dass sie sich gegen diesen Wirrwarr in irgendeiner Weise zur Wehr setzen konnte.

Ohne den Frühstückstisch abzuräumen, fing sie an, durch die Wohnung zu streifen, um den Sturm der Erinnerungen zu lindern. Aber sie waren einfach da, selbst in jeder Ecke ihrer Wohnung waren Erinnerungen angehäuft. In dem leeren Zimmer stand die Tür des alten Kleiderschranks offen, seit Jahren hatte niemand diese Tür geschlossen. In dem Schrank hingen nur die alte Hose ohne Tasche und ein Hemd mit einem Kugelschreiber in der Brusttasche, auf dem Schrankboden stand ein Paar alter Schuhe. Sie kannte diese Utensilien. Im Grunde genommen war dieser Schrank ein Schrank der großen Erinnerungen. Sie hatte es nie über sich gebracht, den Schrank oder die alten Klamotten zu entsorgen, immerhin gelang es ihr, die Dinge zeitweise zu ignorieren. Aber heute waren ihr die Sachen im Schrank wieder wichtig, sie erschienen ihr wichtiger als je zuvor.

Die Schranktür quietschte und fiel ins Schloss. Gabriela erschrak nicht, aber sie lief aus dem Zimmer. Genau in diesem Moment klingelte es an der Wohnungstür. Sie eilte in den Flur, sie wusste, dass jemand direkt vor der Tür stand, da der Klingelton an der Wohnungstür sich von dem an der Haustür unterschied. Sie dachte, es wäre ein Nachbar. Aber es war niemand da. Gabriela trat aus der Wohnung, um sich im Treppenhaus umzuschauen. Es war tatsächlich niemand

da. Sie hatte schon den Verdacht, sich alles nur eingebildet zu haben, da entdeckte sie einen Karton. Er baumelte direkt über ihrem Kopf. Jemand hatte ihn an der Decke angebracht, mit einem Seil dort aufgehängt. Das war unheimlich, und noch unheimlicher war, dass an dem Karton ein weißes Blatt hing, auf dem in großen schwarzen Lettern geschrieben stand: FÜR GABRIELA. Dieser Zettel war so angeklebt, dass man die Schrift ohne Mühe und ohne Brille lesen konnte.
Gabriela rannte wieder in die Wohnung, holte einen Stuhl und eine Schere. Sie stieg auf den Stuhl und schnitt die Schnur durch. Dann stieg sie wieder herunter und stellte den Karton auf den Stuhl. Beinahe hätte sie ihn schon im Treppenhaus geöffnet, doch sie hob ihn mit dem Stuhl hoch und schleppte beides in die Wohnung. Kaum hatte sie die Tür hinter sich geschlossen, riss sie den Karton auf und fand darin einen Stapel Papier, einen dicken Stapel Papier. Auf der ersten Seite war geschrieben: „Von Hans und Hassan für Gabriela. Erzähl es möglichst vielen, du kannst es natürlich auch gleich verbrennen oder zum Altpapier werfen, aber es ist die Wahrheit."
Beinahe hätte sie gesagt: „Ach die beiden, die hatte ich schon vergessen."
Sie sagte aber nichts, denn sie hatte sie keineswegs vergessen, zumindest Hans war ihr allgegenwärtig. Sie war noch mehr entschlossen zu akzeptieren, dass sie am Vorabend nicht allein gewesen war, Hans war da, und dieser im Treppenhaus über ihrem Kopf baumelnde Karton hatte auch damit zu tun. „Nein, nein!", murmelte sie vor sich hin. „Ich

---

I. Stapel

Ich heiße Hans bzw. man nannte oder rief mich Hans. Ich bin geboren in einem Kaff am Rande Asiens, in einer Gegend, die man Europa nannte, genauer gesagt in der Mitte eines namentlich geografisch festgelegten Fleckchens Erde, nämlich in Deutschland. Hier bin ich zur Schule gegangen,

war allein! Na ja, eigentlich nicht ganz allein, aber es waren doch bloß Erinnerungen!"

Warum hatte sie sich am Vorabend so intensiv an Hans erinnert und warum war da heute dieser Karton über ihrem Kopf? Dafür gab es keine Erklärung. „Es gibt vieles, das ich mir nicht erklären kann", flüsterte sie.

Sie war nicht imstande, sich jetzt gleich mit diesem Stapel Wahrheit zu beschäftigen. Sie wollte nicht einmal aus Neugierde eine Seite davon lesen. Sie wusste, mit Hans und Hassan musste man sich intensiv auseinandersetzen, zumal sie nun behaupteten, sie hätten in diesem Karton die Wahrheit gestapelt. Später, sagte sie sich, mit Ruhe und freiem Kopf. Sie beschloss, irgendetwas zu unternehmen. Aber was, fragte sie sich. Sie zog sich an und verließ die Wohnung. „Gut", sprach sie mit sich, „wenn mir nichts einfällt, gehe ich eben einkaufen."

Mit dem Gedanken an das Einkaufen wurde ihr bewusst, dass sie schon seit längerer Zeit eine Freundin einladen wollte. Eine Kollegin, die ein ähnliches Schicksal wie sie hatte. Aber was heißt Schicksal? Sie hatten anscheinend einige Gemeinsamkeiten. Die Hauptgemeinsamkeit der beiden war ihre Einsamkeit. Darüber hinaus verstanden sie sich in der Schule gut. Angela, die Kollegin, hatte sich nach der Trennung von ihrem Mann aus einer anderen Stadt nach Frankfurt versetzen lassen. Einfach war es nicht gewesen, aber nach einigen Jahren hatte sie es doch geschafft. Die Schule, an der Gabriela unterrichtete, war die dritte Schule, an die sie in Frankfurt gewechselt war. Nun meinte sie, sie werde, wenn es nach ihr ginge, bis zur Pensionierung

---

habe studiert, habe mich mit den Menschen und ihren Problemen auseinandergesetzt und habe eine Menge bittere und süße Erfahrungen einstecken müssen. Ich habe bis zu meinem Tod nicht aufgehört, mir über die Menschen und die sogenannte Gesellschaft Gedanken zu machen, und ich habe bis zum Ende geglaubt und war fest davon überzeugt,

an dieser Schule bleiben. „Das ist eine gute Idee“, dachte Gabriela laut. „Ich rufe bei ihr an und lade sie zum Abendessen ein.“

Sie zog ihr Mobiltelefon aus der Tasche, als habe sie einen Revolver gezogen, um auf das Gespenst der Einsamkeit zu schießen, und rief bei ihr an. Gabrielas Gesicht strahlte, als Angela ihre spontane Einladung annahm. Genau diese Art Reaktion war eine weitere ihrer Gemeinsamkeiten. Denn weder Gabriela noch Angela gehörten, und zwar seit Jahren, zu denjenigen, die sich künstlich verplanten, um stets keine Zeit zu haben. Zu diesen Leuten wollten sie nicht mehr gehören, denn sie wussten, dass die meisten dieser Leute, die „keine Zeit“ hatten, häufig notgedrungen sinnlose Aktivitäten unternahmen, manches Mal hatten sie überhaupt nichts zu tun, aber sie täuschten gerne vor, dass ihre Zeit völlig verplant sei, obwohl sie sich langweilten und alles daransetzten, die Zeit totzuschlagen. Manche besuchten Tanzstunden und versuchten nachzuholen, was sie verpasst hatten, damals, als Standardtänze als spießig galten, andere versuchten sich mit dem Skifahren, nicht ohne sich dabei komplizierte Knochenbrüche zuzuziehen. Es waren viele, denen es schwerfiel zu akzeptieren, dass man in die Jahre gekommen war, sie kleideten und benahmen sich weiterhin wie die aufmüpfigen Teenager ihrer eigenen Zeit, was mit der Kultur der jetzigen Teenager nichts gemein hatte. Im Grunde genommen war die Zeit bei ihnen irgendwie stehen geblieben, obwohl die Zeit tatsächlich vergangen war. Nein, Gabriela wollte nicht hinter der Zeit bleiben, sie wollte ihre eigene Befindlichkeit ihrer Zeit gemäß spüren und quasi

---

dass die Menschen wirklich ein besseres Leben verdient hätten und dass sie tatsächlich besser sein könnten als sie waren und sind. Ich habe am Ende auch das Gefühl gehabt, dass ich nichts erreicht habe, nicht aus dem Grund, weil ich mit leeren Händen aus dem Leben schied, das war vorherzusehen, es war eben wie mein Eindringen ins sogenannte

den rechten Weg zu sich finden, und diese Einstellung teilte sie mit ihrer Kollegin. Höchst erfreut klappte sie ihr Telefon zu und ließ es tief in ihre Tasche sinken.

Dass sie dieser Kollegin nähergekommen war, verdankte sie einem Buch, in dem eine Frau vorkam, die Gabriela ähnlich war und auch ähnlich wie Angela. Jedenfalls empfand sie es so. Es war eine Zeit gewesen, in der Gabriela übel gelaunt war, sie fand sich in dieser Welt nicht mehr zurecht. Sie hatte die Nase voll davon, mit der Pipette die Öltropfen für ihre Mahlzeiten zu bemessen, das Gemüse auf die Belastung durch Schadstoffe zu prüfen, ständig Kontroll- und Grenzwerte zu vergleichen und auf Fleisch ganz zu verzichten. Ihre Mahlzeiten quasi im Reagenzglas zuzubereiten, hing ihr zum Hals heraus. Auf die Nerven gingen ihr auch die ständigen Arztbesuche, um ihre Falten im Gesicht und ihren Hals zu glätten und die geplatzten Äderchen an ihren Beinen wegoperieren zu lassen.
Wozu all diese Umstände? Wozu all dieser Blödsinn, fragte sie sich schließlich. Ihr wurde übel, wenn sie daran dachte, wie ihr die Hautärztin jedes Mal eine Preisliste für diverse Behandlungen wie eine Speisekarte in einem chinesischen Restaurant reichte und sie auf ihre Altersflecken und -warzen ansprach. Ihre Preise seien günstig, behauptete sie, und sie schimpfte auf die Krankenkassen, die sowas nicht bezahlen würden, selbst die privaten nicht.
So fragte sie sich, um nicht zu sagen, beschimpfte sie sich selbst. Ihr war durchaus bewusst, dass sie, wenn sie mit diesen strengen Regeln aufhörte und wieder „normal" ihrem

---

Leben. Nein, ich habe das Gefühl gehabt, nichts zurückzulassen, also meinen Nachkommen nichts zu vererben. Wie meine Nachkommen das sehen, kann ich nicht einschätzen, wahrscheinlich wird es genauso sein wie ich meine eigenen Vorfahren eingeschätzt habe, die auch nichts davon wussten.

Alltagsleben nachginge, alles, was ihr in die Hände fiel, essen und trinken würde und sich in kürzester Zeit nach diesen verdammten Regeln zurücksehnen würde. Sie war, sagen wir mal, zwischen dem streng geregelten Leben und der Freiheit und Freimütigkeit hin und her gerissen. Diese Zerrissenheit, dieses Hin und Her zwischen geregelter gesunder und normaler Lebensart war ihr nun zu viel geworden. Um sich herum sah sie nur zwei Sorten Menschen, richtig fette, vollgefressene Kreaturen, wie sie sagte, und ganz dürre, ausgehungerte. War es also tatsächlich so – gab es für Frauen ihres Alters nur die Alternative Kuh oder Ziege? Dieser dumme Spruch brachte für sie das Fass zum Überlaufen. Sie sah sich selbst von Zeit zu Zeit in einer dieser Lagen, ohne, was ihr Aussehen betraf, jemals richtig zu der einen oder der anderen Gruppe dazuzugehören. Irgendwie bildete sie sich dann ein, entweder die eine oder die andere zu sein. Sie sah sich nicht mehr, wie sie wirklich war. Eine Zeitlang legte sie keinerlei Wert darauf, sich neu zu definieren, sich anders einzuordnen. Bis zu jenem Tag, an dem sie ihren ganzen Mut zusammennahm und beschloss, aus diesem beklagenswerten Zustand auszubrechen. „Also, wer nichts tut, der bekommt auch nichts!“, flüsterte sie in sich hinein. „Gabi, los, mach schon, hau mal richtig auf die Pauke!“, ermutigte sie sich. Sie haute mit der rechten Faust auf das Buch, das aufgeschlagen vor ihr auf dem Schreibtisch lag. Es war weich und es tat ihr nicht weh. Schwungvoll drehte sie den Drehstuhl, und für einen Moment blieb sie so sitzen, mit dem Rücken zum Schreibtisch. Dann sprang sie ebenso schwungvoll auf und stürzte ins Schlaf-

---

Ich heiße Hassan bzw. man nannte oder rief mich Hassan. Ich bin geboren in einem Kaff in Zentralasien am Fuße des Zagrosgebirges, dieses Stückchen Erde in Zentralasien hieß geografisch gesehen Iran. Von dort aus bin ich durch Teile der Welt gezogen und schließlich auf einem kleinen Fleckchen Erde gelandet, das man Deutsche Lande

zimmer, als fürchte sie, irgendetwas würde davonlaufen, wenn sie es nicht rechtzeitig verhindern würde. Sie riss die Tür des Kleiderschranks auf und begann, ihn mit suchendem Blick zu durchwühlen. Sie hatte in verschiedenen Größen Kleider genug.

Zum ersten Mal nach so vielen Jahren Pause, seit jenem Abend, an dem Hans sie besucht hatte und anschließend verschwunden war, hatte sie die Freude am Leben wieder einmal in Büchern gesucht. Und nun war ihr erneut offenbart worden, dass sie damit Schluss machen sollte. Bei dem Roman, den sie gerade las, handelte es sich um eine Art Lebensgeschichte, die über weite Strecken ihrem eigenen Leben ähnelte. Jedenfalls empfand sie das so. Zudem hieß die Protagonistin in dem Buch ausgerechnet wie sie Gabriela.

Sie war eine promovierte Lehrerin aus Bayern und nannte sich Dr. Gabriela Rattenfänger, genauer gesagt, stellte sie sich, sei es am Telefon, sei es von Angesicht zu Angesicht, als Dr. Gabriela Rattenfänger vor. Ihre Promotion hatte mit ihrer Ausbildung als Lehrerin nicht viel zu tun. Die Geschichte dieser Promotion ging auf die Jahre zurück, in denen das Angebot an Lehrkräften noch wesentlich größer war als die Nachfrage. In diesen Jahren empfand sie die vergebliche Stellensuche als pure Zeitverschwendung, deshalb beschloss sie, sich weiterzubilden. Es war ein Zufall, besser gesagt ein Glücksfall, dass sie während der Phase ihrer Promotion eine Stelle als Lehrerin bekam, aber sie hätte es schade gefunden, die Promotion nicht abzuschließen und sich den Extra-Titel als Doktor nicht zu gönnen, zumal sie sich zu der Zeit ein kleines bisschen in der praktischen

---

nannte, zumindest zu meinen Lebzeiten. Ich bin zur Schule gegangen und habe studiert, habe mich mit den Menschen und den sogenannten Gesellschaften und deren Problemen auseinandergesetzt. Ich glaubte bis zum Tod, die Menschen hätten ein besseres Leben verdient und besser sein können als sie waren und sind. Ich habe am Ende das Gefühl ge-

Politik engagierte, genauer gesagt, sie kokettierte, wenn auch halbherzig, mit der Ökopartei, den Grünen. Sie ging davon aus, dass ihr, sollte sie eine politische Karriere anstreben, ein Doktortitel eventuell zupass käme. Von dem Gerede, nach dem die Grünen als antiintellektueller Verein einstuft wurden, dessen sogenannter Pazifismus sich in Kriegstreiberei verwandelte, bloß weil ein Außenminister aus ihren Reihen im Balkankrieg, in Afghanistan und sonstwo am Werk war, hielt sie nicht viel. Dieser Teil des Lebens von Dr. Gabriela Rattenfänger unterschied sich von Gabrielas. Darüber hinaus hatte Dr. Rattenfänger zwei Kinder, die sie immer noch lieb hatte, obgleich der Kontakt zu ihnen fast abgebrochen war, oder anders gesagt, sie pflegten keinen Kontakt zu ihr. Und sie hielt die beiden für zwei von Gott gesegnete kleine moderne Egoisten, die nur sich selbst sehen und sonst nichts. Als sie das gemeinsame Leben mit ihrem Mann beendete, verzichtete sie freiwillig auf das Sorgerecht für die Kinder und überließ alles ihrem Mann, der dies gerne annahm und auch von ihr keine finanzielle Unterstützung verlangte, nicht, weil er so großzügig war, sondern weil er viel zu viel Geld hatte, so viel, dass er es überhaupt nicht zählen konnte.
Noch ein Unterschied zwischen Gabriela und Dr. Gabriela Rattenfänger war auszumachen: Im Gegensatz zu Gabriela war sie, was ihr sexuelles Vergnügen anbelangte, sehr einfallsreich, sie blieb nie allein. Sie wäre beinahe abermals Mutter geworden, und zwar dreimal und von drei verschiedenen Männern, dem Herrn sei Dank, dass sie es stets noch rechtzeitig bemerkt hatte und alle drei Male erfolgreich ab-

---

habt, dass ich nichts erreicht habe, nicht aus jenem Grunde, dass ich mit nichts an mir aus dem Leben schied, das wusste ich. Nein, eher war es so, dass ich, was ich gedacht und getan habe, niemandem vermitteln konnte, mit anderen Worten, ich habe für meine Nachkommen nichts zurückgelassen. So jedenfalls habe ich mich, bevor ich von der Bahn

treiben konnte, und zwar in Deutschland und nicht in den Niederlanden. War sie einmal solo, so hatte sie sich für diese Zeiten eine Palette erotischer Spielzeuge angeschafft. Was die konkreten zwischenmenschlichen Beziehungen anbetraf, kannte sie keinen Halt und keinerlei Vorbehalte. Mal war sie in eine Liebesbeziehung mit einem Mann, mal mit einer Frau, mal mit mehreren gleichzeitig verwickelt. Es kam so manches Mal vor, dass sie, wenn sie gerade vom Walking zurückgekehrt war, beide Walkingstöcke in die Ecke stellte, ausgiebig duschte und sich auf den Weg in die Stadt machte, um einen Typen aufzugabeln. Sie fand es verrückt, es war aber häufig so, dass während des Walkings so eine Lust auf Sex in ihr hochkam, und manches Mal war diese Lust war so stark, dass sie nach dem Duschen, ohne irgendetwas zu trinken, geschweige denn zu essen, unmittelbar auf die Pirsch ging, und sie war immer erfolgreich und kam nie alleine nach Hause. In dieser Hinsicht ließ sie es sich sozusagen gut gehen.
Dr. Gabriela Rattenfänger hatte einmal Glück oder Unglück, als einer ihrer Kollegen, Michael Schmidt, sich in sie verliebte, so meinte sie zumindest, denn er zeigte eine gewisse Zuneigung zu ihr. Eigentlich war Kollege Schmidt ein äußerst verschlossener Mann von Mitte, Ende dreißig, er wirkte sehr distanziert, was seinen Umgang mit den Menschen anbelangte, und er war auch distanziert. Seine Schüler nannten ihn Wichser und wetteten, dass er jeden Abend vor dem PC oder Notebook onaniere. Nur zwei Dinge zählten in seinem Leben, und das waren Computer und Sport. Dem Sport hatte er seinen beinahe muskulösen Körper zu ver-

---

des Lebens entgleiste, gefühlt. Wie meine Nachkommen das sehen, kann ich nicht beurteilen, genauso wie meine Vorfahren es nicht beurteilen konnten, wie sehr ich sie geschätzt habe.
Wir, Hans und Hassan, sind weder verrückt noch gemein noch irgendwelche Arschlöcher. Was wir, Hans und Hassan,

danken, der wiederum auf Frauen, die auf so etwas verrückt waren, positiv gewirkt hätte, wenn er sich nicht so stocksteif verhalten hätte. Die unbeschreibliche Liebe zum Computer war ein Hindernis zwischen ihm und der realen Welt, zwischen ihm und den realen Menschen, hätte man sagen können, beziehungsweise sagten es die Kollegen. Die Schülerinnen und Schüler nannten ihn Computer-Schmidt, selbstverständlich nur untereinander. Er unterrichtete hauptsächlich Informatik, seitdem in der Schule dieses Fach angeboten wurde, und er war auch für die gesamte Informatik der Schule verantwortlich. Seitdem schaffte er es nicht mehr, den Sportunterricht zu übernehmen, worüber die Schüler froh waren, denn er verlangte viel von den jungen Menschen, denen er eine Art Kampfsport beibringen wollte. Sein Wissen im Bereich der Informatik kam auch dem Schulpersonal und insbesondere den älteren Kolleginnen und Kollegen, die sich schwertaten mit dem Computer, zugute, wenn auch häufig seine Reaktion auf Fragen, die man ihm stellte, schroff ausfiel. So kam es, dass ihn keiner gerne fragte. Man nahm sogar an, dass er verhaltensgestört sei.

Ausgerechnet dieser Computerkram wurde zum Bindeglied zwischen ihm und Dr. Gabriela Rattenfänger. Sie war anscheinend die Einzige in der Schule, die ihn durchschaute und ihm irgendwie eine Art Verständnis entgegenbrachte. Aus unerklärlichem Grund zeigte er auch etwas Respekt vor ihr, und so war sie die Einzige, die ihm näherkommen konnte. Eines Tages fragte Gabriela ihn, ob er bereit wäre, ihr einen Internetanschluss einzurichten und sie bei der An-

---

sagen, ist nicht die letzte Wahrheit, aber es ist eine Wahrheit. Was wir sagen, bezieht sich auf das, was wir gesehen, erlebt und gedacht haben. Wir haben versucht, sachlich und menschlich zugleich zu denken und die Interessen der anderen Menschen stets ganzheitlich zu betrachten, ob es uns gelungen ist, darüber müssen andere urteilen. Wir können

schaffung eines neuen PCs und der Telefonanlage zu beraten. Seine Antwort fiel nicht nur positiv aus, sondern er zeigte eine geradezu überschwängliche Bereitschaft. Es war Freitag, als Gabriela ihn fragte, und sie vereinbarten, sich am Samstag vor einem Fachgeschäft zu treffen. Gabriela schlug sogar vor, ihn abzuholen, aber Schmidt wollte mit der Bahn kommen. Gabriela wusste, dass Schmidt kein Auto hatte, aber sie wusste nicht, dass er überhaupt keinen Führerschein besaß, denn seine Weigerung Auto zu fahren begründete er mit seinen umweltfreundlichen Ansichten. Wie viele PCs mit Zubehör er schon verschrottet hatte, zählte er dagegen nicht, er hatte keine Augen für Elektronik-Müll.

Freitagnachmittag erledigte Gabriela den gesamten Wochenendeinkauf und freute sich auf Schmidts Besuch. Mit Schmidt verlief alles bestens, von der Anschaffung geeigneter Gerätschaften und dem Einrichten des Internetanschlusses bis zum Essen und Trinken. Nur eines konnte er nicht, durch zärtlichen Körperkontakt mit Frau Dr. Gabriela Rattenfänger den Abend in einer Liebesnacht enden lassen. Irgendwie genierte er sich, kam sich als Versager vor. Es blieb nicht nur ihm, sondern auch Gabriela ein Rätsel, warum er sich nicht erregen ließ. Egal was sie tat, es gelang ihr nicht, ihn ins Bett zu zerren. Sie hatten mit Diskussionen über Sex und sexuelle Beziehungen angefangen und gingen auf der Couch zu gewissen Körperberührungen über, aber das nutzte nichts, gar nichts. Und das war es dann, seit jenem Abend sprachen sie in der Schule nicht mehr miteinander, obschon Gabriela ein paarmal versuchte,

---

nichts dafür, dass es so aussieht wie es aussieht, wir sind vielleicht verantwortlich dafür, dass wir dies sagen, oder auch nicht, aber wir sind sicher, dass wir nicht die Einzigen sind, die so etwas sagen. Wir sind sicher, dass viele andere Menschen so was oder so was Ähnliches, ja, sogar viel mehr als was wir nun sagen, gesagt haben. Wenn ihr wirklich in-

mit ihm ins Gespräch zu kommen. Aber er drehte sich jedes Mal schweigend um und ging davon. So ließ sie es mit der Zeit auch bleiben, nach dem Motto: Er kann mir mal den Buckel runterrutschen, wenn er so verklemmt ist, dann verdient er auch seine Einsamkeit. Selbst als Kollegen schrieb sie ihn schließlich ab.

So genau wusste Gabriela über ihre Kollegin Angela Hammer-Schmidt nicht Bescheid, aber aus irgendeinem Grund fand sie eine gewisse Ähnlichkeit zwischen ihr und der Dr. Gabriela Rattenfänger in dem Roman, warum, das war ihr selbst nicht bekannt, vielleicht einfach, weil sie alles so sehen wollte. Zum Beispiel war Angela im Gegensatz zu Frau Dr. Rattenfänger trotz des reservierten Verhaltens der Kollegen und Kolleginnen stets nett und nahm ihnen diese Art der Begegnung nicht übel, im Gegenteil zeigte sie ein gewisses Verständnis und respektierte die Distanziertheit als Bestandteil der persönlichen Eigenschaften der Kollegen und Kolleginnen. Sie ging davon aus, vielmehr musste sie davon ausgehen, dass diese Kollegen und Kolleginnen es nicht anders kannten und konnten, als sie es halt taten. Unter dieser Annahme konnte sie den Alltag mit diesen Menschen ertragen. Sie fand es manchmal grausam, dass ausgerechnet von diesen Leuten die Kinder erzogen wurden, und zugleich war sie froh, dass die Kinder frech waren und sich nicht alles gefallen ließen, dass sie sich, sei es durch bewusstes und gezieltes Stören des Unterrichts, sei es durch das Zerkratzen ihrer Autos, falls sie wussten, wo die Lehrer geparkt hatten, abreagierten.

---

teressiert seid, könnt ihr anfangen zu suchen, ihr werdet bestimmt jede Menge solcher Aussagen finden, jede Menge Menschen, die zu verschiedenen Zeiten in verschiedenen Zusammenhängen solche und ähnliche Ansichten geäußert und Statements von sich gegeben haben. Wir haben selbst manches Mal gesehen, erfahren, gelesen, dass das, was wir

Dennoch schien dieses Buch beinahe die Quelle einer Analogie, die es Gabriela ermöglichte, Vergleiche zwischen den Protagonisten und ihren Kollegen zu ziehen. Eine dieser Personen war ein merkwürdiger Lehrer, der eine gewisse Ähnlichkeit mit Schmidt hatte, er hieß sogar ebenso, nur mit dem Unterschied, dass sein Name Schmitt geschrieben wurde, nicht Schmidt. Er war sowohl der Computer-Fritze der Schule, als auch Kampfsportler, darüber hinaus unterrichtete er Deutsch. Dieser Schmitt unterschied sich in einem weiteren Punkt von Schmidt, nämlich darin, dass er verheiratet war, zwei Kinder hatte und ihm zeitweise die Rolle des glücklichen Vaters in einer intakten Familie zugeschrieben wurde. Er war bekannt für seine Strenge und spielte gerne die Rolle „streng, aber gerecht". Politisch war er rechts-konservativ und scheute sich im Gegensatz zu den sogenannten Links-Progressiven nicht, seine Meinung zu diesem und jenem Thema deutlich zu äußern, gerne sprach er von den konservativen christlich-abendländischen Werten, um sich nicht von gewissen Kollegen als Rechtsextremist abstempeln zu lassen, ab und zu sprach er sogar vom jüdisch-christlichen kulturellen Hintergrund Deutschlands, wenn allerdings einer der Jugendlichen mal einen Juden-Witz vortrug, huschte unwillkürlich über sein Gesicht ein anerkennendes Lächeln, nicht anders als bei Türken- und Italiener-Witzen und am Ende auch Islam-Witzen. Er schien darüber hinwegzusehen, dass ausgerechnet vor diesem christlich-jüdischen Hintergrund der deutschen Kultur beinahe alle Juden bestialisch umgebracht wurden. Man hätte also beinahe keine Juden mehr auf der Erde gehabt,

---

sagten, schon längst gesagt worden war, und dann sagten wir uns, Mensch, das hat man vor langer Zeit schon gesagt, warum haben wir sogenannten Menschen es immer noch nicht kapiert, warum haben wir ständig warum und immer wieder warum gefragt? Kurz und gut, was wir von uns sagen, ist ein Versuch, Sie an einen winzigen Teil der Berge

wenn es mit der „Endlösung der Judenfrage" geklappt hätte, das christlich-judenlose Abendland wäre eine Realität geworden und man hätte diese ätzenden Juden nicht mehr im Nacken. Aber sie hatten eben Pech gehabt, was die Judenvernichter in Deutschland vernichtet und zerstört hatten, musste wieder aufgebaut werden, dann hatte man auch noch diese lästigen Muslime hierhergebracht und am Aufbau beteiligt, und nun hatten sie wahrscheinlich bald ein jüdisch-christlich-muslimisches Abendland...
Gabriela hatte mit diesem Typen nichts, absolut nichts, zu tun, sie grüßten einander nicht einmal. Sie fand ihn abscheulich. So widerwärtig war er ihr, dass sie ihm am liebsten in die Hoden getreten und ihm mit ihren Fingernägeln das Gesicht zerkratzt hätte. Manches Mal spürte sie dieses Bedürfnis ganz stark, wenn er wieder mit seiner rechthaberischen Art Beleidigungen aussprach, dann hätte sie ihm am liebsten mit ganzer Kraft ins Gesicht gespuckt und laut geschrieen: „Halt dein Maul, du Drecksack!"
Eines Tages war Kollege Schmitt plötzlich verschwunden. Keiner wusste, wie und warum, auch Gabriela nicht. Der Schuldirektor sagte ihr, da der Kollege Schmitt vorübergehend mit irgendeiner anderen Aufgabe irgendwo anders betraut sei, müsse sie seine Deutschklassen übernehmen. Gabriela hatte nichts dagegen, sie war froh, dass er weg war und machte sich keine Gedanken über seinen Verbleib, obwohl sie schon gerne gewusst hätte, was genau mit Schmitt geschehen war. Weder die Schule noch das Lehrerkollegium und schon gar nicht die Schülerinnen und Schüler, die Schmitt erlebt hatten, vermissten ihn. Er war schnell wieder

---

von Geschriebenem, Gesagtem und Tradiertem und der immer wieder neu entdeckten Aussagen über die Menschen zu erinnern oder wenn Sie noch nichts davon gehört haben, Sie darauf aufmerksam zu machen. Weil wir die Gefahr sehen, weil wir sehen, wie die Menschen dabei sind, alles zu vergessen und insbesondere sich selbst. Wir wollen auf kei-

vergessen. Ja, es sah so aus, als habe es nie einen Schmitt an der Schule gegeben, bis zum jenem Tag, an dem Gabriela mit Grauen einen Zeitungsartikel las: Schmitt stand wegen sexuellen Missbrauchs eines Schülers während einer Klassenfahrt vor Gericht. Er wurde verurteilt und vom Dienst suspendiert. Ein ehemaliger Schüler hatte es anscheinend gewagt, ihn anzuzeigen, woraufhin einige weitere Schüler ihr Schweigen gebrochen und ihn ebenfalls belastet hatten, sie sexuell belästigt zu haben, sodass Schmitt nichts anderes übrig blieb, als alles zugegeben, wie ihm sein Anwalt geraten hatte, in der Hoffnung auf eine Strafmilderung. Wie er bestraft wurde außer der Suspendierung und welche Schüler es waren, die ihn anklagten, stand nicht in dem Artikel, und niemand in der Schule wusste Näheres als in diesem Zeitungsartikel stand. Doch es klang wie ein erschreckendes Warnsignal für die Eltern. Gabriela interessierte sich nicht dafür, sie fand es nicht gut, dass in der Schule über den betroffenen Schüler spekuliert wurde, insbesondere von Seiten mancher Kollegen, insbesondere einer Lehrerin, deren Alkoholprobleme allgemein bekannt waren. Wer weiß, was in jedem dieser Menschen steckt, sagte sich Gabriela.
Schmidt und Schmitt waren für sie nichts als Zeugnisse der Armut des männlichen Geschlechts und bestätigten ihre jahrelangen Vorbehalte gegenüber Männern. Wenn sie daher irgendeinen Kontakt suchte, dann eben zu einer Kollegin, aber das auch nicht immer. Sie wusste, dass sie in den Kolleginnen keinesfalls die heilige Maria fand, selbst die heilige Maria hatte schließlich im Leben etwas zu verbergen gehabt.

---

nen Fall eine negative oder miese Stimmung verbreiten, das tun die sogenannten Massenmedien schon zur Genüge. Wir wollen nämlich sagen, das Leben könnte für alle viel schöner sein, wenn man es nur wollte.
Hassan hat mir erzählt, was er einmal erlebt hat, nämlich als er mit einem Freund ins Gespräch vertieft am Rande

2. Kapitel

Nun wollten Angela und Gabriela gemeinsam kochen. Gabriela hatte sich bereit erklärt, alle nötigen guten Dinge zum Essen und Trinken einzukaufen. Sie war sich nun selbst dankbar, dass sie diese Kollegin an jenem Tag, an dem der Schuldirektor sie vorstellte, angesprochen hatte. An diesem Tag merkte sie, wie gemein die Kolleginnen und Kollegen sein konnten. Als der Schuldirektor sagte: „Ich möchte Ihnen Ihre neue Kollegin Frau Hammer-Schmidt vorstellen“, hatte keiner irgendeine Reaktion gezeigt. Nur Gabriela stand entschlossen auf, ging auf sie zu und schüttelte ihr die Hand. Dabei stellte sie sich vor: „Gabriela.“
Frau Hammer-Schmidt stellte sich auch vor: „Angela.“
Angela Hammer-Schmidt fand Gabrielas Verhalten ungewöhnlich, beinahe aufdringlich. Denn in allen anderen Schulen, an denen sie im Laufe der Jahre vorgestellt worden war, hatten die Kollegen haargenau so wie die anderen reagiert, es war für sie völlig normal und keiner fand etwas dabei. Es war eher Gabriela, die eine Art Anormalität vermittelte, und genau auf Grund dieser Anormalität waren Angela und Gabriela einander nähergekommen.
Doch trotz dieser und jener Versuche, mit anderen Menschen zu verkehren, war sich Gabriela darüber im Klaren: Das Gefühl der Einsamkeit ist an und für sich ein merkwürdiges Gefühl, in dem man das Universum spürt, in dem man in der Unendlichkeit zu schweben scheint. Genau in dieser Unendlichkeit sieht man, spürt man, dass das alltägliche Leben oder überhaupt das Leben der Kreaturen auf

---

eines Gehwegs entlanglief und ihn ein deutscher Greis, der ziemlich groß und kräftig war, mit der rechten Schulter angerempelt hat, so heftig, dass er beinahe hingefallen wäre. Erschrocken rief er dem Mann nach, ob er wohl nicht richtig sehe, aber der reagierte nicht und stapfte stocksteif weiter. Da regte Hassan sich auf.

dieser Erde sehr eingeschränkt ist, viel zu kurz, ja im Grunde sogar lächerlich. Sie wusste, oder genauer gesagt, sie erlebte es häufig, dass, wenn man das Leben in Relation zu dem eines anderen Lebewesens setzt, der Horizont unweigerlich eingeschränkt wird. Die Menschen, die sie erlebte, waren viel zu beschäftigt, wühlten viel zu viel in sich selbst herum, sie ignorierten in den meisten Fällen selbst ihre direkte Umwelt, quasi die Welt, in der sie atmeten und ohne die sie schon gar nicht mehr existent wären. Schon bei diesem Gedanken hätte sie es beinahe bereut, die Kollegin eingeladen zu haben. Aber eines beruhigte sie, denn sie ging davon aus, dass Angela auch eine einsame Frau war.
Doch das Gefühl der gemeinsamen Einsamkeit hatte auch etwas Besonderes an sich. Die Welt dieser beiden Einsamen war so riesig, dass der einzelne Mensch, einzelne sogenannte Völker, die sogenannten Kontinente… darin keine Rolle spielten und ihnen alles winzig erschien, so winzig, dass sie das Gefühl hatten, alle diese Wesen spielten nicht die geringste Rolle. Wenn ihre beiden Welten aufeinandertrafen, schien ihnen das Universum doppelt so groß, und diese Verdoppelung des Universums war ein Gefühl, dem man keine Grenzen setzen konnte, wo es keine Grenzen gab, wo Zahlen keine Bedeutung hatten und alle Dimensionen sich auflösten. Man fühlte sich leer, leicht und unendlich. Dieses Gefühl, leer und leicht zu sein, war der schönste und beruhigendste Moment des Lebens. Man war leicht, leicht, leicht, wie ein Federchen in diesem Universum, und befreit von allen künstlichen, lächerlichen Lasten dieser Kreatur mit Namen Mensch bzw. Homo sapiens. In solchem Mo-

---

Sein Freund aber sagte: „Lass doch, das sind alte Nazis, die extra Ausländer anrempeln.“
Hassan schrie dem Greis nach: „Heh, du alter Nazi!“
Da blieb der mit einem Mal stehen und drehte sich um. Sein Freund versuchte Hassan zu beschwichtigen: „Verdammt noch mal, du darfst in Deutschland nicht einfach

mentum stieß Gabriela auf den Namen Gottes, doch nur vorübergehend, denn Gott als solche einzige Macht hatte keine Kontrolle über dieses Universum, er konnte und wollte das Universum, das alles und zugleich nichts war, nicht unter seine Kontrolle bringen. Wozu sollte solch eine Kontrolle auch dienen? Dazu, dass die Menschen sie sich vorstellten und versuchten, sich ihr unterzuordnen, gut zu sein?
Angela war rundherum zufrieden, sie bedankte sich bei Gabriela herzlich für die Einladung, dafür, dass sie sich so viel Mühe gemacht und alles so toll vorbereitet hatte. „Ach wo, das war überhaupt kein Problem", gab Gabriela zurück. „Einkaufen finde ich häufig stressig, aber diesmal ging es wirklich, es hat sogar Spaß gemacht", fügte sie hinzu, während sie eine Flasche Prosecco entkorkte.
Klirrend stießen sie die Gläser zusammen und blickten sich gegenseitig tief in die Augen. „Auf heute Abend", sagten sie zeitgleich.
Der Tisch war mit allerlei Leckerbissen gedeckt, von eingelegten Oliven und Pomodori, mit Käse gefüllten Mini-Paprikaschoten bis zu einem kleinen Döschen Kaviar, alles in Fachgeschäften und nicht beim Discounter oder im Supermarkt besorgt, dazu ein warmes Gericht, Rinderfilet mit Champignonsauce und Kartoffelgratin mit Creme fraiche und Estragon, alles Bio, bis auf die Creme fraiche, jedenfalls waren die Verpackungen als Bio markiert entsprechend einer europäischen Verordnung, was wollte man mehr? Es war alles äußerst appetitanregend. Gabriela hatte frei von jedem Zwang der gesunden Ernährung für alles gesorgt, sie wollte von allen Ernährungsregeln absehen und diesen

---

jemanden als Nazi beschimpfen, das ist doch verboten!" Er fürchtete, der Alte werde sich jetzt auf das Gesetz berufen und ihm drohen, ihn anzuzeigen, dass es eine Unterstellung sei und es keinen gerichtlichen Beweis für das gebe, was er ihm da unterstelle. Nun würde ein ungeplanter Ärger seinen Lauf nehmen. Man würde sich entschuldigen müssen,

Abend einfach nur genießen. Es kam auch sehr gut bei Angela an, die sich über jeden Leckerbissen riesig freute. Mampfend und schmatzend nuschelte sie ab und zu: „Schmeckt das toll, wirklich!"
„Freut mich", antwortete Gabriela jedes Mal darauf, so gesehen war die Stimmung sehr gut, sogar besser als gut. Die beiden Damen mit den blond gefärbten Haaren aßen und tranken genüsslich, lachten ab und zu und zeigten ihre leicht vergilbten, aber gepflegten Zähne. Zunächst vermieden sie jedes ernsthafte Gespräch und unterhielten sich über das Mahl und den hervorragenden Geschmack jeglicher Bestandteile, das enthielt natürlich viel Lob für Gabriela, die alles so schön und zum Besten zubereitet hatte. Als ein bestimmter Grad der Sättigung erreicht war, fingen sie an über anderes zu sprechen, und beide waren der Meinung, man solle nicht über die Organisation dieses kurzen Lebens und den Konsum reden, denn vor einiger Zeit, als sie sich bei Starbucks einen gemütlichen Nachmittag gemacht hatten, hatte Angela Gabriela fast vollständig zugestimmt, als diese folgende Worte vortrug:
„Ich habe keine Lust mehr, vielleicht hatte ich noch niemals Lust dazu, mich mit diesem Zeug wie Laptops, Notebooks, iPhone, iPod oder anderen Krankheiten von Apple-Besitzern herumzuschlagen und dabei in der Masse unterzutauchen und mich dort quasi heimisch zu fühlen, aber nichts zu sehen und nicht gesehen zu werden und trotzdem das Gefühl zu haben, alles zu sehen und von allen gesehen zu werden und mich auch als der Nabel der Welt, die wahrscheinlich auf eine dieser Gerätschaften reduziert ist, zu

---

eventuell sogar bestraft werden, weil man zu einem Nazi Nazi gesagt hatte… Da riss der deutsche Greis den Mund auf und, stocksteif wie er war, brüllte er: „Ja, das bin ich! Und ich bin stolz darauf!" Dann drehte er sich zackig wieder um und lief weiter. „Oh, mit so was habe ich nicht gerechnet. Der ist nicht nur ein Nazi, sondern auch ein muti-

sehen. Weißt du, wie diese damaligen Intellektuellen oder sich intellektuell Fühlenden, die ununterbrochen mit sich selbst beschäftigt waren und ihre Nase hoch hielten und meinten, sie wären etwas Besseres als alle anderen. Sie wollten die Menschen aufklären, wie sie sind und was sie tun sollen, was für sie gut und schlecht ist. Aber heutzutage, wie sich die neuen Möglichkeiten entwickelt haben, denken die Massen, oder sagen wir mal, sie denken, dass sie denken, oder sie bilden sich ein, dass sie denken. Es ist auch möglich, dass sie handeln, einfach so, ohne an das Denken zu denken. Ich finde, ein Beispiel dafür ist unter den Netzwerken das Facebook. Also schauen wir mal Facebook an. Die Massen, die diese Möglichkeit zur Verfügung haben, meinen, jeder Einzelne teilt hier der Welt wichtige Dinge mit: Ich will jetzt einen Tee trinken, ich muss ins Bett, ich bin so müde, dass ich nicht ins Bett kann, ich muss schon wieder Zähne putzen, ich streite gerade mit meinem Freund, mit meinem Mann, mit meiner Frau, ich habe mich rasiert und mich dabei geschnitten, ich fliege morgen, ich gehe wieder arbeiten, ich habe ein Brot gebacken, drei Sorten Kaffee mag ich, guten Morgen, Leute, ich bin fit, habe lange geschlafen, keine Lust auf Frühstück… Einer redet von Politik, einer von Literatur, der andere von Wurst und Bier. Einer redet puren Unsinn, der andere meint, er hätte etwas Wichtiges mitzuteilen – also reden alle, die Massen reden, aber keiner hört, was der andere sagt, vielleicht ein paar, aus Versehen…
Nein, ich habe keine Lust, über Eierkocher und Computer, Internet und Facebook zu diskutieren. Ganz besonders die-

---

ger Nazi. Das glaubt dir kein Mensch, wenn du es jemandem erzählst", sagte Hassans Freund damals zu ihm.
Das ist vor vielen, vielen Jahren geschehen, als noch viele alte Nazis intakt waren, hat Hassan mir erzählt. Wenn er aber die neuen Nazis mit den alten Nazis verglich, so stellte er fest, dass die neuen Nazis durch und durch charakterlo-

se Facebook-Aktivitäten sind der Idiotismus pur, und das sage ich, auch wenn ich selber ab und zu, okay, manchmal auch mehr als ab und zu, dabei bin.
Diese wichsenden Internetfritzen, die vom frühen Morgen bis Mitternacht die Massen beschäftigen und sie manipulieren, und die Masse kapiert das nicht und meint, sie kommuniziere sozial", sagte Gabriela dazu und lachte: „Ha ha... ha! Purer Idiotismus, purer Idiotismus", betonte sie mehrfach und fuhr fort: „Es ist aber durchaus auch interessant zu beobachten, wie die Menschen mit den derzeitigen ungeheuren Möglichkeiten aufeinander losgehen oder schon längst losgegangen sind und sich zerfleischen wollen, oder sich teilweise zerfleischt haben, ohne es zu wissen. Manche gehen so weit und sind dermaßen verrückt geworden, dass sie ein Wesen erschaffen wollen, das über den Menschen steht, sei es durch Informatik, sei es durch Gentechnologie und Genmanipulation... Manches Mal denke ich, wie dumm sind wir Menschen eigentlich? Manches Mal sage ich mir, Sadismus und Masochismus haben sich in uns vereint und vernichten uns so oder so. Je mehr ich nachdenke, desto weniger sehe ich eine Chance, diese Menschen von dem Weg, auf den sie geraten sind, abzubringen. Vielleicht könnten sie etwas zu sich kommen, ein paar vernünftige Worte wechseln, etwa zuhören, was die anderen sagen, also etwas wahrnehmen. Man hat früher gesagt, die Medien machen die Menschen, aber es ist doch so, dass die Menschen die Medien machen, d.h. die Medien richten sich nach den Bedürfnissen der Menschen, die nun die Möglichkeit haben, sich darin massiv und anonym zu jedem Mist zu äußern.

---

ser waren. Sie versteckten sich gerne in Netzwerken, maskierten sich als Musiker, als religiöse Persönlichkeiten, als Schriftsteller, Islamkritiker, Moralapostel... und bei Bedarf auch als Vertreter der jüdisch-christlichen, abendländischen, deutschen, europäischen Kultur, um zum Beispiel die antiislamische Stimmung auszunutzen oder andere Gruppen an

Man hat ihnen das Zeug zur Verfügung gestellt, um sie zu beschäftigen, und nun sind sie selbst zugleich das Zeug geworden.
Es ist wahr und ich weiß es auch, dass sich immer eine kleine Minderheit von dem Rest abgehoben hat. Immer hat eine Handvoll Menschen dafür gesorgt, dass etwas Neues entsteht, sie waren immer nur wenige, diese kreativen Macher. Aber heutzutage wird so viel Müll produziert! Es gibt keinerlei Chance, in dieser mit Müll vollgepfropften Welt etwas Edles zu finden. Also, die Kreativität verliert dank der sofortigen Kommerzialisierung von allem, was neu ist, ihren Reiz, genauer gesagt ihren Geist. Manchmal denke ich mir, vielleicht können die kommenden Generationen eine brillante Erfindung machen, etwas schaffen als erlösenden Denkanstoß. Aber woher sollen diese neuen Generationen eigentlich kommen, frage ich mich dann sofort, und was für Menschen das sein werden, das weiß ich nicht und kann es mir auch nicht vorstellen. Ich weiß auch nicht, ob dieser ungeheure zerstörerische Prozess irgendetwas übrig lassen wird. Es gibt jede Menge solcher Fragen, auf die niemand eine Antwort weiß. Und wenn man in dieser Richtung weiter denkt, wird unweigerlich der Pessimismus immer größer, was für eine schmerzhafte Erscheinung diese Gesellschaft aber auch ist. Die Denkenden sind pessimistisch und sehen alles schwarz, was tatsächlich auch schwarz ist, aber ihr Pessimismus lässt keinen Raum, um etwas zur Beseitigung dieser Schwärze zu leisten. Oder sie halten jegliche Bemühungen für zwecklos. Es müsste eine große Gruppe von Menschen zusammenfinden, die diesen sogenannten Führenden

---

den Pranger zu stellen. Und als es irgendwann einmal gerade so gut passte, priesen sie sogar die antisemitischen Äußerungen des islamistischen Präsidenten des Iran. Ja, das und vieles mehr hat Hassan mir erzählt. Ich habe ihm geantwortet, dass ich noch viel mehr weiß, viele wissen das in diesem Lande. Aber viele tun so, als wüssten sie nichts.

das Ruder aus der Hand nehmen und die Gesellschaft und die Menschen wieder in Richtung der Schöpfung zerren. Es muss einfach Menschen geben, die in der Lage sind, dem Egoismus ein Ende zu setzen. Ja, ja, es müssen andere Menschen kommen! Dann können sie diesen Menschen sagen, es muss nicht so sein wie es ist, sondern anders. Es muss dies geschehen und nicht das. Ich weiß nicht, wann das geschehen wird und ob überhaupt etwas geschieht. Ich hoffe nur, genauer gesagt, ich möchte hoffen, dass etwas geschieht und die Menschen sich wieder in den Griff bekommen und der Gefährdung ihrer eigenen Existenz ein Ende setzen. Mehr kann ich im Moment nicht denken und sagen.
Nein, ich habe keine Lust, ständig über Krankenversicherung, Rente oder Frührente, Verbeamtung oder nicht und diese und jene Vorteile und Nachteile zu reden. Nein, wirklich nicht, auch nicht über Teilzeit- oder Telearbeit. Und schon gar nicht über ihre Kinder, die jetzt erwachsen sind, was sie alles falsch machen. Wie mich das langweilt, diese Art Gespräche!"
Ja, als Gabriela eines Tages in einem Café diese Sätze ohne Unterbrechung vor Angela herunterratterte, fand sie ihre Zustimmung. Nun wollten sie in ihrem Gespräch in die Tiefe gehen, jede war neugierig, was die andere Geistreiches zu erzählen hatte. Jede hatte irgendwie das Gefühl, dass ihre eigene Vergangenheit schrecklich war, ohne Selbstverherrlichung und Selbstgefälligkeit waren sie der Meinung, die junge Generation sei schlecht daran und die Schuld läge bei der älteren Generation, und immerhin erkannten sie sich als

---

Hans hat mir erzählt, was er einmal erlebt hat, als ein angesehener liberaler deutscher Philosoph vor linken Studenten sprechen wollte und sie die Veranstaltung gestört haben. Da nannte der Philosoph diese Leute Links-Faschisten und zog damit die Empörung der Links-Radikalen auf sich. Ein berühmter Soziologe hat in Amerika feststellen

mitschuldig. Sie wollten auch nicht großkotzig sein, aber das hätten sie auch gar nicht gekonnt, falls sie es gewollt hätten. Trotz ihrer Zustimmung war Angela der Meinung, über bestimmte Dinge könne man doch reden. „Ich finde die allgemeinen Themen sind doch der Rede wert, insbesondere wenn es um die Zukunft der Menschen geht. Von mir aus kann man von kurzfristigen Angelegenheiten absehen, wie z.B. dem ewigen Thema Rente oder der Pläne für die Zeit nach der Rente, diese sinnlosen Themen, meine ich."
„Hans, Gott hab ihn selig, hat gerne und stundenlang über die allgemeinen Themen diskutiert", sagte Gabriela.
Angela unterbrach sie lächelnd: „Glaubst du an diese Sprüche wie Gott hab ihn selig?"
„Das weiß ich nicht, ob ich daran glaube oder nicht. Aber das habe ich von einem guten Freund, einem Iraner gelernt, er hieß Hassan, Gott hab ihn auch selig, er war wie Hans nicht gläubig, und an Gott hat er schon gar nicht geglaubt. Aber er meinte, das sei eine Redensart, die einem selbst gut tut, wenn man einen Verstorbenen erwähnt. Also, weil man die Erinnerung an die Verstorbenen in Ehren hält, oder einfach weil man den Toten Respekt zollt."
„Ja, schon", sagte Angela, „verkehrt ist das nicht, Entschuldigung, dass ich dich unterbrochen habe, du hast gerade von Hans geredet."
„Ja, ja, er meinte, die großen Themen seien wichtig, deren Dimension über das Leben jedes Einzelnen hinausgeht, und insofern hört auch, wer sich mit diesen Themen beschäftigt, auf, ständig sich selbst zu beobachten und ständig von diesem und jenem Wehwehchen, alltäglichen Erfolg

---

können, dass die Leute, die sich Demokraten nennen, mitunter gar keine Demokraten sind, und die Leute, die sich Faschisten nennen, keine Faschisten. So ist zu erklären, dass nicht maßgeblich ist, wie die Leute sich etikettieren, sondern wie die Leute innerlich sind. Die innere Einstellung führt zur Entstehung der Ideologien und Weltanschauun-

oder Misserfolg zu reden. Übrigens meinte Hans, dass Hassan nicht gestorben sei, er sei einfach verschwunden, und Hans ist merkwürdigerweise genau wie Hassan eines Tages verschwunden. Also, ich meine, Hans ist auch nicht gestorben, wenn es nach seiner eigenen Theorie geht."
„Da ist was daran", bestätigte Angela.
„Wie meinst du?", fragte Gabriela.
„Ich meine, dass man sich mit den großen Themen beschäftigt, ist doch wichtig, das verschafft einem eine gewisse Befriedigung, wenn es ein bisschen in die richtige Richtung geht, und auch wenn das Gegenteil der Fall ist, ist man doch mit den Ärgernissen nicht allein, weißt du, ein großer Teil des menschlichen Lebens ist doch fest mit Ärger und Ärgernissen verschmolzen."
„Ich muss gestehen, ich glaube auch nicht, dass Hans und Hassan gestorben sind", sagte Gabriela. „Ich glaube fast, sie haben heute einen Stapel Papier auf merkwürdige Art und Weise im Treppenhaus vor meiner Wohnungstür an die Decke gehängt, und was ich gesehen habe, war beinahe beängstigend. Es ist unglaublich, das Paket hing einfach an der Decke, und darauf stand: Von Hans und Hassan."
„Hans war dein Mann, aber wer ist dieser Hassan?"
„Hassan war ein gut integrierter Iraner, also ein integrierter Ausländer, er ärgerte sich so sehr, dass er so integriert war."
Gabriela seufzte und schwieg einen Augenblick. Hans und Hassan ließen sie einfach nicht los. Die beiden waren für sie große Themen geworden. Sie waren weg und nicht weg. Sie waren eigentlich nie weg gewesen. Ausgerechnet heute waren sie wieder lebendig für sie.

---

gen, und darauf basieren Massenhysterien. Viele dieser ehemaligen Links-Radikalen sind im Laufe der Jahre konservativ geworden, manche sogar offizielle Rechts-Extremisten, und umgekehrt gab und gibt auch es jede Menge Beispiele. Hans war empört darüber, dass es in den Reihen der Sozial-Demokraten jede Menge Rechte und Rechts-

„Ist was mit dir?“, fragte Angela.
„Die beiden haben mir gegenüber steif und fest auf zwei Behauptungen beharrt. Die erste Behauptung war, der Nazi-Geist sei immer noch in den Köpfen vieler Menschen in Deutschland und insbesondere der deutschen Eliten lebendig, was viele von ihnen selbst nicht wüssten. Sie meinten, dieser Geist war in Deutschland schon vor der Nazi-Herrschaft vorhanden, die Nazis hätten ihn nur zu ihren eigenen Gunsten erfolgreich benutzt, und so sei er zum Nazi-Geist geworden.“
„Was meinst du eigentlich mit Nazi-Geist?“
„Die Diskussion über den Nazi-Geist hat eine lange Geschichte, ich kann das nicht einfach in zwei Worten erklären. Ich wollte nur darauf hinweisen, was für eine Grundeinstellung diese beiden Männer zu dem immer noch weit verbreiteten Geist gewisser deutscher Eliten hatten. Ich meine, man hört sie doch bei sich bietender Gelegenheit ganz andere Töne anschlagen als das offiziell Gewohnte, wenn zum Beispiel plötzlich die Menschenrechte nicht für alle Menschen gleichermaßen gelten. Dann machen sie auch nicht davor halt, biologische Erklärungen aufzutischen.“
Gabriela schwieg wieder und trank einen Schluck. Man merkte, dass sie einerseits nicht an die beiden denken wollte, aber zugleich an sie denken musste. Irgendwie hatte sie Lust zu rauchen, sie wusste nicht, warum. Zum Glück rauchte Angela seit ein paar Wochen nicht mehr, sonst hätte sie eine Zigarette von ihr genommen. Mit Genuss trank sie ihr Glas leer. „Was war ihre zweite Behauptung?“
Gabriela lächelte: „Hm, ihre zweite Behauptung.“ Sie füllte

Extremisten gibt, die sich nach außen als Demokraten und sozial verkauften und in späterer Zeit zeigten, dass sie weder sozial noch Demokraten waren. Manche von ihnen gingen zu den Neo-Faschisten, andere schrieben rassistische Bücher gegen Araber, gegen Muslime, und fielen richtiggehend in den Rassismus und Sozial-Darwinismus zurück…

ihr Glas wieder und trank noch einen Schluck. „Ihre zweite Behauptung war, dass beide meinten, sie liebten mich gleichermaßen." Sie schlug ihre Hände vor das Gesicht: „O Gott, sie liebten mich tatsächlich. Ich habe sie auch geliebt, was für eine Zeit war das damals, und ich liebe sie immer noch. Irgendwie ganz anders, nicht wie damals, ich kann nicht sagen, dass es eine Erinnerung ist, denn sie sind in mir. Sie sind mehr eine als Erinnerung, sie sind da, Angela, ich weiß es, obwohl sie nicht da sind, trotzdem ist mein Leben mit ihrem Sein und Nicht-Sein verschmolzen."

„Eine schöne Zeit habt ihr gehabt?", äußerte Angela betroffen.

„So kann man es wohl sagen, liebe Angela. Wenn man älter wird, merkt man das, und zugleich will man es vergessen und man tut so, als ob nichts gewesen wäre."

„Aber jeder trägt doch sein Bündel, ob man will oder nicht, ob schwer oder nicht."

„Was du sagst, ist völlig richtig, Angela. Aber der Mensch tut immer so, als ob nichts gewesen wäre."

„Eben, man tut nur so, als ob nichts gewesen wäre. Dem Menschen, genauer gesagt, dem sogenannten modernen Menschen, bleibt nichts anderes übrig als das Verdrängen, liebe Gabriela. Du weißt das besser als ich. Ich brauche dich nicht aufzuklären." – „Schon, Angela."

Angela meinte, sie habe einen Freund gehabt, der im Verlagswesen aktiv war, und er habe ihr erzählt, dass es so viele Menschen gebe, die ihre Geschichte, wie banal sie auch sei, aufschreiben und veröffentlichen wollten. Dabei fehle den meisten das Vokabular und der Stil, um zu schreiben. Das

---

Ich weiß, habe ich Hans gesagt.

Aber Hans ließ nicht locker, er erzählte mir fast die gesamte Geschichte der deutschen Elite, der Mehrheit der Deutschen und das Leiden der aufrichtigen Intellektuellen und anderer Persönlichkeiten. Zum Beispiel wurde damals Heinrich Heine verjagt, Thomas Mann ausgebürgert, Karl Marx

betrachtete er als Indiz dafür, dass der Mensch doch enorm von seiner Lebensgeschichte belastet sei und diese Last auf jeden Fall loswerden wolle. Wenn er auf privater Ebene niemanden finde, der ihm freiwillig zuhöre und ihm etwas abnehme, versuche er eben, sich an die Öffentlichkeit zu wenden, und zwar in Form eines Buches. Früher sei das anders gewesen, da sei man zu Freunden und Verwandten gegangen, um sich auszukotzen, um zu weinen, zu jammern und sich zu beklagen, in anderen Gesellschaften sei das teilweise immer noch so. Sein Fazit sei gewesen, dass die Tatsache, dass jetzt so viele schreiben, nicht auf ein großes Interesse an der Literatur hindeute und auf einen hohen Entwicklungsstand der Gesellschaft zurückzuführen sei, sondern auf eine vereinsamte Ansammlung von Menschen hinweise, die nicht direkt miteinander zu tun haben wollen oder können. Oder mit anderen Worten, die sogenannte Entwicklung habe die Menschen als soziale Wesen zerstört, sie vereinsamen lassen und eingesperrt in die Käfige ihrer individuellen Schicksale.

„Was willst du nun mit diesem Stapel von Papieren machen?", fragte Angela. „Darf ich mal reinschauen?"

„Ja, du darfst, Angela. Aber ich schlage vor, dass wir alles gemeinsam durchlesen, wenn du Lust hast."

„Gerne, liebe Gabriela."

„Sollen wir gleich anfangen? Es dauert aber lange", fragte Gabriela. – „Ja, von mir aus."

Gabriela holte den Karton, und die beiden Frauen begannen zu lesen. Und sie lasen tatsächlich, bis der Morgen dämmerte.

---

verteufelt, in der Nazi-Zeit musste die gesamte deutsche Intelligenzia auswandern… Er erzählte und erzählte, beinahe wären mir die Augen zugefallen. Am Ende hat er dann noch etwas sehr Interessantes gesagt, nämlich, dass die Deutschen keinen Stolz haben, sie haben ihre Persönlichkeiten in der Philosophie, Kunst, Literatur und so weiter

3. Kapitel

Angela schien etwas genervt zu sein. Sie legte das Papier zur Seite und schaute auf den restlichen Stapel. „Mein Gott, wenn das alles solcher Art allgemeine Schwafelei ist, dann hat doch niemand Lust, das zu lesen“, murmelte sie vor sich hin, als Gabriela kurz auf die Toilette gegangen war. Sie war dabei, einen Grund zu suchen, um sich aus ihrem Versprechen, das alles mit Gabriela durchzulesen, zurückzuziehen. Doch Gabrielas Rückkehr unterbrach ihre Grübelei, insbesondere als Gabriela fragte, ob sie eine Tasse Kaffee oder Tee trinken möchte. Sie entschied sich für eine Tasse Tee.

Gabriela verschwand in der Küche, um für beide Tee zuzubereiten, und Angela schaute auf das nächste Blatt Papier. Sie erschrak, als sie den Titel las: „Bitte urteilt nicht so schnell, das ist keine Schwafelei, legt nicht gleich den Rest zur Seite, wir wissen, dass alle es für Schwafelei halten. Manche werden uns wahrscheinlich sogar Dummschwätzer nennen, manche, denen das nicht einfällt, werden uns Sozialisten, Kommunisten oder weiß Gott was nennen. Mögen sie uns nennen, wie sie wollen. Alles, was wir sagen, das sind, wie bereits gesagt, Dinge, die wir gesehen, erfahren, beobachtet haben, es sind alles Erfahrungen, die durch das, was Menschen getan haben oder immer noch tun, zustande gekommen sind. Sie haben es vergessen oder wollen es vergessen haben. Ihr könnt natürlich sagen: Und, was ist dabei? Der Mensch ist eben vergesslich und der Mensch begeht halt immer wieder gute ebenso wie schlechte Taten.

---

immer wieder demoliert, anstatt sie wertzuschätzen. Der Grund ist, sagte er, dass sie Angst vor diesen Rebellen hatten, diese Rebellen, die die Wahrheit sagten und sagen und ihnen den Spiegel vorhalten. Anstatt sich in diesem Spiegel zu betrachten, ihr wahres Gesicht zu sehen und zu versuchen, sich zu ändern, schauen sie weg, und wenn möglich

Aber wir werden sagen: Und was ist dabei, wenn euch das jemand vor Augen führt, warum mögt ihr das nicht? Der Mensch hat nun einmal eine Geschichte, und die spielt eine große Rolle, in der Gegenwart ebenso wie in der Zukunft. Was ihr hier seht, ist, was wir miteinander gesprochen und gemeinsam verfasst haben."

Als Gabriela ins Zimmer trat, legte Angela das Blatt wieder auf den Stapel. Sie war still geworden und etwas ängstlich. Schon diese paar Sätze machten sie nachdenklich, sie hatte mit einem Male die gesamtdeutsche Diskussionsszene vor Augen, in der immer wieder beliebig jeder als dieses oder jenes gebrandmarkt wurde. Wagte es jemand, den Herren und Damen die Wahrheit ins Gesicht zu sagen, wurde er oder sie kurzerhand zum Teufel gejagt. Als Gabriela Angelas blasses Gesicht bemerkte und fragte, ob etwas mit ihr nicht stimme, antwortete Angela verlegen: „Ach, nichts Besonderes. Ich bin ein bisschen nachdenklich geworden, wegen dessen, was wir gerade gelesen haben. Wie findest du es? Ist es nicht ein wenig zu allgemein gehalten und schon leicht veraltet?"

Gabriela lächelte. „Wie ich es finde?" Und während sie den Tee einschenkte, fuhr sie fort: „Ich habe ja gesagt, dass die beiden die Allgemeinheit für sehr wichtig hielten, sie gingen davon aus, dass die allgemeine Befindlichkeit einer Gruppe auf ihren Entwicklungsstand und damit auch ihren Zerfall oder ihre Beständigkeit hindeutet, sonst ist es ja klar, jeder Einzelne hat seine eigene Geschichte, die jeweils von der des anderen stark abweichen kann oder auch nicht. Insofern überrascht es mich nicht, dass sie allgemein reden. Ich

---

zerschlagen sie den Spiegel in tausend Scherben, sodass man in jedem kleinen Splitter nur noch ein Stückchen von sich sieht und nicht das Ganze. So ist auch ihre Angst vor Veränderung zu erklären. So ist es zu erklären, dass die Deutschen immer wieder Minderheiten angreifen und an den Pranger stellen oder sie wie in der Nazi-Zeit einsam-

habe, wie ich dir gesagt habe, jahrelang diese Art der Auseinandersetzung miterlebt und mich immer wieder in die Diskussion eingemischt. Ob es einen Sinn hat, was sie sagen, ist bislang weder bewiesen noch widerlegt worden, aber ich denke mir, darüber nachzudenken lohnt sich allemal."

Angela seufzte: „Ich denke, du hast recht." Sie hatte ein schlechtes Gewissen und gestand Gabriela, dass sie in ihrer Abwesenheit ein paar Zeilen von einem der nächsten Blätter gelesen hatte. „Diese paar Zeilen haben mich erschreckt, ich musste an viele Geschichten denken, die ich selbst erlebt habe. Eine davon will ich dir erzählen, bevor ich sie vergesse."

„Ja, gerne", sagte Gabriela, und Angela begann:

„Ich hatte eine Freundin, sie hieß Dörte. Sie war promovierte Soziologin und arbeitete erst beim Deutschen Gewerkschaftsbund und dann wechselte sie den Arbeitgeber und wurde Unternehmensberaterin. Sie verdiente viel Geld und hat sich im Laufe der Jahre völlig verändert. Ihre Kleidung, ihr Outfit, wie man heute sagt, ihre Wohnungseinrichtung, ihr Freundeskreis, ihr Ehemann, und natürlich auch ihre Ansichten, die sie jahrelang überzeugt vertreten hatte, alles, bis auf ihre private Telefonnummer, die sie später auch hinschmiss. Letztes Mal, als ich bei ihr war, erschrak ich sehr. Genau auf dieser privaten Telefonnummer, die sie bis zu diesem Zeitpunkt behalten hatte, rief jemand bei ihr an, und ich hörte sie die ganze Zeit in den Hörer sagen: ‚Nein, hier wohnt keine Dörte Meier, ich kenne keine Dörte, Sie haben die falsche Nummer gewählt...' Der

---

meln und verbrennen. Ich habe große Augen gemacht. Hans ahnte, dass ich nun sagen würde, dass er aber übertreibt. Da sagte er, er möchte nicht sagen, dass er alle Deutschen so sieht, und er rede von der Mehrheit der Deutschen, die es bis heute nicht geschafft habe, diesen festgesetzten Geist zu verjagen, ganz gleich, wie viele Trümmer

Mensch am anderen Ende der Leitung schien darauf zu beharren, er war sicher, keine falsche Telefonnummer gewählt zu haben… und ihr letzter Satz war: ‚Bitte belästigen Sie mich nicht weiter! Sie scheinen etwas verwirrt zu sein.'
Dann legte sie auf. Sie kam zu mir sagte: ‚Der Idiot merkt nicht, dass ich nicht mit ihm reden will.'
‚Wer war das?', habe ich sie gefragt, und sie antwortete: ‚Mein Bruder.'
‚Habt ihr Krach, oder warum wolltest du nicht mit ihm reden?'
Darauf schaute sie mich an, als habe sie es mit dem letzten Idioten zu tun. ‚Krach? Nein! Er ruft ab und zu bei mir an. Als unsere Mutter noch lebte, habe ich immer mal ein paar Worte mit ihm gewechselt, er hat sie nämlich betreut. Ich wollte ihn nicht verärgern, nicht dass er plötzlich auf die Idee kommt, ich könnte auch was für die Alte tun.'
‚Aha', habe ich gesagt. Ich wusste, dass ihre Mutter zwei Jahre zuvor gestorben war. Ich wusste auch, dass ihre Mutter damals bis zum Ende ihres Studiums und auch noch während ihrer Promotion nicht nur jede Woche ihre Schmutzwäsche abgeholt und sie gewaschen und gebügelt wieder zurückgebracht hatte, sondern dass sie auch stets behilflich war, was ihre finanziellen Angelegenheiten betraf.
‚Was macht dein Bruder jetzt? Er wird sich Gedanken machen. Warum sagst du ihm nicht, dass du nicht mit ihm reden willst?'
‚Ach, weißt du, ich habe keine Lust mit ihm zu reden. Er ist ein Trottel. Er ruft höchstens zweimal im Jahr an, manche Jahre gar nicht, ich habe nichts mit ihm zu reden. Er ist ein

---

des Dritten Reichs sie sehen und gesehen haben, die grausamen Bilder des Krieges und der Konzentrationslager. Trotz aller Information und aufklärerischer Versuche sind sie weiterhin anfällig für Hassprediger, die mal gegen Türken, mal gegen Muslime, mal gegen Asylanten, mal gegen Araber predigen… und Millionen erklären sich bereit, in die

bisschen einfach. Haus gebaut, Frau, drei brave Kinder, was diese Leute halt haben.'

Als ich sie gefragt habe, ob er denn ihre Stimme nicht erkennen würde, meinte sie, natürlich nicht, er rufe so selten bei ihr an, dass er bestimmt vergessen habe, wie sie klinge, darüber hinaus wisse sie, dass er sowieso nie richtig zuhöre. Außerdem wäre es ihr egal, wenn er ihre Stimme erkannt hätte.

Ich weiß, liebe Gabriela, das, was ich kurz erzählt habe, ist gang und gäbe, es gibt jede Menge solcher Beziehungen. Aber Dörte war mal eine meiner besten Freundinnen – bis sie dann irgendwann aufgehört hat, mit mir zu reden bzw. zu verkehren, sie hat einfach jeglichen Kontakt abgebrochen. Ihre Telefonnummer und Adresse waren auch nirgendwo mehr zu finden. Ich bin dann eines Tages durch Zufall einem früheren gemeinsamen Bekannten auf Facebook begegnet. Ich hatte nichts mit ihm zu reden und fragte aus Neugier nach Dörte, ob sie auch bei Facebook sei. Sie sei gestorben, schon lange bevor es Facebook gab, schrieb er kühl und knapp zurück. Betroffen fragte ich: ‚Wie?', und er schrieb: ‚Sie ist mit ihrem Porsche verunglückt, anscheinend stand sie unter Drogen oder Medikamenten.' Es war wohl ein schrecklicher Unfall, der ihr das Leben kostete und dazu das Leben fünf weiterer Menschen. Dieser ehemalige gemeinsame Bekannte war Unternehmensberater wie sie und ist ihr beruflich ab und zu begegnet. Gabriela, nie im Leben hätte ich mir träumen lassen, dass sich ein Mensch wie Dörte so verändern würde. Eigentlich hasste sie Autos und Autofahren, und soweit ich weiß,

---

Schlacht zu ziehen. Hans hat mir ins Gesicht geschaut und gesagt, sag jetzt nicht, in anderen Ländern gibt es solche Erscheinungen auch. Ich weiß, Hassan, damals gab es auch in anderen Ländern Faschisten, in Italien waren sie vor Hitler an der Macht. In Spanien war bis zu seinem Tode 1975 Franco an der Macht, in Portugal und Griechenland war es

hatte sie in der Zeit, in der wir noch Kontakt hatten, bis Ende dreißig, nicht mal einen Führerschein, sie flog auch nie, und zwar aus Überzeugung, nicht aus Angst, meine ich. Für mich war sie immer ein äußerst sozialer Mensch, und plötzlich kapselte sie sich völlig ab und auf einmal stellte sie arme Leute an den Pranger und sagte, jeder sei für sein Elend selbst verantwortlich, Arbeit gebe es genug, wer keine habe, wollen nur nicht arbeiten, das seien alles faule Säcke… alles, was die sogenannten Reichen sagen, und was sie früher abgelehnt hatte, verkündete sie nun ohne Punkt und Komma."

„So ist es halt. Wenn der Mensch seine Grundsätze aufgibt, kann es schnell gehen, die anderen können mit dir machen, was sie wollen, um in Hans' Sprache zu sprechen", brachte Gabriela hervor.

„Ja, schon, aber die Welt, insbesondere die Welt der einzelnen Personen, ist dermaßen durcheinandergeraten, dass es nicht mehr so leicht möglich ist, Ordnung in dieses Chaos zu bringen", sagte Angela.

„Genau das ist das Problem, liebe Angela."

Plötzlich ertönte eine piepsige Melodie. Es war Angelas Handy, sie rannte zu ihrer Tasche, kramte hastig in ihrem Inneren, bis sie im letzten Moment ihr Handy zutage beförderte, dann drückte sie die entsprechende Taste, klatschte es an ihr Ohr und fing an zu labern, während sie sich vom Esstisch in Richtung Wohnzimmer entfernte, um Gabriela nicht zu stören. Nach ein paar Minuten, als Gabriela den Eindruck gewann, das Gespräch würde länger dauern, stand sie auf und ging ins Arbeitszimmer. Sie fand ein

---

nicht wesentlich besser. Zum Teufel mit diesen ganzen Geschichten, mit dieser ganzen Unmenschlichkeit, mit diesem ganzen Leid, den Leidenden und Verursachern des Leids!

Wir, Hans und Hassan, hatten irgendwann die Nase voll, uns wäre es lieber gewesen, mit blinden Augen und tauben Ohren durch die Welt, durch unsere kleine Welt, genauer

Päckchen Zigaretten der Marke Gauloises. Zwar hatte sie jahrelang nicht mehr geraucht, aber vor kurzem hatte sie den Wunsch verspürt, wieder zu rauchen, wenn auch nicht mehr so viel wie damals. In Erinnerung an die gute alte Zeit rauchte sie wieder Gauloises. Sie zündete sich eine Zigarette an. Gabriela rauchte in der Wohnung, denn sie fand es albern, dass die Leute seit dem Rauchverbot in den Cafés und Kneipen auch zu Hause entweder nur auf dem Balkon rauchten oder zum Rauchen den Oberkörper weit aus dem Fenster lehnten, selbst wenn sie allein lebten und keiner ihnen verboten hatte, in ihrer eigenen Wohnung zu rauchen. Häufig hatte sie bei Nachbarn, die allein wohnten, beobachten können, wie sie in klirrender Kälte hastig auf dem Balkon oder im Vorgarten ihres Hauses eine Zigarette rauchten.

Es verging beinahe eine halbe Stunde, bis Angela zurückkam. Sie wirkte gestresst und etwas blass.

Auf die Zigaretten deutend, fragte sie Gabriela: „Darf ich auch eine nehmen?“

„Aber selbstverständlich.“

Während sie eine Zigarette aus der Packung fingerte, brachte sie hervor: „Das war mein Sohn, es tut mir leid, dass ich so lange reden musste, aber er ließ nicht locker.“

Gabriela schaute sie mit großen Augen an. Sie hatte gar nicht gewusst, dass Angela einen Sohn hatte. Sie wusste eigentlich sehr wenig von ihrem frühen Leben und auch nicht sonderlich viel von ihrem jetzigen, in der Schule bekommt man nicht viel voneinander mit.

„Ich nehme an, dass ich hier drin rauchen darf, weil du auch

---

gesagt, unser Leben, zu ziehen und so stumpf weiterleben zu können, aber es ging nicht, denn um zu überleben bzw. um weiterzuleben, muss man tausend Augen und Ohren haben, dort genau hinschauen, hier aufmerksam hinhören, so manchen anblicken, dem anderen so zuhören, wie er gehört werden möchte. Es war verdammt schwer. Wir wissen

gerade geraucht hast?" – „Aber natürlich."
Beim Anzünden der Zigarette schüttelte sie den Kopf. Sie nahm einen Zug und paffte den Rauch in den Raum, der ohnehin unter starkem Qualm von Gauloises stand. „Es ist alles verrückt!" Sie holte tief Luft und zischte vor sich hin: „Jetzt will er heiraten, der hat nicht alle Tassen im Schrank!"
„Ich wusste gar nicht, dass du einen Sohn hast."
„Ich habe nicht nur einen Sohn, ich habe auch eine Tochter, aber es wäre besser, wenn ich überhaupt keine Kinder hätte. Sie waren stressig und sind immer noch stressig, insbesondere mein Sohn, die Tochter hat sich schon längst aus dem Staub gemacht."

Ihr Sohn hieß Fabian Hammer, er trug den väterlichen Nachnamen und hatte tatsächlich vom Übergang ins Gymnasium an Probleme gemacht. Sein Vater Hartmut Hammer, von Beruf Rechtsanwalt, war ausgesprochen streng, aus Fabians Sicht jedenfalls. Noch in der Grundschule hatte Fabian eines der besten Zeugnisse seiner Klasse und problemlos die Empfehlung fürs Gymnasium erhalten, was für Angela Hammer-Schmidt und Hartmut Hammer eine Selbstverständlichkeit war. Sie waren sehr stolz, dass ihr Sohn ein humanistisches Gymnasium besuchte. Hartmut Hammer erzählte gern, es entspreche seinem Wunsch, dass seine Kinder die humanistischen Werte kennenlernten und sie so für die nachkommende Generation bewahrt würden. Doch als das erste Jahr auf dem Gymnasium vorüber war, begann Fabian sich allmählich zum „Problemschüler" zu entwickeln. Er schlüpfte in die Rolle des Unruhestifters in

---

das, wir haben kein Verständnis dafür, auch für uns und unser Verhalten nicht, daher erwähnen wir alles. Wenn Sie etwas Unangenehmes von uns hören, fühlen Sie sich bitte nicht angegriffen. Wir bitten um Verzeihung, falls es manchen zu viel wird und manchen zu wenig bleibt. Wir sind eben auch Menschen. Aber ich rede nun von den Deut-

der Klasse, nahm die Lehrerinnen und Lehrer in keiner Weise ernst und tanzte ihnen auf der Nase herum, soweit er konnte. Dabei vernachlässigte er nicht nur seine Schulpflichten, sondern er setzte auch alles daran, die gesamte Schulordnung durcheinanderzubringen. Schließlich legte er sich den Habitus des Kleinkriminellen zu. Er war allmählich zum Cliquenführer geworden und seine Clique verkaufte sogar Gras an Mitschülerinnen und Mitschüler, übermäßiger Alkoholgenuss bei jeder sich bietenden Gelegenheit war für sie ohnehin selbstverständlich. Da hatte er schon längst angefangen zu lügen und zu betrügen, was das Verhältnis zu seinen Eltern anbelangte, die ihn verdächtigten, drogensüchtig geworden zu sein, als sie feststellten, dass er Geld aus ihren Portemonnaies gestohlen hatte. Sie zwangen ihn zu einer Blutuntersuchung, die ergab, dass seine Eltern mit ihrer Befürchtung richtig lagen. Was immer man Schlechtes über die sogenannten schlechten Schüler in den Medien hörte, traf mehr oder minder auch auf Fabian zu. Mit ihrer Tochter Louisa war es nicht besser, sondern eher schlechter. Familie Hammer war also gezwungen, irgendetwas zu unternehmen. Nach langem Hin und Her, Diskussionen und Beratungen hier und dort, mit diesem und jenem, kam man zu dem Schluss, dass Fabian die Schule wechseln musste, obwohl es den Eltern sehr schwerfiel, ihren Sohn aus einem humanistischen Gymnasium herauszunehmen, insbesondere Hartmut Hammer war tief betroffen, denn an dieser Schule hatte er selbst sein Abitur gemacht. Es ging aber so nicht weiter und sie gingen davon aus, durch diese Entscheidung das Richtige getan zu haben. Denn so hielten sie

---

schen, denn jeder sollte vor seiner eigenen Haustür kehren.
Nein, wir sind nicht verbittert, Hans und ich. Nein, wir, Hassan und ich, wollen nicht die Rolle der Moralapostel spielen. Wir wissen, dass es bei allen diesen Spielen um Geld und Interessen geht. Wir meinen damit diejenigen, die die menschlichen Ängste, Sorgen und Vorbehalte instru-

ihren Sohn, zumindest solange er zur Schule ging, von seiner Clique fern. Doch Fabian machte weiter, bis zu jenem Zeitpunkt, an dem er selbst alles sinnlos fand. Diese Phase hatte ihn zwei Jahre seiner Schullaufbahn gekostet, aber schließlich hatte er doch noch die Kurve gekriegt, insbesondere nachdem seine Eltern sich getrennt hatten, während der letzten Jahre seiner Schulzeit, sodass er das Abitur ablegte und ein Jurastudium aufnahm, womit er in die Fußstapfen seines Vaters trat. Mit diesem aber mochte er nichts zu tun haben, was die Arbeit anging, für ihn stand fest, dass er keinesfalls die Kanzlei seines Vaters übernehmen würde. Und nun wollte er eine Iranerin heiraten, und er wünschte sich, dass seine Familie dabei wäre, da die Eltern seiner Verlobten viel Wert auf Familie und eine Hochzeitsfeier in geordnetem Rahmen legten. Angela fürchtete sich vor dem gemeinsamen Auftreten mit Hartmut, einerseits weil sie eine gescheiterte Familie waren, und andererseits davor, dass sie beim Wiedersehen nicht so richtig wusste, wie sie sich verhalten sollte. Nachdem sie in einem sich fast zwei Jahre in die Länge ziehenden Scheidungsprozess Berge schmutziger Wäsche gewaschen hatten, war es kaum vorstellbar, noch einmal irgendwo feierlich zusammen aufzutreten. Aber Angela hatte im Gegensatz zum Hartmut Hammer Fabian lieb, die beiden hatten eine gute Beziehung zueinander, denn nach ihrer Scheidung hatte sich Fabian dafür entschieden, bei ihr zu wohnen, während sich seine Schwester Louisa für ihren Vater entschieden hatte. Aber zum Glück mussten beide nicht lange zu Hause wohnen bleiben.

---

mentalisieren und die Menschen gegeneinander hetzen, um ihre eigenen Interessen durchzusetzen, um quasi die Macht zu haben, um Macht auszuüben. Also holen sie sich mit Heuchelei die Befugnis zur Macht von diesen Massen, um über die Massen zu herrschen. Diese Aussage zum Beispiel ist nicht neu, viele Menschen vor uns haben es gesagt und

„Ich habe Angst, Gabriela."
„Wovor denn?"
„Einerseits habe ich Angst, bei diesen Leuten aufzutauchen, sie sind so viele und ganz anders zueinander, sagt Fabian. Ich kenne sie einfach nicht. Andererseits habe ich Angst, dass er Islamist wird."
„Ach was, die Iraner sind nicht so", beruhigte sie Gabriela. „Da brauchst du absolut keine Angst zu haben."
Sie verzichtete darauf zu sagen, dass Hans auch zeitweise mit einer Iranerin verheiratet war, und wollte auch nicht das Buch nennen, in dem ein Autor diese Geschichte auf eine ziemlich verrückte Weise thematisiert hatte, und in dem sie sogar selbst vorkam. Angela erschien ihr ziemlich einfach gestrickt. Sie würde das Buch höchstwahrscheinlich sowieso nicht verstehen, oder es eher falsch verstehen. Sie war froh, dass sie von ihrer eigenen Beziehung mit Hassan nichts erzählt hatte, denn Angela erschien ihr mit einem Male so pseudo-locker, pseudoliberal. Doch Gabriela verbot sich, ein frühzeitiges Urteil über sie zu fällen.
„Was hast du zu ihm gesagt?", fragte sie.
„Ich habe ihm gesagt, ich muss es mir überlegen, und er soll mir ein bisschen Zeit lassen. Er hat auch Probleme mit seinem Vater und will, dass ich ihn überrede, teilzunehmen. Aber ich denke gar nicht daran."
„Warum sagt er es seinem Vater nicht selbst?"
„Weil sie sich gegenseitig hassen."
„Und warum will er ihn dann einladen? Tut mir leid, dass ich so direkt frage, ich will es nur verstehen."
„Er möchte eine perfekte Familie vorführen."

---

viele Menschen vor uns haben sich darüber aufgeregt und gehofft, dass es irgendwann nicht mehr passieren würde, aber es passierte immer und immer wieder. Zum Teufel mit diesen ganzen Geschichten, mit diesen ganzen Unannehmlichkeiten, mit diesem ganzen Leid, mit den Leidenden und den Verursachern des Leids!

„Ach, Unsinn!", sagte Gabriela. „Es gibt jede Menge gescheiterte Familien, auch unter den Iranern. Sie werden es schon verstehen, wenn die Eltern überhaupt nicht auftauchen oder wenn nur ein Elternteil auftaucht. Komm, mach dir keinen Kopf, ich kann ja mal mit ihm reden, wenn du willst. Du kannst ruhig an seiner Hochzeit teilnehmen, es muss nicht unbedingt mit deinem ehemaligen Mann sein. Wenn es dir hilft, komme ich mit, ich habe seit Jahren nichts mehr direkt mit Iranern zu tun gehabt, ich werde in Erinnerung an die gute alte Zeit mitkommen. Mach dir echt keine Gedanken!"
Gabrielas Worte beruhigten Angela. „Danke", sagte sie. „Es ist eine gute Idee, was du sagst. Fabian wird sich auch freuen."

Wir, Hassan und Hans, hatten wahrhaftig manchmal die Nase voll, uns wäre es lieber gewesen, wenn wir mit blinden Augen und tauben Ohren durch die Welt, durch unsere kleine Welt gezogen wären, um weiterleben zu können, aber es ging nicht und es wird wahrscheinlich niemals gehen, denn um zu überleben, müsste man tausend Augen und Ohren haben, dort genau hinschauen, hier aufmerksam zu-

4. Kapitel

Fabian freute sich, dass so viele gekommen waren. Noch erfreulicher war, dass er sogar alleine, ohne Vermittlung durch seine Mutter, mit seinem Vater geredet und ihn zu seiner Hochzeit organisiert hatte. Hartmut Hammer hatte ihm versprochen, aus Rücksicht auf seine ehemalige Frau allein aufzutreten, seine Lebensgefährtin habe sogar Verständnis dafür, obwohl sie gerne mitgekommen wäre, sie sei eine tolle Frau und wolle Fabian gerne kennenlernen, und natürlich auch die schöne Braut. Fabian wusste, dass sein Vater Unsinn redete, und er wusste auch, dass er alle paar Monate eine neue Freundin hatte und kein Mensch ihn so richtig aushalten konnte, weshalb die sogenannten Freundschaften, die er einging, nicht lange andauerten. Eigentlich schaffte er es nie, lange mit einem Menschen zusammenzubleiben, er konnte einfach nicht mit anderen Menschen teilen oder sich, wenn auch nur kurz, in die Lage anderer hineinversetzen, um zu verstehen, was er an seinen Mitmenschen anrichtete. Er versuchte immer, die Gefühle zu kanalisieren. Selbst Louisa, die sich im Gegensatz zu Fabian, aus welchem Grund auch immer, nach der Scheidung der Eltern für das Zusammenwohnen mit ihrem Vater entschieden hatte, hatte er ein paar Monate später in ein Internat gesteckt und die Kosten sofort mit Angela geteilt. Übrigens war die Schwester die Einzige aus dem Kreis seiner sogenannten Familie, die heute Abend nicht anwesend war. Sie war weit weg von Deutschland, irgendwo in Indien, vermuteten manche, niemand wusste, was sie dort eigentlich trieb.

---

hören, manche so anblicken, wie sie gesehen werden möchten, die anderen so hören, wie sie gehört werden möchten. Er war verdammt schwer, wir wissen das, aber wir haben kein Verständnis dafür, daher erwähnen wir alles, was uns einfällt, was uns erinnerlich ist. Wenn Sie etwas Unangenehmes von uns hören, fühlen Sie sich bitte nicht ange-

Sie war dermaßen vor ihrem Vater enttäuscht, dass sie alle Familienmitglieder für immer abgeschrieben hatte und quasi untergetaucht war.
Hartmut Hammer war tatsächlich ein eigenartiges Wesen, selbst mit seiner Frau Angela war er trotz vertraglich festgeschriebener Kassentrennung in vielerlei Hinsicht nicht klargekommen. Er fuhr allein in Urlaub, im Restaurant bezahlte jeder für sich, und was die Kosten für die beiden Kinder anbelangte, teilten sie diese gerecht durch zwei. Selbst im Restaurant war das so, und genau diese Art von Verhalten im Restaurant war Fabian schon damals, obwohl er noch ein Kind war, unerträglich. Er konnte nicht vergessen, dass, als seine Mutter einmal kein Geld dabei bzw. ihre Tasche im Auto liegen gelassen hatte, sein Vater nicht bereit war, auch für sie zu bezahlen. Als Angela seinen Vater fragte, ob er ihr Geld leihen würde, kramte Hartmut Hammer in seiner Jackentasche, und anstatt seinen Geldbeutel herauszuholen, brachte er den Autoschlüssel zum Vorschein und reichte ihn Angela: „Geh, hol deine Tasche, das Auto ist nicht weit." Fabian hätte beinahe gesagt, dass sein Geldbeutel vor ihm liege, wenn das Herauskramen des Autoschlüssels sich noch etwas in die Länge gezogen hätte. Aber er war froh, dass er nichts gesagt hatte, denn sonst hätte er eine von ihm reingewürgt bekommen. Angela ging und holte ihre Tasche, obwohl es regnete. Als sie zurückkam, war sie klatschnass. Voller Hass blickte sie ihren Ehemann an, der unbeeindruckt darauf wartete, dass die freundliche Wirtin eine Rechnung mit Mehrwertsteuer für ihn ausstellte, damit er sie bei der Steuererklärung einreichen konnte. Er gab

---

griffen. Wir bitten um Verzeihung, wenn es manchen zu viel wird und manchen zu wenig bleibt. Wir sind eben Menschen.

Wir, Hassan und Hans, bedauern es, dass die Philosophen zu Unterhaltungskünstlern geworden sind. Anstatt die Welt zu erklären, vermögen sie es, diesen Teil der Welt ge-

grundsätzlich kein Trinkgeld und steckte das Restgeld immer bis zum letzten Pfennig ein. In Dänemark, wo sie grundsätzlich auf jede Rechnung 10 Prozent als Trinkgeld für die Bedienung draufschlagen, ohne die Gäste überhaupt zu fragen, weil das dort zu den Prinzipien der Gastronomie gehört, hätte sich Hartmut Hammer bestimmt grün und blau geärgert. Aber er fuhr nie in die nördlichen Länder in Urlaub und geschäftlich hatte er auch nicht mit ihnen zu tun. Er hatte früher in Griechenland Urlaub gemacht, und zwar zu jener Zeit, als dort alles billiger war als in Deutschland und Italien. Nun schimpfte er im völkischen Chor mit auf die Griechen und beklagte die Veruntreuung der deutschen Steuergelder durch den Staat, insbesondere durch die marode EU, dazu jammerte er mit, dass die Griechen viel zu früh in Rente gingen, die Renten dort zu hoch seien, und das alles auf Kosten seiner Steuergelder. Noch ärgerlicher fand er den Einbruch seines Depots um über 50 Prozent, das war geschehen wegen der sogenannten Finanzkrise, an der seiner Meinung nach die Griechen schuld waren, obwohl er wissen musste, dass die amerikanischen Banken die Hauptverursacher waren, aber mit den Amerikanern legte er sich nicht an, dort hatte er ein paarmal Pauschalurlaub gemacht, und obwohl es wegen des billigen Dollars billig war, schimpfte er, dass jedes Mal das Wetter dort schlecht gewesen sei. Seit ein paar Jahren verbrachte er seinen Urlaub in der Türkei, wo er sich billig und freundlich bedienen ließ, während er sich daheim, wie hierzulande üblich, der Karawane der Antitürken anschloss, und zwar wie alles, was er tat, extrem und konsequent. Er nehme keine Aufträge

---

gen den anderen aufzuhetzen. Die Politiker sind Schauspieler geworden, die Ärzte eher Betriebswirtschaftler und die Betriebswirtschaftler skrupellose, gemeine Menschenverächter. Wir bedauern es, dass die Künstler, ja überhaupt Kunstschaffende, nicht in erster Linie auf ihre Werke stolz sind, falls sie Originelles schaffen, sondern eher auf das

von türkischen Mandanten an, verkündete er, obwohl ihn bislang noch kein deutscher Türke aufgesucht hatte, er ging davon aus, dass die Türken ihre Rechnungen nicht bezahlen würden, ohne jemals in seinem Leben eine einzige Rechnung für einen Türken ausgestellt oder überhaupt einen türkischen Kunden gehabt zu haben. Er würde im Voraus auf die Begleichung seiner Rechnung bestehen, wenn er einen türkischen Mandanten hätte. Dies und ähnliches erzählte er gerne, obwohl er weder einen türkischen Mandanten noch sonst irgendwie mit Türken in Deutschland zu tun hatte. Seine Urlaubsreisen buchte er über deutsche Reisebüros wie die TUI, natürlich immer Sonder- oder lieber noch Last-Minute-Angebote. Alles in allem war Hartmut Hammer eine Nummer für sich.
Nun war Fabian froh, dass er gekommen war, sogar eine Kleinigkeit als Geschenk und einen Karton Rotwein hatte er mitgebracht, womit Fabian überhaupt nicht gerechnet hatte. Er war froh, dass es ihm gelungen war, eine Familie aus ihm und Angela und zwei Tanten, mit denen er kaum zu tun hatte, auf die Beine zu stellen.
Eine bunte Gesellschaft von über hundert Gästen war beisammen. Die meisten waren Verwandte, Freunde und Bekannte aus dem Umkreis der Braut, viele von ihnen gemeinsame Freunde des Brautpaars. Angelika und Gabriela waren rechtzeitig eingetroffen, mit Zustimmung von Fabian hatten sie Elke und Silvia, zwei alte Freundinnen, mitgebracht. So wurde die Zahl der Urdeutschen um paar Personen erhöht. Die Stimmung war recht festlich, die Musik tobte ohrenbetäubend laut, aber doch recht angenehm, es

---

Geld, das sie dadurch verdienen. Wir, Hans und Hassan, bedauern es zutiefst, dass die riesigen Schätze der Wissenschaften (sei es Pädagogik, sei es Psychologie, sei es Soziologie, seien es Geisteswissenschaften…), die über Jahrhunderte mit so viel Enthusiasmus zustande gekommen sind, nicht praktisch zu Gunsten der menschlichen Gemeinschaft

blieb keine Chance zum Reden und Plaudern, man musste eben entweder mittanzen oder in einer Ecke stehend mit einer Flasche Bier oder einem Glas Wein oder etwas anderem in der Hand einfach zuschauen. Der Saal war groß genug und es gab auch reichlich Sitzgelegenheiten, man konnte sich beliebig hinsetzen, wo man wollte, nichts war von vornherein bestimmt, keine Tischkarten, keine Zwangskonversation war angesagt. Die Gäste bestanden nicht nur aus Urdeutschen und iranischen Deutschen, sondern auch aus türkischen, chinesischen, koreanischen, spanischen und arabischen Deutschen, die meisten dynamische junge Menschen, die sich hübsch gekleidet hatten. Angela war erstaunt und irgendwie sprachlos, aber auch unsicher, unheimlich unsicher. Es irritierte sie, dass die Frauen so leicht bekleidet waren, selbst die älteren Frauen bildeten keine Ausnahme, hier war keine Spur von Verhüllung mit Schleier oder Kopftuch, dem Bild von iranischen Frauen, das in ihrem Gehirn eingemeißelt war. Gabriela waren solche Partys nicht fremd, aber auch sie stellte fest, dass sich im Vergleich zu ihrer Zeit mit Hassan vieles geändert hatte, die jungen Leute hatten keinerlei Vorbehalte gegeneinander, gleich welcher Herkunft sie waren, und es war nicht zu übersehen, dass jede und jeder Einzelne allein als Mensch zählte. Keine Ideologien standen hinter ihrem Benehmen, unbelastet und ohne Vorbehalte gingen sie miteinander um. Es schien, als hätten sie keine Schubladen im Kopf und definierten oder ordneten sich nicht gegenseitig als Türken, Araber, Deutsche, Juden, Christen, Muslime usw. ein. Sie waren einfach da, um die Hochzeit ihrer Freunde zu feiern, und damit Basta.

---

angewendet, sondern einfach ignoriert werden. Kleine Kinder werden schon mit zwei Jahren von Termin zu Termin gejagt und den maschinellen Bildungsbetrieben ausgeliefert. Von der Wiege an werden sie mit der Keule des Erfolgs geschlagen, und Erfolg heißt ein besserer Job, und ein besserer Job heißt viel Geld verdienen.

„Ach wie schön!", stöhnte Elke, Gabrielas Freundin, die in ihrer Jungendzeit auch gewisse Erfahrungen mit Menschen anderer Herkunft gemacht hatte. „Das erinnert mich total an früher!"
„Das ist eben die Veränderung, von der manche reden und die andere einfach nicht zur Kenntnis nehmen wollen", sagte Gabriela zur ihr.
„Dem Himmel sei Dank", erwiderte Elke, „wir haben damals so ein Trara um unsere sogenannte Aufgeschlossenheit gemacht und gemeint, wir wären anders, und dabei taten wir so, als wären wir was Besonderes, aber die jungen Leute heute sind ziemlich gut drauf."
Elke war so dankbar, dass Gabriela sie mitgenommen hatte. Als sie dem frischgebackenen Ehepaar ihr Geschenk überreichte und dabei gratulierte, bedankte sie sich ausdrücklich bei Fabian und seiner Frau Anaroxana für die Einladung.
Silvia blieb eher zurückhaltend und lächelte mit Mühe die Gastgeber an, ohne ein Wort zu verlieren. Sie sprach nie über ihre Gefühle und Eindrücke. Sie war von Natur aus ein stiller Mensch, der selten den Mund aufmachte, denn obwohl sie gerne wie die anderen geredet hätte, schaffte sie es nicht. Manches Mal nahm sie sich fest vor, sich zu äußern, und dann ärgerte sie sich so sehr, dass sie es nicht schaffte. Sie blieb stumm, als seien ihr die Worte, die sie sich sorgfältig zurechtgelegt hatte, im Halse stecken geblieben. In solch einem Zustand trank sie schnell und viel, sei es Wasser, sei es Bier oder Wein, als wolle sie die Worte hinunterspülen, und anschließend suchte sie die Toilette auf, als müsse sie die heruntergespülten Worte dort herauslas-

---

Wir bedauern es, dass die Naturwissenschaften und Forscher fast in allen Bereichen zu Gunsten der Gewinnmaximierung der Konzerne am Werk sind, anstatt zum Wohle der Menschheit, sei es in der Pharmaindustrie und Chemie, sei es im Maschinenbau, in der Informatik oder in der Ernährungsindustrie – ganz zu schweigen von den Rüstungs-

sen. Auch an diesem Abend trank sie ununterbrochen, sie tanzte zwar mit, wie alle anderen, ansonsten aber war sie zwischen Saal und Toilette unterwegs.
Die Stimmung war unbeschreiblich fröhlich, die Gäste tanzten, lachten, redeten laut und genehmigten sich allerlei Getränke, die Raucher qualmten den Raucherraum gnadenlos zu. Ausgelassenheit herrschte in jeder Ecke, selbst im Waschraum war die Melodie des einen oder anderen Liedes zu vernehmen, das die Gäste dort weitersangen. Die Einzige, in der sich ein Gefühl des Unbehagens breitmachte, war Angela. Ihre Miene zeigte deutlich, dass sie ihren eigenen Gedanken nachhing, irgendwie verriet ihr Blick, der über die Köpfe der Anwesenden hinweg weit in die Ferne glitt, ihre gedankliche Abwesenheit. Gabriela, Elke und Silvia waren angeheitert, sie wiegten sich im Rhythmus der Musik, am Rand der Tanzfläche stehend, Gläser in den Händen, dabei wackelten sie mit den Köpfen, als ob sie gerne tanzen würden, sich aber noch nicht trauten. Da ging Elke einen Schritt weiter, sie stellte ihr Glas auf einen der Tische und glitt unter die Tanzenden. Nun fassten sich auch Silvia und Gabriela ein Herz und mischten sich ein, wenn auch anfangs nur am Rande, doch schließlich überwanden sie ihre Hemmungen und rückten in die Mitte der Tanzenden vor, sodass sie auf dem Höhepunkt der Feier mit den anderen verschmolzen. Nur Angela stand stocksteif da und leerte ein Glas nach dem anderen, als wolle sie sich auf diese Weise zum Kochen bringen. Dazu nutzte sie jede sich bietende Gelegenheit und verschwand in den Raucherraum, wo sie rauchte und rauchte. Die Freundinnen hatten sie aus den

---

industrien, die behaupten, ihre tödlichen Produkte dienten der Verteidigung der Menschen, nicht dem gegenseitigen Töten und der Zerstörung der Lebensgrundlagen. Wir bedauern es, dass die Digitalisierung und Automatisierung des Alltags den Verlust der menschlichen Eigenschaften vorangetrieben und die Menschen quasi verstümmelt haben.

Augen verloren, auch war jede nun mit sich selbst beschäftigt, alle wollten den Abend so recht genießen. Auch Fabian war ganz aus dem Häuschen, anfangs war er ein paar Mal zu seiner Mutter gekommen, hatte sie an sich gedrückt und gesagt: „Schön, dass du da bist.“
Aber Hartmut Hammer mischte sich von Beginn an ein, und obwohl er steif und ungelenkig war, wackelte er, wenn auch recht unbeholfen, zwischen den Tanzenden mit den Gliedern. Er tanzte sogar abwechselnd mit zwei etwas reiferen iranisch-deutschen Damen, die sich genauso jugendlich, noch jugendlicher als die jungen Frauen, zurechtgemacht hatten. Fast konnte man meinen, Hartmut Hammer wolle zwischen den beiden einen Konkurrenzkampf anstiften. Jedenfalls wirkte er von diesen Damen fasziniert und hatte anscheinend seine angebliche Lebensgefährtin längst vergessen. Er genoss den Abend in vollen Zügen, schließlich hatte er einen Karton Rotwein gestiftet und einiges für das Geschenk bezahlt – seine Rechnung musste beglichen werden.
Plötzlich wurde die Musik unterbrochen. Fabian und Anaroxsana traten auf. Fabian auf Deutsch und Anaroxsana in gebrochenem Persisch begrüßten nun offiziell ihre Gäste, bedankten sich herzlich für ihr Kommen und auch die wertvollen Geschenke. Sie eröffneten das Abendbüffet und baten die Gäste, es sich schmecken zu lassen. Als sie ihre kurze Ansprache beendet hatten, bildete sich eine lange Schlange vor dem Büffet, als hätten die Gäste nicht nur gute Laune und Geschenke mitgebracht, sondern auch einen gesunden Appetit. Man ließ wieder die Musik laufen, zwar

---

Wir bedauern es, dass die Menschen nicht in der Lage sind, dies alles zu begreifen und sich zu weigern, diesen Unheil bringenden Prozess zu stoppen, sondern eher das Gegenteil der Fall ist, jeder versucht, sich bestmöglich daran zu beteiligen und daraus Vorteile für sich zu ziehen, und seien es auch nur vorübergehende Vorteile.

leiser nun und andere Melodien, in ganz ruhigem Takt, zu dem man ruhig tanzen konnte, was ein paar Gäste auch taten anstatt sich in die Schlange zu stellen.
Angela und ihre Freundinnen saßen an einem Tisch, an dem auch Fabians Tante saß. Hartmut Hammer leistete den beiden Damen von der Tanzfläche Gesellschaft. Sie waren relativ zu ihm noch recht jung. Er plauderte mit ihnen und den weiteren Paaren am Tisch, als würden sie sich schon ewig kennen.
Die Freundinnen aßen voller Appetit. Nur Angela tat sich auch mit dem Essen schwer. Als die anderen drei mit dem Essen so weit waren, näherte Angela sich Gabriela und flüsterte ihr ins Ohr: „Mir ist schlecht, ich muss raus, würdest du mit mir kommen? Ich halte das nicht mehr aus, es ist alles so schrecklich!"
Gabriela machte ein langes Gesicht, sie wusste nicht, was hier schrecklich sein sollte, die Stimmung war hervorragend und die Leute waren alle nett und freundlich. Obwohl sie gerne geblieben wären, begleitete sie Angela nach draußen.
Kaum waren sie vor dem Haus, brach Angela in Tränen aus. Sie weinte bitterlich, während sie Gabriela umarmte und den Kopf auf ihre Schulter legte. Sie schluchzte und schluchzte. Und sie wiederholte abermals: „Es ist alles so schrecklich… diesen Kerl kann ich nicht mehr sehen!"
Damit meinte sie Hartmut, ihren Ex-Mann. Gabriela streichelte ihr über das Haar, zog ein Taschentuch aus der Tasche und gab es ihr, um ihre Tränen abzuwischen. Als Angela sich etwas beruhigt hatte, gingen sie ein paar Schritte weiter. Gabriela bemerkte, dass Angela nicht in der Lage

---

Wir, Hans und Hassan, bedauern es, dass wir und die Leute, die ähnlich wie wir dachten oder immer noch denken, es nicht geschafft haben, die enormen Erfahrungen der nachfolgenden Generation zu vermitteln. Wir bedauern es, dass diese Generation, unsere Generation, am Scheitern der großen, ambitionierten freiheitlichen und sozialen Pro-

war, wieder unter die Feiernden zu gehen. „Sollen wir eine kleine Runde laufen oder uns irgendwo hinsetzen?“, fragte Gabriela.
„Lieber irgendwo hinsetzen“, gab Angela zurück.
Gabriela fragte, ob sie in eine Kneipe gehen sollten, sie kannte einige in der Gegend, oder ob sie sich in der Grünanlage irgendwo hinsetzen sollten. Angela wollte lieber an der frischen Luft bleiben. Darüber hinaus wollte sie rauchen, während sie erzählte. So setzten sie sich auf eine Bank. „Du kannst mir ruhig erzählen, was dich stört.“
„Ja, das habe ich vor“, sagte sie.

Angela hatte sich schon als junge Frau immer ein sogenanntes normales Leben gewünscht und war stets bemüht gewesen, sich solch ein Leben aufzubauen. Mann, Kinder, Haus und Hecke, Taufe und Konfirmation, Auto und Garage, Hund und Katze, Weihnachtsbaum und Urlaubsreise, möglichst zweimal im Jahr, ein bisschen Verwandtschaft hier, eine Prise Freundschaft dort... waren die Mindestausstattung in dieser Vorstellung vom normalen Leben. Als sie Hartmut Hammer kennenlernte und ihn nach ein paar Monaten in ihren bescheidenen Freundes- und Familienkreis mitschleppte und nichts Außergewöhnliches passierte, sich niemand ihm gegenüber kritisch äußerte, ging sie davon aus, dass dieser Bursche der richtige Mann für sie sein könnte und mit ihm wahrscheinlich ein Leben, wie es ihr vorschwebte, möglich sei. Je mehr Zeit verging, umso mehr erwies sich Hartmut Hammer jedoch als äußert schwieriger Mensch, mit dem Angela zähneknirschend umging bzw.

---

jekte maßgeblich, aus welchem Grund und auf welche Art und Weise auch immer, beteiligt war und ist. Wir bedauern es, dass die Menschen so schnell vergessen, dass das Leben so kurz ist. Es ist eine kurze Strecke zwischen Punkt A und Punkt B, das Durchlaufen dieser Strecke ist relativ zu dem, was im gesamten Universum vor sich geht, nicht mehr als

umgehen musste. Sie hatte keine andere Wahl, denn sie ging davon aus, dass sie keinen anderen Mann finden würde. Sie bescheinigte sich selbst, eine unattraktive Frau zu sein, obwohl sie keineswegs übel aussah, wenn man ihre giftigen Blicke und ihr Augenblinzeln beim Reden ignorierte, konnte man sie sogar als sexy bezeichnen. Dies galt zumindest für jene Männer, die leicht pummelige Frauen mochten. Doch Angelas Eltern, insbesondere ihre Mutter, hatten ihr stets reingeredet, sie wäre dick und ungeschickt, ja sogar plump, und deshalb hätte sie Schwierigkeiten auf dem Heiratsmarkt. Anscheinend saß dieses Urteil ihrer Eltern tief in ihr, das hatte ihr nach der Scheidung jedenfalls ihre Therapeutin gesagt. Wenn sie gelobt wurde, konnte sie es nicht glauben, sie wurde sofort unsicher und stellte das Lob direkt und indirekt in Frage, was sie auch mit ihrer Therapeutin nach der Scheidung besprochen hatte. Die hatte ihr die Teilnahme an einem Lob-Seminar nahegelegt, in dem die Teilnehmer das Loben und den Umgang mit Lob übten. Angela hatte also allen Grund zu klagen über die Erziehungspraxis ihrer Eltern und deren katastrophale Wirkung. Ganz besonders klagte sie über ihren Vater, obgleich er an ihrer Erziehung nicht so direkt beteiligt war. Er war eher mit seinem Kram, mit Fußball und Biergarten, und wenn er zu Hause war, mit der Sportschau und ähnlicher typischer Männerunterhaltung beschäftigt. Somit war er im Grunde genommen, was die Erziehung von Angela und ihrer Schwester anging, unbelastet, denn wenn er einen Sohn gehabt und ihn nicht in einen Fußballverein geschleppt hätte und der Junge es nicht geschafft hätte, Mitglied der Natio-

---

ein Wimpernschlag. Es lohnt sich nicht, sich auf diesem Pfad, den wir gewöhnlich das Leben nennen, zu hetzen, sich antreiben zu lassen, sich gegenseitig niederzumachen.

Wir, Hans und Hassan, sind weit davon entfernt, mit dem Zeigefinger nur auf die anderen zu zeigen, im Gegenteil, wir fühlen uns in diesem Prozess an erster Stelle selbst

nalmannschaft zu werden, hätte man ihm das als väterliches Versagen ankreiden können. So äußerte er sich, als Angela ihn nach dem erfolgreichen Abschluss ihrer Therapien einmal zu kritisieren wagte, indem sie ihn fragte, warum er sich nicht an der Erziehung seiner Kinder beteiligt hätte, denn sie meinte, sie habe über den Vater nichts von der inneren Welt der Männer mitbekommen.

Darüber hinaus war ihr nicht klar, ob andere Männer überhaupt besser wären als Hartmut Hammer. Nach dem Motto, was man hat, das hat man, ging sie mit ihm um, versuchte, die Konfrontation zu vermeiden und dennoch ihre eigenen Bedürfnisse so weit wie möglich zu erfüllen. Ein echtes gemeinsames Leben war von Anfang an blockiert, denn Hartmut Hammer bestand auf Güter- und Kassentrennung und getrennte Schlafzimmer, wie in der Zeit vor ihrer Heirat... Aber das störte sie nicht, und es schien, als könne Angela dank ihrer Sachlichkeit mit solchen Forderungen gut klarkommen, zumal sie die Mein-Dein-Verhältnisse durch ihre eigene häusliche Erziehung tief verinnerlicht hatte. Dennoch war sie manches Mal außerstande, ein besonders extremes Verhalten von Hartmut Hammer nachzuvollziehen. Dann beriet sie sich mit dieser oder jener Freundin, aber wie oft und wie viel sie auch mit anderen über Hartmut Hammer redete, das Ergebnis war stets dasselbe, und das lautete, sie müsse ihn verlassen. Dazu rieten ihr die Freundinnen immer wieder.

Sie unternahm sogar in diesem Stadium ihres Lebens eine kurze Therapie, in der ihr die Therapeutin nach zwei Sitzungen dasselbe sagte, sie solle ihren Mann verlassen oder

---

verantwortlich. Wir wollen gleich klarstellen, dass das Scheitern eines Projekts auf keinen Fall den Weltuntergang bedeutet, zumindest hoffen wir das, und wir sind davon überzeugt, dass die Menschen durchaus fähig sind, ein neues Projekt für die Wiedervermenschlichung der menschlichen Gemeinschaft hervorzubringen.

dafür sorgen, dass er sich auch behandeln ließe. Sie hielt es sogar für möglich und erfolgversprechend, wenn sich beide einer Paartherapie unterziehen würden. Aber die Chancen, Hartmut Hammer zu einer Therapie zu bewegen, standen in den Sternen. Schließlich hielt er die Psychologen allesamt für Verrückte, und selbst die Freudsche Psychoanalyse betrachtete er als Scharlatanerie, er selbst war eben ein Mann der Gesetze und Paragrafen. Doch was tat Angela? Anstatt den Mann zu verlassen, verließ sie damals die Therapie und tauchte bei keiner mehr auf, bis nach der Scheidung.

Angela, immer noch mit feuchten Augen, jammerte Gabriela vor: „Es ist so schrecklich, ich kann diesen scheußlichen Kerl nicht ansehen. Ich dachte, ich könnte ihn einfach ignorieren, sonst wäre ich nicht gekommen. Wenn mir auch Fabian total leidgetan hätte."
Gabriela war zuerst irgendwie hilflos. Was sollte sie sagen? Sie zog das Zigarettenpäcken aus der Tasche und bot Angela eine an, dann nahm sie selbst auch eine. Während Gabriela die Zigaretten für beide anzündete, sammelte sie sich und versuchte, irgendwelche passenden und zugleich beruhigenden Worte zu finden. Aber es fiel ihr wirklich nichts ein, sie konnte einfach nicht verstehen, was am Anblick des Ex-Mannes so schrecklich sein sollte, zumal weit über hundert Menschen da angesammelt waren. In diesem Moment zuckte ihr Gesicht, als ob ihr doch noch etwas Adäquates eingefallen wäre. „Genau", flüsterte sie in sich hinein und sagte laut zu Angela: „Es sind so viele Menschen da, warum schaust du ausgerechnet diesen Typen an? Man

---

II. Stapel

Etwa hundert Meter entfernt von der Parkbank, auf der ich an einem milden deutschen Sommertag meine Einsamkeit genoss, winselte ein sichtlich geschwächter Hund vor sich hin. Entgegen meiner inneren Einstellung weckte dieser erbärmliche Hund Mitleidsgefühle in mir. Ansonsten hasste

kann ihn einfach in dieser Masse verschwinden lassen, so eine ausgeprägte Erscheinung ist er allemal nicht."
„Ja, das stimmt, Gabriela, es waren exakt 145 Menschen dort. Um mich abzulenken, habe ich sie alle fast zehnmal gezählt, und es stimmt auch, gut aussehen tut er nicht, er sah immer so verklemmt und zusammengeschrumpft aus. Aber darum geht es nicht. Er erinnert mich an die Qualen, die ich seinetwegen auf mich genommen habe. Er hat mit seinem Verhalten alle meine Freundinnen und Freunde vergrault und mich in eine wahre Isolation geführt. Wenn ich die Kinder nicht gehabt hätte, wäre ich wahrscheinlich wegen meiner Tag für Tag zunehmenden Depressionen schon längst nicht mehr am Leben."
„Wieso konntest du mit ihm überhaupt Kinder zeugen?", rutschte es Gabriela unkontrolliert heraus. Sie bemerkte sofort, dass diese Frage plump war, und wollte hinzufügen, sie meine, am Anfang dürfte es wohl nicht so schlimm gewesen sein, aber Angela ließ ihr keine Möglichkeit weiterzureden, indem sie sagte: „Das ist eine gute und einfache Frage, die mir jeder zu Recht stellen kann, aber die Antwort ist weder einfach noch gut. Liebe Gabi, ich erzähle es dir, wenn du willst."
Natürlich wollte sie.

Als sie diesen Menschen geheiratet hatte, erzählte Angela, habe sie gehofft, positiv auf ihn wirken zu können. Immer wieder hatte sie dafür gesorgt, dass ihre Freunde sie und ihren Mann einluden, was diese auch taten. Und wenn sie zu Gast waren, benahm sich ihr Hartmut Hammer auch

---

ich Hunde, denn allzu oft überkam mich das Gefühl, in einem Hundeland zu leben.
Darüber hinaus hatte ich einmal eine bittere Erfahrung mit einer richtig rabiaten deutschen Hündin gemacht. Weder ist es mir bis heute gelungen, diese Erfahrung aus meiner Erinnerung zu löschen, noch hatte ich jemals eine Möglich-

vorbildlich, er genoss die Speisen und Getränke und ließ sich mit allerlei Köstlichkeiten und in aller Freundlichkeit bedienen. Angela war jedes Mal glücklich und stolz auf sich, dass ihr Mann doch in der Lage war, mit anderen Menschen zu verkehren. Das machte sie zuversichtlich, dass ihre Bemühungen Früchte tragen würden. Wenn dann aber die Gegeneinladung anstand und die Freunde zu ihnen kamen, benahm sich Hartmut Hammer stets schroff. Bei Ankunft der Gäste verschwand er in sein Zimmer und begrüßte niemanden. Wenn dann die Gäste nach ihm fragten, log Angela, um die Peinlichkeit zu relativieren, und sagte: „Er sitzt gerade an einem schrecklich dringenden Auftrag in seinem Home-Office." Ein andermal erklärte sie, er habe Kopfschmerzen. Wenn Hartmut Hammer dann schließlich zum Abendessen bei Tisch auftauchte, setzte er sich stumm auf seinen Platz, ohne die Gäste zu begrüßen und ihr Lächeln zu erwidern. Manche Freunde fragten dann, ob alles mit ihm in Ordnung sei, aber Angela schaltete sich sofort ein und erklärte, einer seiner Kunden mache Ärger, oder er wäre heute beim Zahnarzt gewesen und habe immer noch Schmerzen. Angela wusste, wenn Hartmut Hammer antworten würde, würde er sich empören, wie sie auf die Ideen kämen, dass etwas mit ihm nicht stimmen würde, er sei doch bester Verfassung. Aber die Freunde waren nicht so dumm, wie Angela sich gewünscht hätte, nach und nach hatten sie ihre Beziehungen zu dem Paar abkühlen lassen, bis sie ganz abbrachen. Was Angela am meisten quälte und traurig machte, war, dass sie immer wieder mit neuen Freunden anfing, die luden sie und ihren Mann ein, jedes

---

keit, meinem Hass und meiner Wut über diese Hündin und ihr Herrchen Ausdruck zu verleihen. Meine unheilvolle Begegnung mit dieser Hündin ereignete sich an jenem Tag, an dem ich meinte, auf dem Weg zu einer Ärztin zu sein. Tatsächlich fühlte ich mich an diesem Tag nicht wohl, daher wollte ich einen Arzt, in meinem Fall eine Ärztin, aufsu-

Mal war Hartmut Hammer bei den Leuten so aufgeschlossen und freundlich, und jedes Mal machte Angela wieder den gleichen Fehler und lud die Freunde zu sich ein, und jedes Mal brüskierte Hartmut Hammer die Gäste und ließ sie spüren, dass sie nicht erwünscht waren. Trotz alledem hielt Angela zu ihm.

Egal was die anderen sagten und meinten, Hartmut Hammer widersprach ihnen auf eine unangenehme Weise. Manchmal äußerte er sich ausführlich zu irgendeinem Thema und legte überzeugt seine Meinung dar. Die Freunde bestätigten ihn in seiner Meinung, vielleicht lobten sie sogar seinen Scharfsinn, um die Gesprächsatmosphäre aufzulockern und Hartmut Hammer zu zeigen, dass ihn niemand angreifen wolle. Aber seine Antwort war in solchen Fällen, er habe es gar nicht so gemeint und sie hätten ihn falsch verstanden. Wenn es darauf ankam, den anderen zu widersprechen, zögerte er nicht, sich selbst zu widersprechen. Er vermied stets, mit den anderen in Einklang zu kommen. Mit anderen Worten, er sorgte vorsätzlich dafür, dass zwischen ihm und den anderen ein Klima der Disharmonie entstand, und dabei war er immer erfolgreich.

Angela wollte nicht allein bleiben, das wusste Hartmut Hammer sehr gut. Er versäumte nicht, jede Gelegenheit auszunutzen, um Angela zu verunsichern. Egal was sie machte oder sagte, Hartmut Hammer beurteilte es als falsch. Irgendwann sah es so aus, als habe er nur noch Angela, um sein Widerwärtigkeit zu praktizieren. Sie war zunächst das einzige verbliebene Ziel.

Am Ende blieb ihr eine einzige Freundin übrig, die sie aber,

---

chen. Ich hatte vor, mir mit medizinischem Fachwissen, guten Ratschlägen und eventuell auch einer Palette von wirksamen Medikamenten helfen zu lassen. Bald würde ich wieder voll funktionsfähig sein, ich malte mir aus, wie ich in Kürze wieder normal essen, meinen Wein und mein Bier trinken und, wenn ich Lust hätte, rauchen würde, und in

um sie nicht auch noch zu verlieren, niemals zu sich nach Hause einlud. Diese Freundin lebte mit Mann und zwei Kindern in Norddeutschland, wo Angela und Hartmut Hammer sie ab und zu besuchten. Sie hatte ein gewisses Verständnis für Angela, öfters sprachen sie offen über das merkwürdige Verhalten von Hartmut Hammer. Angela rief sie an, wenn sie nicht weiter wusste, und sie berieten sich. Manches Mal aber wusste die Freundin auch keinen Rat, wie man mit diesem Typen umgehen konnte, und deutete mehr oder weniger offen an, es sei wohl das Beste, ihn rauszuschmeißen. Ihr Mann nahm diesen Hartmut überhaupt nicht ernst, er meinte, er sei einfach gestört. Doch Angela überhörte solche Äußerungen ihrer Freundin und reagierte darauf, indem sie wochenlang nicht mehr bei ihr anrief.
Es war diese Freundin, die Angela riet, Kinder zu zeugen, vielleicht würde ihr Mann durch die Kinder, und zwar eigene Kinder, etwas umgänglicher. Schön wäre es, sagte sich Angela. Die Freundin wusste nicht, dass Hartmut Hammer Kinder hasste, zudem konnte er Angela nicht schwängern, das wusste sie besser als er selbst, da sie sich seit langem ein Kind wünschte. Einmal waren Angela und Hartmut Hammer ganze drei Wochen bei dieser Freundin in Norddeutschland, sie verbrachten quasi ihren Sommerurlaub dort und ließen sich von dem Ehepaar bedienen, und es kam zu keiner Unannehmlichkeit zwischen Hartmut Hammer und dem Rest, im Gegenteil, er benahm sich vorbildlich, spielte sogar mit den Kindern, die Kinder fingen an ihn zu mögen, und Angela genoss diesen Anblick und betrachtete ihn als einen Wendepunkt. Obwohl sie nicht aber-

---

diese und ähnlich schöne Gedanken versunken, erschreckte mich plötzlichen das aggressive Bellen dieser Hündin, die mich kurz darauf tief in meine rechte Wade biss. Ein schrecklicher, unerwarteter Schmerz breitete sich in meinem ganzen Körper aus. Er stach mir tief in mein Herz, das so krank war, wie ich meinte. Und tatsächlich war mein Herz

gläubisch war, ging sie doch davon aus, dass ein Wunder geschehen sei. Es war auch ein Wunder, dass sich Hartmut Hammer wie ein niedliches Kind benahm. Nach diesem Urlaub war Angela drei Monate lang überglücklich und liebte ihren Mann über alles. Sie vergaß, was er bis jetzt getan hatte und wie er war. Er war ein neuer Mensch in ihren Augen. Zu Hause widersprach er ihr nicht mehr so häufig und lachte sogar ab und zu, sein verkniffenes Gesicht entspannte sich hin und wieder, sodass er für kurze Momente nicht mehr wie der unglücklichste Mensch des Universums wirkte, ja, er fand nicht mehr alles so extrem Scheiße, wie er es halt sonst tat, wenn er bei jeder Kleinigkeit das Wort Scheiße benutzte. Diese kleine Veränderung machte Angela so glücklich, dass sie auf einen Schlag wieder extrem freundlich zu ihm wurde, bis er sie wieder abwies, als fürchte er, in diesem Strom der Freundlichkeit zu ertrinken. Angela stellte sich abermals selbst in Frage und meinte sofort, sie verlange wohl zu viel von ihm. Diese vorübergehende Veränderung war für sie eine Revolution, mit der sie sich begnügte. Trotzdem wagte sie nicht, jemanden einzuladen, eigentlich hatte sie auch niemanden mehr.

Doch schließlich sprach sie mit Hartmut Hammer über diese Freundin und fragte ihn, ob sie sie für ein Wochenende einladen solle, damals wohnten sie in Berlin. Hartmut Hammer hatte nichts dagegen, Angela atmete auf, sie war nun überzeugt, dass sich ihr Hartmut doch geändert hatte. Er schlug sogar vor, bei der Vorbereitung des Abendessens mitzuhelfen und bot an, sein Zimmer den Gästen als Schlafzimmer zur Verfügung zu stellen, oder dass Angela

---

nach der Attacke dieser Hündin ernsthaft angegriffen, und ich war so geschwächt, dass ich nicht einmal schreien konnte. Ich zeigte die Hündin und ihr Herrchen nicht an, denn ich beschloss, mich auf zivilem Wege zu beschweren, indem ich Briefe schrieb. So verfasste ich Briefe an diesen und jenen Verband und Verein, in denen ich darum bat, doch bit-

bei ihm in seinem Bett schlafen könne. Angela war froh und lud die Familie ein, und sie kamen auch. Entgegen aller Erwartung jedoch verschwand Hartmut Hammer wieder in seinem Zimmer, kaum dass es an der Tür klingelte, und ließ sich zur Begrüßung der Gäste nicht blicken. Doch Angela holte ihn aus seinem Zimmer, sie wollte nicht, dass er diese Freundin auch noch vergraulte, und er kam tatsächlich und half ein wenig in der Küche mit. Es schien, als stünde ein harmonisches Wochenende bevor. Hartmut beteiligte sich locker an der Unterhaltung, die Stimmung war nicht schlecht, eher sehr gut, und Angela blühte auf wie nie zuvor. Sie diskutierten über dieses und jenes, bis plötzlich die Diskussion um Kinder und den Geburtenrückgang in Deutschland ging. Da rastete Hartmut Hammer aus und begann mit einem Male zu schimpfen. Er schimpfte und schimpfte, und ohne Rücksicht auf die Anwesenheit der Kinder sagte er, Kinder seien Arschlöscher. Dann zog er sich demonstrativ in sein Zimmer zurück. Angela folgte ihm, sie versuchte, ihn zur Rückkehr zu bewegen, aber was sie auch sagte, nichts konnte ihn beeindrucken. Die Gäste waren fassungslos, insbesondere beschämt gegenüber den Kindern. Nach einer kurzen Beratung beschloss das Ehepaar, die Wohnung zu verlassen. Sie nahmen ihre Sachen, die sie zum Glück noch nicht ausgepackt hatten, und riefen nach Angela, um sich von ihr zu verabschieden.
Angela sagte weinend: „Es tut mir so leid."
Mehr konnte sie nicht sagen. Im Gegenteil hätte sie beinahe ihrer Freundin gesagt, Giuseppe hätte halt nicht so viel reden sollen. Giuseppe war der Mann ihrer Freundin, ein Ita-

---

te irgendetwas gegen solche aggressiven Hunde, in meinem Falle eine Hündin, zu unternehmen. Gemeinhin sehen diese Tiere zwar harmlos aus, aber sie können weitere Menschen oder von mir aus auch Tiere verletzen. Ich schrieb, es wäre doch sicher im Interesse der Hündinnen und Hunde, solche Abtrünnigen zu bändigen, denn die Mehrheit der Hündin-

liener, der diese hochgradige Verhaltensstörung ihres Mannes überhaupt nicht nachvollziehen konnte. Er war sonst immer locker und sehr zuvorkommend zu diesem Hartmut Hammer gewesen, und nun war er mehr als alle anderen betroffen und völlig befremdet über diese Art der Gastfreundschaft, die er da bei Familie Hammer erlebte, das war zu viel für ihn. Seine Frau Monika entschuldigte sich mehrmals bei ihm und versprach ihm, dass sie nie wieder mit diesen Hammers zu tun haben würden. Ihr reichte es auch, nie hätte sie geglaubt, dass Hartmut Hammer so weit gehen würde. Sie verstand auch Angela nicht, die immer wieder versuchte, die Schuld auf die andere Seite zu schieben, da konnte sie ihr auch nicht helfen, wenn Angela permanent sich selbst in Frage stellte, um diesen Typen immer wieder reinzuwaschen.
Die Familie verließ also die Wohnung, setzte sich wieder ins Auto und fand schließlich mit Mühe zu dieser späten Stunde eine bezahlbare Unterkunft. Tags darauf verließen sie die Stadt, und das war das Ende der Beziehung zwischen Angela und Monika, die ihre letzte Freundin gewesen war und die am härtesten von der Irrsinnigkeit ihres Mannes getroffen wurde.
Angela war unendlich traurig und wütend. An diesem Abend beschloss sie, künftig rational mit dem Leben umzugehen. Nach wochenlangem Überlegen und Abwägen kam sie zu dem Ergebnis, dass Hartmut Hammer zu verlassen und einen anderen Mann zu suchen, für sie nicht die richtige Entscheidung wäre. Sie wollte im Rahmen dieser Beziehung einen anderen Sinn im Leben finden. Nein, von Män-

---

nen und Hunde sei völlig in Ordnung und friedlich. Es wäre daher gegen die Interessen unserer friedlichen Gesellschaft, dass so bedeutsame Zeitgenossen durch diese Einzeltäter in Verruf gerieten.
Eine Zeitlang wartete ich auf Reaktionen oder Maßnahmen dieses und jenes Vereins oder Verbandes, aber vergeblich.

nern hatte sie tatsächlich die Nase voll, schon vor Hartmut Hammer hatte sie diese ständige Sucherei und Herumtreiberei zum Kotzen gefunden, deshalb hatte sie sich doch auch dauerhaft mit diesem bescheuerten Hammer eingelassen.

So kam es zu ihrem Entschluss, um jeden Preis Kinder zu bekommen, quasi neue Menschen in ihr Leben hineinzubringen, Menschen, die nur sie selbst fabrizieren und erziehen konnte, da dürfte nicht so viel schiefgehen, meinte sie. Sie sah keinen Sinn darin, mit ihrem Mann zu reden bzw. ihn zu überreden, zum Arzt zu gehen, denn ihr war klar, dass sie selbst schwanger werden konnte, das hatten nicht nur die Ärzte bescheinigt, sondern sie hatte kurz nach ihrem Schulabschluss einmal abtreiben müssen. Sie beschloss also, einen anderen Mann zu diesem Zweck zu suchen, und sie fand einen solchen Mann und unterhielt zwei Jahre lang heimlich ein merkwürdiges Verhältnis zu ihm. Dies verdankte sie einem neuen Kommunikationsmittel, „Internet" genannt, das damals gerade entstanden war. Sie war einer jener Menschen, die sich einen sogenannten Internetfreund zulegten, und dabei ging sie völlig planmäßig vor. Ihr Sohn Fabian und ihre Tochter Louisa wurden nicht von Hartmut Hammer gezeugt, sondern von diesem virtuellen Mann, der während dieser zwei Jahre weder erfuhr, wo Angela wohnte, noch dass sie verheiratet war.

Er war ein einfach gestrickter Mensch, was die Frage der Bildung anbelangte, und ein einsamer Mann dazu, und er ließ sich gerne gefallen, dass Angela hin und wieder zu ihm kam und Sex mit ihm hatte. In vielerlei Hinsicht war er kei-

---

Zwei der unzähligen Vereine, die ich angeschrieben hatte, versprachen, dem Vorfall nachzugehen. Ein Verein, er hieß, glaube ich, „Deutscher Verein zur Beschleunigung des Verständnisses zwischen Mensch und Tier", verlangte in einem sehr höflichen Brief eine Erklärung bezüglich des angeblichen Fehlverhaltens besagter Hündin, so wurde mir

neswegs besser als Hartmut Hammer, vielleicht sogar schlechter, ein ehemals arbeitsloser Akademiker, den das Arbeitsamt zu einer Fortbildung im Bereich Software und Programmierung gezwungen hatte, und der mitten in die Boom-Phase dieser Branche kam. Er hatte Glück und konnte dort tatsächlich Fuß fassen, so verbrachte er Tag und Nacht in dieser virtuellen Welt, und ab und zu stieß er auf eine wie Angela, oder umgekehrt. Angela war es recht, ja genau richtig, dass er keine echte Beziehung anstrebte. Als es mit dem ersten Kind, Fabian, geklappt hatte, machte sie schnell das zweite Kind mit ihm. Kaum war diese zweite Schwangerschaft durch eine ärztliche Untersuchung festgestellt, suchte sie ihn weder im Internet noch in der Stadt, in der er hauste, jemals wieder auf.

Die beiden Frauen hatten sich mittlerweile in eine Bar zurückgezogen. Es waren noch einige Leute außer ihnen da. Während Angela sich ein wenig beruhigt hatte und erleichtert wirkte, war Gabriela ein bisschen irritiert. So eine Lebensgeschichte hörte sie zum ersten Mal. Wie hatte Angela alle diese Erlebnisse, und das auch noch über einen so langen Zeitraum, für sich behalten können? Tatsächlich hatte Angela bis zu diesem Zeitpunkt niemandem ihre Geschichte erzählt und niemand außer ihr selbst wusste, was in ihrem Leben eigentlich vorgefallen war. Sie hatte diesen Teil ihres Lebens selbst bei ihrer Therapeutin erfolgreich verschwiegen. Gabriela war nun doch neugierig geworden, sie wollte wissen, wie Hartmut Hammer reagiert hatte, als die Kinder auf die Welt kamen. Sie bat Angela, ihr den weite-

---

mitgeteilt. Ich freute mich, dass sich doch jemand um die Gerechtigkeit kümmerte. Aber zu meinem Schrecken erhielt ich einige Tage später einen Brief von einem Anwalt aus Ostdeutschland, obwohl ich in Mitteldeutschland wohnte, mit einem Stapel Papier, in dem stand, dass er die Hündin und ihr Herrchen vertrete, sie hätten sich an das Gericht

ren Verlauf ihrer Geschichte zu erzählen, und die erzählte, dass ihr Mann überhaupt nicht auf die Idee gekommen war, sie könnte die Kinder mit einem anderen Mann gezeugt haben. Er war wie in allem anderen auch betreffs seiner männlichen Fruchtbarkeit so todsicher, dass er seine Frau keine Sekunde verdächtigt hätte, mit einem anderen Mann geflirtet zu haben, von einer Affäre ganz zu schweigen.

Die Kinder waren auf natürliche Weise auf die Welt gekommen, und sie wurden von ihrem Vater auch ganz natürlich streng und verständnislos behandelt. Er war halt wie er war, nicht nur ein strenger Vater, sondern über weite Strecken auch ein verantwortungsloser Vater, der sich weitestgehend aus der Erziehung der Kinder heraushielt, außer dass er ihnen ab und zu, wenn sie etwas anstellten, eine Standpauke hielt, und dass er sie gerne herumkommandierte. Er schlief weiterhin in seinem Zimmer allein und fuhr meistens allein in Urlaub. An seinem Verhalten hatte sich nichts geändert, er war Hartmut Hammer geblieben, und die ganze Welt war dazu da, ihm zu dienen. Im Gegenteil, da weder Freunde noch Bekannte, noch sonst irgendjemand sie besuchte, gab es nur noch die Konflikte zwischen ihm und seiner Frau, bis es wirklich nicht mehr ging und zur Scheidung kam. Angela sagte nur weinend, ihre Tochter Louisa sei zum Opfer dieser Konflikte geworden, denn er habe sie in ihrem Fehlverhalten verteidigt, um Angela zu ärgern.

Louisa war tatsächlich vollkommen aus der Bahn geworfen. Angela konnte nicht vergessen, wie sie ihrer Tochter innerhalb eines Jahres drei Fahrräder gekauft hatte, und jedes

---

gewandt. Dort hatten sie tatsächlich eine einstweilige Verfügung gegen mich durchgesetzt, nach der ich diesen angeblichen Unsinn über diese anständige Hündin nicht mehr verbreiten durfte. Ich übergab die Angelegenheit ebenfalls einem Anwalt, der meinte, was diese Leute täten, wäre Unsinn, ich sei schließlich das Opfer, und sie würden auf kei-

Mal kam sie irgendwann aus der Schule zurück und behauptete, ihr Fahrrad sei gestohlen worden. Eines Tages hatte Fabian einen Kerl mit Louisas Fahrrad erwischt, ihn zur Rede gestellt und erfahren, dass Louisa die Fahrräder einfach weiterverkauft hatte, weil sie Geld für Drogen benötigte, zum Glück jedoch nicht für sich selbst, sondern für ein paar sogenannte Freunde, die das Mädchen fest im Griff hatten. So kam heraus, dass Louisa nicht nur ihre Fahrräder verkauft, sondern auch zu Hause Geld geklaut hatte, sei es aus Angelas Geldbeutel, sei es von ihrem Bruder. Es war ein Schlag für Angela, dies zu erfahren. Sie war dann eine Zeitlang äußerst streng zu ihrer Tochter gewesen, hatte alles, was sie tat, unter die Lupe genommen und sie sogar einige Male zur Urinkontrolle gezwungen. Sie schränkte damals Louisas Freiraum so sehr ein, dass sie selbst die Schule wechseln musste. Das war der Grund dafür, auch die Stadt zu wechseln, und zum Glück hatte es geklappt. Daher war sie so sauer auf sie.
„So kam es, dass sie sich, um mich zu ärgern, dafür entschieden hat, bei Hartmut zu bleiben, obwohl er sich niemals um sie gekümmert und mich stets mit dem ganzen Elend alleingelassen hat. Nie hat er Mitgefühl gezeigt!" Sie sei nun froh, dass zumindest Fabian es so weit gebracht habe. Gleichzeitig fühlte sie sich mitschuldig, dass Louisa abhanden gekommen war.

Als sie zur Feier zurückkehrten, waren die meisten Gäste bereits gegangen und die verbliebenen Leute waren dabei, alles aufzuräumen. Alle waren mehr oder weniger besoffen

---

nen Fall irgendetwas erreichen. Doch sie hatten etwas erreicht, da mein Herz so schwach geworden war und ich mich dermaßen elend fühlte, dass ich keine Kraft mehr hatte, ständig ärgerliche Briefe von diesem und jenem Gericht zu lesen. Das sogenannte Gericht hatte sich letztendlich tatsächlich auf die Seite der Hündin gestellt, ohne mit ei-

und keiner nahm ihre Ankunft wahr, Silvia und Elke hatten sie offenbar auch vergessen, sie sahen Elke, die sich doch tatsächlich dort einen Mann geangelt hatte und im Begriff war, mit ihm nach Hause zu gehen. „Typisch Elke“, murmelte Gabriela vor sich hin, ohne auf sie neidisch zu sein.
„Wo kommt ihr denn her?“, fragte Elke lachend, als sie sie sah, und stellte ihre Begleitung vor: „Das ist Hamid“, und zu ihm: „Da sind ja Gabriela und Angela. Ich habe dir von Gabriela erzählt, sie kennt sich aus mit der iranischen Kultur.“
Die beiden Frauen waren sprachlos. Sie bewunderten Elkes Fähigkeit, die sich Hand in Hand mit Hamid verabschiedete und Angela noch kurz mitteilte: „Übrigens ist Silvia vor einer Stunde mit dem Taxi nach Hause gefahren, sie hat euch gesucht, um sich zu verabschieden, ich soll sie entschuldigen, sie ruft dich an“, und an Angela gewandt: „Und sie bedankt sich bei dir, dass du sie mitgenommen hast, sie war aber irgendwann furchtbar müde und musste schlafen gehen, morgen muss sie rechtzeitig aufstehen, weil sie mit einer Freundin zum Frühstück in der Stadt verabredet ist.“
Angela und Gabriela gingen wieder hinein, um sich von Fabian und seiner Frau zu verabschieden. Die Frischvermählten hatten, Gott sei Dank, ihre Abwesenheit überhaupt nicht bemerkt, sie waren wie alle anderen betrunken, vielleicht nicht ganz so stark. Zum Glück hatte sich Hartmut Hammer bereits aus dem Staub gemacht, und so konnte Angela sich in Ruhe von ihrem Sohn verabschieden, ohne dass ihr diese späte Stunde durch seinen Anblick vergällt wurde.

---

nem Wort meine Verletzung zu erwähnen. Ich sei Moslem, ich hätte nun mal was gegen Hunde und insbesondere weibliche, weil die Moslems das weibliche Geschlecht verachten. Keiner glaubte mir, dass ich überhaupt kein Moslem bin und nie in meinem Leben Moslem oder Christ oder Jude gewesen war, nirgendwo habe ich jemals angegeben,

5. Kapitel

Gabriela und Angela riefen ein Taxi und ließen sich zu Gabriela fahren, die Angela angeboten hatte, bei ihr zu übernachten. Es war nicht mehr viel von der Nacht übrig, nur noch ein paar Stündchen, doch sie hatten vor, ein paar Stunden des nächsten Tages daranzuhängen, um auszuschlafen sozusagen, denn der nächste Tag war ein Sonntag. Es war das erste Mal, dass Angela bei Gabriela schlief.

Als sie ankamen, waren beide todmüde und still wie die Nacht. Angela hatte das Gefühl, sie müsse weiter erzählen, nun, da sie jemanden gefunden hatte, der ihr zuhörte, und sie die Barriere des Schweigens gebrochen hatte. Aber Gabriela war sichtlich erschöpft, sie musste erst einmal das, was sie alles gehört hatte, verdauen. Sie bot Angela an, sich entweder im Schlafzimmer neben ihr hinzulegen oder im Arbeitszimmer auf der Schlafcouch. Angela entschied sich für das Schlafzimmer, indem sie höflich sagte: „Wenn ich nicht störe und es dir wirklich recht ist, im Schlafzimmer."

Es störte Gabriela nicht. Sie gab Angela eine frische Zahnbürste und ein Handtuch, und Angela verschwand ins Badezimmer. Gabriela nutzte die Gelegenheit und schaltete den Laptop an. Sie loggte sich bei Facebook ein, um zu schauen, ob es etwas Neues gab, obwohl sie sich jedes Mal sicher war, dass es dort nichts Neues in ihrem Sinne gab und nicht geben würde. Es gab auch nichts Neues, außer dass Eva wie immer müde war und nicht einschlafen konnte. Regina hatte ein neues Foto von ihrem Hund hochgeladen, Gerda hatte festgestellt, dass sie eine Laktoseintoleranz

---

überhaupt irgendeine Konfession zu haben. Doch auf Grund meines Namens und meiner Herkunft war ich als Moslem eingefächert und versiegelt. Sie warfen mir vor, ich hätte die Hündin mit Steinen beworfen und ihr Herrchen mit übelsten Schimpfworten beleidigt. Die Hündin habe in Notwehr bloß gebellt, und ich hätte ein Messer gezogen

hatte, und Bettinas Frisör hatte morgen nicht auf…
Gabriela schaltete den Laptop wieder aus. Sie freute sich, dass Angela neben ihr schlafen wollte, aber Angela hatte sehr pragmatisch entschieden, denn sie hatte Angst, an fremden Orten allein in einem Bett zu schlafen, aus diesem Grunde fuhr sie seit Jahren nicht mehr weg, genauer gesagt nicht alleine. Als sie aus dem Bad kam, bot Gabriela ihr ein Nachthemd an und ging dann selbst ins Bad, um sich schlaffertig zu machen.
Nach dem Frühstück am nächsten Morgen und einigen Tassen Kaffee waren die beiden wieder munter. Gabriela schlug vor, ein paar Seiten von dem Stapel vorzulesen. Angela hörte aufmerksam zu. Auf sie wirkte immer noch alles befremdlich, sie konnte diese Bemerkungen irgendwie nicht verstehen. Dennoch, je mehr sie von dem Geschriebenen erfuhr, umso deutlichere Zeichen des Verstehens entdeckte Gabriela in Angelas Gesicht, die darauf hindeuteten, dass sie zunehmend nachdenklicher wurde und immer interessierter. Als Gabriela über die heutigen Menschen und ihren Konsumwahn sprach, musste Angela an ihre Tochter Louisa denken. Unerwartet äußerte sie: „Hans oder Hassen, wer auch immer das geschrieben hat, hat recht. Viele Menschen sind auf der Bahn des sogenannten normalen Lebens ausgerutscht, sie spielen völlig verrückt!“ Ja, sie musste wieder mal an ihre Tochter denken. „Die Ärmste“, raunte sie.
„Wenn meinst du?“, fragte Gabriela.
„Meine Tochter meine ich. Sie ist eine dieser erbarmenswerten jungen Menschen, die unter die Räder des Lebens gekommen sind. Das Schicksal hat sie noch härter als Fabian

---

und mich vorsätzlich selbst verletzt, um die Hündin zu belasten, wobei ich zuvor versucht hätte, die Hündin zu töten, aber sie sei rechtzeitig abgehauen. Das Gericht sah ihre Beschwerde und Beschreibung des Vorfalls als glaubwürdig an.
Mein Herz war angegriffen, ich hatte einen Herzschlag be-

getroffen, die Ärmste. Fabian hat zumindest noch die Kurve gekriegt. Er hat jetzt eine Familie gegründet, die hoffentlich besser wird als die seiner Eltern. Vielleicht ist die Familie dieser Frau ausschlaggebend. Wie auch immer, ich bin froh darum."
Sie trank einen Schluck Kaffee und steckte sich dann eine Zigarette in den Mund. Das Gleiche tat auch Gabriela. Sie tranken und qualmten gemeinsam und jammerten und klagten gemeinsam über das Leben und die neuen Umstände. Alles war ihrem Empfinden nach durcheinandergeraten, nichts war mehr an seinem Platze. Obwohl sie durch ihren Beruf intensiven Kontakt zu jungen Menschen hatten, fühlten sie sich außerstande, diese Wesen wirklich zu verstehen. Im Grunde genommen unterrichteten sie sie nur, sie definierten das Verhalten bzw. Fehlverhalten der Jugendlichen für sich, stuften es so oder so ein und wehrten es gegebenenfalls, wenn es notwendig wurde, ab, und wenn nicht, dann versuchten sie eben, darüber hinwegzusehen. Sie gehörten beide nicht zu denjenigen, die meinten, es handele sich einfach um ein normales Abgrenzungsverhalten der Jugendlichen gegenüber der Erwachsenenwelt, und man könne sie einfach mit den vorhandenen Sanktionen wie schlechten Noten zur Ordnung rufen. Sie wussten, welche Mittel und Wege die Jugendlichen fanden, um sich dieser Autorität nicht beugen zu müssen.
Warum sie sich hingegen der Autorität der allgegenwärtigen Medien scheinbar so bedingungslos unterwarfen, konnte sich keine der beiden erklären. Sie waren einfach froh, wenn der Unterricht vorbei war.

---

kommen, war sehr schwach und konnte mich wirklich nicht wehren. Mein Anwalt sah auch, dass ich aufgrund meiner Schwäche dieses Verfahren nicht überstehen würde, obwohl ich im Recht war, und so empfahl er mir, die einstweilige Verfügung zu akzeptieren und auf weitere Verfahrensschritte zu verzichten. Ich akzeptierte das auf Grund meiner

„Wo ist deine Tochter eigentlich?", fragte Gabriela.
„Ich weiß nicht, wo sie ist und was sie tut. Niemand weiß das", antwortete Angela betroffen. „Ehrlich gesagt, bin ich sogar manchmal froh darüber."
Tatsächlich hatte sie, seit Louisa mit Ach und Krach die Schule abgeschlossen hatte, nichts mehr von ihr gehört, sie wusste nicht einmal genau, wie sie die Schule abgeschlossen hatte. Sie wusste nur, dass sie unmittelbar darauf ein Freiwilliges Soziales Jahr begonnen hatte. Das hatte sie zufällig von einer ihrer Freundinnen erfahren, die vermutete, dass Louisa nach Indien gehen wollte. Angela glaubte das nicht, ihrer Meinung nach war Louisa alles andere als sozial, ganz zu schweigen davon, dass sie ein Jahr in Indien für arme Leute verbringen und in Dreck und Armut leben würde. Denn sie war felsenfest davon überzeugt, dass auch Louisa diesem Konsumwahn zum Opfer gefallen und abhanden gekommen war. Vielleicht war sie auch tot? Sie war immer so extrem gewesen, hatte alles bis zum letzten Tropfen ausgekostet und jegliche Scheu abgelegt.
Louisa war in ihrer Klasse diejenige gewesen, die den Penis eines Jungen lutschte und sich dabei mit der Handykamera filmen ließ. Die Aufnahme zeigte sie stolz herum und berichtete, dass sich das alles während des Unterrichts abgespielt und die Lehrerin nichts davon mitbekommen habe. Angela hatte die Aufnahme entdeckt, als Louisa ihr Handy einmal zu Hause vergessen hatte und es ununterbrochen klingelte, was Angela mit der Zeit dermaßen aufregte, dass sie es nahm, um es auszuschalten. Dabei drückte sie aus Versehen auf eine falsche Taste, sodass die Aufnahme ab-

---

Schwäche. Ich musste für alle bisherigen Verfahren die Kosten tragen, auch für den Anwalt der Hündin und für meinen Anwalt, denn meine Rechtsschutzversicherung hat nichts bezahlt, weil solche Fälle angeblich nicht von meinem Rechtsschutzvertrag abgedeckt waren. Ich nahm einen Kredit auf, dessen Raten ich bis heute immer noch abzahle.

gerufen wurde. Als sie erkannte, was Louisa da tat, wurde ihr schwindelig und sie musste sich setzen. Sie wusste nicht, was sie tun sollte, wen sie zu Hilfe rufen könnte. Es war für sie eine neue Version der Perversion, etwas, das sie sich nie hätte vorstellen können. Mit Drogensucht, Diebstahl, Schlägereien und Mobbing konnte sie inzwischen umgehen, und sie hatte auch vom Gang Bang gehört, dass es Mädels gab, die stolz waren, an einem Abend mit zig Jungen geschlafen zu haben, und zwar auch Mädels aus sogenanntem gutem Hause, aber nun fiel sie aus allen Wolken. Ausgerechnet durch ihre Tochter wurde sie mit dieser neuen Dimension der Verkommenheit unter den jungen Leuten konfrontiert. Vor lauter Verzweiflung weihte sie Fabian in ihre Entdeckung ein. Aber der beruhigte sie: „Mama, das ist doch heutzutage gang und gäbe, du brauchst dich überhaupt nicht aufzuregen. Das machen sie nur, um ihre Coolness zu beweisen und um die anderen vom Unterricht abzulenken. Du bist doch selbst Lehrerin, du weißt doch, was los ist…"

Diese Erklärung hatte sie von Fabian nicht erwartet. Sie war zwar einerseits beruhigt, dass ihre Tochter nicht völlig abartig veranlagt war, aber innerlich war sie zutiefst entsetzt. Von dieser Zeit an sah sie Louisa mit anderen Augen. Manches Mal ekelte sie sich sogar vor ihr. Aber zugleich konnte sie ihre mütterliche Zuneigung nicht völlig verdrängen.

Louisa war schon immer ein unruhiges Kind gewesen. Sie war eigentlich innerlich „anständig" und brav. Was sie anstellte, was sie nach außen trug, war eine Rebellion gegen ihr eigenes Inneres. So hätte man wirklich zu ihr sagen

---

Trotz dieser üblen Geschichte habe ich mit der Zeit mit Ach und Krach und reiflichen Überlegungen und Abwägungen verstanden, warum ältere Menschen Hunde besitzen und sich gegenüber dem Tier eine Art Verpflichtung einreden, mit der sie leben. Aber dass so viele junge Frauen und Männer alleine mit ihrem Hund oder als Pärchen zu

können, und einige hatten auch zu ihr gesagt, dass was sie tat, nichts anderes sei als eine Flucht vor sich selbst. Sie war ganz und gar nicht dumm, im Gegenteil, und sie war höchst sensibel. Da sie sich zu Hause nicht geborgen fühlte, suchte sie eben Geborgenheit und Anerkennung außerhalb der Familie.

Zeitweise interessierte sie sich für Bhagwan und seine Lehren, für die sogenannte Osho-Bewegung, und sie träumte von Indien. Einige Male besuchte sie indische Kulturveranstaltungen, und auf einer dieser Veranstaltungen lernte sie einen indisch-stämmigen Jungen kennen, der großen Eindruck auf sie machte, und sie bekam mehr oder weniger wieder einen Fuß auf den Boden.

Es traf aber nicht ganz zu, dass Louisa ein Sozialjahr in Indien verbringen wollte. Sie war zwar nach Indien geflogen, aber nicht, um dort ein Sozialjahr abzuleisten, sondern sie begleitete ihren indisch-stämmigen deutschen Freund. Die beiden reisten nach Poona und besuchten den von Rajneesh Chandra Mohan als Bhagwan 1974 gegründeten Ashram, einen Pilgerhort für Hunderttausende junger und nicht mehr ganz junger Menschen, sogenannte Aussteiger aus den westlichen Ländern, die sich gerne unterordneten. Das hatte sie erfahren, als sie sich über den Osho und seine Ideen schlau machen wollte. Die Indienreise war in erster Linie eine Idee von Louisas Freund. Doch weder Poona noch Mumbai oder einer der anderen Orte, die sie besuchten, gefielen ihnen wirklich, und Ruhe fanden sie dort keineswegs. Alles, der Verkehr, der Lärm, die vielen Leute, war den beiden viel stressiger als Deutschland, und dazu noch

---

zweit mit jeweils einem riesigen Hund durch die Parkanlagen streifen, finde ich bedenklich, obwohl mich das alles gar nichts angeht und ich niemals einen Hund oder einen Menschen, der einen Hund ausführt, oder einen Hund, der einen Mensch ausführt, angegriffen habe. Im Gegenteil habe ich manches Mal, wenn ich gute Laune hatte, den einen

die Kühe überall. Da der deutsche Inder mit seinem Leben in Deutschland nicht zufrieden war, hatte er, wie das unter vielen seiner Generation halt üblich und möglich ist, eine Zeitlang das Heimatland seiner Eltern idealisiert. Aber das reale Leben dort war deutlich härter und viel beschränkter als seine Illusion von einem schönen Leben.
Louisa und er passten sehr gut zueinander, insbesondere in ihrer Abneigung gegenüber den Lebensumständen in Deutschland. Von der Indienreise zurückgekehrt, beschlossen sie nach einigen Monaten Hin und Her und Forscherei, Deutschland in Richtung Kanada zu verlassen. Sie heirateten und erledigten danach die Formalitäten für ihre Auswanderung. Der deutsche Inder hatte sogar ein paar gute Freunde dort über seine indische Familie, die tatsächlich bei der Organisation ihrer Reise und ihrer schnellen Orientierung in Kanada sehr behilflich waren.
Nun lebte Louisa schon mehrere Jahre in Kanada. Sie hatte mit ihrem Mann trotz ihrer Antipathie gegenüber den deutschen Zuständen eine deutsche Bäckerei eröffnet, und das Geschäft lief gut. Es ging ihnen tatsächlich gut, sie waren rundherum zufrieden. Zwei Kinder hatten sie, und seit das erste Kind auf der Welt war, sprachen die beiden selbst zu Hause nicht mehr deutsch miteinander, sondern nur noch englisch. Louisa wollte nie mehr etwas mit Deutschland zu tun haben, mit diesem strengen Land. Sie meinte, dort sei alles so streng, selbst lachen sei streng, weinen, trinken, essen, schlafen, scheißen, Freundschaft, Feindschaft, spielen, feiern, trauern, alles war aus ihrer Sicht streng, so wollte sie tatsächlich nie mehr etwas mit den Menschen dort zu tun

---

oder anderen Hund mit Herrin oder Herrchen oder umgekehrt die Herrinnen und Herrchen mit ihren Hunden angelächelt, und irgendwie konnte ich ihnen signalisieren, dass der Hund oder die Hündin Schokoladen-süß sei, so süß sogar und sahnig wie ein belgisches Praliné und noch mehr, und sie haben sich gefreut und ich war wieder einmal stolz

haben. Sie hatte auch keinerlei Bedürfnis, mit ihrer Familie in Kontakt zu treten, sie empfand ihre Familie als noch strenger als alle anderen Familien in Deutschland. Schon die geringste Erinnerung an ihre Kindheit und Jugendzeit machte sie so wütend, dass sie in der Lage war, was in ihrer Nähe stand, zu zerschlagen. Manches Mal schrie sie vor dem Spiegel laut, wenn die Erinnerungen an ihre Eltern, aus welchem Grund auch immer, hochkamen: „Nein, ich will nichts mehr mit diesen Leuten zu tun haben!" Sie wäre dann am liebsten ins Freie getreten und hätte ausgeschrieen: „Deutschland, Deutschland, strenges Land!" Als ihr Mann sie einmal fragte, ob sie nicht ein wenig Heimweh nach ihrer Familie hätte, erwiderte sie: „Ich möchte nicht mein einfaches, schönes Leben mit deutscher Verklemmtheit beeinträchtigen."

Ihr Mann stand wegen seiner Familie, die immer noch in Deutschland lebte, mit Deutschland in Kontakt. Einmal fragte ein Freund, wenn sie Deutschland so wenige möge, warum sie dann diese deutsche Bäckerei aufgemacht habe. Da antwortete sie: „Erstmal, ich mag die deutschen Verhältnisse nicht. Es gibt natürlich in Deutschland auch viele schöne Sachen, wie zum Beispiel diese Backwaren, aber die Leute dort können ihre schönen Dinge nicht richtig genießen. Sie sind von früh bis spät am ätzen und jammern und machen sich gegenseitig das Leben mies, wenn sie einander begegnen. Oder sie sind allein und verbissen, und wenn sie auf der Straße auftauchen, verkörpern sie allen Gram und alle Bitternis dieser Welt. Ihre Gesichter sind ständig dermaßen angespannt und finster, dass man das Gefühl be-

---

auf mich als Gutmensch, der den Menschen und den Hunden Freude bereiten konnte. Nicht aus Angst davor, dass man mich wegen Verbrechen gegen die Hundlichkeit vor Gericht stellen würde, sondern einfach so, denn es ging mir alles am Arsch vorbei. Anders zu handeln war wirklich nicht möglich, in keinster Weise vorstellbar. Nur, ich betone nur,

kommt, sie fühlten sich von allem, was sich bewegt, angepisst. Jemand, der das nicht kennt, denkt sofort: O mein Gott, was habe ich diesen Menschen getan? Das war es, was mich gestört hat. Außerdem ist die Bäckerei eine Geschäftsidee gewesen, von der wir meinten, es könnte funktionieren, und es hat funktioniert. Natürlich, wenn es bei uns zu Hause frische Brötchen gab, habe ich das auch genossen, die ständige Streiterei zwischen meinen Eltern hat allerdings alles zunichte gemacht."
Ihre Geschäftsidee war tatsächlich hervorragend, sie hatten mittlerweile zwei weitere Filialen in anderen Stadtteilen eröffnet und hatten viel zu tun. So war sie tagtäglich mit Kindern und Geschäft und Freunden so beschäftigt, dass selbst die Erinnerung keine Chance hatte, und sei es auch nur für einen Moment, hochzukommen. Sie konnte zwar stundenlang von ihrer Vergangenheit reden, ohne sie jedoch an sich herankommen zu lassen. Sie war aus sich herausgekommen.

Bei Angela war es nicht viel anders, sie war auch dermaßen mit sich beschäftigt, dass sie kaum mehr an ihre Tochter dachte, es sei denn, sie wurde zu einer Gelegenheit wie der Hochzeit von Fabian kurz in die Vergangenheit zurückversetzt. Aber diese Situation war seit ihrer Trennung von Hammer einmalig. Seit ihrem Scheidungsprozess hatte sie ihn nicht mehr gesehen. Innerlich war sie froh, dass sie ihm jetzt noch einmal begegnet war, denn es wurde ihr wieder neu bewusst, dass sie nichts verpasst hatte. Ärgerlich war für sie, dass sie so viele gute Jahre mit dieser Gestalt verbracht hatte, dafür machte sie sich immer noch Vorwürfe.

---

manches Mal geriet ich in Panik bei der Vorstellung, dass die Hunde bald die Mehrheit der Lebewesen in diesem Lande ausmachen würden und ich eine neue Sprache würde lernen müssen, nämlich die Hundesprache. Es würde mir sehr schwerfallen, in dieser Sprache zu kommunizieren, meine Gedanken zu Papier zu bringen, meine Bedürfnisse

Aber sie konnte Gras darüber wachsen lassen, und das hatte sie auch getan. Vergangenheit war für sie tatsächlich Vergangenheit, daran dachte sie nicht, zumindest nicht bewusst, und daran wollte sie nun auch nicht mehr denken. Sie bildete sich ein, sie hätte die Vergangenheit überwältigt, statt sich von der Vergangenheit überwältigen zu lassen.
Schon wechselte sie das Thema und fragte Gabriela, ob sie eine Kopie von diesen Papieren haben könnte. Denn sie fände es so interessant und würde gerne noch einmal alles alleine in Ruhe lesen und darüber nachdenken. Gabriela hatte nichts dagegen, und so gingen sie zusammen in das Arbeitszimmer, wo sie alles kopierten. Angela packte den Stapel in ihre Tasche und bedankte sich bei Gabriela. Sie versprach, sich zu melden, wenn sie alles gelesen habe.
„Wir sehen uns sowieso am Montag in der Schule."
Dann verabschiedete sie sich und verließ Gabriela.
Kaum war Angela draußen, da fuhr Gabriela den Computer hoch. Bei Facebook war wie immer viel los und zugleich nichts los. Elke hatte schon längst verkündet, dass sie am Vorabend auf einer tollen Hochzeitsfeier gewesen war, einer besonderen Hochzeit, einer deutsch-iranischen Hochzeit. Sie hatte sogar ein paar Fotos hochgeladen, auf einem der Fotos war auch Gabriela zu sehen, sogar markiert. Gabriela fand sich hässlich, obwohl das Foto wirklich schön war, schon hatten einige geklickt, dass es ihnen gefällt, eine dieser virtuellen Freundinnen, die Gabriela gar nicht kannte, meinte, Gabriela sehe viel jünger aus als sonst. Das freute sie ein bisschen und relativierte ihre Vorbehalte gegenüber sich selbst ein wenig. Elke hatte weiter verkündet, dass sie

---

auszudrücken. Ob die Hunde überhaupt verstünden, was geschrieben sei und wie es um die menschlichen Gefühle bestellt sei, ob die Hunde überhaupt Bücher, Zeitungen und Zeitschriften lesen könnten, auch wenn man sie in ihrer Sprache verfasste? Irgendwie kam ich mir selbst merkwürdig vor und begann an meinen Verstand zu zweifeln, an

zwei Zucchini, eine rote Paprika, eine Aubergine, Zwiebeln, Knoblauch, 300 Gramm Tofu und Olivenöl hatte, was könnte sie daraus kochen? Außerdem habe sie einen Mann zu Hause, auch seit gestern Abend. Dazu kamen vier Kommentare mit Ratschlägen zum Thema Kochen. Zu dem neuen Mann hatte sich keine geäußert.

Eva hatte wieder kundgetan, dass sie gestern Nacht nicht schlafen konnte und daher müde sei. Sie wisse nicht, was sie machen solle. Sollte sie sich wieder hinlegen oder aufstehen? Zwei Personen gefiel das, und sie meinten, sie solle lieber aufstehen. Monika hatte Geburtstag und jede Menge Gratulationen auf ihrer Pinnwand empfangen, sie bedankte sich dafür und sagte, sie freue sich, obwohl sie eigentlich von Facebook nicht viel halte.

Es war noch keine Viertelstunde vergangen, da war Angela schon online. Gabriela tippte: „Du bist aber schnell zu Hause."

Sie antwortete: „Ich habe doch ein Taxi genommen."

Gabriela schrieb, sie wolle nun Geschirr spülen und dann spazieren gehen und wünschte allen einen schönen Sonntagnachmittag. Sie fuhr den Computer herunter. Sie hatte keine Lust, Geschirr zu spülen, sie wollte nur eine Begründung für ihr Abtreten vortragen.

Sie spülte auch kein Geschirr, sondern sie nahm den Papierstapel und legte ihn auf den Wohnzimmertisch, dann ging sie in die Küche und machte eine Kanne Tee, den sie ebenfalls mit einer Tasse auf den Tisch stellte. Nun fing sie an zu lesen, und zwar abermals.

---

meinem Dasein als Mensch. Nicht dass ich auf dem Weg bin, verrückt zu werden, sagte ich mir im Stillen. Wenn ich diese Gedanken laut ausgesprochen hätte, wäre ich zweifelsohne für verrückt erklärt worden. Sie hätten mich bestimmt nicht als Narr betrachtet, nach dem Motto: „Wer wagt es, dem König die Wahrheit zusagen? Die Narren, die

6. Kapitel

Gabriela lag halb auf der Couch neben dem Tisch, auf dem die gelesenen Papiere gestapelt waren. Sie war in Gedanken versunken, irgendwie war sie in die Vergangenheit versetzt, in jene Vergangenheit, die stets ihre Gegenwart war. Leise rezitierte sie Verse des persischen Dichters Omar Khayyam, den sie dank Hassan kennengelernt hatte:

> Durchblättert ist des Lebens Buch. Wer gibt mir Rat?
> Er ist entflohn, der goldne Mai! Auf welchem Pfad?
> Wohin, wohin flog der Pirol der Fröhlichkeit?
> Verloren ist die Jugendzeit! Der Winter naht.

Der Winter ist kalt, das Leben ist kalt, du bist allein, allein, obwohl um dich herum Massen sind, aber die Massen sind allein. Der Winter ist das Ende des Lebens, der menschliche Lebenswinter erwacht nicht im Frühling, wenn er auf den einzelnen Menschen, das einzelne Menschenleben, reduziert wird. Nein, das Menschenleben ist das menschliche Leben, und das ist nicht auf das Leben einzelner Menschen reduziert, deshalb ist jeden Tag Frühling, jeden Tag Winter, man muss sie wahrnehmen, man muss sie akzeptieren, dann ist man unbeschwert, und wenn man auch mal traurig ist, so ist das eben ein Moment im Laufe des Lebens, genauso wie das Frohsein.

Sie fragte sich, ob Hans und Hassan mit ihrem Stapel Papier wohl recht hatten. Was heißt recht haben, fragte sie sich wiederum. Es geht nicht um Recht oder Unrecht. Es geht um den Zustand der Menschen, den Zustand der Welt.

Narren." Nein, sagte ich mir, weder waren diese Leute Könige, noch suchte irgendjemand nach der Wahrheit. Sie waren hochgradig verarmte Konsumenten, die vom Schicksal geschlagen waren und statt der Wahrheit eine Lebenslüge gefunden hatten, die lebten, genauer gesagt, überlebten nach dieser Lebenslüge. Sie hatten alles, aber sie machten

Sind wir Menschen wirklich so verkommen, wie die beiden schreiben? Diese Frage konnte sie nicht beantworten, ja, sie meinte, es könne wohl niemand diese Frage beantworten. Aber dieser Stapel Papier war ihrer Meinung nach nicht die ganze Wahrheit, auch wenn er durchaus berechtigte Hinweise auf einen Pfad enthielt, der zur Zerstörung des menschlichen Daseins führen könnte. „Da bin ich mir sicher!“, sagte sie laut.
Doch sie dachte auch an die Verse von Khayyam. Verloren ist die Jugendzeit! Der Winter naht. Es könnte sein, sagte sie sich, wenn man älter wird, sieht man die Welt mit ganz anderen Augen. Warum sieht man sie nicht schöner? Es muss etwas daran sein, dass ich die Welt so sehe, dass Hans und Hassan die Welt so sehen bzw. sahen.
Sie musste an Hassan denken. Als er sich von ihr verabschiedete, war er gar nicht so alt. Nein, nein, das hat alles mit dem Alter nichts zu tun! Man kann jung sein und alles mit diesem alten Blick sehen oder umgekehrt.
Höchst interessant fand sie, dass sich Hans und Hassan selbst außerhalb dieser Welt Gedanken über diese Welt machten. Was für Menschen waren sie?
Sie beschloss, irgendetwas zu unternehmen. Sie war sich darüber im Klaren, dass es kaum Leute gab, die sich für diesen Stapel Papier interessieren würden. Und selbst wenn sie sich dafür interessierten, war es fraglich, ob sie überhaupt verstehen würden, was diese beiden da von sich gegeben hatten, und ob sie etwas damit anfangen könnten. Wahrscheinlich musste eine andere Zeit kommen, in der die Menschen wieder ein Bedürfnis nach Selbsterkenntnis emp-

---

aus allem nichts. Dann sagte ich mir: Ich glaube nicht, dass es so schnell geht, dass die Hunde die Oberhand bekommen. Ich bin schon alt, höchstwahrscheinlich werde ich kein Land mehr erleben, in dem sie die Mehrheit und das Sagen haben. Ich fand die Welt so ungerecht! Unabhängig von diesen verrückten Gedanken zahlten die Leute Hunde-

fanden. Wenn sie wieder wissen wollten, woher wir kommen und wohin wir gehen und worin der Sinn und Zweck dieses Kommens und Gehens wohl liegen mag. Und wenn sie dann suchen würden, so würden sie vielleicht im Laufe ihrer Suche auf diese Papiere stoßen.
Andererseits verspürte Gabriela beim Anschauen der einen oder anderen Seite doch dringend das Bedürfnis, die Worte weiterzusagen. Irgendwie, irgendwo müsste es doch möglich sein, einen Teil dieses Stapels vorzutragen, nur um zu sehen, wie das ist. Zumindest würde sie damit provozieren. Sie würde auf jeden Fall versuchen, zu provozieren, Denkanstöße zu geben, so bestärkte sie sich. Trotz aller dieser Erscheinungen, die sie als bedrohlich erlebte, glaubte sie daran, dass die Menschen sich erheben, dass sie es nicht zulassen würden, dass ihre Welt, ihr Selbst zerstört würden. Aber wer diese Menschen sein sollten, die wirksame Gegenmaßnahmen ergreifen würden, das konnte sie sich nicht vorstellen. Sie hatte keine Idee davon, wie sie sich wehren würden, aber ohnehin wusste ja niemand, wozu diese in isolierte Individuen zerfallene Masse fähig sein würde.
Na ja, sagte sie sich, am Ende gehen alle den Weg, den Hans und Hassan gegangen sind, je bewusster, desto besser. Gabriela glaubte an die Geschichte und war fest davon überzeugt, dass, solange es Menschen gab, auch die Geschichte weitergehen würde. Daher betrachtete sie die Äußerungen derjenigen, die das Ende der Geschichte verkündeten, als puren Unsinn und wiederum Geschäftemacherei, es ging ihnen darum, ihre blödsinnigen Bücher zu verkaufen, sich in den Vordergrund zu stellen. Diesen falschen

---

steuer, warum sollte der Staat diese Einnahmequelle nicht fördern, zumal das Rentensystem in seiner jetzigen Struktur nicht zu halten war und in der Zukunft, falls der Staat noch geneigt wäre, überhaupt etwas für seine Bürgerinnen und Bürger zu tun, ihm nichts anderes übrig bleiben würde, als die Defizite der Rentenkasse durch Steuergelder zu kom-

Propheten mit ihren dummen Aussagen maß sie keinerlei Bedeutung bei. Schließlich waren die Menschen und die Geschichte doch komplementär, die Menschen hatten immer wieder ihren Weg gefunden, und der Zusammenbruch einer Hochkultur bedeutete keineswegs das Ende der menschlichen Geschichte, sondern lediglich das Ende einer bestimmten Art menschlicher Experimente, den Beginn einer neuen Kultur. Die Geschichte bezeugte das, und Gabriela glaubte eben an die Geschichte.

Sie wählte einige Seiten des Stapels aus und fotokopierte sie. Sie schien einen Entschluss gefasst zu haben, denn sie suchte in einem alten Telefonbuch eine Nummer und schrieb sie auf einen Zettel, den sie zu dem Stapel legte. Es war die Telefonnummer von Franz Kaputtmacher, immer noch Chefredakteur einer der Zeitungen, für die Hans damals geschrieben hatte. Gabriela selbst war ab und zu für den Kulturteil dieser Zeitung auf eine Lesung gegangen und hatte als freie Mitarbeiterin aus purem Interesse geschrieben, denn Geld verdiente sie als Lehrerin genug. Allerdings hielt sie nichts von dem Spruch „Geld stinkt nicht“. Im Gegenteil war sie fest davon überzeugt, dass Geld doch stinkt, und zwar ganz fürchterlich.

Franz Kaputtmacher war wirklich alt geworden. Er gehörte mittlerweile zur alten Garde und war selbst in Panik geraten, wie es halt bei den älteren Wohlhabenden in Deutschland Brauch wurde, die den Zerfall der von ihnen hochge-

---

pensieren, wie manche sogenannten Experten es bereits zu sagen wagten. Mehr Hunde bedeuteten also mehr Steuereinnahmen, und das bedeutete Sicherung des Renten- und Gesundheitssystems. Also würden wir unsere Gesundheit und unser täglich Brot, überhaupt die hohe Rente, die uns Reisen um die ganze Welt ermöglichte, zum großen Teil den Hündinnen und Hunden zu verdanken haben. Insofern war es ja selbstverständlich, dass man zu den Hunden lieb sein musste.

lobten Kultur nicht verkrafteten und vergeblich die Schuldigen in den Reihen irgendwelcher anderer ausmachten, indem sie immer wieder den Versuch unternahmen, bestimmte Gruppen von Menschen als „anders“ zu definieren, um sich so die Welt zu erklären. Am Montag würde sie bei ihm anrufen, obwohl sie fast hundertprozentig davon überzeugt war, dass von diesen alten und falschen Propheten kein Wunder zu erwarten war.
Sie stand auf und brachte jetzt doch die Küche in Ordnung. Danach nahm sie ein Bad, währenddessen sie abermals an die Zeiten denken musste, damals, als sie nach dem Bad im Bademantel ins Wohnzimmer stolziert war, wo, je nachdem, Hans oder Hassan war und sie sich zusammen durch innigste Berührung das Leben zumindest für eine Weile schön machten. Es waren schöne Erinnerungen, die ihr jetzt tatsächlich richtige Schmerzen bereiteten, ihr ganzer Körper litt darunter, als wäre sie schwer krank. Daher versuchte sie stets, wenn diese Erinnerungen hochkamen, sich abzulenken und sie sofort, mit welchem Mittel auch immer, wegzudrängen. Die damalige schöne Zeit, die damaligen herrlichen Momente wurden unglaublich qualvoll für sie, es war eine Zeit, die für immer und ewig vergangen und durch nichts zu ersetzen war, ganz zu schweigen davon, dass man sie zurückdrehen könnte. Eine Zeit, die tiefe Gräben in ihrer Seele hinterlassen hatte.
Diese Zeit gehörte zu ihrem Leben, ihr Leben, von dem ihr

Solche und Tausende ähnlich absurde Gedanken schwirrten in meinem Kopf, bis ich nicht mehr denken konnte. Doch manches Mal sagte ich mir, da die Zahl derjenigen, die geschriebene Worte auf Papier lesen, fortwährend schrumpft, wäre es auch eine Marktlücke, wenn man den Hunden lesen bzw. zumindest zuhören auf der Grundlage der menschlichen Sprach-Systematik vollständig beibringen würde. Dadurch könnte man viele neue Arbeitsplätze schaffen und so auch die Wirtschaft ankurbeln. Die Voraussetzung dafür

Geist noch lebte, es war die Zeit, in der Hans und Hassan da waren, in der trotz aller Unannehmlichkeiten das Leben weitergehen wollte bzw. sollte. Wohin und wie, war egal. Es gab Tausende und Abertausende wie Hans und Hassan, die auf einem anderen Pferd reiten wollten als dem zahmen, von vornherein für sie bereitstehenden. Und sie wollten das Pferd selbst satteln, nach ihrem eigenen Geschmack, und auf dem selbst gewählten Weg davongaloppieren, stolz die Fahne der echten Freiheit schwenkend. Nein, von den Arschlöchern dieser Welt wollten sie sich ihren Lebensweg und ihre Lebensweise nicht vorschreiben lassen! Sie hatten sich verweigert, denn sie wollten nicht wie viele ihrer Gesinnungsfreunde aufgeben und im Dreck versinken, nur weil sie dafür ein paar Groschen mehr und irgendeine Position und einen Status bekamen. Sie pfiffen auf diese ehemaligen Freunde, die nun ihre verdreckte Gestalt mit edlen Kleidungsstücken zu bedecken suchten. Die bereit waren, ihre durch Macht- und Geldgier zerfressenen Gehirne chirurgischen Angriffen zu unterwerfen, in der Hoffnung, sich den letzten Rest ihres Lebens anständig oder als Weise zu präsentieren, und dabei vergessen zu lassen, dass sie maßgeblich an der Zerstörung von allem, was im Sinne einer humanen Gesellschaft von Bedeutung war, mitgewirkt hatten. Die nichts mehr zu sagen hatten und nichts wussten, was sie der jungen Generation mitzuteilen hätten. Daher standen die jungen Menschen heute alleine da, Tag und

wäre, dass die Menschen, die schreiben, ihrerseits in der Lage wären, Bücher oder Zeitungen so zu schreiben, dass sie für Hunde irgendwie verständlich wären. Wenn das alles möglich wäre, könnte man es sich in einem Park oder, wenn das Wetter es nicht erlaubte, in der Wohnung gemütlich machen und laut lesen, so könnte man sich selbst erfreuen und damit dem Hund oder der Hündin auch eine Freude machen. So würde die miese Stimmung, die momentan unter der Bevölkerung verbreitet ist, einer im allgemeinen eher

Nacht unter dem Beschuss der Arschlöcher dieser Welt, ohne es zu wissen. Diese ehemaligen Gesinnungsfreunde hatten Hans und Hassan damals unbequeme Menschen genannt, um sich selbst bei ihren verbrecherischen Taten bequem zu fühlen, genauer gesagt, ungestört auf dem verbrecherischen Pfad weiterzuschreiten.
Nein, Gabriela wollte nicht an diese Zeit denken, schließlich hatte sie jahrelang versucht, sich auf diese oder jene Weise immer wieder von dem realen Leben abzulenken, sich möglichst davon fernzuhalten, das aufgezwungene Singleleben bestmöglich durchzustehen. Wusste sie selbst überhaupt, was das reale Leben war? War es dieses Leben, das sie führte, oder war es das, was sie in sich spürte? Nun kamen auf einmal diese Erinnerungen hoch! Sie fragte sich, warum Hans und Hassan ihr diesen Stapel Papier in den Weg gelegt hatten. Warum hatten sie sie nicht einfach in Ruhe gelassen? Dann sagte sie sich, wen sonst hätten sie diesen Stapel finden lassen sollen? Es gab niemanden, der ihnen vertrauter war als Gabriela, obgleich Hans in den letzten Jahren seines Daseins vergeblich versucht hatte, mit anderen einen anderen Schlüssel zum Leben zu finden. Gabriela hatte einige Jahre lang genau das Gleiche getan. Hassan jedoch war ihr bis zum letzten Moment treu geblieben.
Es war nun später Nachmittag, es begann allmählich zu dunkeln. Sie wollte hinaus. Gabriela gehörte nicht zu denjenigen, die ihre Freizeit mit den Scheußlichkeiten, die in un-

---

heiteren Stimmung weichen, und man sähe statt frostiger, trotziger Gesichter eventuell fröhliche Gesichter, die Liebe zum Leben signalisierten. Solche Gedanken hegte ich (ehrlich gesagt), wenn ich am Abend nicht einschlafen konnte, weil ich aus Langeweile wieder einmal zu viel gegessen hatte, und wenn ich mich plötzlich einsam fühlte, wenn ich keine Lust verspürte, Fernsehen zu schauen oder im Internet zu surfen, was mir zuwider war, insbesondere die Scheinunterhaltung über die Netzwerke, wo lauter einsame

zähligen Fernsehprogrammen liefen, vernichteten. Auf Facebook, Twitter oder Xing, die Foren der Online-Zeitungen oder Chaträume, wo lauter Dummschwätzer am Werk waren, hatte sie Null Bock. Sie fragte sich manches Mal: Wer hat diesen Menschen dermaßen ins den Gehirn geschissen…? Es war tatsächlich so, aus den meisten Gehirnen sprudelte nur Mist. Sie empfand das gerade jetzt, da Hans und Hassan unerwartet in ihr lebendig geworden waren, besonders deutlich. Und dennoch fragte sie sich häufig, ob die sogenannten Yuppies, überhaupt die jungen Menschen, die in diesen Netzwerken, auf den Straßen, in den Hochhäusern, auf den sogenannten Partys oder wo auch immer als lauter Egozentriker auftraten, selbst und nur alleine daran schuld waren. Hätte man ihnen nicht gewähren können, dass etwas von ihrem Selbst übrig bleibt? Hatte man sie nicht im Namen der Freiheit ihrer Freiheit beraubt und zugleich behauptet, sie seien frei zu entscheiden? Und hatten sie dann nicht im Sinne derjenigen entschieden, die ihre Freiheit nach eigenem Interesse definierten bzw. gewährten? Doch diese Freiheit war nichts anderes als eine Vielfalt von Unsinn, man konnte zwischen diesem und jenem Unsinn wählen. Aber waren nicht die vorangegangenen Generationen maßgeblich daran schuld? Hatten sie nicht zuvor die Rahmenbedingungen dieser Freiheit festgelegt? Wenn man die jungen Menschen rund um die Uhr, Tag und Nacht, mit lauter unsinniger Werbung und als

---

Lebewesen am Werk waren, von denen die anderen meinten, mit ihnen Geschäfte machen zu können. Nein, ich hatte so große Sehnsucht nach konkreten Menschen aus Fleisch und Blut. Warum es mir so ging, weiß ich nicht, dass alles mit meiner Fresserei zu tun hatte, kann ich nur vermuten. Es kam ausgerechnet, wie es halt ist, in solch einer Situation vor, dass mein Nachbar gerade mit seinem Schäferhund vom abendlichen Gassi-Gehen nach Hause kam und der Hund ohne Rücksicht auf die Menschen, die im Haus

Tipps verkleideten absurden Verhaltensvorschriften bombardierte und ihnen nicht die geringste Chance für Gegenwehr und Selbstverteidigung ließ, dann hatte man nicht das Recht, sie allein für ihre Verhaltensweisen verantwortlich zu machen, fand Gabriela.
Sie musste an ihre eigene Generation denken, an die Generation von Hans und Hassan, in der sie drei Gruppen auszumachen vermeinte: eine Gruppe, die alles aufgegeben hatte und sich vollständig in den Dienst des Kommerzes stellte, die mit ihren ökonomischen, psychologischen und technischen Kenntnissen die Manipulation vervollständigte, eine andere Gruppe, die aufgehört hatte zu denken, die sich abgekoppelt hatte und in der Vergangenheit verbarrikadierte. Die dritte große Gruppe war die Gruppe der Konservativen, die zu allen Zeiten und an allen Orten stets da waren und sind. Sie sind es, die das Leben konstant halten wollten und wollen, und unter denen die grässlichsten Kreaturen zu finden sind. Gabriela wusste, dass das nichts als ein Pauschalurteil war, aber sie hatte keine andere Erklärung für sich. So ist es leichter, sagte sie sich. Ich kann so einfach und besser verstehen, worum es geht.
Sie ging aus dem Haus, aß in einem thailändischen Restaurant und genoss die freundliche Atmosphäre dort. Dann zog es sie an die Mainpromenade.
Dort angekommen, durchzog ein Zittern ihren ganzen Körper, wie es halt immer war. Sie erinnerte sich an die ers-

---

wohnten, auf der untersten Stufe im Treppenhaus anfing, laut und grässlich zu bellen, womit er nicht mehr aufhörte, gerade so, als ob er mitteilen wollte, dass er nicht wieder in diese olle enge Wohnung hinein und die ganze Zeit Fernsehen glotzen wollte. Tatsächlich waren die Wohnungen alt, zwar keine Altbauwohnungen, aber in den ersten Jahren der Nachkriegszeit notgedrungen aus dem Boden gestampft worden. Viele, die sich im Laufe der Zeit bessere Wohnungen leisten konnten, sind umgezogen, geblieben sind nur

te Nacht, in der sie mit Hassan Schulter an Schulter, Hand in Hand, leicht und unbekümmert und voller Elan hier promeniert war. Sie hatten das Gefühl, die ganze Welt läge offen vor ihnen. Es war kein Zeichen von Angst, Angst vor dem Niedergang, zu spüren. Sie fühlten sich stark und standhaft, sie zitterten nicht, sondern es war die Erde, die unter ihren Schritten erzitterte, unter ihren festen und standhaften Schritten. Der Main floss damals leise vor sich hin, man wusste nicht, ob gen Westen oder gen Osten. Es herrschte absolute Ruhe.

Diese Erinnerung wurde bald durch das Remmidemmi an der Promenade verdrängt. Damals waren Hassan und sie wirklich allein hier gewesen, es war ihnen, als flösse der Fluss nur ihretwegen. Der Fluss rauschte nicht, er strömte nicht, er floss in ihrer inneren Ruhe. Nun war hier ein Bierstand, dort eine Cocktailbar, es gab sogar ein Dönerboot und Scharen von Menschen, die den Fluss überhaupt nicht wahrnahmen, obwohl sie am Main waren. Sie tranken Bier oder Cocktail, lagen oder saßen hier und dort, liefen teilnahmslos in beide Richtungen. Sie waren entweder mit Musik verkabelt, oder sie telefonierten, wenn sie nicht gerade im Internet surften. Es gab auch Paare, die sich mit anderen Paaren trafen, und jeder versuchte sich zu produzieren. Niemand erblickte das Flussbett, niemand konnte das Rauschen des Mains hören, obwohl der Main ungewöhnlich unruhig war und wesentlich lauter als sonst, als wolle er

---

diejenigen, die einen schmalen Geldbeutel haben, und einige sehr alte Menschen, die noch nicht reif fürs Altersheim sind. Da sagte ich mir: Näh, mit den Hunden ist nix anzufangen. Die sind zu blöd für diese edlen Gedanken. Sie wollen nur ihren Fraß und überall kacken und pissen sie herum, ab und zu beschnuppern sie die anderen Hunde, oder wenn ihnen nichts Besseres einfällt, bellen sie Menschen an, falls sie welchen begegnen, und gelegentlich beißen sie einem Jogger ins Bein, weil er sie mit seiner Rennerei provoziert

zum Himmel schreien, als wolle er Gott signalisieren: Siehst du nicht, was hier los ist, was du mit den Menschen gemacht hast? Oder bist du blind und siehst nicht, was die Menschen mit der Erde machen?
Oder war er nur vom Zeitgeist überwältigt und wollte gegen diesen ganzen Elektrowahn konkurrieren? Gabriela war schockiert, als wäre sie vergewaltigt und liegen gelassen worden. Der Main schien verzweifelt, wie die Bäume und Pflanzen, die ungewollt den Rauch von Haschisch und Unmengen von Zigaretten, Zigarren und aufgestellten Wasserpfeifen einatmen mussten. Der Gestank der Hundepisse vermischte sich mit dem menschlichen Urins und verdarb den Bäumen und den paar übrig gebliebenen Vögelchen, die ihre nächtliche Ruhe vergeblich suchten, die Luft. Hier wurde gekotzt, dort wurde gepisst. Der Masse der Spaß Habenden schien das alles egal zu sein.
Gabriela schaute sich um. In ihrer Verwirrung bemerkte sie doch, dass sie seit Jahren nicht mehr an der Mainpromenade gewesen war. Sie mochte es nicht, sie mochte nicht an die Vergangenheit erinnert werden, denn der Main war für sie der alte Main ihrer Erinnerung. Nun musste sie mit Bedauern feststellen, dass hier keine Spur ihrer Vergangenheit mehr zu entdecken war, ihre Vergangenheit war vergraben, unter dem Müll, den die Masse produzierte. Drogenhändler, Taschendiebe, aufgestylte Mädchen, ausgeflippte Jungs lungerten herum. Hier und da waren von den Barbetreibern

---

hat, wie es die Besitzer dann ausdrücken, um ihre Hunde zu verteidigen bzw. um strafrechtlichen Maßnahmen aus dem Weg zu gehen, dafür gibt es tatsächlich Anwälte, die sich auf dem Gebiet der Hunderechte spezialisiert haben oder dabei sind, sich zu spezialisieren. Man hört, dass manche davon ausgingen, dass die Rede davon sei, die juristischen Schwerpunkte wie Internationales Recht, Wirtschaftsrecht usw. zu erweitern und in das Bürgerliche Gesetzbuch das Kapitel Hunderechte aufzunehmen. Aber in dem zuständigen

ein paar Liegestühle aufgestellt und wurden gegen Geld vermietet, ihre Zahl war natürlich angesichts der Massen unzureichend, aber den Massen war das gleichgültig, sie saßen und lagen auf den Wiesen oder einfach auf dem Pflaster und Asphalt, sie hatten sich auf der Mauer am Mainufer niedergelassen und ließen die Beine baumeln.
Eines fand Gabriela gut, dass ihre berührende Erinnerung nicht mehr da war, sie spürte in ihren Gliedern keine Schmerzen. Aber was sie sah, schmerzte sie seelisch. Sie hatte weder Lust auf ein Getränk noch auf einen Snack, und das lag nicht daran, dass sie satt war. Alles schien ihr eher fremdartig, wenn sie sah, wie die jungen und nicht mehr ganz jungen Leute mit ihren Bier- und Colaflaschen russisch spazieren gingen. Merkwürdig war, dass sich offenbar keiner für den anderen interessierte, weder die Männer für die leicht bekleideten Frauen mit allen möglichen Piercings und Tattoos an den sichtbaren Stelle ihrer Körper, noch die Frauen für die coolen Typen, ebenfalls mit Piercings im Gesicht, Tattoos auf beiden Waden und auf ihren muskulösen Armen, die nur mit Hilfe von Anabolika zustande gekommen sein konnten. Es war, als würde Gabriela am liebsten Hans und Hassan alles berichten, wie die beiden in ihren Papieren von Paris und Barcelona, von Rom und Florenz berichtet hatten. „O ja“, sagte sie, „das ist schade, dass ihr nicht gesehen habt, wie sich hier alles verändert hat. Oder andersherum, Gott sei Dank, dass ihr das

---

Gremium fand dieser Vorschlag keine Mehrheit, da die Mehrheit bislang die Auffassung vertrat, dass alle Rechte, die für die Menschen bzw. bald ehemaligen Menschen gelten, in vollem Umfang auch für Hunde zu gelten haben. Die Hunde abzusondern, ihre Rechte auf einen Schwerpunkt zu reduzieren, wäre absoluter Unsinn, der niemals angehen könne.
Was für ein Irrsinn, sagte ich mir, die Hunde sind Hunde und bleiben für mich Hunde. Ihre Unterhaltung besteht

nicht gesehen habt. Na ja, ihr würdet jetzt sicher sagen, dass die Leute, die dorthin zu euch kommen, auch davon berichten." So sprach sie mit sich selbst, bedenkenlos, denn sie wusste, dass die Leute sie entweder nicht sahen oder sie, falls jemand sie sah, annehmen würden, dass sie telefoniere. Oder dass sie gar nicht dachten, und diese letzte Vermutung war richtig. Heutzutage waren die Unterschiede fließend, viele sprachen laut auf dem Weg zur Arbeit, auf dem Fahrrad, zu Fuß, mit und ohne Telefon in der Hand, telefonierten sie. Damals, als Gabriela zum ersten Mal auf der Straße laut sprechende Menschen gesehen hatte, ohne ein Gegenüber, mit dem sie sprachen, hatte sie sich gefragt, warum sie so vielen Verrückten begegnete, aber diese Feststellung war von kurzer Dauer, bis sie die entsprechende Werbung für Headsets in ihrem Briefkasten entdeckte, obwohl sie groß und deutlich „Bitte keine Werbung" auf ihren Briefkasten geschrieben hatte. Nun sprach sie selbst laut mit sich, aber ohne zu telefonieren, sie war nun die Verrückte, aber die Leute wussten es nicht, keiner bemerkte es.

Gabriela hatte versucht, eine ruhige Ecke am Mainufer zu finden. Aber egal wie weit sie gegangen war, überall wimmelte es vor Menschen, Radfahrer düsten an ihr vorbei, verschwitzte Jogger überholten sie knapp, selbst bis ans östliche Ende des Flussufers in Frankfurt war die Masse vorgedrungen. Doch sie gab die Hoffnung nicht auf, lief weiter und weiter in Richtung Offenbach. Sie dachte an die Main-

---

darin, dass sie hinter von ihrem Besitzer fortgeschleuderten Bällchen oder Holzstöcken herrennen, sie apportieren, dem Besitzer vor die Füße legen und zur Belohnung ein Leckerli aus der Tüte in die Schnauze gesteckt kriegen. Nein, sagte ich mir, die sind weit davon entfernt und viel zu blöd, die Sprache der Menschen zu erlernen, wenn ich nur einen Moment daran denke, wie schwierig die deutsche philosophische und soziologische Sprache ist, selbst die Menschen tun sich schwer, sie zu verstehen. Nun kam mir meine Idee

promenade, wo wieder und abermals die Masse der Konsumopfer konzentiert und zugleich erschreckend war. Bin ich nun alt geworden, fragte sich Gabriela. Habe ich deshalb vor diesen hirnlosen Massen Angst? Ist das der Generationenkonflikt? Bin ich konservativ geworden, eine alte Besserwisserin? Verhalte ich mich nicht einfach arschig gegenüber den jungen Menschen?
Tausend solcher Fragen schwirrten ihr durch den Kopf. Dann sagte sie seufzend: „Gott bewahre!“ Es war das erste Mal, dass sie von Herzen Gott um Hilfe bat, obwohl sie nicht an Gott glaubte. Jedenfalls hatte sie gedacht, dass sie nicht an Gott glaubte. Sie versuchte neutral zu sein, sich nicht so zu verhalten wie ihr Vater oder Großvater es ihr gegenüber getan hatten, mit ihrer Rechthaberei. Sie wusste, dass es nicht richtig war, das Leben dieser jungen Menschen mit ihrem eigenen Leben bzw. ihrer eigenen Lebensgeschichte zu vergleichen. Leben und leben lassen, war immer ihr Motto. Aber sie wollte tatsächlich das Leben dieser Menschen verstehen, es nachvollziehen können. Was ist das, was sie treiben, fragte sie sich.
Das ist selbstverständlich ihr Leben, zumindest physiologisch. Diese Leute werden eines Tages auch alt sein. Und wie werden sie auf ihre Kinder reagieren, falls sie welche bekommen, wenn die eines Tages ein anderes als dieses coole Leben führen wollen? Wenn zum Beispiel ihre Kinder der Welt und der Umwelt gegenüber verantwortungsbe-

---

verrückt vor, und zugleich sagte ich mir, die Hunde brauchen vielleicht eine solche Sprache überhaupt nicht, ihnen würde wahrscheinlich eine realistische literarische Sprache genügen, oder, ganz bescheiden, die journalistische Sprache, und davon vielleicht die Sprache der Boulevardzeitungen. Trotzdem verbot ich mir, jemandem meine verrückten Gedanken mitzuteilen, weil ich wusste, dass man mich unverzüglich für verrückt erklären würde. Doch wenn ich weiter herumgrübelte, sah ich eine Möglichkeit, nach der die Hun-

wusst werden? Wenn ihre Kinder bewusst und klug ihr Leben führen wollen? Wenn ihre Kinder gegenüber den anderen sozial respektvoll sein wollen? Wenn sie irgendwann diese Art von Konsum als Krankheit betrachten werden? Wenn sie nicht das nächste Wochenende oder ihren jährlichen Betriebsausflug mal eben per Flugzeug in Paris oder Rom verbringen wollen? Werden dann diese Menschen, wenn sie erst älter wären, ebenfalls sagen, unsere Jugendlichen sind bekloppt, sie lehnen den Konsum ab – was kann es denn eigentlich Schöneres geben?! – und erzählen, sie wollen die Umwelt nicht zerstören. Sie denken an ihre Mitmenschen…! Pah! Da waren wir ganz anders! Wir haben nur an uns gedacht, und zwar jeder Einzelne an sich, und nur an sich, und wir meinten und meinen immer noch, wenn jeder an sich denkt, dann ist schon an alle gedacht! Wir waren von der Gier getrieben, das Geld war unser Ein und Alles und unser Ziel war immer und immer mehr Geld. Wir haben uneingeschränkt unserer Lust auf Konsum und Spaß gefrönt. Die jungen Menschen sind heute alle bekloppt, die sind ja beschränkt, die lehnen das alles ab! Sie wollen die Welt und die Umwelt schonen, was ist das für ein Scheiß, den sie da verbreiten? Sie wollen nicht ständig auf Achse sein, andauernd verreisen. Sie sind langweilig, weil sie sich mit irgendwelchen Phrasen über die Zukunft der Menschheit beschäftigen. Also, wir waren damals wirklich besser daran, denn wir haben gesagt, und

---

de durchaus in der Lage wären, u. a. die menschliche Sprache zu erlernen. Und zwar schlicht und einfach durch die Gentechnologie und Informatikwissenschaft. Einerseits könnte man ihre Gene so manipulieren, dass die kommende Generation Hunde über menschliche Stimmbänder, so etwas Ähnliches oder sogar noch Besseres verfügen und sich ihre Pfoten, insbesondere die Vorderpfoten, wie menschliche Hände entwickeln würden, sodass sie an Kunstfertigkeit und Geschicklichkeit den Menschen in

das ist vollkommen richtig: Denk nur an dich, rette sich wer kann, alles andere ist Wurst! Behalte nur dein Ziel im Auge, was willst du dich um andere kümmern, wenn du auf der Zielgeraden bist! Wer umkommt, wer zertrampelt wird, ist doch scheißegal, Hauptsache, du kommst deinem Ziel wieder einen Schritt näher. Ums Gewinnen geht es und um nichts anderes!
Werden sie ihre Kinder an den Prager stellen, wenn sie die anderen nicht zertrampeln wollen, um ihr sogenanntes Ziel zu ereichen? Werden sie ihren Kindern Vorwürfe machen, weil sie wissen, dass der Mensch doch ein soziales Wesen ist, der die Schwachen – seien es die alten Menschen, seien es die Kinder, seien es die Kranken – nicht missachten darf und kann.
Gabriela war mit tausend solcher Gedanken beschäftigt, sie nahm die Menschen um sich herum nicht mehr wahr. Wo die Masse sich etwas lichtete, schöpfte sie wieder Hoffnung, dass sie bald eine ruhige Ecke finden würde, wo sie wie Hans über alles und in aller Ruhe sinnieren könnte. Aber kaum hatte sie diesen Gedanken zu Ende gedacht, da klingelte ihr Handy.
Sie kramte das Telefon aus ihrer Tasche. Es war Angela. „Das ist das zehnte Mal, dass ich anrufe“, war der erste Satz, den sie sprach. „Ich habe mir schon Sorgen gemacht!“
„Oh, das tut mir leid, ich bin hier am Main, da hinten war es so laut, dass ich das Handy nicht gehört habe.“

---

nichts nachstünden, andererseits könnte man einen Chip mit geeigneten Informationen entwickeln und ihnen in das Gehirn oder wo immer es nötig wäre, einpflanzen. Ja, das wäre was! Das wäre ein Befreiungsschlag für die Menschen, die sich völlig von den anderen Menschen losreißen wollen. Je mehr meine innerliche Spannung stieg, umso mehr weitere Ideen kamen mir in den Sinn, was man alles mit den Hunden machen könnte. Die Möglichkeiten schienen unerschöpflich. Wie bereits gesagt, entsprang diese Art von Ge-

„Am Main? Ist denn gerade Mainfest?“, fragte Angela.
„Nein, es ist kein Mainfest, es ist aber voller als beim Mainfest, und zwar überall und weit bis nach Osten. Ist was? Du klingst so aufgeregt.“
Nun sprach Angela mit fast bebender Stimme: „Ja, es ist etwas Schreckliches passiert!“ Dann fuhr sie fort: „Ist wirklich am Main so viel los? Ich habe zwar gehört, dass die jungen Leute dorthin gehen, aber dass es so lärmig ist, dass man das Klingeln des Telefons nicht hört, wusste ich nicht.“
Gabriela wurde ungeduldig. „Ja, aber sag doch, was ist denn passiert? Warum hast du angerufen?“
„Etwas Schreckliches!“, brachte Angela aufgeregt hervor.
„Was denn? Sprich doch!“, brüllte nun Gabriela. „Mein Akku ist fast leer, nur noch ein Strich! Sag, was ist passiert? Brauchst du Hilfe?“
Angela stotterte fast: „Hammer… Hammer ist gestorben, ich meine, Hartmut Hammer, mein Ex.“
„Wie… gestorben? Gestern war er noch munter, hat er sich umgebracht?“, brüllte Gabriela in ihr Handy, das so schrecklich pfiff und knirschte. Sie hatte das Gefühl, dass Angela sie sonst nicht hören würde.
„Schrei doch nicht so! Nicht direkt, nein, nein, kein Selbstmord. Es hatte einen Herzanfall.“
„Ach so, na dann, er sah aber gestern Abend so munter aus.“

---

dankenmacherei meiner Hilflosigkeit in jenen Zeiten, als ich nicht mit mir umzugehen wusste.
An diesem Tag aber war es anders, es ging mir auch anders. Der Hund war einsam, ein bedauernswertes Geschöpf, das in dieser riesigen Parkanlage völlig verloren wirkte. Obwohl mein Mitleid von Minute zu Minute wuchs, rührte ich mich nicht vom Fleck. Dennoch war ich bereit, ihn zu beobachten, und meine Aufmerksamkeit war inzwischen beinahe hundertprozentig auf das Tier gerichtet. Ich wünschte mir,

„Es ist auch gestern Abend geschehen, gerade vor ein paar Minuten hat Fabian angerufen und es mir erzählt."
Gabriela seufzte ins Telefon: „So ist es halt mit dem Leben der Lebewesen, und der Mensch ist auch bloß ein Lebewesen. Bist du jetzt traurig oder erleichtert?"
„Ich weiß es nicht. Erleichtert auf keinen Fall, ein bisschen traurig bin ich schon, denke ich, und insbesondere wenn ich sehe, dass die ganze Arbeit und alle Unannehmlichkeiten mit der Beerdigung auf Fabians Schultern liegen, er weiß nicht mal, dass dieser Hammer nicht sein leiblicher Vater ist. Das macht mir Kummer."
„Was soll das? Er galt und gilt als sein Vater, leiblich oder unleiblich, mach dir darüber doch keine Gedanken, und schon gar keine Vorwürfe deswegen! Lass die Dinge laufen, wie es halt üblich ist."
„Darüber mache ich mir auch keine Gedanken und keine Vorwürfe, aber Fabian macht sich Vorwürfe."
„Warum das denn?"
„Hammer hat gestern Abend auf seiner Hochzeitsfeier eine Frau kennengelernt und anschließend sind sie zusammen zu ihr nach Hause gegangen. Darum macht Fabian sich jetzt Vorwürfe."
Tatsächlich hatten Gabriela und Angela nicht gesehen, wie sich Hammer mit einer feinen Dame ausgiebig amüsierte, wie er keinen Tanz ausließ und selbst mit seiner stocksteifen Figur die Pobacken kreisen ließ. Darum waren sie – insbe-

---

dass einige Menschen vorbeikämen und sich um die Angelegenheit dieses Hundes kümmerten. Oder zumindest dass das Hundeherrchen auftauchen würde. Aber so verlassen war heute diese Parkanlage, als seien alle Spazierwege gesperrt. Ich schaute auf die Uhr, es war Kaffeezeit, aber es war unmöglich, dass auch alle jungen Leute sich um Kaffeetische versammelt hatten. Mir fiel ein, dass es eigentlich nicht so viele Jugendliche gab, dass ständig ein paar von ihnen hier herumlungern würden. Diese Zeiten waren

sondere Angela – froh, dass sie frühzeitig den Saal verlassen hatten. Und sie hatten auch nicht gesehen, was für eine Frau er da geangelt hatte, was für ein erotisches Wesen, das in der Lage war, diesen stocksteifen Hammer zu biegen.

Und Hammer war tatsächlich an dieser Frau gescheitert. Sie hatte ihn im Bett dermaßen herausgefordert, dass er die Kontrolle über sich verlor und meinte, er könne und müsse ihrer Herausforderung nachkommen, wobei er sich völlig überanstrengte, um nicht schlapp und alt dazustehen. Er warf sich dieser Frau zu Füßen, als habe er nie in seinem Leben ein weibliches Geschlecht gesehen. Er war so hilflos und überfordert, dass er nicht wusste, wie er mit diesem in seinen Augen Prachtweib umgehen sollte. Er war bereit, alles für sie zu tun und ihr zu zeigen dass er der richtige Mann war und es verdiente, ihr Liebhaber zu sein. So kam es, wie es kommen musste. Beim soundsovielten Akt setzte sein Herz aus, es wollte nicht mehr mitmachen. Nach so viel Alkohol und so viel Tanzen, und danach noch Fließbandsex, konnte für ihn wahrscheinlich nichts anderes als der Tod herauskommen. Es hatte nicht geklappt, auf Kommando wieder jung zu sein. Schrecklich war, dass er auf dieser Frau liegend sein Leben aushauchte. Die Frau wäre beinahe ohnmächtig geworden. Sie war hilflos und wusste nicht, was sie tun sollte. Sie konnte nur ohrenbetäubend schreien.

Schreiend wand sie sich aus dem Bett, riss die Wohnungstür

---

schon längst vorüber. Aber dem Hundeherrchen musste doch aufgefallen sein, dass er allein am Kaffeetisch saß, weil der Hund fehlte. Denn die meisten Hunde, die nicht an der Zuckerkrankheit litten, beteiligten sich an den nachmittäglichen Kaffee-und-Kuchen-Gewohnheiten wie an allen anderen Mahlzeiten. Kurz zog ich in Erwägung, dass der Hund vielleicht Diabetiker sei. Ich wusste zwar, dass nicht ganz zwei Kilometer entfernt vor kurzem mit Hilfe internationaler Spender eine riesige Altenwohnanlage mit Blick auf den

auf und lief nackt ins Treppenhaus, wo sie wie von Sinnen an den Türen sämtlicher Nachbarn klingelte, außer bei ihrem unmittelbaren Nachbarn, der auf derselben Etage wohnte wie sie, ein alleinstehender Mann in Hammers Alter. Aber niemand öffnete, niemand kam aus seiner Wohnung heraus. Dieser alleinstehende Nachbar war es schließlich, der den Notarzt rief, der kam und Hammers Tod bescheinigte. Die Frau weinte ununterbrochen, der Nachbar half ihr, sich anzuziehen. Es war ihr alles schrecklich peinlich. Sie wirkte wie traumatisiert, und sie war in der Tat traumatisiert. Wenn sie daran dachte, dass ein Toter auf ihr gelegen und sein Glied in ihr hatte, überkam sie ein Schauder, den sie nicht mehr abschütteln konnte. Sie konnte es nicht verstehen, es war auch nichts zu verstehen. Sie war nur froh, dass sie es rechtzeitig bemerkt hatte, dass sie sich blitzschnell erhoben hatte, bevor Hammer eiskalt wurde, steif war er ja schon immer gewesen.
Sie tat ihrerseits Fabian leid. Nun war es rein rechnerisch für Fabian vorteilhaft, dass er der Alleinerbe von Hammer war und mit niemandem wegen der Erbschaft streiten musste. Er erbte ein prächtiges Vermögen, das aus Wertpapieren, Immobilien und Gold bestand, doch war er darüber nicht glücklich, und er wäre bereit gewesen, einen Teil dieses Vermögens dieser Frau als Entschädigung für den psychischen Schaden, den sie davongetragen hatte, zu zahlen, auch wenn ihr gesetzlich und moralisch nichts zustand. Es

---

größten Friedhof der Stadt errichtet und in Betrieb genommen worden war, wo sich auch einige junge Menschen befanden, aber die hatten alle Hände voll zu tun, sie konnten sich nicht mal eine kurze Pause gönnen, ganz zu schweigen von einem Spaziergang. Darüber hinaus mochten sie die Hunde nicht so sehr wie es halt hier üblich ist, was wahrscheinlich auf ihre Herkunft zurückzuführen war. Ich konnte mir durchaus vorstellen, dass der Hund einem alten Menschen gehörte, der in eines dieser Altersheime

ging ihm darum, sein Gewissen zu beruhigen. Und so tat er es. Er versprach der Frau, die eine Perserin war, niemandem von dem Vorfall zu erzählen, und auch seine frisch angetraute Frau versprach ihr das. Es sollte alles nur unter ihnen bleiben, und keiner aus der iranischen Bekanntschaft oder von den Verwandten würde davon erfahren. Sie brauche sich nicht zu schämen. Es blieb auch dabei, weder Fabian noch seine Frau verloren jemals ein einziges Wort über dieses Geschehen, und die Frau selbst schwieg für immer und ewig.
Mehr passierte nach dem Tod von Hammer nicht, er ging aus dieser Welt, als ob er niemals da gewesen wäre. Nach ein paar Wochen erinnerte sich kein Mensch mehr an ihn. Fabian regelte rasch die Erbschaftsangelegenheit, kaufte eine Nobelwohnung, die er mit seiner Frau bezog, und lebte ein Leben wie alle anderen.

Gabriela beendete das Telefonat mit Angela, als sie bemerkte, dass Angela sich durch das lange Gespräch mit ihr beruhigt hatte. Nun fiel ihr auf, dass sie weit in Richtung Osten gegangen war, und sie stellte außerdem fest, dass sie fast eine Dreiviertelstunde lang mit Angela telefoniert hatte und währenddessen gelaufen war, und das, obwohl das Handy nur noch einen Strich Akku hatte. An der Stelle, wo sie sich nun befand, war die Mainpromenade menschenleer und zugleich bedrückend und traurig, und insbesondere die nun

---

eingeliefert worden war. Vielleicht war der Hund im letzten Moment abgehauen, um nicht ins Tierheim einliefert zu werden. Das Tierheim war zwar in unmittelbarer Nähe des Altersheimes gebaut worden, um den alten Leuten, die noch laufen konnten und geistig in der Lage waren, Menschen von Hunden oder überhaupt von Tieren zu unterscheiden, die Möglichkeit zu geben, dort die Tiere zu besichtigen und sich an ihnen zu erfreuen. Sozusagen, um sich an die guten alten Zeiten zu erinnern, an jene Zeiten, in de-

herrschende tiefe Finsternis und der Herbst trugen dazu bei, dass alles noch viel düsterer aussah. Dann diese merkwürdige Geschichte mit Hammer und dieser jungen Frau, das machte alles noch eine Nummer schlimmer. Die Menschen kamen Gabriela nun noch lächerlicher vor. Die Geschichte von Hammer, seiner Gier, seinem Fehlverhalten gegenüber Angela und den Kindern und allen anderen hatte doch schließlich dazu geführt, dass er so ein Ende fand. Vielleicht war es aber auch so, dass Hartmut Hammer nur an diesem einen Abend wirklich gelebt bzw. das wahre Leben gespürt hatte. Wie dem auch sei, nun war es aus. Kurz ging ihr durch den Kopf, dass es wohl doch eine gewisse Gerechtigkeit gebe. Dann sagte sie sich, was nutzt diese Art Gerechtigkeit Angela oder ihrer Tochter, die spurlos verschwunden ist? Es hat keinen Sinn, sich darüber weiter Gedanken zu machen, überlegte sie. Sie wollte nun so schnell wie möglich nach Hause. Wenn sie die Dreiviertelstunde plus die Strecke, die sie vor dem Telefonat zurückgelegt hatte, zusammenrechnete, kam sie zu dem Ergebnis, dass sie bis nach Hause drei Stunden benötigen würde. Sie beschloss, ein Stück zu laufen, zumindest bis in die Nähe der grässlichen Masse, und von dort ein Taxi zu nehmen. Sie hatte keine Lust, noch einmal unter diese Menschen zu gehen.

---

nen sie mit ihren Hunden durch die Parks und Grünanlagen schlenderten und so stolz waren, dass ihre Hunde treue Tiere waren.

Es konnte auch sein, dass der Hund einer von denen war, die während des Transports seiner Herrin oder seines Herrchens entfliehen, um Selbstmord zu begehen. Es stand schon häufiger in den Zeitungen, dass sich Hunde nach dem Verlust ihres Herrchens oder ihrer Herrin das Leben genommen haben. Man hat bereits zahlreiche Hundeleichen aus einem Fluss in der Nähe dieser Parkanlage gefischt, und

7. Kapitel

Gabriela ging am Montag extra früher als sonst in die Schule, um vor dem Unterrichtsbeginn ein paar Worte mit Angela zu wechseln. Sie wollte ihr erzählen, wie sie am morgen ganz früh bei Franz Kaputtmacher angerufen und ihm von dem Stapel erzählt und dass er sich erstaunlicherweise interessiert geäußert habe. Auch dass sie ihm gesagt habe, sie hätte ein paar Seiten ausgesucht, die sie ihm gern zur Verfügung stellen wollte, damit er sich ein Bild von dem Text machen könne. Kaputtmacher aber hatte gemeint, er wolle sich, wenn das möglich sei, lieber gleich alles anschauen. Gabriela hatte natürlich zugestimmt und den Rest auch kopiert. Dann hatte sie, bevor sie zur Schule fuhr, den Stapel selbst mit dem Taxi zur Zeitung gebracht und war nun gespannt, wie er darauf reagieren würde. Entgegen ihrer Erwartung aber war Angela gar nicht in der Schule. Das wunderte sie. Es kann sein, dass sie später kommt, überlegte sie sich. Sie wusste aber, dass Angela wie sie am Montag zur ersten Stunde Unterricht hatte. Sie gehörte zwar nicht zu den Lehrerinnen und Lehrern, die stets mit einer Viertelstunde Verspätung zur ersten Stunde eintrafen, aber das konnte ja jedem mal passieren, überlegte sie.

Die erste Stunde war um, die zweite auch, aber Angela war immer noch nicht aufgetaucht. Gabriela erkundigte sich im Sekretariat nach ihr und erfuhr, dass sie sich krankgemeldet

---

zwar aus dem Fluss, in dem damals ihre Besitzer sie schwimmen ließen. Vielleicht wollte dieser Hund sich auch das Leben nehmen, aber sein Mut reichte nicht aus, und nun hatte er sich in diesen Winkel verkrochen und jaulte vor sich hin. Obwohl es für ihn keinen Grund zur Sorge gab, da die Hunde eine Krankenversicherung hatten und es durchaus die Möglichkeit gab, von einem Menschen, der bereits auf der Warteliste stand, adoptiert zu werden. Doch vermutete ich, dieser Hund sei ein Künstler, der gerade et-

hatte. Gabriela wusste, dass Angela nicht krank war, und sie vermutete, der Grund ihrer Abwesenheit sei, dass sie sich wohl doch um die Beerdigung ihres ehemaligen Mannes kümmerte und so ihren Sohn unterstützte. Kurz wog sie ab, ob sie bei ihr anrufen solle. Aber sie ließ es sein, sie wollte nicht, dass Angela sich von ihr kontrolliert fühlte. Darüber hinaus sahen sie sich in der Schule ohnehin nicht jeden Tag, manchmal über eine Woche lang nicht. Warum also sollte Gabriela sie heute unbedingt sehen? Sie ging ihrem Tagesablauf nach und dachte nicht mehr an Angela, zumal Franz Kaputtmacher sich interessiert gezeigt hatte, und nun war sie tatsächlich die ganze Zeit in Gedanken damit beschäftigt und stellte sich vor, dass Kaputtmacher sich grün und blau ärgern würde, falls er überhaupt dazu käme, in die Blätter hineinzuschauen. Irgendwie hatte sie Angst davor.
Franz Kaputtmacher war der Kerl, mit dem Hans sich damals angelegt und gegen den er in einer heftigen Auseinandersetzung einen Ascherbecher geschleudert hatte, woraufhin er gefeuert wurde und nie wieder einen Auftrag von dieser Zeitung bekam. Kaputtmacher verzichtete damals darauf, Hans wegen Körperverletzung zu verklagen. Er hatte tatsächlich einen blauen Fleck am rechten Oberkörper abbekommen und war froh, dass er den Aschenbecher nicht ins Gesicht bekam. Er hatte Hans nicht aus Nettigkeit nicht angezeigt, sondern aus Kalkulation. Denn er meinte, wenn er Hans anzeige, würde der Vorfall zu einem Medien-

---

was deprimiert war und sich deshalb zurückgezogen hatte. Erst kürzlich hatte ein Musikfestival zu Gunsten schwerkranker Hunde, die aufwendige Operationen benötigten, stattgefunden. Für diese Ärmsten nämlich war die Krankenkasse nicht bereit, die Operationskosten zu übernehmen. Bei dem Konzert war auch eine Gruppe von Hunden zu sehen, die ihren eigenen Auftritt hatte, sie sangen an der ihnen zugewiesenen Stelle im Chor, genauer gesagt, mal bellten sie, wau, wau, mal jaulten sie, hoh, hoh. Es war wirk-

ereignis, und das würde sowohl ihm und seiner Zeitung als auch den Medien überhaupt mehr schaden als nutzen, und darüber hinaus würde Hans für viele als Held dastehen. Das wollte er nicht, und er beschloss daher, zu schweigen, denn das Schweigen war die beste Waffe gegen Leute wie Hans, überhaupt gegen Leute, die kritisch sind oder gerne schimpfen, auf die Verhältnisse und das System, und die man im Allgemeinen als Unruhestifter bezeichnet. Für Leute wie Kaputtmacher waren die herrschenden Verhältnisse und das System heilig und unantastbar und so beinahe das Ende der Geschichte. Sie sprachen von Meinungsfreiheit und Toleranz, sie definierten diese Begriffe und legten die Grenzen der Freiheit und Toleranz fest, und zwar nach ihrem Verständnis und selbstverständlich zu ihren eigenen Gunsten.

Franz Kaputtmacher kannte auch Hassan, er hatte damals erwartet, dass Hassan Berichte über den Islam und solche Dinge schreiben würde, da er meinte, Hassan als Moslem müsse das besonders gut können, zudem sei er glaubwürdiger als alle anderen. Woraufhin Hassan fragte, woher Kaputtmacher eigentlich wisse, dass er Moslem sei. Franz Kaputtmacher antwortete, er komme doch aus dem Iran, oder? Da regte Hassan sich auf und brüllte ihn an: „Ihr Idioten, jeder, der aus Iran kommt, ist doch nicht unbedingt Moslem, und jeder Moslem weiß nicht alles über den Islam, insbesondere diese Scheiße, die hier als Islam diskutiert wird,

---

lich dringend Geld nötig, obwohl in jedem Laden, in jedem Supermarkt, neben der Kasse eine Spardose für die in Not geratenen Hunde aufgestellt war. Auch an Menschen, die mehr leisten wollten, war gedacht: Zig Spendenkontonummern für benachteiligte Hunde in Spanien, Portugal und insbesondere in der Türkei, wo die Leute extrem hundefeindlich sind, wurden in den Medien bekannt gegeben, um ihren Transport nach Deutschland sowie die Verpflegung dieser armen Kreaturen zu finanzieren. Es war sogar die

und diesen ganzen Unfug, der über Moslems verbreitet wird! Darüber hinaus bin ich in Deutschland und will über Deutschland schreiben, über deutsche Verhältnisse, die prägen mich, denn in denen lebe ich! Herr Kaputtmacher, warum rafft ihr das nicht, warum versucht ihr immerzu, die anderen in eine Ecke zu drängen, wo sie überhaupt nicht hin wollen?! Die Juden waren über vierhundert Jahre und länger in Europa, aber man hat sie immer ausgegrenzt, bis ein Verrückter kam und sie an Orten konzentrierte, die er Konzentrationslager nannte, und sechs Millionen von ihnen ermordete, also beinahe alle. Und jetzt wollt ihr auf Schritt und Tritt – wie scheinheilig ihr doch seid! – judenfreundlich sein, dabei vergesst ihr, so viele Juden habt ihr gar nicht übrig gelassen!"

„Keiner hat Sie gezwungen, hier zu bleiben", warf Franz Kaputtmacher in den Raum. Da wurde Hassan noch heftiger, er sagte, diese Generation der deutschen Intellektuellen sei dermaßen steif und beschissen, dass einem nichts anderes übrig bleibe, als sie in ihrem Zustand zu bedauern. „Bleibt in eurem Käfig und schimpft über die anderen, die Welt ist zu nobel für euch, ihr habt es nicht verdient, dort einen Platz zu finden!" Daraufhin knallte er die Tür hinter sich zu und verließ für immer das Zimmer, in dem er ein paarmal Franz Kaputtmacher getroffen hatte.

Gabriela wusste über alles Bescheid, trotz dieser Vorfälle schrieb sie weiterhin ab und zu für die Zeitung, denn sie

---

Rede davon, eine Freiwilligenarmee zu bilden, um die gequälten und vernachlässigten Hunde rund um das Mittelmeer und insbesondere in den islamischen Ländern zu befreien. So nach dem Vorbild der Kreuzzüge zur Befreiung Palästinas.

Irgendwie fand ich mich brutal und unmoralisch, da eine klammheimliche Freude in mir aufstieg. Wie gesagt, stand die Regierung, der Staat, schon sehr häufig auf der Seite der Hunde. Wenn einer von ihnen dich anbellte oder sogar nach

war der Meinung, Hans habe überzogen reagiert. Bezüglich Hassans Auseinandersetzung mit Kaputtmacher schwieg sie, und zwar bis heute. Denn Gabriela fühlte sich, was Hassans Befindlichkeit in Deutschland anbetraf, irgendwie gespalten. Sie wollte gerne weltoffen sein, aber sie merkte häufig, wie sie innerlich an ihre Grenzen stieß und immer wieder irgendwelche Vorbehalte gegenüber anders aussehenden oder sprechenden Menschen empfand, seien sie negativ oder positiv. Sie spürte die Grenzen, die man irgendwie in ihr festgelegt hatte. Dann fühlte sie sich im Käfig ihrer Erziehung, deren besondere Charakteristika Angst, Schweigen, Verdächtigungen und das Zurückhalten der eigenen Meinung war. Gabriela wusste, dass sie damit nicht alleine war, sie kannte jede Menge Menschen, die trotz unzähliger Auslandsreisen und längerer Aufenthalte im Ausland auch nicht anders waren als die Leute, die ein Leben lang in ihrem Kaff geblieben waren. Sie zogen quasi eingegrenzt und eingemauert durch die Welt, daher bekamen sie wenig von den Orten, die sie besuchten, und den dort lebenden Menschen mit. Ständig waren sie bemüht, alles, was sie sahen, zu definieren. Sie suchten keine Freunde, sie definierten die Freunde, genauso wie die Freude. Sie suchten nicht Liebe als solche, sie definierten Liebe. Sie genossen nicht das Essen als solches, sondern sie definierten das Essen. Kurz und gut, es gab für diese Leute nicht den Menschen als solchen, sondern sie definierten den Menschen –

---

dir schnappte, konntest du gar nichts machen, du warst verschreckt, aber er wurde durchgekrault und getröstet. Der Staat argumentierte mit den Steuereinnahmen durch die Hundesteuer. Und jetzt stand dieser Hund da und jaulte, und weder war vom Staat eine Spur zu sehen, noch von verständnisvollen Hundefreunden und freiwilligen Partisanen. Selbst die Behörden konnten nicht mit der Zahl der lebensmüden Hunde Schritt halten und ihre Leichen rechtzeitig entsorgen. Eine miese Stimmung zog durch die Re-

schwarz, weiß, farbig, braun, asiatisch, afrikanisch, französisch, deutsch usw. Es war schwer, sich eine grenzüberschreitende Denkweise anzueignen, wenn man sich verschlossen und eingegrenzt fühlte.
Aber Gabriela wusste nun, dass die Zeit dieser Menschen in Deutschland tatsächlich vorbei war. Als Lehrerin erlebte sie die jungen Menschen, die ganz anders waren, insbesondere in Frankfurt, wo sie lebte und arbeitete. Die jungen Menschen hier hatten zwar eine Palette von Problemen auf dem Weg ins Leben zu bewältigen, waren verwirrt und vereinzelt, aber bei weitem nicht mehr so eingeschränkt und eingekapselt wie noch ihre Eltern und Großeltern. Sie hatten normalerweise keine Vorbehalte mehr gegeneinander. Gabriela war erstaunt darüber, dass Hans und Hassan die jungen Leute so genau gesehen und ihre Probleme so präzise beschrieben hatten. Sie merkte, dass sie selbst häufig zu allgemein über die jungen Leute urteilte. Dann sagte sie sich: Jeder Einzelne hat seine eigene Geschichte, die kann so oder so sein, aber es geht darum, wie sie sich allgemein geben, und das ist doch wichtig, wie die allgemeine Stimmung ist. Sie hasste die Medienleute, die stets das eine oder andere negative Ereignis herauspickten und es als Eigenschaft einer ganzen Gruppe verbreiteten.
Es war Nachmittag geworden und Gabriela hatte keinen Unterricht mehr. Auf dem Weg nach Hause bereitete sie sich in Gedanken auf eine Diskussion mit Franz Kaputt-

---

publik. Viele kritische Journalisten und Journalistinnen warfen dem Staat Pietätlosigkeit vor und warnten davor, wenn es so weitergehe, könnten die Hunde mit Recht zu Selbstmordattentätern werden, sich mit umgebundenen Sprengsätzen in staatliche Einrichtungen schleichen und sich dort in die Luft jagen. Experten haben schon Alarm geschlagen, in der Tagesschau, in den Fachzeitschriften und anderen Medien wurde dringend gewarnt, bezogen auf die katastrophale Statistik, laut derer die Zahl der depressiven Hunde

macher vor, richtig und argumentativ würde sie diskutieren, falls er sich bei ihr meldete, und versuchen, ihn davon zu überzeugen, zumindest einen kleinen Teil der Papiere in seiner Zeitung zu veröffentlichen. Was und wie man sich über diese Schriften in einer Zeitung äußern sollte, war Gabriela nicht ganz klar. Aber sie ging auch davon aus, dass dieser Kaputtmacher sich sowieso nicht melden würde. Und schon ärgerte sie sich im Voraus über Kaputtmacher und beschimpfte ihn. „Ein Schwein ist er! Diese Arschlöscher haben Leute wie Hassan und Hans kaputt gemacht!", sprach sie zu sich.

In diesem Moment klingelte ihr Handy. Sie vermutete, es wäre Angela, an die hatte sie gar nicht mehr gedacht. Als sie jedoch auf das Display ihres Handys schaute, stellte sie fest, dass sie die Nummer nicht kannte. Kurz erwog sie, den Anruf abzuweisen oder einfach nicht daranzugehen. Aber zum Glück nahm sie den Anruf entgegen. Es war Franz Kaputtmacher. Gabriela war mit einem Mal höchst aufgeregt, sie konnte nicht glauben, dass er es tatsächlich war. Doch er war es und wollte wissen, was Hans und Hassan nun machen. Sie war erstaunt, dass er nicht wusste, dass Hans und Hassan sich von diesem Leben verabschiedet hatten. Aber woher sollte er es auch wissen? Niemand wusste es außer ihr, und sie wusste auch nicht so richtig, wie es ihnen ergangen war, insbesondere seit sie ihr diesen Stapel Papier mehr oder weniger vor die Tür gelegt hatten. Sie erzählte

---

überproportional zugenommen hat, vergleichsweise stärker als bei den Menschen. Die Psychologen waren überfordert und die psychologischen Kliniken überfüllt, die Wartezeiten auf eine Behandlung waren extrem lang. Ich hatte schon das Gefühl, wir stünden kurz davor, dass die Hunde bald auch gegen die Ausländerfeindlichkeit auf die Straße gehen, da in diesem Bereich ausländische Experten dringend nötig waren. Man konnte die Hunde verstehen, sie waren über die anderen Länder nicht informiert, zumindest nicht so richtig,

ihm, wie es war und verwies auf die Bücher, die ein Verrückter über die beiden schrieb. Zumindest glaubte sie, dass in diesen Büchern zum großen Teil die Lebensgeschichte der beiden geschildert sei. Die Bücher hießen „Die Nächte am Main“ und „Die letzte Nacht mit Gabriela“.
Kaputtmacher bedankte sich bei Gabriela und sagte, er werde sich die Bücher besorgen und lesen. Auf die Frage, ob er die Papiere angeschaut habe, reagierte er zurückhaltend, er sagte, er sei noch nicht dazu gekommen. Er werde sich bei ihr melden, wenn er soweit wäre. Er log eindeutig, er hatte beachtliche Teile des Stapels gelesen, daher sein Interesse an Hans und Hassan. Und auch die Bücher hatte er bereits in der Hand gehabt. Als er sie damals vom Verlag bekam, hatte er beide in eine Ecke geworfen. Er hatte sich geweigert, hineinzuschauen oder jemanden mit der Rezension zu beauftragen. Nicht, dass er ein bösartiger Mensch war, nein, der wenige Platz, der in der Zeitung für Buchrezensionen vorgesehen war, war reserviert für die Verlagshäuser, auf deren Anzeigen die Zeitung angewiesen war. Das war die Regel, ganz einfach. Nun wunderte er sich, dass in diesen Büchern die Lebensgeschichte von Hans und Hassan stand. Er wusste, dass er die Bücher vor langer Zeit bekommen hatte und dass sie längst entsorgt worden waren. So versuchte er, die Bücher über das Internet zu bestellen, und er hatte Glück. Sie waren erhältlich.

---

dass sie kapiert hätten, dass man nicht einfach Ausländer einschleusen kann. Ich dachte mir, wenn ich ein Hund wäre, wäre ich auch auf diesen Gedanken gekommen. Man vergötterte mich, fütterte mich mit Bio-Hundefutter, würde mit mir von einem Arzt zum nächsten rennen, mir die besten Medikamente besorgen, unglaublich teure Operationen bezahlen, meine Zähne würden bestens, sogar besser als menschliche Zähne gepflegt, sie würden quasi regelmäßig professionell gereinigt, und dann auf einmal steckte man

Als Gabriela zu Hause ankam, fühlte sie sich erschöpft. Sie machte sich Tee und aß eine Kleinigkeit. Am liebsten hätte sie sich hingelegt und ein bisschen gelesen, bis ihr die Augen zufielen. Aber sie hatte nicht die innere Ruhe dafür. Warum? Sie wusste es nicht. Sie hatte immer das Gefühl, sie müsse irgendetwas tun, aber was? Das wusste sie auch nicht. Ein paarmal lief sie durch die Wohnung, hin und her. Die Wohnung war zwar nicht optimal aufgeräumt und geputzt, aber auf solche Tätigkeiten verspürte sie keinerlei Lust. Sie setzte sich an den Schreibtisch und fuhr den Computer hoch. In Facebook war auch nichts Spannendes zu entdecken. Wie immer war Eva müde, Susannes Hund war von einem anderen Hund gebissen worden, das Foto des armen verletzten Tieres wurde von 125 Freunden mit „Gefällt mir" angeklickt, und doppelt so viele bedauerten den Zustand des lieben Hundes und wünschten ihm gute Besserung, obwohl sie weder den Hund noch Susanne kannten, mit Ausnahme von drei engen Freunden von Susanne, die sie auf Facebook gesondert auflistete, wie von Facebook vorgeschlagen oder befohlen war.
Einer ihrer iranischen Facebook-Freunde hatte ein Foto von einigen im Iran öffentlich aufgehängten Iranern zur Schau gestellt, um auf die Grausamkeit des iranischen Regimes hinzuweisen. Niemand hatte reagiert, Gabriela klickte auch weg und machte die Beiträge dieses Freundes unsichtbar. „Schrecklich, schrecklich", murmelte sie, während sie

---

mich in ein Tierheim, das wie ein Gefängnis war, und ließe mich von ein paar nicht mal angelernten billigen ausländischen Pflegern versorgen, wenn man das Hinwerfen von ein paar Happen Futter in einen Gemeinschaftsnapf für viele Hunde überhaupt versorgen nennen kann. Man hat überhaupt keine private Rückzugsmöglichkeit hier, geschweige denn eine kuschelige Ecke, auf dem harten Boden muss man schlafen, wenn man es überhaupt schlafen nennen kann, kaum macht man ein Auge zu, hört man sofort

den Status des Freundes bearbeitete. Sie hätte ihn beinahe als Freund entfernt, ließ es aber nach kurzem Überlegen doch sein und blockierte ihn dann lediglich.
Angela tauchte auf.
„OH", schrieb Gabriela. „Hi, wie geht's?"
„Nicht gut. Psychisch am Ende!"
„Wie auf ein einmal?"
„ICH weiß es NICHT."
„Kommst du morgen zur Schule?"
„ICH glaube NICHT."
Gabriela wollte nicht mehr von Kaputtmacher erzählen, um sie nicht zusätzlich zu belasten.
„Ich glaube, ich muss mich einer Therapie unterziehen", schrieb Angela.
„Wie? Kennst du jemanden?"
„Ja, ICH habe einen Termin, für morgen sogar."
„Nicht schlecht, besser als bei den Fachärzten, bei denen muss man zwei Monate warten."
„ICH weiß, sie sind schrecklich, die Schweine."
Niemand interessierte sich für die Müdigkeit von Eva, außer Elke, die ihren Status kommentierte: „Leg dich hin."
„ICH kann nicht."
„Warum?", frage Elke.
„ICH muss immer online sein."
„Hast du Angst was zu verpassen?"
„JA..."

---

den lauthals ausgetragenen Streit zwischen zwei Bewohnern, die um eine Bewohnerin kämpfen, und das Brüllen des menschlichen Personals, das mit einem Stock an die Käfiggitter schlägt und mitunter nicht einmal davor zurückscheut, einen zu verprügeln.
Ich nahm meinen Mut zusammen und sprach den Hund an: „Du armer Hund, was hast du denn, warum jaulst du so traurig? Komm zu mir, ich bringe dich zum Heim."
Als er meine Stimme vernahm, hob er den Kopf, und an

„Ich auch, SCHRRRRRECKLIIIIICHHHHHHHHH."
„JAAAAAAAAAAAAAAA."
Gabriela blätterte ein paarmal hin und her, sie fand bald auch Facebook langweilig, sie hatte keine Lust mehr und schrieb: „Schönen Abend, ich muss raus." Dann meldete sie sich ab und fuhr den Computer herunter.
Kurz kam ihr in den Sinn, diesen Stapel nach und nach in Facebook oder auch in einem anderen Netzwerk zu veröffentlichen. Aber sie schüttelte den Kopf. Nein, sagte sie sich lachend. Die meisten Leute, die in diesen Netzwerken tätig sind, versuchen sich dort zu produzieren. Sie interessieren sich nicht für die Allgemeinheit. Diese Netzwerke sind wie Kaufhäuser, in denen die Masse auftaucht, aber jeder versucht, etwas für sich einzukaufen. Hier ist es auch so, jeder versucht, sich in den Vordergrund zu spielen. Nein, sie korrigierte sich, fast jeder.
In der Tat war es so. Manche der Älteren nutzten Facebook und ähnliches als Kommunikationszentrum, in dem sie ihre Meinung kundtaten, aber die überwiegende Mehrheit sah es als Ereigniszentrum an, da passierte etwas. Man stellte sich zur Schau, ohne zu wissen warum. Einfach so. Die Leute sahen sich gegenseitig, aber sie nahmen einander nicht wahr, genauso wenig wie in den Einkaufszentren. Sie redeten und verstanden alles abgekürzt und hatten keine Lust auf lange Texte. Die gesamten Informationen über Internet waren wie Fast Food, das man schnell zu futtern holen

---

der Stelle, wo ich das Wort Heim aussprach, kam er auf die Pfoten. Anstatt zu jaulen, bellte er mich an und lief davon, so schnell er konnte.
Ich wunderte mich, warum er so reagiert hatte, aber nur kurz, dann vergaß ich den Hund, eigentlich war ich froh, dass er verschwunden war. Ich dachte nicht mehr an die Hunde und das Hundeleben, ich dachte an mich und fragte mich, warum ich lebe. Wozu überhaupt leben die Menschen? Was sollen all diese sinnlosen Aktivitäten, die man

kann, aber um etwas Richtiges, Gesundes und Schmackhaftes zu essen, muss man eben selbst kochen oder jemanden gegen viel Geld kochen lassen.
Gabriela zog sich an und lief durch die Straßen, ohne Teilnahme am sogenannten öffentlichen Leben der Menschen, und sie hatte auch kein Verlangen danach, sich noch weiter Gedanken über die Befindlichkeit der Menschen, sei es in der virtuellen, sei es in der realen Welt, zu machen. Gesagt worden war alles, und zwar gründlich und von hochintelligenten Menschen. Diejenigen, die Näheres über den Zustand der Gesellschaft und ihr eigenes Leben wissen wollten, konnten es haargenau erfahren, es war alles geschrieben, analysiert und besprochen worden. Nun galt es, Taten sehen zu lassen.
Also, die Lage ist so wie sie ist, das wissen wir. Aber was wäre zu tun, um sie zu ändern? Diese Frage stellte sie sich oft. Gemeckert, gejammert, angeklagt, beschimpft und und und… wurde schon seit Jahrtausenden. Jede Epoche, jedes Zeitalter hatte stets ihre bzw. seine intelligenten Leute und die dumme, gaffende und nichts raffende Masse. Jetzt haben wir den Zustand, dass es wenige Leute gibt, die sich über die Gegenwart und die Zukunft der Menschen Gedanken machen, und es gibt einfach viele Leute, denen alles, um es platt zu sagen, am Arsch vorbeigeht. Sie machen sich eher Gedanken über die Anschaffung eines neuen Autos, eines neues Handys, einer Wohnzimmergarnitur, als über

---

das bessere Leben nennt? So dachte ich weiter und weiter, bis mir kühl wurde, und dann ging ich nach Hause. Am nächsten Morgen las ich in der Zeitung, ein Hund habe ganz in der Nähe von der Stelle, wo ich ihn gesehen hatte, Selbstmord begangen. Die Hunde wollen kommendes Wochenende sowohl Samstag als auch Sonntag gegen die Ungerechtigkeit demonstrieren. Ich nahm mir vor, am Wochenende dabei zu sein. Dabei ging mir der Spruch „Es muss endlich einer aufstehen“ durch den Kopf.

die Zukunft ihrer Kinder. Das erlebte sie jeden Tag als Lehrerin. Von diesen Menschen konnte man nicht erwarten, dass sie sich ernste Gedanken über die Welt und die Umwelt, überhaupt die Zukunft der Menschen, machten. Das war es, was Hassan und Hans damals verzweifeln ließ.
„Ich muss versuchen, ihre Botschaft über diese Welt hinaus an die Menschen zu vermitteln. Über Facebook, das Fernsehen… Aber… puh, wozu? Sie wissen doch schon alles“, sprach Gabriela mit sich, laut und bewusst. Sie lachte. „Ich telefoniere doch, laut reden mit sich selbst ist eigentlich wie telefonieren. Das, was die meisten Leute durchs Telefon, in der Bahn, auf der Straße, in den Kaufhäusern sagen, ist dermaßen irrelevant und sinnlos, das könnten sie genausogut zu sich selber sagen, dann hätten sie mindestens die Kosten für das Telefon gespart. Aber nein, lass doch, Gabriela, warum beschäftigst du dich mit diesen Menschen? Warum willst du die Rolle der Meckertante übernehmen?“
Sie hatte recht, sie gehörte nicht zu den Leuten, die andere ständig belehren müssen. Sie gönnte den anderen ihre Freiheit, die das Schönste ist, was einer haben kann. Aber es machte sie traurig, zu sehen, wie die Menschen über das Ziel hinausschossen. Es betrübte sie, wenn die Menschen, anstatt ihre Freiheit zu genießen und sich zu entfalten, sich dem Konsumzwang unterwarfen, und zwar freiwillig. So wurde die Freiheit missbraucht, und zwar von beiden Seiten, von den Zwingenden und von den Gezwungenen.

III. Stapel

Seit Jahren habe ich nicht mehr in einem Park auf einer Bank oder einer Decke gesessen. Denn ich fand und finde immer noch diese Art des Zeitvertreibs nicht nur langweilig, sondern auch einschränkend. Wenn ich mich in einen Park setze, und mag der Park auch noch so groß sein, so finde ich meinen Horizont doch nicht weitläufig genug, denn ich beobachte instinktiv die Menschen, die sich dort aufhalten.

„Ach, das geht mich nichts an", versuchte sie sich zu sagen. Immer wieder hatte sie eine tiefe Enttäuschung verspürt, wenn sie mit einer Schülerin oder einem Schüler etwas vertrauter wurde und sich näher mit ihren Problemen auseinandersetzte. Nur zu gut konnte sie sich an eine Schülerin erinnern, die außergewöhnlich oft im Unterricht fehlte. Als sie sich nach dem Grund der Vernachlässigung des Unterrichts erkundigte, meinte die Schülerin, sie müsse so viel jobben, um ihre Rechnungen zu bezahlen. Sie habe überhaupt viele Ausgaben, obwohl sie, wie Gabriela wusste, ausreichend Taschengeld von ihren Eltern bekam. Es war immer dasselbe: Telefon, Klamotten, Markenschuhe, Kosmetika, Ausgaben für Tattoo, Piercing… und… und… Als Gabriela erwiderte, man könne auch kurzfristig auf das eine oder andere Unnötige verzichten und sich stattdessen um die Schule kümmern, war die Schülerin einen Monat lang nicht mehr in der Schule aufgetaucht. Gabriela informierte die Eltern darüber, und die Antwort kam prompt: Sie wussten auch nicht, wo sich ihre Tochter herumtrieb. Nun war Gabriela beruhigt, dass das Verhalten des Mädchens nichts mit ihr bzw. dem Gespräch mit ihr zu tun hatte. Anscheinend war die Familie völlig zerrüttet.

Es gab nicht wenige solcher Familien. Gabriela war nicht die Einzige, die gegenüber solchen und ähnlichen Vorfällen hilflos dastand. Mittlerweile war es so, dass viele ihrer Kollegen und Kolleginnen schon froh waren, wenn sie ihren

---

Und diese Menschen – unabhängig davon, was sie dort treiben, sei es herumlaufen oder rauchen, sei es spazieren gehen, ein Sonnenbad nehmen, sich besaufen – lenken mich ab von der Welt und von den bedeutenden Vorfällen, die in der Welt passieren und passieren müssen.

Aber heute war ganz das Gegenteil der Fall, ich wollte mich nicht mit der Welt befassen, ich wollte meinem Horizont Grenzen setzen. Denn ich habe im Laufe meines Lebens immer wieder diese Stimme gehört, die mir sagte, um nicht

Unterricht ohne nennenswerte Komplikationen durchziehen konnten. Das war es, worauf sie sich konzentrierten, und darauf, ihren Lehrstoff einigermaßen in der Klasse zu vermitteln. „Nein, es geht mich nichts an. Warum soll man sich über diese Menschen großartig Gedanken machen?“, wiederholte sie laut. Und: „Alles ist gesagt worden. Wenn sie ihr Leben und ihre großartigen Möglichkeiten nicht wahrnehmen wollen, sind sie eben selber schuld.“
Ziellos lief Gabriela in der Stadt herum. Die Einkaufsstraßen waren voller Konsumenten aller Art. Sie betrat eine Einkaufspassage, um dort auf die Toilette zu gehen. Nach ein paar Schritten stieß sie plötzlich auf eine lange Warteschlange. Zunächst dachte sie, die dort Anstehenden wollten alle auf die Toilette, aber dann fiel ihr ein, dass sich die Toiletten nicht hier, sondern im Untergeschoss befanden. Wahrscheinlich werden hier Karten für ein Theater oder Konzert verkauft, vermutete sie, bis sie kurz darauf die Ursache für den Auflauf entdeckte: Die Leute standen Schlange, um in einen Laden eingelassen zu werden, an dessen Eingang drei muskulöse Jünglinge, nur mit Bermuda-Shorts bekleidet, dafür sorgten, dass die Wartenden portionsweise in den Laden eingelassen wurden.
Gabriela fragte einen Passanten, warum die Leute dort Schlange standen.
„Sie wollen einkaufen“, wusste der Passant.
„Gibt es da drin etwas Besonderes?“

---

zu sagen, die mir vorwarf, warum ich mich die ganze Zeit mit den Problemen dieser Welt beschäftige, was mich das alles angeht. Ich wäre doch nicht für alles, was geschieht oder nicht geschieht, verantwortlich. Ich sei wohl krank, suche immer Ärgernisse, die gar nichts mit mir zu haben. Ich machte mir quasi eigenhändig mein Leben bitter, voller Kummer und Sorgen.
Ich war es nicht gewöhnt, über einzelne Menschen und deren Leben konkret nachzudenken, ich fand es langweilig,

„Nee", antwortet er, „die sind alle gaga."
Es war die Werbestrategie des Ladens, die Leute nicht alle auf einmal hineinzulassen, um mehr Leute anzulocken. Und es funktionierte hervorragend. Jeden Tag, insbesondere an den Wochenenden, bildeten sich lange Schlangen vor diesem Kleiderladen. Offenbar konnte man mit diesen Menschen machen, was man wollte. Gabriela gruselte es. Na ja, sagte sie sich, während sie im Untergeschoss auf die richtige Toilette ging. Hans und Hassan haben doch recht.
Nachdem sie sich erleichtert hatte, fühlte sie sich entspannter und schaute sich auf dem Rückweg noch einmal die Schlange an. Die Jungs und Mädchen kamen ihr vor wie lauter kleine, unschuldige Eichhörnchen und Hamster, die im Herbst auszogen, um Vorräte für die Wintertage zu sammeln. Sie sah jedoch einen grundlegenden Unterschied, nämlich dass die Eichhörnchen und Hamster dies von Natur aus taten, die jungen Mädchen dagegen ganz unnatürlich auf Antreiben der Werbestrategen, und jede Woche und jeden Tag war für sie Herbst.
„Na ja, was geht mich das an?", murmelte sie noch einmal vor sich hin und kehrte wieder in die Fußgängerzone zurück. Sie bahnte sich ihren Weg durch die Masse der Konsumenten, zunächst noch ziel- und zwecklos. Kurz zog sie in Erwägung, in die Stadtbibliothek zu gehen, aber dann hatte sie doch keine Lust darauf, wieder und abermals die grauen, vergammelten Bücherregale, überfüllt mit schicken

---

wenn man sich mit dem Leben der Einzelnen beschäftigt und versucht, für ihre Probleme und deren Lösung losgelöst von der Gesellschaft die Verantwortung zu übernehmen. Ich fand es nicht nur grausam, sondern auch traurig, sich mit dem Leben der Einzelnen zu beschäftigen. Das bedeutet nicht, dass ich mich nicht für einzelne Menschen interessiert hätte, ganz im Gegenteil, gerade wegen meines Interesses am Leben der einzelnen Menschen fühlte ich mich genötigt, an die großen sogenannten Projekte zu den-

und einigen vergammelten Bänden, zu sehen. Sie betrachtete den Zustand der Bibliothek unter anderem als einen Indikator des kulturellen Zerfalls, nach dem Motto „Der Fisch fängt am Kopf zu stinken an“. Jedes Mal musste sie daran denken, dass bevor die sogenannte griechische Demokratie niedergegangen war, zuerst die philosophischen Schulen eine nach der anderen verschwanden und allgemein beklagt wurde, dass die jungen Menschen nur noch ihrem Vergnügen frönten. Der gesellschaftliche Zustand damals musste quasi dem der heutigen sogenannten Spaßgesellschaft entsprochen haben, vermutete sie.
Gabriela beschloss, ins Café TELP zu gehen, und sie ging hin und setzte sich an einen freien Tisch. Sie erlebte immer das Gleiche, genauso wie sie es im Stapel gelesen hatte. Die Konsumenten waren da und waren nicht da. Jede und jeder war mit seinem iPhone, Handy, Notebook zugange. Einige telefonierten. Aber sie redeten nicht miteinander, sondern nebeneinander. Gabriela versuchte, diesen Leuten keine Beachtung zu schenken. Da stellte sie fest, dass im TELP keine Zeitungen mehr für Besucher ausgehängt waren. Logisch, sagte sie sich, wofür sollten sie auch Zeitungen aushängen? Dann nahm sie ihr Handy und tat so, als telefoniere sie wie die anderen. Laut sagte sie: „Was soll das, du sollst doch nicht die ganze Zeit im Internet surfen! Nein, nein, eines Tages wird es dir leid tun, wenn irgendwann dein Körper diese ganze Strahlenbelastung nicht mehr aus-

---

ken, die das Leben der Einzelnen schöner und besser machen sollten. Daher musste ich mir immer wieder den Vorwurf gefallen lassen, ich rede andauernd von der Gesellschaft, von der Welt, dies seien große Worte, hinter denen nichts stünde.
Heute setzte ich mich also auf eine schattige Bank in einer Parkanlage und wollte einzelne Menschen, die hier vorbeilaufen, rennen oder sich auch irgendwo hinsetzen, beobachten. Und ich sah Folgendes: Hinter jedem Gesicht war eine

hält, keiner kann mir sagen, dass diese ständige Telefoniererei mit dem Handy unschädlich ist! Warum gehst du nicht zu deiner Freundin, warum unternehmt ihr nicht irgendwas Sinnvolles, anstatt nebeneinander zu sitzen und mit irgendeinem Fremden zu chatten?" Während sie das sagte, schaute sie sich verstohlen um, ob irgendjemand von den Anwesenden auf ihre Worte aufmerksam geworden war. Es schien jedoch, als seien alle sogenannten Anwesenden abwesend. „Nein, du musst nicht jeden Scheiß kaufen!", sagte sie noch ein wenig lauter. „Weißt du, als ich so alt war wie du, saß ich manches Mal im Café mit einer Freundin oder einem Freund, und wir sprachen über alles Mögliche. Warum redest du nicht mit deinem Freund, warum redet ihr nicht über Probleme, so könnt ihr sie vielleicht lösen, durch Reden… Hallo…! Hallo, hörst du mich noch? Na gut, ich dachte, vielleicht ist der Empfang schlecht. Geh mal raus, geh raus, geh unter Menschen, versuch mal, mit anderen zu reden. Wie? Die anderen reden nicht? Dann redest eben du. Wenn einer mit Reden anfängt, reden vielleicht die anderen auch."

Egal wie laut und was sie sagte, keiner achtete auf sie. Alle waren mit sich selbst beschäftigt. „Ich sage es dir noch ein Mal, wenn ihr so weitermacht, macht ihr euch kaputt. Jaaa! Ja, man muss was unternehmen, um im Leben voranzukommen! Nein, meine Liebe, ihr seid so bequem, ihr strengt euch kein bisschen an. So werde ich euch keine rosige Zu-

---

schreckliche Geschichte versteckt, genauer gesagt, in jedem Gesicht konnte man eine fürchterliche Geschichte lesen. Eine Frau, die mit trauriger Miene und verschlossenem Gesicht an mir vorbeilief, vermittelte mit ihren blassen Wangen und ihrem ängstlichen Blick wortlos, dass sie von ihrem Onkel sexuell missbraucht wurde. Sie traute sich nicht, ihre innere Befindlichkeit, die sie lebenslang quälte, kundzutun.
Nicht lange nach ihr kam ein Mann vorbei, der wahrscheinlich ihr Onkel war, dominant und arrogant. Er rauchte hek-

kunft voraussagen können. Was? Ich bin zu alt
euch nicht?! Na bitte, was verstehe ich nicht?
doch! Ich bin bereit, mich von dir, wo du doch
und alles so viel besser weißt, belehren zu lassen. Was soll man daran verstehen, wenn ihr sauft, bis ihr kotzt oder umkippt, und zwar nicht einmal im Monat oder in der Woche, sondern fast jeden Tag, immer, wenn ihr Geld und Gelegenheit dazu habt. Ihr gebt so viel Geld für Drogen aus, obwohl ihr nicht so viel Geld habt, und müsst dafür extra noch jobben gehen. Aha, du hast jetzt keine Lust, mit mir zu reden, weil ich dir ständig Vorwürfe mache. Nein, ich mache dir keine Vorwürfe, ich sage erstens nur meine Meinung und zweitens tut es mir leid, wenn ich sehe, dass ihr zugrunde geht.“

Die Kellnerin stand vor ihr, eine über und über tätowierte junge Frau mit Nasenpiercing, fünf Ringen an jedem Ohr, einem an der Augenbraue, einem in der Unterlippe plus einem oder zwei in der Zunge, soweit ihre sichtbaren Körperteile betroffen waren, was sie unter den Kleidern hatte, erfuhr nur Gott, oder der Mensch im Schwimmbad, besser beim FKK. Sie wollte wissen, ob Gabriela noch etwas trinken möchte, und zugleich entschuldigte sie sich, dass sie sie während ihres Telefonats störte. Gabriela wollte nur bezahlen. Die Kellnerin war der Beweis dafür, dass doch alle dachten, sie telefoniere, wenn überhaupt irgendjemand irgendetwas über sie dachte, insofern war sie froh und

---

tisch, sein Gesicht war finster, anstrengt, beängstigend, es erzählte ohne Worte, dass er unter seinem schlechten Gewissen litt. Doch er war bereit, alles um sich herum kurz und klein zu hauen. Er war ständig bereit, zu prügeln und geprügelt zu werden. Er war jederzeit bereit, einen Grund zu finden, um andere zu beschimpfen und umgekehrt beschimpft zu werden. Man sah in seinem Gesicht und auf seinen Armen Narben, die von Messerstechereien zeugten.

In diesem Moment lief eine andere Frau vorbei. Eine Frau,

schmunzelte vor sich hin. Dann sprach sie wieder laut, fast brüllend: „Zum Teufel mit euch, mach doch, was du willst, ich habe gesagt, was ich zu sagen hatte, du kannst mich nicht in Zukunft für dein Versagen verantwortlich machen! Zum Teufel mit deiner sogenannten Diät! Zum Teufel mit deinen unbequemen Schuhen und deiner ständigen Angst vor dem Urteil der anderen! Zum Teufel mit eurem selbstherrlichen, arroganten Auftritt, der nichts anders als Unsicherheit ist und Angst! Was? Was, ich bin ausgerastet? Es ist alles halb so schlimm? Ach was? Schau mal, wie deine Freunde aussehen, stumm und dumm! Nicht mal guten Tagen können sie sagen! Sie verstehen nur eins, Geld haben, darauf kommt es ihnen an. Sie sind bereit, für Geld alles zu machen, alles zu geben. Was? Ich soll sie lassen, wenn sie Spaß daran haben? Lieber Gott, ich kann diesen Spruch nicht mehr hören! Das erinnert mich an lauter bekloppte ehemalige Freunde, die unfähig waren, ihre Kinder zu erziehen. Um ihre Unfähigkeit zu kaschieren, um sich der Verantwortung zu entziehen, wenn es mit ihren Kindern nicht so gut lief wie sie es sich wünschten, wenn sie etwas anstellten oder gar scheiterten, dann hieß es: Wenn es ihnen Spaß macht, dann lass sie doch... Oder die anderen, die sich nicht trauen, den Mund aufzumachen, die Missstände, unter denen sie offenkundig leiden, zu kritisieren oder überhaupt mal ihre Meinung zu sagen! Wieso, wenn es den Leuten Spaß macht, dann soll man sie lassen... Stell dir vor,

---

die ganz verhüllt war, ihr schüchternes, verschlossenes Gesicht stach aus einem dunklen Kopftuch hervor. Es erzählte insgesamt eine komplizierte Geschichte. Diese Frau versuchte, alles zu verbergen, doch man konnte eindeutig sehen, dass sie ihren Mann betrogen hatte und ihn immer wieder aufs Neue betrog. Sie litt darunter, dass es ihr einerseits Genuss bereitete, dass sie immer wieder vorsätzlich und klammheimlich solche Männer suchte, die sie nahmen, andererseits litt sie darunter, dass sie von früh bis spät ihren

wenn jeder nur das tut, was ihm Spaß macht… zumal der Spaß keine eigentliche Definition hat, es kann also sein, dass was für den einen Spaß ist, für den anderen eine Qual ist, was für ein Chaos dann entsteht. Wie bitte? Ich dramatisiere alles? Nein, meine Liebe, ich dramatisiere wirklich nicht! Um Gotteswillen, nein! Zu guter Letzt nur noch das eine: Der Mensch ist und bleibt ein soziales Wesen, er ist auf ein gesellschaftliches Leben angewiesen. Unser Überleben und unsere Entwicklungsgeschichte sind nur in dieser Art von Gemeinschaft denkbar, mit ihren Höhen und Tiefen. Wer uns diese Eigenschaften wegnimmt, der zielt auf die Zerstörung des menschlichen Lebens selbst. Was?! Ich wiederhole mich? Ich erzähle immer wieder langweiliges Zeug? Das ist dir alles scheißegal? Also, dann tschüss, anscheinend hat es keinen Sinn, mit dir zu reden. Lebe wohl!"
Sie verließ das Café. An der Tür drehte sie sich noch einmal um. Die Leute im Café verplemperten weiter mit ihrem elektronischen Equipment die Zeit. Manche sprachen wie sie, sogar noch lauter, manche starrten lediglich auf das Display von… weiß Gott, was für ein Gerät sie da hatten. Es gab alle Sorten von Menschen hier und da. Am meisten störten Gabriela die überfressenen pummeligen Mädchen, deren Welt eindeutig durch Fernsehen und Internet bestimmt war. Und natürlich die dürren, stylisch gekleideten Mädchen, die von früh bis spät mit ihrem Aussehen und ihrer Kalorienberechnung beschäftigt waren. Die Jungs

---

Ehemann anlog, der Status einer Lügnerin und Betrügerin quälte sie sehr. Daher hatte sie ein so verbissenes Gesicht. Selbst beim Sex mit den von ihr geliebten Männern zeigte sie sich so verkrampft, als würde sie gerade eine fürchterliche Sünde begehen, und man wusste wirklich nicht, ob sie vor Freude schrie oder vor Schmerz, seelischem Schmerz, wohl bemerkt.
Nicht weit entfernt lief ein Mann mit breiter Brust, stolz, so als ob er vermitteln wollte, er sei der glücklichste Herr der

wirkten so monoton, so langweilig, als wüssten sie nichts anderes, als in ihr Handy zu brüllen, zu schnell mit dem Auto durch die Straßen zu fahren und möglichst viele Unfälle zu verursachen. Und das waren keine Vorwürfe, das war eher die Beschreibung einer Tatsache, eine Realität, wie sie Gabriela jeden Tag erlebte, und von der ihre Kollegen ihr erzählten. Also, Gabriela stellte fest, dass doch alle im kleinen Kreis dauernd von schlechten Erfahrungen redeten, die sie gemacht hatten, und keiner wusste etwas dagegen zu unternehmen.
Während sie weiterschritt, sah sie einen heruntergekommenen alten Mann, der ihr bekannt vorkam. Sie schaute ihn ein bisschen genauer an und stellte fest, dass er kein klassischer Obdachloser war, kein Penner, wie sie im Volksmund hießen. Doch, nun erkannte sie ihn! Es war jener Mann, der vor vielen Jahren an dieser Kreuzung gestanden und laut gerufen hatte: „Es muss etwas geschehen in diesem Land, möglichst noch in diesem Jahr!"
Nun schwieg er. Grabesstille herrschte um ihn, er war nachdenklich in sich versunken. Fast eine Viertelstunde stand Gabriela wartend da, sie beobachtete ihn die ganze Zeit, in der Hoffnung, er würde irgendetwas sagen. Aber nein, er verharrte schweigend. Er stand einfach da und schaute verächtlich die vorübertrampelnden Konsumenten an.
Gabriela trat näher, sie sprach ihn an: „Guten Tag!"

Erde und ihm läge alles zu Füßen. Doch innerlich war er zerschlagen, weil er es nicht weiter gebracht hatte, als heimlich mit den Ehefrauen der anderen zu schlafen. Er fühlte sich irgendwie verbraucht und spürte keinen Stolz in sich. Wenn er keinen Zugang zu den Frauen der anderen fand, schlich er heimlich in die Bordelle und begnügte sich mit einer der Frauen dort. Er fühlte sich wie ein Dieb, ein Feigling, der heimlich ins Ehebett der anderen kroch, seine Frauengeschichten waren eher erniedrigend als heldenhaft.

Er fühlte sich nicht angesprochen.
Gabriela wiederholte ihren Gruß.
Da schaute er sie kurz an, aber er schwieg weiter.
Gabriela sagte: „Es muss etwas geschehen in diesem Land, und zwar so schnell wie möglich." Dabei lächelte sie ihn an.
Er schaute Gabriela in die Augen.
„Sie schweigen auch."
Abermals schaute er Gabriela an, nickte kurz mit dem Kopf und seufzte tief.
Gabriela sagte: „Es muss etwas geschehen in diesem Land, möglichst noch in diesem Jahr!"
Sie wartete immer noch auf eine Reaktion von ihm. Aber er schwieg.
„Jetzt fängt gerade der Herbst an, ein paar Monate haben wir noch Zeit, vielleicht passiert doch noch etwas in diesem Jahr?" Gabriela dachte, er sei vielleicht taub und stumm geworden. „Das Wetter ist sehr schön für diese Jahreszeit, nicht wahr?", fuhr sie fort.
Doch, er lächelte kurz, also konnte er sie hören. Er konnte auch fühlen, er schaute an sich herunter, betrachtete seine Kleider. Er war froh über das milde Wetter. Er wusste, dass er dank dieses Wetters noch eine Zeitlang unter der Brücke schlafen konnte und nicht auf die schreckliche Obdachlosenunterkunft angewiesen war. Dort war es immer enger und gammeliger geworden, die Bewohner immer aggressiver, genauso wie überall. Er kannte jede Ecke und jeden

---

Je mehr Menschen ich beobachtete, umso mehr Gestalten kamen daher, mit diesen und jenen Geschichten, die ich nun wirklich satt hatte. Traurige Höhepunkte waren die Gesichter der Frauen, die ihre Söhne sexuell missbrauchten, und auch die Visage eines der Männer, die ihre Töchter missbrauchten…
Alle diese Gestalten mit ihren Geschichten vermittelten mir, dass ich mich in einer sehr strengen Gesellschaft befinde. In einer Gesellschaft, in der jeder von jedem belogen,

Winkel dieser Stadt und ihre Bewohner, er war von Beruf Ingenieur gewesen, hatte dann seinen Beruf aufgegeben, weil er die Menschen näher kennenlernen wollte. So hatte er sich entschieden, noch einmal zu studieren. Diesmal studierte er Soziologie, und je näher er den Menschen kam, desto mehr hatte er sich seinem jetzigen Zustand angenähert. Irgendwann hatte er beschlossen, sich an diese Kreuzung in der Frankfurter Fußgängerzone zu stellen, wo fast alle Menschen, die die Stadtmitte besuchten, vorbeikamen, und ihnen mitzuteilen: „Es muss etwas geschehen in diesem Land, möglichst noch in diesem Jahr!"

Das hatte er beinahe zwanzig Jahre lang getan. In diesen zwanzig Jahren hatte ihn noch niemals jemand angesprochen. Alle hielten ihn für verrückt, auch Gabriela, Hans und Hassan. Irgendwann war er tatsächlich verrückt geworden, da gab er auf und schwieg fürderhin. Nun wunderte er sich, dass eine Frau, eine ziemlich alte Frau, ihn ansprach, obwohl er nichts sagte. Er fragte sich, wo diese Frau damals gewesen war. Wo war sie, als er zwanzig Jahre lang schrie? Wo waren die anderen, die nun jammerten und ätzten und sich über die Gesellschaft beschwerten? Die nun Angst vor der Zukunft hatten, ohne zu wissen, wie diese Zukunft aussehen würde? Er hatte weder die Kraft, noch sah er einen Sinn darin, mit Gabriela zu sprechen. Es war einfach zu spät für ihn. Der Zug war abgefahren.

Gabriela schaute ihn an, er sah herrlich aus, sie spürte seine

---

betrogen und beschissen wird. Ich konnte Millionen Menschen sehen, jeder von ihnen trug eine Maske, keiner wollte sein wahres Gesicht zeigen, nicht einmal sich selbst, sie standen sogar mit ihrer Maske vor dem Spiegel, niemals und nirgendwo wollten sie ihre Maske abnehmen. Da habe ich sofort wieder das Feld der Einzelnen verlassen und bin zur allgemeinen Befindlichkeit der Massen zurückgekehrt und habe mir gesagt, also, es muss etwas Großes, etwas Allgemeines geschehen, um diese Leute in die Lage zu verset-

tiefe Verachtung gegenüber den sie umgebenden Massen. Er ist eine große Persönlichkeit, dachte Gabriela. Niemand kann zwanzig Jahre lang hier stehen, diese Leute ansehen und das alles aushalten!
Sie schenkte ihm ein Lächeln, das von Herzen kam, und mit Tränen in den Augen sagte sie: „Es muss etwas geschehen in diesem Land, möglichst sofort."
Er lächelte schwach zurück. Dann sagte er: „Es ist viel geschehen, siehst du es nicht? Aber das habe ich nicht gemeint…"
Dann zog er einen Zettel aus der Hosentasche und drückte ihn Gabriela in die Hand.
Sie schaute flüchtig auf den Zettel.
Darauf stand geschrieben:

> Ein Glühwurm spricht:
> Wie sich die Sonne wichtig macht
> Mit ihrer kurzen Tagespracht
> So unbescheiden zeig ich mich nicht,
> Und bin doch auch ein großes Licht,
> In der Nacht, in der Nacht!

Gabriela war tief berührt von dem Heine-Zitat. Sie sagte: „Du hast es richtig gemacht. Lebe wohl, du guter Mensch."
Er schwieg weiter, und Gabriela ging fort.

---

zen, dass alle zusammen und zur selben Zeit ihre Masken abnehmen. Kein Mensch kann jedem dieser einzelnen Menschen die Maske abnehmen. Ich könnte mir kaum vorstellen, dass man ein paar Millionen Therapeuten für einige Millionen Leidende einsetzt, und darüber hinaus, wer könnte feststellen, ob diese sogenannten Therapeuten mit sich selber im Reinen sind?
Ja, ich habe bemerkt, dass meine sämtlichen Überlegungen und mein gesamtes Denken in den großen Raum verlagert

8. Kapitel

Nach zwei Wochen Abwesenheit tauchte Angela wieder in der Schule auf. Sie schien wie ausgewechselt. Die Haare frisch blondiert, eine neue Frisur, betont weiblich gekleidet und die Falten um ihre Augen unter einem dezenten Make-up verborgen. Während dieser zwei Wochen hatte sie selbstverständlich ein paar Mal mit Gabriela telefoniert und sie ansatzweise über ihr Befinden informiert. Ihr Auftauchen im neuen Outfit in der Schule, so jugendlich und dynamisch, überraschte nicht nur Gabriela, sondern auch die anderen Kolleginnen und Kollegen. Keiner traute sich, sie zu fragen, was mit ihr los sei. Es ging auch eigentlich niemanden etwas an. Warum sollte man nach dem Grund fragen, wenn jemand so fröhlich und gepflegt auftauchte, es sei ihr gegönnt, konnte man eher sagen.
Angela verspürte tatsächlich nach dem Tod von Hartmut Hammer ein beängstigend neues Lebensgefühl in sich. Sie kam sich wie entfesselt vor. Hammers Tod war wie eine Befreiung für sie gewesen. Sie begann sich vorzuwerfen, warum ihr so viele Jahre lang, in denen sie mit Hammer praktisch nichts mehr zu tun hatte, dieses Gefühl gefehlt hatte. Das Gefühl, dass das Leben auch ohne Hammer weitergeht, anstatt sich bloß Sorgen um die Kinder zu machen, deren Erziehung sie ohnehin nicht hatte meistern können. Schon in den ersten Gesprächen mit ihrer neuen Therapeu-

---

wurden und dass die Menschen mich wieder in eine verzweifelte Lage versetzten.
Ich befand mich innerlich mit diesem Gedanken im Kampf, deshalb bemerkte ich nicht, dass auf der linken Seite der Bank eine junge Frau Platz genommen hatte. Wie lange sie schon dort saß, konnte ich nicht mal erahnen. Vielleicht hatte sie sich gerade erst hingesetzt. Als unsere Blicke sich begegneten, lächelte sie mich an, und ich lächelte verkrampft zurück, um nicht unhöflich zu sein. Sie sprach

tin hatte sie erfahren, dass ihre Gefühle fest in der Klemme von Hammer geblieben waren. Jahrelang hätte sie gewartet, zumindest unbewusst darauf gewartet, dass Hammer sich ändern, dass er irgendwann zu ihr zurückkehren und sein Verhalten bereuen würde. Angela musste zugeben, dass die Therapeutin damit nicht falsch lag, sie war sogar manches Mal fest davon überzeugt gewesen, Hammers Rückkehr stehe kurz bevor. Sie erzählte ihrer Therapeutin, wie schlecht sie sich gefühlt hatte, als sie ihn an jenem Abend nach so vielen Jahren der Trennung mit einer anderen Frau flirten sah. Sie konnte es nicht ertragen, dass er sie so ignorierte. Sie hatte das Gefühl, er müsse sich neben sie setzen, obwohl sie ihn nicht mochte.

Die Therapeutin hatte ihr gesagt, sie habe zwei Hammer, einen realen Hammer und einen Hammer im Kopf. Der reale Hammer war Hammer selbst, wie er leibte und lebte, der sich so verhielt, wie sie es sah, aber nicht wahrhaben wollte. Der andere Hammer, der, auf den sie wartete, existierte lediglich in ihrem Kopf. Der Hammer im Kopf hinderte sie daran, sich richtig vom realen Hammer loszureißen. Nun war der reale Hammer fort, somit hatte der Hammer in ihrem Kopf keine Funktion mehr. Denn sie hatte jahrelang in der Illusion gelebt, mit dem Hammer in ihrem Kopf den realen Hammer zu schlagen. Und nun war also das Fundament dieser Illusion verloren gegangen.

Zum Glück merkte sie, dass es verloren gegangen war, und

---

mich auf Englisch an, fragte, woher ich komme. Ich sagte, woher ich gekommen bin, und dann versuchte ich, sie nicht anzuschauen. Dabei grübelte ich nach, wie ich sie im Notfall abwimmeln könnte, wie ich höflich sagen würde, nein, ich habe kein Interesse an Sex.

Sie rückte etwas näher. Sie wollte nun wissen, warum ich in dieses schreckliche Land gekommen bin, ob ich nicht sehe, wie die Menschen hier vom Staat behandelt werden und die Menschen sich gegenseitig behandeln, insbesondere die

zwar in dieser Form, im Bett mit einer Frau, was sie sich auch nie hätte vorstellen können. Sie hatte immer wieder den Hammer in ihrem Kopf mit dem realen Hammer verwechselt bzw. wollte sie den realen Hammer gegen den Hammer im Kopf tauschen. Aber jetzt, da der reale Hammer für immer und ewig verschwunden war, war der Hammer in ihrem Kopf gefallen, und sie fühlte sich erleichtert. „Was für ein schwerer Hammer, unter dessen Schlag ich mein ganzes Leben lang gelitten habe, der das Leben meiner Tochter zerstört hat, und… und… und…" Da hatte Angela vor ihrer Therapeutin bitterlich zu weinen angefangen.

Die Therapeutin tröstete sie, indem sie sagte: „Das ist alles vorbei. Und bedenke, was du in dir zu verändern hast."

„Was ich zu verändern habe?", sie stellte einfach diese Frage in den Raum. „Ich hätte gerne die Jahre zurückbekommen, die ich verloren habe, ohne selbst darüber entschieden zu haben."

„Aber was willst du jetzt, was fehlt dir jetzt?", stellte ihr die Therapeutin die Gegenfrage, ohne darauf hinzuweisen, dass die vergangenen Jahren eben verloren gegangen seien. „Du kannst jetzt sehen, wie du nun dein Leben am schönsten gestaltest. Jetzt bist du frei, Angela. Stell dir vor, einer sitzt zwanzig Jahre im Gefängnis, und plötzlich wird er begnadigt und kommt frei. Er muss dann auch erst einmal realisieren, dass er frei ist, und dann muss er lernen, mit der

---

Frauen. Ob ich nicht bemerkt habe, wie die Menschen hier in hochkomplizierten künstlichen Beziehungen zueinander stehen. Ich habe ihr gesagt, dass ich das alles weiß und alles mitbekommen habe. Ich bin aus Versehen hier gelandet und bin dabei, dieses Land auf dem schnellsten Weg wieder zu verlassen. „Ich heiße Romina," stellte sie sich namentlich vor, ohne dass ich sie gefragt hätte. „Und ich möchte ohne Umschweife mit Ihnen reden, denn ich habe ein Anliegen."

Sie schwieg kurz. Ich fragte sie nicht, welches. Sie sagte es

Freiheit umzugehen und für sich das Beste daraus zu machen.“

„Ich will, dass die anderen mir ihre Zuneigung zeigen, ich will diese Zuneigung wahrnehmen und sie beherzigen. Damals habe ich zwei Kinder in die Welt gesetzt, aber den Erzeuger dieser Kinder wollte ich nicht wahrnehmen, geschweige denn die Zuneigung dieses Mannes. Ich habe das alles nur gemacht, um Hammer zu halten, oder wie du sagst, den realen Hammer durch den Hammer in meinem Kopf zu ersetzen. Ist das nicht schrecklich?“

„Schrecklich würde ich nicht sagen. Es ist etwas in einer ganz anderen Situation unter ganz anderen Umständen vor sich gegangen, und das hat damals deinem Willen entsprochen. Nun befindest du dich in einer völlig neuen Situation, in der du jetzt etwas für dich und wegen dir selbst machen kannst. Das muss nun für dich im Vordergrund stehen, und nur das darf zählen. Ich meine, was du nun tust, das tust du, nur um dir selbst einen Gefallen zu tun.“

„Es ärgert mich aber, dass ich während all dieser Jahre, in denen Hammer und ich geschieden waren, auch später ohne die Kinder, unfähig war, mich wahrzunehmen und mich von diesem Hammer im Kopf zu befreien. Stell dir nur vor, es hätte diese Frau nicht gegeben, Hammer wäre nicht mit ihr ins Bett gekrochen und hätte keinen Herzschlag bekommen, dann stünde ich immer noch unter dem Schlag meines eigenen Hammers…“

---

selbst. Sie wollte dieses schreckliche Land verlassen. Ob ich bereit wäre, ihr dabei zu helfen bzw. ob ich ihr helfen könnte. Ich blieb zurückhaltend, nicht, weil ich wusste, dass auf diesem Gebiet lauter Verbrecher unterwegs sind, die die Menschen mit leeren Versprechen gegen Geld durch die ganze Welt schleudern. Ich wollte prinzipiell zu solchen Frauen Distanz bewahren. Ich habe alles so interpretiert, dass sie mir auf diesem Wege einfach näherkommen wollte. Ich schwieg und tat so, als ob ich nichts gehört oder sie

Entgegen ihrer therapeutischen Methode, in der sie die sogenannten Klienten stets ausreden ließ, unterbrach die Therapeutin Angela: „Verzeihung, dass ich dich unterbreche, aber sieh mal, diese Frau hat es gegeben und es ist auch etwas geschehen. Ich glaube, es macht keinen Sinn, sich etwas anderes vorzustellen. Denk doch daran, was du nun bekommen hast und was du daraus machen kannst. Ich meine diese Freiheit."

„Du hast recht, diese Freiheit ist wie eine plötzliche Begnadigung, mit der ich nicht im Geringsten gerechnet hätte, genauer gesagt, hatte ich überhaupt keine Ahnung... Ich habe dir doch erzählt, dass ich dermaßen an diesen Mann gefesselt war, dessen war ich mir überhaupt nicht bewusst. Also, nun frage ich mich, warum ich so traurig bin, ich meine, warum war ich so traurig, als ich gehört habe, dass er gestorben ist? Das verstehe ich immer noch nicht."

„Genau, das ist eine gute Frage. Du bist traurig und ein wenig bedrückt, liebe Angela, weil du trotz allem auch etwas verloren hast. Wenn man etwas verliert, selbst wenn es nichts Gutes war, so ist man doch zumindest irritiert. In deinem Fall hat deine kurzfristige Traurigkeit mit dem Verlust von dem Hammer in deinem Kopf zu tun, der nur in Verbindung mit dem realen Hammer existieren konnte, bzw. den du so weiter am Leben halten konntest."

Angela schluchzte auf, aber die Therapeutin sprach weiter: „Der Hammer in deinem Kopf verschwindet tatsächlich

---

zumindest nicht verstanden hätte. Ich wusste, wenn ich fragen würde, was sie damit meint, dann rattert sie automatisch los, ob ich mit ihr eine Scheinehe eingehen kann, und wenn ich sage, ich bin schon verheiratet, dann fragt sie, ob ich nicht irgendeinen Menschen kenne, einen Freund oder Bekannten, der sie heiratet, ihr wäre es auch egal, ob Scheinehe oder richtige Ehe. Und wenn ich sagen würde, nein, ich kenne niemanden, ich habe weder Freunde noch Bekannte, und schon gar nicht solche, die so was mit sich

nicht, er wird quasi in den finsteren Teil deines Gehirns verschoben. Also, er wird verdrängt, und in diesem Fall ist die Verdrängung so stark, dass sie zum totalen Vergessen führen kann, weil, wenn er noch einmal hochkommen sollte, dann fehlt ja die Basis, also der reale Hammer, und dann verschwindet der in deinem Kopf auch ganz schnell wieder. Auf jeden Fall hast du in deinem bewussten Leben keinen Hammer mehr, nirgendwo. Es kann sein, dass du mal davon träumst, aber das ist halb so schlimm, denn wenn du aufwachst, merkst du, dass es wirklich nur ein Traum war, also ein Traum ohne reale Basis."

Angela hörte aufmerksam zu. Sie hatte keine Einwände gegen das, was die Therapeutin ihr erklärte. Sie konnte alles gut nachvollziehen. Dass ihr Hammer nun auf allen Ebenen ein und für allemal weg war, war an und für sich angenehm. Insbesondere war damit ein Kapitel ihres Lebens nun wirklich beendet.

Die Therapeutin ging fest davon aus, dass Angela sich in einer stabilen psychischen Verfassung befand, trotz allem, was sie mitgemacht hatte. Es kam selten vor, dass jemand so sachlich, so hemmungslos und vor allem so konstruktiv und distanziert über seine eigenen psychischen Probleme redete und anerkannte, was in ihm vorgegangen war. Daher lenkte sie das Gespräch nun auf konkrete Taten, nämlich, dass Angela bei ihrem alltäglichen Leben anfangen sollte. Das Leben war tatsächlich schön und angenehm, wenn man

---

machen lassen, dann sagt sie, es gibt Leute, die das gegen Geld machen würden, ob ich für sie dort einen finden würde, und wenn ich sagen würde, ich wäre nicht in der Lage, so etwas zu bewerkstelligen, dann würde sie zu mir sagen, wenn sie selbst jemanden findet, der so was gegen Geld für sie organisiert, ob ich dann bereit wäre, etwas Geld dazu beizusteuern, und so weiter und so fort.

Ich stand auf und ging weiter und gab ihr keine Gelegenheit, so weit zu kommen. Ich habe nicht nur Vorbehalte

es ohne psychische Verdrängung und psychische Belastungen führte. Die Voraussetzung war, dass man sich darüber bewusst war oder bewusst wurde. Ihrer Meinung nach war Angela eine Frau, die sich über sich selbst und ihre Probleme sehr gut bewusst war. Daher fuhr die Therapeutin fort: „Leider sind sich die meisten Leute ihrer selbst und ihrer Lebensumstände kaum bewusst. Viele ziehen unzählige Probleme, die sie überhaupt nichts angehen, in ihr Leben hinein und machen es so eigenhändig zur Hölle. Im Grunde genommen wollen sie sich selbst für irgendetwas bestrafen, ohne zu wissen, wofür und warum. Ich habe kürzlich einen Patienten gehabt, ein einfacher Angestellter, der machte sich Sorgen über die Staatsschulden in Griechenland, ohne in seinem Leben jemals mit Griechen oder Griechenland zu tun gehabt zu haben. Seine Sorge war, dass er für Griechenland bezahlen müsse, während die Griechen selbst keine Steuern bezahlen und auf sein Kosten leben würden und …"

„Was hast du ihm gesagt?", fiel Angela ihr ins Wort. „Ich kenne auch einige, die so denken. Ich habe einmal eine alte Freundin getroffen, die nie in ihrem Leben richtig gearbeitet hat, die immer quasi auf Staatskosten lebte, und als ich sie gefragt habe, wie es ihr geht, erzählte sie, bei ihr ist alles in Ordnung, nur ärgert es sie, dass sie für Griechenland zahlen muss. Ich wusste, dass sie immer noch nicht arbeitet und nie in ihrem Leben einen Cent Steuern gezahlt hat. Da

---

gegen solchen Frauen und dieses schreckliche Land, wie diese Frau zu Recht sagte. In letzter Zeit war ich nirgendwo in der Lage, einer Frau privat näherzukommen.

Nein, ich wollte in keine Frauenaffäre verwickelt werden, schon gar nicht in eine Affäre mit einer jungen Frau, nicht weil ich zu alt dafür war, denn das Alter der Männer spielt bei solchen Affären keine Rolle, sondern weil ich in diesen Frauen keine Frauen mehr sah. Über diese jungen Frauen, die sich moderne Frauen nennen und die ich postmoderne

musste ich lachen und habe gesagt, liebe Regina, mach dir doch der Griechen wegen keine Sorgen. – Was hast zu diesem Typ gesagt?"
„Ich habe ihm eine praktische Frage gestellt, nämlich ob man von seinem Gehalt Geld abgezogen hat, und als er verneinte, habe ich gesagt, sehen Sie, Sie bezahlen gar nichts. Er sagte, er wisse aber, dass die Griechen viel früher als wir in Rente gehen. Also, kurz und gut, ich habe festgestellt, dass er enorme Probleme mit seiner Familie hat, von der er aus beruflichen Gründen seit Jahren räumlich getrennt lebt. Von früh bis spät findet er Gründe, sich zu ärgern und Beschwerdebriefe an diesen und jenen zu schreiben. Also mehr kann ich aufgrund des Datenschutzes natürlich nicht von seinem Leben verraten. Aber ich wollte sagen, dass die Leute, um ihre eigenen Probleme zu umgehen, bis nach Griechenland schwenken und dort die Schuldigen für ihr unglückliches Leben finden."

Das erzählte sie Gabriela. Deshalb war Angela heute so aufgeräumt in die Schule gekommen, und ihr Aussehen war ein Schritt auf dem Weg, der zu ihrem neuen Wohlbefinden führen sollte. Im Grunde genommen hätte sie sich schon immer gerne so angezogen, schick, gepflegt und geschminkt ausgesehen, aber sie hatte sich nicht getraut. Sie hatte sich stets ihrer Umgebung angepasst, das heißt, sie hatte Angst davor, etwas Außergewöhnliches zu tun. Das

---

Frauen nenne, habe ich viel erfahren, und zwar nicht nur durch meine Beobachtung, sondern auch durch die Lektüre dessen, was diese jungen Frauen geschrieben haben, nicht zuletzt durch ihre Präsentation in den Medien oder auch in direkten Begegnungen. Die jungen Frauen von heute sind nicht mehr die sogenannten klassischen, in einer patriarchalischen Gesellschaft unterdrückten Frauen, die ihre Rechte erkämpfen müssen. Sie brauchen keine Rechte mehr, sie haben schon alles. Und die Rechte, die sie haben, nutzen sie

Problem wäre eigentlich ganz einfach zu lösen gewesen und niemand hätte etwas Außergewöhnliches darin gesehen, etwa in der Auswahl ihrer Kleider, aber für sie sei das etwas Außerordentliches gewesen und sie habe Angst gehabt, wenn sie auffallen würde, was dann?
Gabriela schmunzelte innerlich, sie bemerkte die Unterschiede zwischen den Generationen, die junge Generation setzte alles darauf, aufzufallen, aber trotzdem oder vielleicht gerade darum fielen die jungen Mädchen nicht auf. Sie musste in diesem Moment an den Stapel denken.
Gerade da sagte Angela, als wüsste sie, was in Gabrielas Kopf vorging: „Die Therapeutin hat mir auch gesagt, ich könnte ein Buch über meine Erlebnisse schreiben, sie würde mir sogar dabei helfen. Da musste ich an diesen Stapel von Hans und Hassan denken. Ich habe ihr gesagt, dazu habe ich keine Lust. Ich habe vielleicht etwas schroff reagiert."
„Wie hast du reagiert?", wollte Gabriela wissen.
„Ich habe prompt gesagt, es reicht, wenn Hinz und Kunz ein Buch schreiben, ohnehin meint schon jeder, seine Lebensgeschichte wäre die Herausragende: Es gibt mehr als genug solcher Bücher über gescheiterte Ehen, ehemalige Alkoholiker, Drogensüchtige, Verbrecher, Betrüger und so weiter… und genau hier habe ich an diese Papiere gedacht. Man sollte lieber über allgemeine Probleme schreiben, habe ich gedacht."

---

dafür, sich wieder und eigenhändig rechtlos zu machen. Ja, sie sind auf dem besten Wege, sich selbst zu entrechten. Was die Reduktion ihres Status als Sexobjekt angeht, sind die Frauen heute selbst Täter und Opfer. Sie wollen so sein, wie sie sein sollen. Sie sind heute das weibliche Wesen in einem durch und durch perfekt sexualisierten Umfeld. Sie sind quasi mit sich, das heißt, mit ihrem Körper, alleingelassen. Ihr Umfeld verlangt von ihnen, das perfekte Objekt zu sein, und sie versuchen, so perfekt wie möglich zu erschei-

Gabriela wollte etwas sagen, aber da merkte sie, dass Angela nur eine kurze Verschnaufpause eingelegt hatte, denn schon fuhr sie fort: „Ich habe gesagt, wenn man sich mit jedem Einzelnen beschäftigt, dann kommt nur Scheiße raus, wenn dieser Einzelne man selbst ist. Hans und Hassan haben recht, der Einzelne kann nichts erreichen, deshalb gaukeln uns die Leute, die uns beherrschen wollen, von früh bis spät vor, du bist alles, du bist etwas, denk nur an dich, nur du allein zählst... Wenn du isoliert und alleine bist, können sie mit dir machen, was sie wollen. Man hat keinerlei Chance, sich zu wehren, nicht einmal, sich bei jemandem auszuweinen, ihm sein Elend vorzutragen."
„Und wie hat sie reagiert?"
„Sie wollte irgendetwas sagen, aber sie konnte es nicht, ich habe einfach gehört, wie sie die Worte, die ihr in den Sinn kamen, heruntergeschluckt hat. Vielleicht wollte sie mit mir als Kundin keine unangenehme Diskussion anfangen. Sie hat einfach gesagt, es war nur ein Vorschlag von ihr. Wenn sie etwas erwidert hätte, hätte ich gesagt, wenn man traurig ist oder Probleme hat, geht man heutzutage, anstatt sich an Freunde oder jemanden aus der Familie zu wenden, zu einer Therapeutin, wenn man sich das leisten kann oder wenn die Krankenkasse zahlt. Die Therapeutin oder der Therapeut kennt dich doch gar nicht und hat nur bestimmte und begrenzte Mittel, dich einzuschätzen, es kann sein, dass sie oder er richtig liegt, aber es kann auch sein, dass sie mit ih-

---

nen, sich die Prädikate dieser sogenannten perfekten Objekte anzueignen. Ihre Selbstproduktion im Sinne des vorgeschriebenen Outfits betrifft nicht nur ihr Make-up und ihre Kleidung, die perfekte Frau hat heutzutage auch die perfekte Nase, den perfekten Busen, die perfekte Vagina, perfekte Fingernägel, einen perfekten Körper ohne ein Gramm überflüssiges Fett, die perfekte Haut ohne ein einziges Härchen, die perfekte Haarfarbe und den perfekten Haarschnitt (immer aktuell). Sie bildet sich ein, sie müsse

rer Einschätzung total daneben liegen. Früher war das noch anders, da ging man zu jemandem aus der Familie, zu seinem Kumpel, einer Freundin oder so. Die Leute in dem Ort, wo man wohnte, kannten einen genau, sie konnten einen trösten und auch Hilfe leisten, ohne Geld zu verlangen. Ich hätte zu ihr gesagt, die beste Lösung ist, dass der Mensch zu sich selbst zurückkehrt, dass er wird, was er einmal war und was er sein muss, also ein soziales Wesen, ein Wesen in Gemeinschaft."

„Hmmm!", stöhnte Gabriela. „Du weißt sicherlich, dass es diese Theorie gibt: Du bist nur für die Gemeinschaft da, anstatt: Du bist für die Gemeinschaft und die Gemeinschaft ist für dich da. Du weißt, dass in bestimmten Gemeinschaften viele individuelle Bedürfnisse, die nicht in den Rahmen der Interessen der Gemeinschaft passen, unter die Räder kommen."

„Ja, ich weiß, Gabriela, das hängt natürlich alles vom Entwicklungsstand der jeweiligen Gemeinschaft ab, ich meine, wenn eine Gemeinschaft gebildet genug ist, kann sie auch individuelle Freiheiten garantieren, und wenn ein Individuum gebildet genug ist, kann es die Interessen der Gemeinschaft wohl berücksichtigen. Ein gebildeter, umfassend denkender Mensch verletzt die Interessen der anderen nicht, ich meine die der anderen Mitglieder der Gemeinschaft. Er kennt seine eigenen Grenzen sehr gut."

„Ja, das ist im Grunde genommen richtig, was du sagst. Es

---

immer und überall in der Lage sein, den Sextrieb der anderen anzukurbeln, alles anzuziehen, wie die Anziehungskraft der Erde gegenüber den Dingen. So vergegenständlicht sie nicht nur ihre eigenen Gefühle, sondern auch die Gefühle des anderen Geschlechts, bzw. sie weiß, dass das andere Geschlecht kein Gefühl verlangt, sondern eines Objekts für eine bestimmte Handlung bedarf, für eine bestimmte Zeit, an einem bestimmten Ort. Sie weiß genau, dass das andere Geschlecht im Besitz keines Gefühls ist. Also, die jungen

ist aber sehr idealistisch", sagte Gabriela kurz.
„Ich glaube, Gabriela, du bist die Letzte, die etwas gegen Menschen mit Idealismus haben kann."
„Ja, richtig, ich sage das halt nur, weil man sich den Frust holt, wenn man sich auf der Bahn des Idealismus bewegt. Aber wenn sich jemand in dieser beschissenen Zeit, in der die Egozentriker überall auf dem Vormarsch sind, etwas Idealismus leistet, dann kann man das nicht hoch genug anrechnen. Ich persönlich bewundere so etwas unheimlich, ich weiß, dass es immer noch solche Leute gibt."
„Ja, eben", sagte Angela. „Warum sollen wir uns von diesen Egozentrikern beirren lassen? Lieber sollte man sich stattdessen von den Idealisten begeistern lassen. Jedes Leben, so oder so, hat ohnehin das gleiche Ende."
Angela war tatsächlich von dem Stapel zunehmend angetan. Sie hatte sich genauso wie Gabriela als Lehrerin viele Gedanken über das gemacht, was sie tagtäglich am Verhalten der jungen Menschen beobachten konnte. Nun wollte sie endlich etwas aus sich herauskommen. Sie sah keine Veranlassung mehr, sich weiterhin von ihren inneren Zwängen leiten zu lassen.
„Wie fandest du die Therapeutin?", fragte Gabriela.
„Ich fand sie echt gut, sie war nicht so drauf, dass sie mich als Kundin unbedingt fest an sich binden wollte. Am Ende habe ich ihr einen Tipp gegeben, wie gesagt, was die Befindlichkeit der einzelnen Personen angeht. Auch bezüglich

---

Frauen müssen einfach, alles in allem, perfekt sein, und gleichzeitig wissen sie nicht, was ein perfekter Mann oder Partner sein soll.
Ich sah Trauben von Frauen, im schwarzen Mini, schwarzen Strümpfen, Stöckelschuhen, mit zierlicher Nase, betontem Mund, vergrößerten Augen, mit perfektem Busen, nicht zu groß und nicht zu klein, aber betont und auffallend, verfeinerter Vagina mit perfekt gestylten Schamlippen, glatt operiertem Arschloch, aufgeschwollenen Lippen, mageren

meines eigenen Problems habe ich das gesagt, man muss es etwas im Allgemeinen platzieren, dann können die Leute wieder etwas Luft bekommen. Wenn man den Frauen beigebracht hat, eine ordentliche Familie wäre das einzig Wahre im Leben, denn versuchen sie eben ordentlich zu sein, nicht vom Allgemeinen abzuweichen. Das ist eine alte Diskussion, habe ich gesagt, es ist die Wahrheit, im Allgemeinen schreibt man den Menschen vor, wo es langgeht, und wenn jemand etwas anderes will, dann ist er eben abgerutscht, man vermittelt ihm das Gefühl, keine Akzeptanz zu finden. Heute wird dieses Allgemeine von wenigen Leuten bestimmt. Sie setzen ihre Interessen als allgemeine Interessen durch, sei es durch politische Machtinstrumente, sei es durch mediale Machtstrukturen, sei es durch direkte Gewalt wie Krieg."

„Und wie hat sie reagiert?"

„Gar nicht hat sie reagiert. Am Ende habe ich das Gefühl gehabt, ich wäre die Therapeutin."

„Hast du noch weitere Termine bei ihr?"

„Nein, nein, wir haben eingesehen, dass das nicht nötig ist. Zwar ist mir das mit dem Hammer in mir bewusst geworden, sie hat das gut interpretiert, und ich habe auch gut darauf reagiert, meinte sie. Wir sind uns einig geworden, dass ich mein Leben anders gestalten muss. Aber, ehrlich gesagt, auf diese Idee bin ich selbst schon vor Jahren gekommen. Warum ich es nicht gemacht habe, das hing anscheinend

---

Körpern, genannt schlank, sie liefen in dieser Welt, in ihrer Welt herum, und in mir keimte der Verdacht, sie wollten die Männer reizen, wozu, wusste ich nicht, aber durch das Lesen in diesem und jenem Magazin stellte ich fest, dass sie nur Sex machen wollten bzw. mit sich Sex machen lassen wollten, also eine Art Sex ohne Gefühle, bestehend nur in der Betätigung bestimmter Organe. Sex als Sport. Und der Sex war nicht Liebe, es konnte gegen Geld sein, es konnte aus Versehen sein, es konnte für einen Moment sein, es

mit diesem Hammer in meinem Kopf zusammen!“
„Wie anders gestalten? Was meinst du damit?“
„Du weißt, dass ich seit beinahe fünfzehn Jahren mit diesem Hammer nichts mehr tun gehabt habe. Nun, jetzt nach seinem Tod, fühle ich richtig, dass er weg ist und keine Rolle mehr in meinem Leben spielt. Das kam mir unheimlich, irgendwie bedrohlich vor. Daher wusste ich nicht, ob ich nun traurig bin oder gleichgültig oder vielleicht sogar froh, ich meine schadenfroh. Sie hat mir mit dieser Geschichte vom Hammer in meinem Kopf geholfen. Also, kurz und gut, ich habe eine Idealvorstellung von diesem Hammer im Kopf gehabt, die anscheinend mit seinem Tod entwichen ist. Das ist das Ergebnis des Gesprächs mit dieser Therapeutin, ich habe es akzeptiert und fühle mich tatsächlich befreit.“
„Schön!“, sagte Gabriela.
„Und was hast du so gemacht, ist dir wegen des Stapels etwas eingefallen?“
„Ja, ich habe mit diesem Zeitungsmann Kontakt aufgenommen, er zeigte sich interessiert.“ Und Gabriela erzählte ihr die Geschichte mit Franz Kaputtmacher.
„Wenn er etwas macht, ist das natürlich gut“, sagte Angela. „Aber ich habe auch darüber nachgedacht, was wir selbst unternehmen könnten.“
„Was denn zum Beispiel?“
„Es ist doch bald Weihnachten, und es gibt in der Schule

---

konnte für eine Nacht sein. Einer Katastrophe käme es gleich, wenn eine dieser Frauen schwanger würde, dann wäre alles durcheinander, sämtliche harmonisch aufeinander abgestimmten Körperteile würden sich wandeln, Bauch und Busen würden größer als die festgelegten Maße, selbst die Augen würden anschwellen, nicht mehr zu Gesicht und Bauch passen, zum Busen und zur operierten Nase, der Zustand der Genitalien wäre alles andere als vorgeschrieben, die geschminkten Lippen passten auch nicht zum Rest, die

wieder dieses Schulkonzert, da könnten wir was machen."
„Aber was?"
„Wir müssen uns irgendetwas einfallen lassen. Überleg doch auch mal, was man da unternehmen könnte, du bist viel länger in dieser Schule als ich, kennst die Leute besser."
„Ich bin felsenfest davon überzeugt, dass es in dieser Schule keine einzige Person gibt, die bereit wäre, nur einen Satz von dem, was Hans und Hassan geschrieben haben, zu hören. Sie sind überwiegend erzkonservative Menschen, und die paar Ausnahmen, die irgendwie neutral sind, sind dermaßen ängstlich, dass sie es nicht mal schaffen, die anderen zu grüßen. Vergiss es."
„Ja, ich weiß, ich meine nicht das Lehrpersonal, du weißt, dass zum Konzert die Eltern, Verwandten und Freunde der Schülerinnen und Schüler kommen. Man könnte versuchen, ihnen etwas davon zu vermitteln. Bis dahin haben wir noch einige Zeit, es fällt uns bestimmt etwas ein."
Sie verabschiedeten sich, und jede ging in ihre Klasse. Als Angela das Klassenzimmer betrat, schrie einer von den sogenannten Störern laut: „Wau wau!!"
Sofort begannen ein paar Mädchen zu kichern, und die anderen kicherten mit. Angela ließ sich das nicht gefallen. Sie ging zu dem Jungen hin und schrie ihn laut an: „Steh auf, du kleines Bambi!"
Alle waren irritiert. Mit dieser Reaktion hatte keiner gerechnet. „Was hast du gerade gesagt?!", schrie sie ihn weiter an.

Operationen würden nutzlos. Der Mann könnte fliehen! Welcher Mann? Der Mann, der das Kind gezeugt hatte, oder der Mann, der gerade vorüberging und keine Bewunderung für sie übrig hatte? Die Frau bekäme das Gefühl, alles verloren zu haben, nichts mehr wert zu sein, und sie würde mit einem Mal allein dastehen, mit ihrem verformten Körper. Sie sehen sich nicht als Symbol der Fruchtbarkeit, als Tochter der Mutter Erde, als Symbol der Fortpflanzung des Menschen, als Hausherrin, die die Zügel des Lebens

Der Junge war verunsichert, aber er wollte seine Fassung nicht verlieren und antwortete: „Wau, habe ich gesagt."
Da haute Angela mit der Faust auf den Tisch und schrie so laut sie konnte: „Halt deinen Mund! Das ist das letzte Mal, dass du in meiner Stunde den Kasper machst!!" Sie näherte ihren Mund seinem Gesicht: „Verstanden?!"
Der Junge war eigentlich recht unsicher, Angela kannte ihn. Er kam aus sogenanntem guten Hause, der Vater war Professor, die Mutter selbst Lehrerin, und er tat sich häufig in solcher Weise hervor, spielte den Klassenkasper. Nun sagte er mit blassem Gesicht: „Entschuldigung."
Angela sagte: „Setz dich, hör zu, was hier unterrichtet wird, und versuch nicht mehr, dich als Macho zu produzieren."
Dann wandte sie sich zu den Mädchen: „He, ihr Kichertanten, hört auch gut zu: Anstatt hier blöde herumzukichern, kümmert euch lieber um eure Aufgaben, damit ihr nicht als Aushilfe hinter der Wursttheke landet und euch ein Leben lang den Männern unterwerft!"
In der Klasse herrschte Totenstille. Wenn jemand flüsternd einen Satz mit seinem Nachbarn wechselte, reagierte Angela umgehend sehr dominant, ja hysterisch. So schaffte sie es innerhalb weniger Wochen, die Schülerinnen und Schüler einzuschüchtern und Ruhe und Aufmerksamkeit in ihrem Unterricht durchzusetzen. Dieses Selbstbewusstsein war auch neu. Seit Hammers Tod und insbesondere seit sie diese Stapel von Hans und Hassan studierte, war sie nicht nur

---

hält, als erfolgreiche Frau im Privatleben und in der Arbeit. Und schon gar nicht als Göttin! Sie sehen sich als verlassenes, nicht mehr sexy Weib, das vom Feld verwiesen ward. Ausgerechnet dann, wenn sie zur Frau werden, fühlen sie sich allein, im Stich gelassen, ihrer Rechte beraubt. „Was habe ich getan?", schreien sie dann. „Wer bin ich, wo soll ich nun hin?"
Ich hörte eine grässlich bebende Stimme, es war die Stimme einer alten Frau, die rief: „Oh, ihr Schlampen, ihr habt alles

gegenüber den Schülern so selbstbewusst, sondern sie ließ sich auch von den Kollegen und Kolleginnen, überhaupt der Schulbehörde und den Schulämtern nichts mehr gefallen. Sie vertrat jetzt entschieden und ohne Vorbehalte ihre Meinung. Sie konnte nun ja oder nein sagen, anstatt zu schweigen.
Wenn sie spazieren ging und jemandem begegnete, sagte sie laut guten Tag und oder guten Abend, je nachdem, wann sie unterwegs war. Es war ihr auch egal, ob der oder die Angesprochene reagierte oder nicht, aber sie stellte doch fest, dass fast alle positiv reagierten. Sie sprach nun auch einfach Leute an, wenn sie in der Schlange vor einem Postschalter oder an der Bushaltestelle stand. Sie scherzte sogar mit der Bedienung im Restaurant oder Café, und dabei fühlte sie sich tatsächlich gut. Wo die Leute stur waren, versuchte sie die Sturheit durch Weiterreden zu durchbrechen. Kurz und gut, Angela war wirklich innerlich wie ausgewechselt, sie trat offensiv und charaktervoll auf. So ergab es sich, dass sie in Anwesenheit mehrerer Kollegen und Kolleginnen einen Kollegen zusammenstauchte, als er sagte, die Kinder mit Migrationshintergrund könnten sowieso nicht so gut deutsch, egal wie sehr sie sich anstrengen würden. „Was ist denn das für ein rassistischer Scheiß?“, fuhr sie ihn an. „Das ist doch völliger Unfug, den du hier verbreitest! Von den vier Kindern in meiner Klasse, die am besten Deutsch können, haben drei Eltern mit anderer Herkunft!“

---

kaputt gemacht, was wir durch Knochenarbeit und den Marsch durch sämtliche Stadien der Erniedrigung in zweihundert Jahren errungen haben! Ihr habt einfach alles aus der Hand gegeben!!“
Die Truppe der schwarz gekleideten jungen Frauen rümpfte die Nase, und dann sagten sie im Chor: „Bäh, bäh!“ Eine streckte der Alten sogar die Zunge heraus, und während sie ihr den hochgestreckten Mittelfinger zeigte, rief sie: „Fick dich, du alte Schachtel!“

Als Angela diesem Typ so selbstsicher entgegentrat, fand sie nicht nur Gabrielas Zustimmung, was selbstverständlich war, sondern sämtliche anwesenden Kollegen und Kolleginnen stellten sich hinter sie und erzählten von ihren Erfahrungen, die das Gegenteil von dem belegten, was dieser Kollege da von sich gegeben hatte. Ob tatsächlich alle solche Erfahrungen mit ihren Schülern gemacht hatten, wusste niemand, und es war auch nicht relevant. Es war aber tatsächlich so, dass an dem Gymnasium, wo Gabriela und Angela unterrichteten, die Kinder der sogenannten Migranten, was die Strebsamkeit auch im Deutschunterricht anbelangte, in der ersten Reihe standen, die meisten von ihnen hatten Eltern mit höherem Bildungsniveau, die sich sehr wohl um ihre Kinder kümmerten. Es war wirklich so, wie Angela gesagt hatte, und dieser Kollege war einer, der politisch ganz rechts stand, was alle wussten, aber bis zu jenem Zeitpunkt hatte sich keiner getraut, ihm bei solchen ungerechtfertigten Äußerungen zu widersprechen.
Als Angela an diesem Nachmittag nach Hause kam, war sie mit sich rundherum zufrieden. Sie hatte nicht im geringsten ein schlechtes Gewissen, dass sie diesen Kollegen vor allen niedergemacht hatte, im Gegenteil, sie war gut gelaunt, motiviert, insbesondere da das Kollegium sie geschlossen unterstützt hatte, keiner war neutral geblieben oder hatte geschwiegen. Das alles bestärkte sie, dass man in der Schule vielleicht doch etwas unternehmen konnte, einige Seiten

---

IV. Stapel

Mag sein, dass man mir übel nimmt, was ich sage. Aber ich sage, was ich gesehen habe und wie ich es wahrgenommen habe. Ich stand inmitten der Massen, die sich um den Eiffelturm versammelt hatten. Sie waren mit Regenschirm, Regenjacke und Plastikfolie ausgerüstet, für den Fall, dass sich die dunklen Wolken am Himmel in Regen verwandeln würden. Und es begann tatsächlich zu regnen. Die Regen-

von diesen Papieren im kleinen Kreis vorzutragen, fand sie doch zunehmend machbar. Warum sie überhaupt ein wenig von dem, was Hans und Hassan geschrieben hatten, diesen Menschen vermitteln sollte, das wusste sie selbst nicht genau. Vielleicht einfach nur so, um irgendetwas getan zu haben.
Sie lief ziellos durch die Wohnung, dann entschied sie sich doch, den Computer hochzufahren und loggte sich bei Facebook ein, obwohl sie sich fest vorgenommen hatte, heute nur zu lesen. Das wurmte sie, aber sie wollte auch wissen, was los war. Als allererstes knipste sie mit Selbstauslöser ein paar Fotos von sich, lud das schönste davon hoch und fügte es als Profilbild ein. Nun war sie auch dort wie ausgewechselt. Kaum war das Foto erschienen, kamen, im Gegensatz zu realen Welt heute in der Schule, sofort einige Feedbacks, eine fand es schön, sie schrieb sogar, Angelas neue Frisur gefalle ihr. Ein Mann schrieb: „Sehr sexy!" Der andere fand ihre blauen Augen schön, als ob sie bis jetzt schwarze Augen gehabt hätte, und Angela freute sich. Sie klickte auf einen Kommentar nach dem anderen und markierte „Gefällt mir, gefällt mir, gefällt mir…", und sie kommentierte: „Danke, danke, danke… ihr Liiiiieben!!!" Sie scrollte weiter, hörte dabei ein paar verlinkte Songs, schrieb zu diesem und jenem einen Kommentar, und plötzlich waren zwei Stunden vergangen.
Nun war Gabriela auch online, im Gegensatz zu ihr hatte

---

schirme wurden aufgespannt, ein Teil der Wartenden schlüpfte in Regenjacken, die anderen zogen sich die Plastikfolie über den Kopf, manche benutzten Einkaufstüten, die sie ohnehin in der Hand hielten, oder sie versuchten, ihre Frisuren mit einem Stadtplan zu schützen.
Ich stand ohne Ausrüstung im Regen. Ich wollte mich nicht schützen, ich sagte mir, du hast es nicht anders verdient, als hier klatschnass und vielleicht sogar krank zu werden. Ich wurde auch klatschnass und betrachtete das als Strafe für

sie schon Abendbrot gegessen. Angela hastete in die Küche und belegte sich ein paar Brotscheiben, die sie zusammen mit einem Glas Wasser zum Computer mitnahm. Dann fing sie an mit Gabriela zu chatten, als hätten sie sich ewig lange nicht gesehen.

---

meine Unbelehrbarkeit, weil ich ständig hinter den Menschen herrenne und versuche, sie zu verstehen und so zu sehen, wie ich es gerne hätte. Ich hatte den Eiffelturm schon mehrmals in meinem Leben gesehen und bestiegen, ich wollte dieses Mal nur diese Menschenmenge sehen und bei denen dabei sein, die Europa oder zumindest Teile Europas angeblich zu einem einzigen großen Museum machen. Ein Museum, das nicht nur diese Massen, sondern auch Diebe aller Couleur anzieht, die an den mitgebrachten

9. Kapitel

Angela überlegte dauernd und fragte sich immer wieder: Habe ich nun wirklich alles hinter mir oder verdränge ich bloß alles? Realistisch gesehen war sie mit dem Tod von Hartmut Hammer weit weg von ihrer Vergangenheit. Zumal es ihrem Sohn hervorragend ging. Beim Regeln der Erbschaftsangelegenheiten hatte er sogar herausfinden können, wo seine Schwester war, und mit ihr Kontakt aufgenommen. Sie wollte weder mit ihrer Mutter noch mit der Erbschaft ihres Vaters irgendetwas zu tun haben. Was die Erbschaft anbetraf, so hatte sie von Kanada aus notariell alles ihrem Bruder überlassen und auf alles, was ihr gesetzlich zustand, vollständig verzichtet. Fabian erzählte Angela, dass es seiner Schwester gut gehe und sie weiterhin nichts mit ihr zu tun haben wolle, sie wolle eigentlich mit niemandem in Deutschland etwas zu tun haben. Er sagte ihr aber nicht, dass sie sich ehrlich gefreut hatte, als er sich bei ihr meldete, und dass er nun mit ihr in Kontakt stand und beide diesen Kontakt beibehalten wollten. Er ließ die Mutter in Ruhe und versicherte ihr, dass es seiner Schwester sehr gut gehe. Insofern war Angela beruhigt und hatte auch bezüglich ihrer Tochter kein schlechtes Gewissen mehr. Nur dass Louisa absolut nichts mit ihr zu tun haben wollte, betrübte sie ein wenig, dennoch hatte sie irgendwie auch Verständnis für sie. Gott sei Dank, dass die Kinder sich am Ende doch

---

Handys und Kameras oder Taschen interessiert sind und auch vor Autos nicht haltmachen. So oder so stand diese riesige Menschenmenge in mehreren endlos scheinenden Schlangen an, um Eintrittskarten zum Aufzugfahren zu erstehen, um den Eiffelturm zu besteigen, genauer gesagt, zu erobern. Ich stellte mich an einer dieser Schlangen an. Wie auf eine Schnur aufgezogene Perlen bewegte sich dieser Teil der Menge langsam voran. Den Beweis dafür, dass wir tatsächlich in Bewegung waren, lieferte die Tatsache,

noch gemacht haben und beide im Gegensatz zu mir ein strukturiertes Leben haben, sagte sie sich. Jeder geht seinen eigenen Weg. Sie selbst wollte keine Zweifel an ihrer Entschlossenheit hochkommen lassen. Es ging ihr nun um ihr Leben, nicht mehr und nicht weniger.

Angela fühlte sich wie eine junge Frau, und sie war auch tatsächlich jung. Sie streifte an einem herbstlichen Tage frohgelaunt an der Nidda entlang. Jedes Mal, wenn sie an der Nidda war, wirkte dieser kleine Fluss tatsächlich beruhigend auf sie, obgleich die beiden schmalen Wege an seinem Ufer häufig durch Radfahrer überlastet waren. Gewöhnlich nahm Angela jedoch weder von den vielen Radfahrern noch von den übermäßig vielen Hunden und Hundebesitzern Notiz. Sie ging gemächlich wie die Nidda in ihrem Bette floss ihres Weges. Aber heute war alles ganz anders. Sie war nicht nur beruhigt, sie war ausgesprochen fröhlich. Sie war im Begriff, alle Leute, denen sie begegnete, freundlich zu grüßen, sie ließ sich auch nicht von verbitterten, sorgenvollen, unfreundlichen Gesichtern beeinträchtigen. Erstaunlich war, dass die meisten Leute sie relativ strahlend zurückgrüßten, insbesondere ältere Damen und Herren freuten sich merklich über die Aufmerksamkeit, die sie ihnen schenkte.
Angela fand tatsächlich alle Menschen, denen sie begegnete, nett, freundlich, vor allem sozial und aufgeschlossen. Es

---

dass ich dem Kartenhäuschen allmählich näherkam. Dennoch fühlte ich mich unbeweglich, eher zurückgesetzt. Mechanisch drängten die Schlangen voran, trotzdem wurden sie keinen Meter kürzer, eher länger, sie schienen ins Unendliche zu wachsen, wie die Dummheit der Menschen, allen voran meine eigene Dummheit. Nach drei Stunden Warten gelang es mir endlich, den Aufzug zu betreten. Freude wollte nicht in mir aufkommen, als ich mich endlich in den Lift quetschte, um einen Blick über die Dunstwolken

war alles außergewöhnlich für sie, denn früher hatte sie, wenn sie hier entlanglief, auf Gesprächsfetzen dieser Menschen gelauscht, und da ging es wie immer um die Krankenkasse, was sie bezahlt und was nicht, um die Rente, um Krankheiten, die Kosten für die Klassenfahrt der Kinder und… und… was alles sonst noch schlimm ist, und das regte sie auf. Obwohl sie selbst damals eine ganze Palette von Problemen hatte, musste sie dieses Gejammer mit anhören oder besser gesagt, mitlauschen, denn sie sah kein Entrinnen, also hörte sie es und ärgerte sich, als wäre es ihre Pflicht. Aber heute war wirklich alles anders. Sie nahm nicht einmal den Geruch von Cannabis wahr, das Jugendliche hier und da rauchten. Obwohl die Jugendlichen als frostige und trotzige Egozentriker oder Egomanen wie immer anwesend waren, war sie heute quasi nicht für sie da, also für ihr gewöhnliches Dasein. Sie sah in allen diesen Menschen die Menschen, die sie sich wünschte. So schlenderte sie zufrieden mit sich und der Welt dahin.
Auf einem der Wege im ehemaligen Bundesgartenschaugelände, dem sogenannten Niddapark, war für einige Minuten kein Mensch in Sicht. Die Stille ließ sie tief in Gedanken versinken. Sie hing noch ihren schönen Gedanken nach, als plötzlich eine Stimme sie aus diesen Gedanken riss: „Hallo Angela!"
Es war Andreas, der gerade auf dem Weg durch das kleine Wäldchen auf Angela traf.

---

von Paris zu werfen. Von dem Durcheinander der verschiedensten Parfüms, in dem das penetrante Odeur der billigsten Marken überwog, wurde mir übel, es fehlte nicht viel und ich hätte mich übergeben.
Glücklicherweise aber strebte der Aufzug rasant in die Höhe, und blitzschnell waren wir da, die Tür öffnete sich und über uns ergoss sich der Mief von Pommes Frites, altem Bratfett, Pizzagewürz und Fried Chicken. Alles roch dank der künstlichen Aromen noch stärker und intensiver, wäh-

„Andreas?“, brachte sie hervor. „Was machst du denn hier? Grüß dich!“
„Was machst du hier?“, fragte Andreas zurück.
Sie umarmten sich herzlich. Plötzlich war alles voller Liebe und Wärme, es waren die Sorglosigkeit und die Unendlichkeit der Welt, die sie spürten. Es war ein Gefühl, dass die Welt und alles drum herum ihnen zu Füßen lag, obwohl sie und Andreas auf einer kleinen Bank am Rande eines schmalen Spazierwegs saßen. Mehr als das brauchten sie nicht. Es war vollkommen. Da war keine Spur von Gier oder Geiz, von Angst, von unbegründeter Angst vor der Zukunft, die man ohnehin nicht bestimmen konnte. Sie waren frei, frei, glücklich, glücklich… ruhig und unendlich zufrieden.
Angela kuschelte sich an Andreas, und er strich ihr sanft über das Haar. Die Herbstluft war frisch, aber bei Andreas empfand sie eine schützende Wärme, während die milde Brise sanft über ihre Gesichter strich. Die Welt war in bester Ordnung, sie war klein wie das Verlangen zweier Liebender, die in Ruhe gelassen werden möchten.
Plötzlich schoss ein Strom von Gedanken durch Angelas Kopf: Wenn die Leute uns nur in Ruhe ließen…
Sie ließ diese unangenehmen Gedanken vorbeiströmen. Ach, die Leute, die Leute, wer sind schon die Leute, wir sind selbst die Leute, wiederholte sie ein paarmal, dann klammerte sie sich fester an Andreas, als wollte sie ihn fest-

---

rend der Geschmack auf der Strecke blieb – Bier mit Zitronen- und Orangengeschmack, Bier mit Biergeschmack und Schnaps und vieles mehr, was man sich eben schnell mal zuführen kann, man nennt es wohl Mahlzeit oder Snack, je nachdem, was man gerade zu sich nimmt. Darüber hinaus war die Luft angereichert mit dem Duft frisch gebackenen Brotes, es war wie beim Betreten eines Supermarktes, wo mit Duftampullen der Appetit auf das aufgebackene Fabrikbrot geweckt werden soll. Kaum jemand hier oben, der

halten. Du bleibst für immer hier, neben mir. Was für ein Glück, dass ich dich wiedergefunden habe. Sag, dass du nicht weggehst.
Andreas küsste sanft ihre Wangen und drückte ihre Hände fester. „Ich gehe nie wieder weg, meine Liebste!", hörte sie ihn.
Die Leute trampelten vorbei, die Hunde wilderten herum, die Radfahrer sausten vorüber, rasant und arrogant, manche etwas rücksichtsvoller, die Jogger trabten vor sich hin, die alten Menschen schleppten sich gemächlich vorwärts. Sie sahen nichts und nichts ging sie an. Sie saßen schweigend da, und beide hatten doch so viel zu erzählen. Aber niemand wusste, womit man anfangen sollte und niemand wollte anfangen. Niemand wagte es, diesen herrlichen Moment mit den Geschichten aus der Vergangenheit zu trüben. Da saßen sie, sie saßen und saßen. Sie befanden sich jenseits von Zeit und Raum, denn es war die reine Liebe, die keine Grenzen kennt. Die Vögel mischten sich unter die Menschen, gerade an diesem späten Nachmittag, an dem die Zahl der Spaziergänger sich nach und nach reduzierte, waren sie stärker präsent, und mit ihrem Gesang breitete sich eine angenehme Stimmung aus. Es war, als seien sie froh, dass die Menschen endlich nach und nach verschwanden und ihnen wieder das Feld überließen, das war schließlich ihr gutes Recht als Vögel, wofür auch die Tierschützer seit langem kämpften. Die Raben flatterten über ihren

---

nicht telefonierte. Manche lutschten, während sie telefonierten, ab und zu an ihrem Eis, andere schoben eine Pommes nach der anderen in den Mund. Mit Handy oder Digitalkamera wurde in alle Richtungen geknipst, die in die Linse grinsenden Begleiter mit zum Victoryzeichen gespreizten Fingern, mit verdrehten Augen oder herausgestreckter Zunge abgelichtet. Waren die Leute alle hierhergekommen, um zu telefonieren? Es wurde gegessen und getrunken, als sei man ewig unterwegs gewesen und habe drei

Köpfen, sie waren unter den Vögeln am lautesten und aufgeregtesten. Die Zeit strich vor sich hin, bis die Nacht die ersten Sterne an den Himmel klatschte. Eine milchig-graue Nacht legte sich über den Park, der Mond stand ganz hoch, strahlend und voll. Angela und Andreas erhoben sich, mit dem Arm die Taille des anderen umklammernd liefen sie dicht an dicht nebeneinander, bis sie bei Angela ankamen.

Wo auch sonst, denn Andreas hatte kein Zuhause in Deutschland und kannte niemanden. Vor vielen Jahren hatte er Deutschland für immer verlassen. Angela liebte ihn über alles, genauso wie er sie liebte, aber sie konnte ihn nicht davon abhalten, ins Ausland zu gehen. Zugleich war sie außerstande, ihm in die Fremde zu folgen. Andreas war abenteuerlustig, er wollte in dieser Welt mehr sehen und erleben als in dem kleinen Nest, aus dem er kam, er war stets fasziniert vom Neuen, Unbestimmten, und lehnte ein Leben, das durch Vorschriften und strenge Planung geregelt war, ab. Er war nicht bereit, sich durch diese wahnsinnige Durchplanung des Lebens bis nach dem Tod verrückt, besser gesagt unglücklich, zu machen.

Angela hingegen war brav und fest durchkalkuliert und wollte erreichen, was von vornherein für sie feststand. Fremdes, etwas Neues war ihr damals unheimlich. Sie hätte mehrere Leben lang an einem Ort bleiben und dasselbe Leben immer wieder von Neuem führen können. Das Leben kreiste für sie in einem winzigen Zirkel, Andreas dagegen

---

Mahlzeiten verpasst. Schon unten in der Schlange hatten sie an allerlei Naschtüten geknabbert, Cola und Eistee getrunken, als seien sie halb verhungert.

Die Menschen schienen mir irrsinnig zu sein, es kam mir in den Sinn, dass vielleicht die Irrenhäuser in vergangenen Zeiten so ausgesehen hätten. Im Grunde genommen eroberten sie den Eiffelturm auf dieselbe Weise wie alle anderen historischen Monumente, die beim besten Willen weder mit Pommes Frites noch mit paniertem Chicken konkur-

war ein Mensch, losgelöst im Universum. Sie war ein Mensch, festgenagelt an ein Stückchen Erde.
Aber was sollen diese ganzen Gedanken, nun ist er zurück! Er ist nicht mehr im Universum als Ganzes, er ist in einem kleinen Fleck des Universums angekommen, in Angelas kleiner Wohnung. Sollte er noch einmal weggehen wollen, werde ich ihm diesmal folgen, egal wohin – Hauptsache, ich bin bei ihm!
Sie saßen sich nun am Tisch gegenüber und tranken Wein und nahmen das Essen zu sich, das Angela so geschmackvoll zubereitet hatte. Sie sprachen noch immer kaum miteinander. Sie genossen ihr Dasein, schauten einander tief in die Seele hinein. Was da zwischen den beiden war, schien die wahre Liebe zu sein, für deren Beschreibung sie keine Worte fanden, daher schwiegen sie, denn kein Wort mehr oder weniger sollte diese himmlische Liebe zugrunde richten.
Sie streckten ihre Arme über den Tisch und klammerten ihre Hände fest ineinander. Ab und zu hoben sie mit einer Hand ihr Weinglas und nippten daran. Sie saßen und saßen, tranken und tranken, wie viele Minuten, wie viele Stunden, spürten sie nicht. Die angezündete Kerze flackerte vor sich hin, alle anderen Lichter waren ausgeschaltet. Der Mondschein drang ins Zimmer hinein, draußen war es überhaupt nicht dunkel geworden, denn der Mond stand immer noch hoch, als wolle er ihre liebevolle Stimmung vervollständi-

---

rierten. Insofern hatten sie hier recht mit ihrem höchst extravagantem V-Zeichen.
Die Aussicht war trüb, die Stadt von oben nicht zu erkennen, trotzdem wurde fotografiert, was das Zeug hielt. Was sie da fotografierten, wussten sie selber nicht. Ich weiß nicht, warum ich plötzlich dort oben auf dem Eiffelturm war, das ist nun auch nicht wichtig, es geht hier nicht um mich. Es geht um diese Masse, die mich umgab, und die mir merkwürdig erschien. Hatten sie nicht alle einen Eiffelturm

gen, und so verstrahlte er großzügig sein mildes Licht. Was für eine Nacht! Sie lagen im Bett, splitternackt im Mondschein verschmolzen sie ineinander, für immer und ewig. Sie spürten das Leben.
Als es tagte, sprachen sie immer noch nicht miteinander. Was sollten sie erzählen, warum sollten sie überhaupt die Zeit mit reden vergeuden? Sie waren durstig nacheinander und sehnten sich nach Wärme und Berührung. Sie wärmten sich, sie berührten sich, jeden Tag, jede Nacht und immer wieder. Sie waren unersättlich und unermüdlich. Es könnten Wochen, Monate, Jahre, ein Leben so verstreichen. Was wäre dabei?

Gabriela machte sich Sorgen. Egal wie oft sie Angela anrief, ob auf dem Handy oder zu Hause, sie hörte immer wieder, der Teilnehmer sei nicht verfügbar, oder kein Anschluss unter dieser Nummer. Auf Facebook, in Xing oder auf Twitter, wie sie alle hießen, war sie auch nicht aufgetaucht. Ihre letzte Meldung auf Facebook war sechzehn Stunden alt, zumindest was Facebook angab. Einige Stunden versuchte Gabriela im Abstand von fünf Minuten bei ihr anzurufen und beobachtete im selben Abstand alle Netzwerke, in denen Angela ein Konto hatte und sie selbst auch. Merkwürdig, sagte sich Gabriela. Wo konnte sie sein, warum ging sie nicht an ihr Handy? Kurz zog sie in Erwägung, bei einem gemeinsamen Bekannten anzurufen, aber dann

---

im Hintern stecken, ohne es zu bemerken? Ich habe gesehen, wie sie steif und zwanghaft versuchten, sich zu erfreuen, allerdings nicht an der Geschichte und Konstruktion dieses Turmes, das interessierte kaum jemanden, sondern darüber, dass sie wie überall oben waren und ihre Konsumsucht befriedigen konnten. Dabei sahen sie doch alles andere als befriedigt aus.

Ich habe die Massen gesehen. Die Massen von Menschen.

verzichtete sie doch darauf. Sie zog es vor, zunächst bei Angela zu Hause nachzuschauen. Also rief sie ein Taxi und fuhr auf dem schnellsten Wege zu Angelas Wohnung. Es war Freitag, später Nachmittag, und sie wollte wissen, was Angela am Samstag vorhabe. Die meisten Samstage verbrachten sie miteinander, sie gingen gemeinsam ins Kino oder ins Theater, oder sie trafen sich einfach und kochten zusammen.

Gabriela konnte sich nicht erklären, warum Angela sich einfach nicht meldete. Zwar meldete sie sich seit einiger Zeit nicht mehr so häufig wie früher, aber wenn Gabriela anrief, ging sie stets daran, egal wo sie gerade war.

Von der Straße aus konnte Gabriela sehen, dass Angelas Wohnung dunkel war. Es kann sein, dass sie in einem der hinteren Zimmer ist, beruhigte sie sich. Sie klingelte, doch es passierte nichts. Gabriela drückte abermals auf den Klingelknopf. Sie überlegte kurz, ob sie bei einem der Nachbarn klingeln sollte, um zu fragen, ob jemand sie heute gesehen habe. Aber sie verwarf die Idee rasch wieder. Na ja, vielleicht ist sie verreist. Ich warte bis Montag, sie wird sich so oder so melden müssen, dachte sie. Aber sie wollte, bevor sie zurückkehrte, sicherheitshalber noch einmal klingeln, und sie klingelte. Prompt hörte sie Angelas Stimme, die fragte, wer da sei. Gabriela konnte es kaum glauben, sie schrie vor Freude in die Sprechanlage: „Ich bin's, Gabriela, ich!“

Obwohl sie viele waren, waren sie einsam. Obwohl sie eine unheimliche Kraft hatten, waren sie hilflos und schwach. Ja, wahrhaftig, sie waren hilflos und schwach, warum sonst haben sie sich nicht gewehrt? Irgendeine Macht, eine magische Macht, trieb sie von Straße zu Straße, von Gasse zu Gasse, vom Eiffelturm zum Pantheon, von Versailles zum Montmartre, von Land zu Land, vom Einkaufen zum Verkaufen, vom Trinken zum Tanzen, von Paris nach Barcelona und von dort nach Rom und Venedig. Sie waren mas-

Angela öffnete und Gabriela ging hoch. „Was ist mit dir los?“, fragte sie, anstatt sie zu begrüßen. „Ich habe mir solche Sorgen gemacht, deshalb bin ich hierhergekommen! Habe ich dich geweckt? Das tut mir leid, bist du etwa krank?“
Erst als sie mit der Fragerei zu Ende war, erhielt Angela die Gelegenheit, sich zu äußern: „Nein, nein, ich bin nicht krank, tut mir leid, dass du dir Sorgen gemacht hast. Komm rein, ich erzähle es dir.“
Angela bereitete Tee zu und dann machten sie es sich auf der Couch bequem. Gabriela war gespannt, was Angela ihr erzählen würde. Ungeduldig fragte sie: „Sind deine Telefone kaputt?“
Während Angela den Tee in die Tassen goss, sagte sie: „Nein, nein, ich erzähle es dir gleich.“
Gabriela verzichtete darauf zu fragen, warum bist du dann nicht darangegangen? Dann sagte sie sich, vielleicht hat sie sie leise gestellt. Das war auch nicht wichtig. Aber was sie am meisten irritierte, war, dass Angela, die mittags nie schlief, schon gar nicht am Freitag, und am Wochenende auch nicht so lange, nun auf einmal so tief und so lange geschlafen hatte. „Bist du etwa krank?“, fragte sie daher noch einmal.
„Es kommt darauf an, wie man es sieht, vielleicht bin ich auch krank“, antwortete Angela diesmal so, als wolle sie künstlich Spannung erzeugen.

---

senhaften und massiven Angriffen ausgesetzt, und sie waren vereinzelt, isoliert. Sie wussten nicht, wie und wer sie führte, sie bildeten sich ein, selbst zu entscheiden, freiwillig auf diesem Schlachtfeld des Konsums zu marschieren. Sie waren eindeutig die Opfer, aber sie kämpften tapfer, und zwar um jede Ware, die sie haben mussten, wie es ihnen vorgeschrieben war. Sie waren hohl, aber vollgestopft mit den Dummheiten, die andere ihnen servierten. Den Eiffelturm im Hintern, das Pantheon auf dem Buckel, in der lin-

Gabriela saß tatsächlich angespannt da, sie wünschte sich, dass Angela zur Ruhe käme und endlich erzählen würde, was mit ihr los war. Nachdem Angela die Zuckerdose und ein paar Pralinen auf den Wohnzimmertisch gestellt hatte, kam sie doch zur Ruhe.

„Ja, liebe Gabriela, seit Hammer tot ist, habe ich, wie ich dir erzählt habe, ein neues Lebensgefühl gefunden. Wie du wahrscheinlich auch bemerkt hast, habe ich versucht und versuche ich immer noch, mich zu verändern. Ich bin jeden Abend nach der Arbeit und einige Wochenenden lang durch unsere Stadt gezogen. Ich habe Veranstaltungen, seien es kulturelle Veranstaltungen, seien es Dinge zur reinen Unterhaltung, besucht, bin von Bar zu Bar gezogen, von Café zu Café, und habe immer wieder versucht, mit den Menschen, die ich sah und denen ich begegnete, zu reden, also Kontakt zu ihnen aufzunehmen, und es war sauschwierig, mit den Menschen überhaupt ins Gespräch zu kommen. Du verstehst mich, glaube ich, ich meine ein richtiges Gespräch. Die meisten waren verschlossen, verschlossen, verschlossen, stumm, stumm, stumm… bis zum Gehtnichtmehr. Trotzdem war ich nicht ganz erfolglos, ich konnte ein paar Männer dazu bringen, mit mir zu reden. Aber als ich mit diesen Männern sprach, musste ich feststellen, dass sie für alles gut sein mochten, aber nicht für eine Freundschaft mit einer Frau wie mir, überhaupt mit einer Frau. Es war immer wieder dieselbe Leier. Sie sprachen

---

ken Hand den Louvre, in der rechten Hand Versailles und im Kopf die Champs Elysées und alle anderen Einkaufsstraßen und Zentren, stocksteif und gelangweilt schleppten sie sich durch Ausstellungen moderner Kunst, ohne zu wissen, dass sie vor einer Stunde eine Runde im Louvre gedreht, sich auf dem WC des Pantheon erleichtert hatten.

Überall waren sie, und zugleich nirgendwo. An dem Ort, an dem sie waren, waren sie tatsächlich nicht. Sie nahmen ihre reale Umgebung, das echte Leben, nicht wahr, ebenso we-

entweder ständig vom Fernsehprogramm oder von Sensationsberichten, die sie in den Boulevardzeitungen gelesen hatten, oder über unsere Steuergelder, die Krankenkasse, die Rentenversicherung, Hartz IV, Faulenzer, Ausländer…, was sie alles störte und im Prinzip nichts mit ihnen direkt zu tun hatte. Kurz und gut, sie waren langweilig, öde und zum Kotzen. Du würdest wahrscheinlich fragen, warum ich nicht übers Internet versucht habe, jemanden kennenzulernen. Aber weißt du, das habe ich auch getan, ich war sogar mutig und bin das Risiko eingegangen und habe mich mit ein paar von diesen Typen getroffen. Aber sie waren genauso langweilig wie alle anderen, es kam nur noch etwas dazu, ein gestörter Wichser zum Beispiel hat nach ein paar Minuten plump von sich gegeben, er wolle nur einmal mit mir schlafen, höchstens zweimal, denn er sei nicht in der Lage, eine dauerhafte Beziehung einzugehen. Das wolle er von vornherein klarstellen und ich solle mir keine weiteren Hoffnungen machen, meinte er. Ich fand das so ekelhaft, wie er das gesagt hat. Du hast wahrscheinlich noch mehr als ich solche Erfahrungen mit solchen Menschen gemacht, weil du davon erzählt hast, und weißt mehr als ich darüber."
„Ja!", sagte Gabriela. Sie hatte immer noch nicht erfasst, was all dies mit Angelas Untertauchen zu tun haben sollte. Sie war im Begriff zu fragen, ob jemand sie telefonisch belästigt habe, aber Angela ließ sie nicht zu Wort kommen: „Angesichts der Tatsache, dass die realen Menschen in un-

---

nig wie alle anderen Menschen, die alle anderen auch nicht wahrnahmen. Es gab im Grunde genommen keine anderen Menschen, es gab nur Menschen, die in einzelne Personen unterteilt waren, und jeder sah nur sich, und das auch nicht mit eigenen Augen. Sie sahen sich mit den Augen derjenigen, die die Welt beschrieben haben, damit sie sie nur sehen, wie sie sie beschrieben und gestaltet haben. Es sah aus, als wären sie in irgendwelche virtuellen Netzwerke zersplittert, sie kommunizierten in der virtuellen Welt mit virtuellen

serer Gesellschaft so verkommen sind, beschloss ich, nach anderer Art zu leben. Wie ich darauf gekommen bin, anders zu leben, das war reiner Zufall. Eines Tages kam ich todmüde und zutiefst enttäuscht nach Hause, von einem Typen, der mir die ganze Zeit nur von seinen vielen Reisen in die Ferne erzählt hat. Er interessierte sich für absolut nichts anderes als für Reisen. Wie diese Reisen waren, kannst du dir vorstellen, alles über das Reisebüro gebucht, quasi direkt über die Tourismusindustrie. Zu Hause nahm ich zwei starke Baldrian, putzte mir die Zähne und schlüpfte ins Bett. Sofort fiel ich in tiefen Schlaf, und in diesem Schlaf wurde ich in die ferne Vergangenheit, in die Zeit, bevor ich diesen Hammer kennengelernt habe, wahrhaftig zurückversetzt. Das war so schön! Ich habe meinen lieben Andreas wieder getroffen! Seitdem verbringe ich meine Freizeit im Schlaf, bzw. die Zeit, in der ich nichts zu tun habe. Ich nehme eine Schlaftablette, schalte das Handy aus, ziehe den Telefonstecker raus und falle in Schlaf, und dort lebe ich! Wenn ich aufstehe, fühle ich mich erfüllt in jeder Hinsicht und kann die Zeit, in der ich wach bin, die Menschen und die Umgebung besser ertragen, ich habe nicht mehr das Bedürfnis, einen von diesen Menschen kennenzulernen, und ich fühle mich überhaupt nicht allein. Wenn wieder mal das Gefühl hochkommt und ich mich allein fühle, ist die Lösung jetzt einfach: schlafen. Dort kommen diejenigen vorbei, die ich liebe, und allen voran Andreas. Du

---

Menschen, obwohl sie im Frühstücksraum neben anderen realen Menschen saßen. Welchen Unterschied machte es da, ob sie sich gerade in Kopenhagen, in Paris, in Berlin oder im Flugzeug irgendwo in der Luft befanden. Sie befanden sich überall und zugleich nirgendwo.

Was als Ausstellung moderner Kunst präsentiert wurde, war nichts anderes als ein merkwürdiges Kraut, das aus dem Grab der Moderne spross. Verzweifelte Frauen und Männer

wirst es wahrscheinlich nicht glauben, aber jedes Mal, wenn ich schlafe, treffe ich Andreas! Sei es im Kino, sei es in der Disco oder in seinem Zimmer, eigentlich überall, wo ein normaler Mensch hingeht. Heute, als du geklingelt hast, war er im Schlaf bei mir. Mit ihm esse ich, mit ihm trinke ich, mit ihm schlafe ich…"

„Ich kann das gut nachvollziehen", sagte Gabriela. „Es tut mir leid, dass ich dich gestört habe."

„Nein, du hast nicht gestört. Nein, versteh mich bitte nicht falsch, wenn jemand wie du bei mir ist, brauche ich nicht im Traum zu leben. Aber alle anderen sind so öde, Gabriela, ich habe von den Männern geredet, aber die Frauen sind auch nicht besser drauf."

„Gut, dass du das sagst, Angela. Ja, ich finde auch, die Frauen sind in der Mehrzahl nicht anders. Dazu kommt noch, dass manche Frauen, um mitzuhalten, sogar über öde Männerthemen reden, wie Autos, Fußball und so, und dabei sind sie innerlich völlig teilnahmslos."

„Mir ist jedenfalls bewusst geworden, dass ich dort niemals Menschen finden werde, die sich von ihren Gefühlen, von ihrer Sensibilität leiten lassen, wo man letztendlich alles kalkuliert, sein Reden, sein Essen, seine Kontakte, sein Vergnügen. Ihr Leben wird vom Kalender und von der Uhr bestimmt, da gibt es keinen Platz für Gefühle als solche. Ihr Leben besteht aus ständigem Überlegen und Abwägen, sei es beim Essen oder Trinken, sei es beim Tanzen. Alles muss

---

hatten sich an verschiedenen Körperteilen verletzt und abfotografiert und anschließend zur Schau gestellt. Solche Objekte waren im Vergleich zum realen Leben harmlos, was die Verletzung der eigenen Haut, der Finger und Zähne anging, nahmen sie sich angesichts der aktuellen Piercing-Welle noch ungefährlich aus, anscheinend konnten die Künstler mit der Entwicklung nicht Schritt halten. Die Selbstverletzung durch Piercing hatte alle Körperteile erreicht, von den Augen über die Nase, Zunge und Brustwarzen, bis zu den

nach Plan laufen, bestimmt, terminiert, Trauer wird ebenso eingeplant wie Freude… Da gibt es keine Spontaneität, also sie planen quasi ein, wann sie traurig sein müssen, wann sie tanzen dürfen, wann sie mit jemandem schlafen können…“
Es sah aus, als wolle Angela Salz in Gabrielas alte Wunden streuen. Noch empörter als Angela fügte sie hinzu: „Die Spontaneität ist für diese Leute eine Gefahr, eine Schande, es ist verpönt, wenn man dem Gefühl nach jemanden liebt, die Rechnung muss aufgehen, Leistung und Gegenleistung, die Liebe muss sich lohnen! Ich kenne das schon seit so vielen Jahren, ich erwarte nichts von diesen Zwangscharakter-Typen!“
Beide fragten sich, ob sie von Hans und Hassan inspiriert waren, und beide kamen zu dem Schluss, dass das, was sie da feststellten, einfach die Realität war und sie von der Realität geprägt waren, und das war die Wahrheit, die man überall zu spüren bekam. Sie wunderten sich, warum die Leute nicht merkten, dass sie sich fehlverhielten. Anstatt ihr eigenes Verhalten zu korrigieren, zeigten sie lieber mit dem Finger auf andere, nach der alten Tradition, deshalb jammerten alle, alle waren unzufrieden, alle waren, wie sie selbst sagten, beschissen daran.
„Ich will jetzt etwas ganz anderes sagen: Es lohnt sich nicht, dass wir uns über dieses und jenes Verhalten der Menschen so aufregen. Ich will sagen, obwohl ich meine sogenannte Freizeit im Schlaf verbringen, heißt das nicht, dass ich nicht

---

Schamlippen und Hoden. Es war die Rede davon, manche seien kurz davor, sich einen Arm oder ein Bein amputieren zu lassen, um in dieser neuen, ignoranten Welt, die nur aus diesen ignoranten Menschen bestand, aus der Masse hervorzustechen, aber die Menschen blieben dieselben. So schrieen sie zum Himmel: Seht uns, es geht uns schlecht, oder: Es geht uns so gut, dass wir uns zu Tode langweiligen und in dieser Welt so abgefuckt fühlen! Auch die Kunstwerke, die aus nackten gemalten Menschen bestanden, soll-

über Hans und Hassan nachdenke, ich meine, über das, was sie geschrieben haben."
„An was hast du gedacht, liebe Angela?"
„Ich finde die Idee mit dem Herbstkonzert in der Schule weiterhin gut. Warum sollen wir Rücksicht auf diese Leute nehmen, die selbst die anderen nicht berücksichtigen? Ich habe gedacht, wir könnten an dem Abend abwechselnd einige Passagen aus dem Schreiben vortragen. Du weißt, dass ich den Schulchor leite. Ich plane dich für ein Stück als Solosängerin ein, ich bin schließlich die Leiterin, dann werden wir die Leute überraschen, abwechselnd die Schriften mit lauter Stimme vortragen, und bis sie kapieren, dass es nicht zum Programm gehört, sind wir durch."
„Das klingt ein bisschen abenteuerlich, aber warum nicht."
„Eben, warum nicht? Entweder nehmen sie es ernst und beschimpfen uns, oder sie finden es einfach lustig, wie den jährlichen Orchesterstreich."
„Sehr gute Idee, Angela. Ich hege immer noch die Hoffnung, dass dieser Typ von der Zeitung auch irgendetwas damit macht, immerhin hat er bis jetzt nicht abgesagt."
„Na, vielleicht traut er sich nicht abzusagen, oder er findet es nicht so wichtig."
„Ich glaube, er würde sich trauen, so was abzusagen, er ist dreist genug, aber vielleicht findet er es nicht so relevant, das könnte sein."
Gabriela und Angela beschlossen, zusammen essen zu ge-

---

ten kaputte, verzweifelte, von der Gesellschaft ausgespuckte Kreaturen darstellen. Regelrecht harmlos wirkten sie gegenüber den realen tätowierten Massen. Sie schrieen quasi auf, als hofften sie, die Aufmerksamkeit der Masse auf die kulturelle Armut unserer Zeit zu lenken, oder sie waren Zeugnis der kulturellen Armut unserer Zeit, in der die Menschen zwischen Auto- und Computerschrott, Plastikflaschen, Dosen und Zigarettenkippen umherirrten, mit blankem Busen, glatt rasiertem Körper, Männer wie Frauen

hen. Und sie gingen los. Sie wollten zu einem italienischen Restaurant, das war Angelas Vorschlag. Gabriela aß nicht gerne bei dem Italiener, sie fand die Bedienung unfreundlich. Das war kein Vorurteil, denn sie hatte immer wieder Unfreundlichkeit bei dem Italiener erlebt. Und auch heute Abend ließ der Kellner mit der arrogant-finsteren Miene in puncto Unfähigkeit und Unfreundlichkeit nichts zu wünschen übrig. Angela bestellte eine Art kleine Pizza und bekam ein Stück Brot mit etwas Schinken und Tomaten belegt, ganz oben war es mit ein wenig Parmesankäse oder ähnlichem bestreut. Als sie sagte, sie habe eine Pizza bestellt, mischte der Kellner ein paar deutsche und italienische Worte, die bedeuten sollten, das sei genau das, was sie bestellt habe, und daraus bestehe es eben. Er ging und tauchte eine Zeitlang nicht wieder auf. So aß Angela doch das Brot, denn sie sah keinen Sinn darin, weiter zu warten.
Am Nachbartisch saßen zwei gut aussehende Männer, die sich laut unterhielten. Einer sprach von seinem Urlaub, den er anscheinend in Italien verbracht hatte:
„Ich steige aus dem Zug aus, schaue mich um. Nicht schlecht, der Bahnhof, denke ich, sauber, ordentlich, im Gegensatz zu dem, was man sonst so über Italien hört. Also, ich war wirklich positiv überrascht. Vor allem sahen die Leute freundlicher aus als die Leute in Frankfurt. Ich suche bewusst nach freundlicheren Menschen außerhalb Deutschlands. Manchmal bilde ich mir ein, dass alle Menschen auf

---

schlenderten durch Berge von Müll, Schrottautos, Glasscherben, verrostete Kabel und Strahlung jeglicher Art. Sie wussten nicht, dass sie selbst hinter der Herstellung dieser riesigen Berge von Unrat standen. Sie wussten nicht einmal, dass sie nun mitten darin herumwühlten. Sie wussten auch nicht, dass sie gerade durch Glasscherben verletzt, von Strahlung verseucht, vom freigesetzten Bleidampf vergiftet wurden. Und die es wussten, waren außerstande, irgendwie konstruktiv zu reagieren und sich aus der Klemme zu zie-

der Erde freundlicher sind als die Deutschen. Insofern war es eigentlich zu erwarten, dass die Leute freundlich waren. Ich wusste, dass mein Hotel ganz in der Nähe sein sollte. Ich schaute also gar nicht auf den Stadtplan, sondern verließ den Bahnhof in irgendeine Richtung. Draußen fragte ich einen Passanten auf Englisch nach dem Hotel, aber er konnte kein Englisch, also fragte ich auf Italienisch, und er kannte tatsächlich das Hotel und zeigte mir die Richtung. Er war außerordentlich freundlich. Sofort fühlte ich mich in meiner Vorannahme bestätigt. Er fragte mich noch, woher ich käme, und als ich Germania antwortete, sagte er, er käme aus Kolumbien und mache gerade eine Europareise, zuletzt sei er in Deutschland gewesen. Er fand die Menschen in München viel netter als in Italien, er traue sich hier kaum, die Leute mal nach dem Weg oder nach einem Ort zu fragen, sie reagierten unfreundlich oder reagierten gar nicht, erzählte er. Manchmal denke er, es sei, weil er Italienisch mit spanischem Akzent spreche, manchmal, weil er Englisch spreche, deshalb antworteten sie mürrisch oder gar nicht. Egal in welcher Sprache er gesprochen habe, die Leute hätten unfreundlich reagiert, manches Mal hätten sie sich einfach umgedreht, als sei er überhaupt nicht da. Dann sagte er, vielleicht habe er die falschen Leute gefragt. Nun merkte ich, warum er unsicher gewesen war, als ihn auf Englisch ansprach.
Gemächlich schlendernd folgte ich meinem Ziel, während

---

hen. Ob dieser Zustand überhaupt von irgendjemandem als Klemme wahrgenommen wurde, war nicht zu erkennen.
Nun war da eine Art Mensch zu sehen, der weder lächelte noch weinte, er war brutal und verrostet wie die herumliegenden Metallstücke, er war zerschlissen, zerknautscht, widerstandslos unter dem Haufen leerer, verbeulter Getränkedosen. Er war vollständig und dicht von Glasscherben und verrosteten Metallstücken umschlossen. Alles war dermaßen von Schmieröl bedeckt, dass die geringste Bewegung

ich die Schaufenster einiger weniger Geschäfte flüchtig anschaute. Denn ich hatte Zeit und nur leichtes Gepäck. Das Hotel war klein und schnuckelig und die Dame an der Rezeption war genauso gepflegt wie das Hotelfoyer, sie wirkte auf mich wie eine Sechzigjährige. Vielleicht war sie wirklich so alt oder auch etwas mehr oder weniger, ich kann das Alter solcher Frauen, die sich so extrem zurechtmachen, nicht einschätzen. Ich frage mich sowieso, wer so einen Job in dieser herbstlichen Atmosphäre machen möchte. Es schien mir alles so öde und veraltet. Ich wünschte ihr einen guten Abend. Der Tag war bereits dabei, in den Abend überzugehen. Sie musterte mich verstohlen und fragte, ohne mich zu Wort kommen zu lassen, ob ich Italiener sei. Als ich verneinte, behauptete sie, ich sehe wie ein Italiener aus.
‚Die Italiener sehen aus wie ich’, vermutete ich und fügte hinzu: ‚Ich bin Iraner.’
‚Aha, ein Perser’, zischte sie.
‚Nicht so ganz’, erwiderte ich, ‚ich bin Kurde, wenn Sie es genauer wissen möchten, so wie ein Bruder vom Perser. Wir haben ja auch ein paarmal gemeinsam die Welt in Schutt und Asche gelegt und quasi auf diesem Wege eine große Kultur geschaffen. Wie die Italiener und die Griechen. Insofern haben Sie vielleicht recht, wenn Sie meinen, dass ich den Italienern ähnele.’
Ich weiß nicht, ob die Dame meinen Scherz verstand. Als ich sagte, ich hätte ein Zimmer reserviert, schaute sie auf

---

unweigerlich zum Ausrutschen führen musste, was nichts anderes als den Absturz bedeutete, mit der Folge lebensgefährlicher Verletzungen und Tod.

Ein zweites Mal zog ich zum Centre Pompidou, um dieses Museum moderner Kunst zu besuchen. Von außen hatte sich nichts verändert, was die Gebäude und die Umgebung anbelangte. Die Masse war da, ich stellte mich an, um eine Eintrittskarte zu erwerben. Es ging sehr schnell hier, viel

ihre Liste und wurde noch freundlicher, sie überreichte mir den Schlüssel und erklärte mir, wie ich zu meinem Zimmer käme.
Am Tag meiner Abreise, als ich abrechnete, merkte ich, dass sie keine Italienerin war, denn sie sprach russisch am Telefon. Ich wartete, bis sie mit ihrem Telefonat fertig war, und dann fragte ich höflich, ob sie aus Russland stamme. Mit entschiedener Stimme erwiderte sie: ‚Nein, aus dem Kaukasus!'
Ich bezahlte und verabschiedete mich."
Diesem Teil des Gesprächs am Nachbartisch hörten Gabriela und Angela zu, als sei der Mann dabei, es ihnen zu erzählen, sie wechselten tatsächlich die ganze Zeit kein Wort miteinander, bis er fertig war und sagte, er wolle zahlen, und sich von seinem Gesprächspartner verabschiedete.
„So ist es, Angela", sagte Gabriela. „Die Menschen, die einen anderen kulturellen Hintergrund haben, reden eher miteinander und machen sich mehr Gedanken über die anderen, die sie sehen."
Angela wollte nicht darüber sprechen, sie sagte nur: „Wollen wir gehen?"
Sie gingen zu Fuß. Unterwegs waren sie weiterhin schweigsam, sie hatten nicht einmal Lust, über diese Männer zu sprechen. Die Straßen waren fast leer, man hörte nichts außer den vorbeifahrenden Autos. Es schien, als seien beide tief in Gedanken versunken, müde wirkten sie auch, und

---

schneller als beim Eiffelturm. Ich wusste, dass ich nichts Neues erleben würde, aber ich wollte nicht wieder den sogenannten Klugscheißer spielen und von vornherein urteilen oder beurteilen. Ich schleppte mich also zur Rolltreppe. Die Musik, die dort erklang, fand ich grausam, und ich war anscheinend nicht der Einzige, an dessen Nerven diese Musik heftig zerrte, denn ich sah so manche, die sich die Ohren zuhielten, während die Rolltreppe sie in die sechste Etage des Museums beförderte. Bei der Beschallung handelte

der viele Wein, den sie getrunken hatten, machte sie extra träge. Kurz überlegten sie, doch mit dem Taxi nach Hause zu fahren, aber sie waren wirklich nicht allzu weit von zu Hause entfernt, diesmal gingen sie zu Angela. Als sie am Rand einer Parkanlage vorbei schlenderten, hörten sie plötzlich einen Frauenschrei. Dann sahen sie zwei junge Männer davonrennen. Die Frau schrie weiter: „Hilfe, hilfe! Halt, meine Tasche!"

Gabriela und Angela waren erschrocken und irritiert, die Männer rannten an ihnen vorbei, und sie schauten erstaunt hinter ihnen her. Sie sahen keine Chance, ihnen auch nur einen Schritt zu folgen, denn die beiden waren blitzschnell verschwunden. Sie gingen zu der Frau hin, die verzweifelt weinte. „Sie haben meine Handtasche gestohlen! Mein ganzer Kram! Wenn sie mich nur gefragt hätten, hätte ich ihnen ja mein Geld gegeben, ich habe nicht so viel dabei, aber meine ganzen Papiere sind jetzt weg..."

Sie versuchten die Frau zu beruhigen, sie werde bestimmt ihre Papiere wieder zurückbekommen. Normalerweise schmissen sie die Handtasche einfach weg, wenn sie das Portemonnaie und das Handy herausgeholt hätten, und auch die Portemonnaies tauchten irgendwann wieder auf. Dann rief Angela bei der Polizei an.

Der Streifenwagen mit den beiden jungen Polizisten kam tatsächlich schnell, aber sie konnten auch nichts ausrichten, das Einzige, das ihnen einfiel, war, dass sie das Jugendzen-

---

es sich um heilige Gesänge des Tantra-Chors der Gyuto-Mönche aus Tibet. Zwei tibetanische Mönchsorden sollen diese sogenannten polyphonen Melodien entwickelt haben, ein ohrenbetäubendes Getöse in zwei bis drei Tönen, die jeweils von nur einer Person von sich gegeben werden. Paris suchte offenbar Mittel aus Tibet, um die Leute wachzurütteln, im Vergleich zur lauten und harten Technomusik war dies jedoch ein Schlafliedchen. Aber die Masse setzte ihre Köpfhörer auf und lauschte ihrer eigenen Musik, anstatt

trum, das in der Nähe war, kontrollieren könnten, vielleicht würden die Jungen dort auftauchen, etwa um Drogen zu kaufen. Aber dann fiel ihnen ein, dass das Jugendzentrum um diese Uhrzeit längst geschlossen hatte. Angela und Gabriela verabschiedeten sich von der Frau und den Polizisten. Sie schlenderten weiter und hielten instinktiv ihre Taschen fest.

Von Handtaschenraub hatten sie natürlich schon einige Male von ihren Kolleginnen gehört, aber das jetzt so direkt zu erleben, fanden sie irgendwie gruselig. Als sie zu Hause ankamen, waren sie fix und fertig und legten sich beide in Angelas Bett schlafen. Am nächsten Morgen wollten sie zum Frühstück in ein Café gehen.

In dieser Nacht träumte Angela nicht, trotzdem war sie beim Aufwachen zufrieden. Gegen zehn Uhr machten sie sich auf den Weg in die Frankfurter Stadtmitte. In der Stadt war viel los, diesmal war außer der Masse der Konsumenten eine Ansammlung vorhanden, die zwar bei weitem nicht so groß wie die der Konsumenten war, aber sie fiel auf. Es waren die Leute, die hier gegen die Banken protestieren wollten. Ein junger Mann, schwarz gekleidet und mit Zylinderhut auf dem Kopf, stand auf einem Hocker, er hielt ein kleines Megaphon in der linken Hand, und in der rechten hielt er eine Zigarre zwischen Daumen und Zeigefinger.

Er brüllte:

---

den schrecklichen heiligen Klängen. Was besser war, ließ sich nicht feststellen. Mich erinnerten diese Töne an das zur Mode gewordene Kreischen junger Frauen auf offener Straße, die hier und da ohne äußere Ursache schrille Schreie von sich gaben, sei es auf öffentlichen Plätzen, sei es auf sogenannten Partys…, der Grund für ihr schreckliches Kreischen war wohl eher die innere Befindlichkeit, sie litten eindeutig unter der Ignoranz und Gleichgültigkeit ihrer Umwelt und wollten die Aufmerksamkeit der Passanten und

Ich war der Kapitalist
Ich versprach dir
Haus und Glück
Gutes Leben auch ohne Tricks
Manche haben das Haus, aber nicht das Glück
Du siehst, ich gebe nicht alles, was du willst
Denn ich war der Kapitalist
Nun bin ich nur die List
Ich war der Kapitalist
Ich sagte es dir
Lerne so viel du willst
Schaffe so viel du kannst
Raffe so viel du willst
Gaffe soweit du kannst
Alles nutzt dir nichts!
Ich war der Kapitalist
Ich bin nur ein Haufen Mist
Ich sage so lange du bist
Nimm das Leben wie es ist
Sag nicht, dass es beschissen ist
Denn beschissen ist der Kapitalist.
Ich war der Kapitalist
Immer machte ich Krieg
Und euch sagte ich, das ist euer Krieg
Und ihr machtet alle mit
Denn ich versprach euch Glück nach dem Krieg.

Anwohner auf sich lenken. Dabei vergaßen sie allerdings, dass das Umfeld und sie ein und dasselbe waren, denn niemand schenkte ihnen Beachtung. Jede und jeder sah nur sich, war auf sich selbst konzentriert, und zwar im Sinne dessen, was von einem imaginären Außen verlangt wurde.
Endlich hatte ich die Ausstellungssäle erreicht, endlich war ich dieser sogenannten Musik entronnen. Die Szenerie wechselte nun von Tibet nach Indien. Indische Künstler reflektierten in ihren Werken auch nichts anderes als die

Natürlich kam nicht das Glück
Denn ich bin der Kapitalist
Also ein Haufen Mist
Oder doch nur eine List?

Manche hielten kurz inne und schauten ihn an, die meisten aber gingen gleichgültig vorüber. Gabriela und Angela waren stehen geblieben. Gabriela sagte zu Angela: „Es bewegt sich was. Aber in welche Richtung? Das weiß man nicht."
„Warum protestieren sie eigentlich gegen die Banken?"
„Eben, die meisten wissen wahrscheinlich nicht, dass das System, in dem sie leben, auf diesen Banken basiert."
Sie schlenderten auch vorbei. Sie mussten an dieser Stelle wieder einmal und abermals an Hans' und Hassans Schreiben denken. Sie sahen lauter vereinzelte Wesen, die wehrlos dastanden, zwar wollten sie sich wehren, aber sie wussten nicht, wie und gegen wen. Es war wie eine Art Unterhaltung, wie eine Party, wie Tanzen. Eine heruntergekommene Frau stand an einer anderen Kreuzung und schrie im Fünf-Sekunden-Takt so laut sie konnte: „Wir müssen wieder bei Null anfangen, es hat alles keinen Sinn…, wir müssen wieder bei Null anfangen, es hat alles keinen Sinn…"
Niemand beachtete sie. Sie war als verrückt erklärt. Zwei Schritte weiter saß ein junger Mann neben einer deutlich älteren Frau auf dem Boden, jeder von ihnen mit einer Bettelschale vor sich. Fünfzig Meter weiter ein paar andere.

Gier der Konsumenten, einer bedeckte Boden und Wände mit unzähligen Haushaltsgegenständen aus Edelstahl, alle nagelneu glänzend, von Kochtöpfen und Bratpfannen in allen Größen über alle Sorten Kaffeekocher, Tassen und Untertassen bis zu Tausenden Besteckteilen, allen Arten Schöpfkellen und Pfannenhebern und vieles mehr, was eine indische Hausfrau anstrebt bzw. einlagert, mit dem Ziel, ihren Reichtum zu zeigen, es verhieß ihr eine glückliche Ehe. Und es war Konsum. Der Künstler wollte in Paris zei-

Man hörte an verschiedenen Stellen rumänische Musikgruppen, ebenfalls mit Bettelschalen vor sich. Ein Obdachloser war auf eine der Sitzbänke gestiegen und streckte demonstrativ den Mittelfinger in die Höhe, und zwar gerichtet gegen eine weitere Gruppe, die hier gegen Atomkraftwerke demonstrierte. Die Punks waren wie immer mit sich selbst beschäftigt, um diese Stunde waren sie fast besoffen. Einer von ihnen brabbelte unverständliche Worte und brüllte die Konsumenten an, die sich rasch entfernten, während sie den kaputten jungen Leuten entsetzte Blicke zuwarfen. Hier und da bettelten andere Männer und Frauen die Passanten um eine kleine Spende an, und die spendeten überwiegend nicht. Manche hielten ein Stück Pappe in der Hand oder hatten es vor sich aufgestellt, auf dem geschrieben war: „Ich habe Hunger" oder: „Ich bin obdachlos".
Manche wühlten in den Müllkörben, in der Hoffnung, etwas Brauchbares zu finden, oder vielleicht Essensreste. Die Drogenhändler gingen unauffällig ihren Geschäften nach. Ein paar Polizisten waren dabei, falsch geparkte Autos aufzuschreiben.
Ein alter Mann mit starker Brille und schwacher Stimme trug dieses Gedicht vor:

Ich bedauere es!
Ich will dich nicht erziehen
manipulieren

---

gen, wie groß die Ungleichheit in Indien ist, ein Haushalt überfüllt, viele Mägen aber leer, und deutete so auf die Massen der Obdachlosen. Die Museumsbesucher telefonierten. An anderer Stelle war Sex das Thema und Sex war das männliche Glied, das zu allen Seiten des Körpers eines zwergenhaften Mannes herauswuchs und sozusagen das weibliche Geschlecht herausforderte. Da sah ich, dass eine Frau einen Mann anlächelte. Zum Glück gab es hier und da ein paar echte junge Frauen, die ihre Kinder mit Keksen

auch nicht umstimmen
dich quasi dazu bewegen
dass du irgendetwas unternimmst,
bevor es zu spät ist.
Bevor du deine Augen öffnest,
die Brille, die die anderen
dir, dir, dir…
aufgesetzt haben,
empört, empört, empört…
zur Seite wirfst.
Nein, ich will all dies nicht!
Weißt du, warum?
Ja, richtig, weil ich es nicht kann!
Weißt du, warum?
Weil
dich, dich, dich…
von mir
die eiserne Wand,
die Unwahrheit heißt,
trennt!!
Ohne es zu wissen,
ohne es zu merken.
Die sanften,
die wahren
Worte
prallen ab

---

fütterten. Ein paar Meter weiter entdeckte ich Tausende und Abertausende verschrottete Computermäuse und Tastaturen, senkrecht an den Wänden angebracht unter dem Spruch: „My Hand smells of You“. Meine Hand riecht nach dir. Dies sind allerdings die Mäuse, die uns überfallen bzw. schon überfallen haben. Nicht weit davon entfernt wollten Inderinnen auf das Problem der Gewalt gegen Mädchen aufmerksam machen, aber es war Gewalt gegen die Menschheit. Ausgerechnet daneben war die heilige Kuh

an dieser Wand.
Klirrend
fallen sie
zu Boden.
Werden zertrampelt
oder überfahren
vielleicht staubgesaugt
womöglich abgewischt
je nachdem
wo wir uns befinden!
Du, du, du…
gehst
allein
einsam
auch wehrlos
deinen Weg,
obwohl ihr so viele seid.
Ich schaue nur zu,
dabei schreie ich:
Ich bedauere es!!!!
Du, du, du…
nimmst keine Stimme wahr
da alle gleichzeitig reden
ohne zuzuhören.
Ich schreie noch einmal:
Ich bedauere es!!!

---

in Form eines Motorrads modelliert. Wieder und wieder wurden – diesmal auch massenhaft aus Blechresten – zerstörte Häuser, Wohnhütten wie auch Hochhäuser, gebastelt, also eine Welt als Slumgebiet. Die Ideen waren gleich, nur die Müllhaufen waren unterschiedlich. Alte Zahnräder lagen angehäuft, wie auch zur Schau gestellte Berge von Schraubverschlüssen von Flaschen.
Und dazwischen immer wieder Besucher, die sich selbst als wandelnde Kunstobjekte zurechtgemacht hatten. Tausende

Eine Handvoll Menschen hörte ihm aufmerksam zu. Gabriela und Angela stellten sich zu diesen Menschen. Gabriela wandte sich zu Angela: „Ich kenne das Gedicht, jemand hat es im Internet veröffentlicht."
„Ich glaube, ich habe es auch gesehen, aber nicht gelesen", sagte Angela.
Die meisten Menschen hatten es nicht gelesen, genauso wie die meisten Menschen es hier nicht hörten, sie trampelten einfach vorbei. Manchmal stöhnte die Stadt, sei es unter den Verrückten, Drogensüchtigen, Drogenhändlern, Pennern oder Konsumenten…
„Es ist keine schöne Stimmung", sagte jemand.
„Das ist eine Stichprobe aus einer beschissenen Welt", meinte ein anderer festgestellt zu haben.
Dies waren die Besonderheiten dieses Samstags für Gabriela und Angela, sonst war alles wie an jedem anderen Tag, es gab von Bratwurst und asiatischem Futter bis zu sämtlichen Konsumartikeln aus aller Herren Länder für jeden Geldbeutel etwas. Die Menschenmassen waren in diesem Sinne unheimlich aktiv und unendlich unzufrieden. Als Gabriela und Angela im Café ankamen, stellten sie fest, dass das Café zu über neunzig Prozent mit Jugendlichen besetzt war, obwohl es ein relativ teures Café war. Kurz dachten sie daran, in ein anderes Café zu gehen, aber da bot ihnen eine Kellnerin schon zwei freie Plätze an. Obwohl so viele Menschen da waren, war es angenehm ruhig, denn sie sprachen

---

Gesichter in einem Gesicht, wir haben ein Gesicht mit tausend Fassaden, tausend Gesichtern. Die Struktur ist die Strukturlosigkeit. Die Gedanken sind eine Aneinanderreihung von Dingen, die irgendwo in der Luft hängen oder irgendwo auf dem Weg liegen. Die Töne aus den Installationen waren genauso verwirrend wie die Gegenstände. Die Besucher wirkten nicht einmal erstaunt, eher erschöpft und verwirrt, wie die Gegenstände, sie waren selbst die Gegenstände, aber sie wussten es nicht, oder vielleicht doch?

nicht miteinander, alle tippten irgendetwas in ihre Geräte, wenn sie nicht gerade aßen. Vielleicht solidarisierten sie sich auf diesem Wege mit den anderen, die gegen die Banken waren. Gegen jemanden sein kann man überall. Genau nach dem Prinzip der reichen Kinder, die die Meinung ihrer Eltern in die Schule gebracht hatten: „Wenn jeder an sich selber denkt, ist an alle gedacht."
Gabriela und Angela versuchten das Frühstück zu genießen, schließlich hatten sie jeweils dreißig Euro für das Buffet und zusätzlich den Preis für ihre Getränke bezahlt, so kamen sie jeweils auf fünfundfünfzig Euro, ohne allerdings einen Cocktail getrunken zu haben, denn sie begnügten sich mit Kaffee und einem Gläschen Sekt.
Auf dem Weg nach Hause kauften sie auf dem Wochenmarkt ein, um auch an diesem Samstag gemeinsam zu kochen und zu essen.
Es war nichts Besonderes, was sie gesehen hatten, es war nichts Neues, sie stellten beim Essen lediglich fest, dass alle Gruppen von Verwahrlosten von den Anti-Banken-Demonstranten und Anti-Atom-Leuten bis zu den klagenden Stimmen nur die allgemeine Unzufriedenheit ausdrückten, und es war keine Lösung in Sicht, kein Konsens, was man dagegen machen konnte. Alle steckten in einem miserablen Dilemma. Niemand wusste einen Ausweg. Die Konsumenten schienen in ihrem Alltag blutig und durchlöchert zu sein. Man konnte leicht feststellen, wie ihre Körperteile von

---

Gibt es also nichts anderes, als dass auch dort in Indien die Menschen in ihrem eigenen Müll versinken? Sinnlos oder sinnvoll zog ein Mensch mit fünf Schafen im Kreis, ohne dass irgendetwas passierte. Wollte hier jemand den Kreislauf des Lebens darstellen? Zwei Besucher glotzten darauf, einem fielen schon die Augen zu, der andere hielt es nicht lange aus, er entfernte sich schnell. Unterwegs begegnete er einem palästinensischen Baby, das sich zu einem Mann mit Waffe in der Hand entwickelte, das waren die Bilder einer

Werbeagenturen unter Beschuss genommen wurden. Die Haare, Augenbrauen, Nase, Mund, Nabel, Waden, Ohren… waren Angriffen ausgesetzt worden. Die Frauen waren diesen Angriffen wieder besonders zum Opfer gefallen, wie es halt das Schicksal der Frauen ist. Ihre Nasen, Busen, Vagina (man konnte es zwar dort nicht sehen, man ahnte es aber und man wusste es) waren verformt, jeweils genau nach Vorstellung der Agenturen, die über eine magische Macht verfügten und diese Macht skrupellos ausübten. Vielleicht sollte man anstatt gegen die Banken gegen diese Werbeagenturen protestieren? Noch besser wäre es, wenn die Leute gegen sich selbst protestierten, denn sie waren selbst die Täter. Sie könnten gegen sich selbst skandieren: „Doof, doof, doof sind wir!"
Da gäbe es wirklich eine Möglichkeit, gemeinsam auf die Straße zu gehen und gemeinsam sein Leid kundzutun, anstatt sich vereinzelt, vereinsamt zerstechen zu lassen. Es gäbe auch noch die Möglichkeit, dass einfach alle zu Hause blieben, um sich vor dem Beschuss durch die Agenturen in Sicherheit zu bringen, dann aber müssten sie auch den medialen Zugang der Agenturen zu sich abschalten. Alles war und ist möglich, nur ein bisschen Denken und Nachdenken wären dazu nötig. Aber daran mangelte es anscheinend. „Ja genau", sagte Angela. „Statt dass sich alle gegenseitig anfeinden, könnten sie ihren gemeinsamen wahren Feind ausfindig machen und ihn gemeinsam bekämpfen."

Künstlerin. Eine weitere Künstlerin ließ in ihrem Film Juden in Polen freiwillig ein Lager bauen, das sie ordentlich einzäunten, nachdem sie einen riesigen Wachturm errichtet hatten.

Vom Centre Pompidou lief ich zu den Champs Elysées und dort den Massen hinterher und war wieder unter ihnen. Es war wie auf den Ramblas in Barcelona, der Unterschied war lediglich, dass in Barcelona die Massen in der Mitte liefen

„Weiß Gott, was alles möglich wäre, ich kann nicht weiter darüber nachdenken“, sagte Gabriela.
„Ich auch nicht“, bestätigte Angela.
Sie wühlten weiter und abermals in den Papieren von Hans und Hassan. Dies war ihre Hauptbeschäftigung geworden, wenn sie sich trafen.

---

und die Autos rechts und links an ihnen vorbeifuhren, während in Paris die Autos in der Mitte fuhren und die Massen rechts und links von ihnen liefen. Die Massen der Konsumenten hatten hier wie dort das gleiche Ziel, nämlich zu konsumieren. Meine Idiotie war, dass ich selbst dorthin gegangen bin, um die Massen auf mich wirken zu lassen. Sie beeindruckten mich kein bisschen, warum sollten sie auch? Kein Einziger hob sich irgendwie von der Masse ab, auch wenn sie mit allerlei merkwürdigen Kleidungsstücken, ext-

10. Kapitel

Gabriela war erstaunt, dass Angela nun tatsächlich ihre sogenannte Freizeit im Schlaf verlebte. Es schien, als habe sie an dieser Art zu Leben Gefallen gefunden. Gabriela gönnte ihr das und ließ sie in Ruhe. Aber sie trafen sich weiterhin regelmäßig und sprachen über dieses und jenes, wobei sie allerdings diese neue Gewohnheit von Angela ausklammerten.

Gabriela war während dieser Zeit intensiv mit der Vergangenheit beschäftigt und verglich ständig und immer wieder die vergangenen Zeiten mit der jetzigen Zeit, insbesondere seit sie diesen Stapel Papier bekommen hatte. Einige Seiten von dem Stapel sollte sie niemandem zeigen, und sie hatte sie nicht einmal Angela gezeigt, denn diese Seiten waren von Hassan an sie persönlich geschrieben, und er bat sie darin, sie nur selbst zu lesen, wenn sie mochte. Als Gabriela wieder einmal von einem Treffen mit Angela nach Hause kam, ging sie direkt zu ihrem Schreibtisch, holte die Seiten aus der Schublade und fing an, sie noch einmal lesen.

Bitte nicht lesen!
Die nachfolgenden Seiten sind privater Natur
und nur für Gabriela bestimmt!

Liebe Gabriela, ich hoffe, dass es dir gut geht. Verzeih mir, dass ich so einfach verschwunden bin, verzeih mir, dass ich

---

remem Outfit und Make-up aufs Äußerste bemüht schienen, aufzufallen. Aber sie waren eben die Masse und blieben die Masse. Jeder war einer von dieser Masse, und die Masse bestand aus jedem von ihnen. Sie saßen in den Cafés in Reih und Glied, nebeneinander, hintereinander, brüllten zeitgleich in ihre Handys, wie gewöhnlich sprachen sie nicht miteinander, auch Paare nicht, denn jeder war für sich mit seinem iPhone beschäftigt, spielte Spielchen, ab und zu schickten sie einander eine SMS, obwohl sie nebeneinander

am letzten Tag noch mit dir gestritten habe. Ich weiß, wir waren beide entnervt. Das war nun einmal so, man konnte nichts dafür, wir haben viel zu viel von uns verlangt und entsprechend waren wir überfordert. Das war halt so, damals fing es an, die Zeit begann sich zu ändern. Wir haben es gesehen, aber wir wollten es nicht wahrhaben. Jetzt siehst du bestimmt viel deutlicher, in welche Richtung die Menschen geschritten sind. Damals habe ich persönlich ein paar Geschichten erfahren, von denen ich dir eine erzählen will.
Du weißt bestimmt, dass ich ein paar Monate bei einem Verlag im Archiv gearbeitet habe. Es war zu der Zeit, als ich eines Tages aufwachte und mich elend fühlte und immer noch sehr müde war, obwohl ich genug geschlafen hatte, was die Dauer anbelangte. Ich hatte Kopfschmerzen, mir war fast schwindelig, ich taumelte ins Bad. Dort war es kalt, ja, es war hundekalt. Die Heizung hatte ich am Abend abgedreht, aus Kostengründen. Ich dachte in letzter Zeit viel an die Rechnungen, die ich nicht bezahlen konnte. Ich hatte mich sozusagen in die deutsche Kultur integriert, ich kalkulierte immer wieder. Ich stellte mich unter die Dusche, ich musste mich nicht ausziehen, denn war ich splitternackt, wie die Wände des Badezimmers. Du weißt, dass ich immer nackt schlief und nackt aufwachte. Hätte man das gedurft, wäre ich auch nackt aus dem Haus und an diesem Tag insbesondere nackt zur Arbeit gegangen. Ja, ich bin nackt geboren und nackt aus dem Leben geschieden und nackt habe

---

saßen, denn laut Vertrag mit ihrem Anbieter waren die SMS kostenlos. Unser Leben und Erleben ist nun auf das Display eines iPhones, eines Handys, reduziert und wir meinen, mit der ganzen Welt in Verbindung zu stehen?
Irgendwie sah alles wie eine Rebellion der Massen aus, eine Rebellion gegen sich selbst, sie schienen von sich selbst die Nase voll zu haben, deshalb quälten sie sich, deshalb verachteten sie sich selbst. Deshalb hatten sie ihre Welt und Umwelt so grausam zugrunde gerichtet.

ich existiert. Das Leben kotzte mich an, nach so vielen Jahren Studiererei, Herumschreiberei musste ich dorthin gehen und Bücher sortieren, in einer scheußlichen Halle, die man Archiv nannte. Irgendwie, irgendjemand säuselte mir ins Ohr, du musst weitermachen, du musst das Leben in den Griff bekommen. Du weißt, Gabriela, dass ich alles versucht habe, zumindest alles, was ich konnte und durfte, um dieses verdammte Leben in den Griff zu bekommen. Du weißt, dass ich vom Leben begeistert war, dass ich mich wunderte, wenn die Leute über das Leben schimpften. Ich ließ also das Wasser auf mich prasseln, um mich aus diesem Tief herauszuholen. Ich wurde etwas wacher. So schleppte ich mich zur Arbeit, allerdings ohne jegliche Motivation. Warum sollte ich eigentlich motiviert sein? Der einzige Mensch, den ich gut kannte und den ich liebte, warst du. In dieser Zeit, in der deine Distanz zu mir unbegründet – ich meine aus meiner Sicht – von Tag zu Tag wuchs, gab es kaum einen Grund für mich, überhaupt zu irgendetwas motiviert zu sein. Ich ging dieser Arbeit nach, weil meine Finanzen nichts anderes erlaubten. Zum Glück verstand ich mich gut mit einem Kollegen, der auch als Aushilfe dort arbeitete. Wir sprachen während der Arbeit über Gott und die Welt und alles drum und dran. Er war ein junger Mann, wollte studieren, nachdem er in der Arbeitswelt keinen Erfolg gehabt hatte. Ich erzählte ihm, dass das Leben manchmal so beschissen ist, dass man es bereut, überhaupt leben

---

Doch im Museum war ich einem begegnet, der hatte Sehnsucht, alles wieder rückgängig zu machen und zu zeigen, wie die Menschen diese Scheiße angerichtet haben. Daniel Spoerri wollte mit seinem Filmchen „Resurrection" auf unseren Mist aufmerksam machen oder ein Art Messianismus im Sinne der Wiederkehr der heiligen indischen Kuh verkünden. Er war ein Dauergast dort, aber die Inder waren nur für einen begrenzten Zeitraum da, und dieser Vergleich ist zufällig. Er ließ die Scheiße aus der Kloschüssel durch

zu müssen. Er sagte, er könne das nur bestätigen. Erst dachte ich mir, das sei nichts als ein Melancholieanfall, wie er typisch für junge Leute ist. Dann erzählt er mir zwei Episoden aus seinem Leben:
„Ich kann es kaum glauben, wie ich letzten Winter in meiner Wohnung gelebt habe, ohne Strom, ohne heißes Wasser, ohne Heizung, das Telefon war auch abgestellt. Ich schlief nachts angezogen in Winterklamotten, dicken Pullovern und Jogginghosen, Handschuhen und Mütze und eingewickelt in alle beide Decken, die ich hatte. Morgens getraute ich mich kaum aufzustehen, ich war arbeitslos damals, aber das war nicht so schlimm, schlimmer war, dass meine Freundin, die ich sehr liebte, mich ausgerechnet in dieser elenden Zeit verließ, und zwar für immer. Mein Konto war gesperrt, der Vermieter war aufgebracht, er drohte mir mit der Kündigung, beantwortete meinen Gruß nicht mehr. Ich war auch nicht in der Lage, zu irgendeinem Amt zu gehen, mir helfen zu lassen. Ich habe keinen Anlass gesehen, irgendetwas für das Weiterleben zu unternehmen. Ich war kurz davor, obdachlos zu werden, wenn mir nicht ein edler Freund geholfen hätte, der mich nicht nur durch seine Gespräche dazu brachte, meine Fassung wiederzufinden, sondern der mir sogar einen Job vermittelte, wenn auch nur für ein paar Monate zunächst. Da ging es wieder, alles war wieder da, Strom, Telefon, warmes Wasser, die Heizung, nur meine Freundin nicht. Selbst der Vermieter, der im selben

---

den After eines Menschen in seinen Darm zurückdrängen, um in den Magen zurückzukehren, wo sie sich wieder in ein zerkautes Rindersteak verwandelte, von dort aus kam sie durch Hals und Mund als gebratenes Rindersteak zurück auf den Teller, warum nicht in einem Nobelrestaurant in Paris oder New York oder vielleicht aus dem Magen eines Prolos auf dem Wochenmarkt, dann wurde das Ganze zurück in die Metzgerei gebracht und klebte sich wieder an eine Rinderkeule, die zuvor sorgfältig für das Nobelrestau-

Haus wohnte, lächelte mich wieder an und grüßte scheißfreundlich zurück, wenn er mich sah, denn er konnte wieder von seinem Zugriffsrecht auf mein Konto Gebrauch machen. Alles hat seine Regeln. Ordnung muss sein. Ich dusche jetzt bescheiden, nicht so ausgiebig wie früher oder wie im Schwimmbad. Mein Frühstück ist auch bescheiden geworden, ein altes Croissant vom Vortag und eine Tasse Kaffee, schwarzer Kaffee. Zum Mittag packe ich mir ein Stück Fleischwurst ein, dazu ein paar Scheiben Brot und eine Tube Senf, das nehme ich immer mit. Das Brot und das Croissant kaufe ich bei einer Bäckerei, die Sachen vom Vortag sehr billig an Leute wie mich verkauft. Ich habe ständig Angst, dass wieder alles wie in diesem schrecklichen Winter wird. Daher lebe ich jetzt bescheiden, um immer genügend Geld auf dem Konto zu haben für Miete und Strom."

Ich wollte wissen, warum er seinen Job verloren hatte. Da erzählte er: „Ich war in einem kleinen Betrieb angestellt, der aus drei Männern, zwei Frauen und mir bestand. Dort kam ich mit dem Chef nicht klar. Er war und ist in meinen Augen ein widerwärtiger Kerl. Er versteht sich als echter Sozialist und ist der Meinung, er habe die Wahrheit gepachtet, und so schimpft er von früh bis spät auf die Kommunisten und Sozialdemokraten und alle anderen politischen Parteien wie die Grünen und so. Er betrachtet sich als den Vorreiter der sozialistischen Bewegung, und dabei bewegt er sich zwi-

---

rant oder schlampig für den Wochenmarkt verarbeitet worden war, von dort aus gelangte das Fleischstück in den Schlachthof zurück, wo sich das ganze Rind schließlich zusammensetzte und sich am Ende in eine weidende Kuh auf einer grünen Wiese verwandelte, inmitten einer idyllischen Natur. Dieser Künstler zeigte, woher die stinkende, von den Menschen produzierte Scheiße kommt, aber vergeblich. Traurig und ekelhaft war alles. Die vielen Selbstporträts anderer Künstler zeigten die verbrannte Seele der Menschen.

schen seinem Schreibtisch und der Küche hin und her, von wo er jede halbe Stunde eine Tasse Kaffee holt und seinen Aschenbecher ausleert. Er raucht wie ein Schlot. Jeden Morgen zwang er uns, zusammen zu frühstücken, und nannte das ein sozialistisches Frühstück, aber er bezahlte uns kapitalistisch, und zwar frühkapitalistisch. Den Betrieb hatte er von seinem Onkel geerbt, der keine Kinder hatte. Die anderen scherzten und riefen ihn einen alten Kämpfer, und er fühlte sich geschmeichelt und glaubte tatsächlich, dass sie es ernst damit meinten. Sie hingegen haben ihn, wenn er nicht dabei war, „alter Krampfer" genannt, weil er so verkrampft ist, ein Ekeltyp, voller Komplexe. Jeden Morgen beim Frühstück hat er uns die Ohren vollgequasselt mit seinen dummen Reden, er ist so absolut von sich überzeugt! Ein scheußliches Leben, habe ich mir eines Tages gesagt. Nicht mal die paar Groschen kann man in Ruhe verdienen. Warum soll ich mich diesem blöden Kerl unterwerfen, fragte ich mich jeden Tag nach dem obligatorischen Frühstück. Wenn das Leben das ist, was ich führe, dann ist es eine Verarschung, sagte ich mir. Wenn du dich unterordnen willst, dann tu es irgendwo anders. Mach dich zum Kofferträger der Damen und Herren der feinen Gesellschaft, dafür bekommst du eventuell sogar ein größeres Stück von dem großen Kuchen, was das sogenannte Leben von dir verlangt. Du kannst sowieso nirgends du selber sein, sie lassen es nicht zu. Der Preis für das Stück vom großen Kuchen ist

---

Ihre Botschaft war: Wir sind am Ende. Die Technologie hat unser Hirn zerfressen.

Die Vagina war zu einer Geldmaschine geworden, in die man bare Münze einwerfen konnte. Was man dafür bekommen konnte, war klar und nicht klar. Doch sah ich, dass vom Süden Frankreichs bis vor die Tore Barcelonas, entlang einer Strecke von bis zu tausend Kilometern im Abstand von ein paar hundert Metern junge Frauen aus aller Herren Länder standen, am Rande der idyllischen Landschaft in der

nun mal sehr hoch, und ich war bei weitem nicht in der Lage, diesen Preis zu bezahlen. Also entweder du legst dich krumm, oder du machst den anderen den Rücken krumm. Das ist das Prinzip. Ich habe also beschlossen, nicht mehr mit diesen Leuten zu frühstücken. Zwei Tage ging es gut. Am dritten Tag hat mich der Chef zum Gespräch bestellt. Er wollte wissen, warum ich bei dem gemeinsamen sozialistischen Frühstück fehle und mich nicht an der fruchtbaren Diskussion beteilige. ‚Ich kann nicht frühstücken, ich frühstücke seit Jahren nicht. Ich will nur hier arbeiten', habe ich ihm erklärt. Eine Woche später wurde ich gefeuert. Dann ging unmittelbar nach meinem Rauswurf die Streiterei mit meiner Freundin los, ich war handlungsunfähig und richtete mich beinahe zugrunde. Also kurz und gut, ohne diesen Freund wäre ich wahrscheinlich erledigt."

Dieser junge Mensch hatte sich dann dafür entschieden zu studieren, er hatte die Hoffnung in sich keimen lassen, dass er nach dem Studium besser behandelt würde, oder wie er selbst sagte, ein leichteres Leben habe. Ich habe ihm nicht gesagt, dass Studieren allein noch nicht bedeutet, dass man hinterher unbedingt ein besseres Leben hat. Darüber hinaus habe ich ihm auch nicht gesagt, dass er, wenn er sich zum Kofferträger der Damen und Herren der feinen Gesellschaft macht, beides verliert, sowohl seine Ehre als auch das Geld. Denn sie lassen ihn weder beim Frühstück reden, noch sind sie, was die Bezahlung anbetrifft, großzügig, eher

---

prallen Sonne, unter einem Sonnenschirm, mit knappem Slip und BH, und sich dort anboten und darauf warteten, bezahlt zu werden, mit Geldscheinen oder der passenden Kreditkarte, denn sie hatten ein kleines Lesegerät dabei für Kunden, die kein Bargeld bei sich hatten, was darauf hindeutete, dass doch irgendwie irgendwer daran gedacht haben musste, die ganze Strecke zu einem einzigen Bordell zu machen. Ich fragte mich, ob je ein Künstler in der Lage wäre, dies zu rekonstruieren. Es ist endlich soweit, der Mensch

noch geiziger und kleinkarierter als alle anderen, denn sie kennen nur Geld, und das Geld nur für sich, bis zum Gehtnichtmehr. Wenn tatsächlich ein paar Leute von unten nach oben gezogen sind, dann hat das mit der Gnade der Damen und Herren der feinen Gesellschaft nichts zu tun. Diese Leute haben entweder hart gearbeitet oder hart geschummelt und gemogelt. Mögen sie auch vom Volk reden, dann meinen sie mit Volk doch nur die Masse der Dummen, die sie wunderbar auszunutzen wissen.

Nein, ich schwieg ausnahmsweise. Damals habe ich ab und zu gedacht, insbesondere wenn ich unsicher wurde, ich sei ein armer Wicht, und meine Starrsinnigkeit wäre es, die mir Kopf und Kragen gekostet hätte. Wäre ich nicht auf Konfrontation eingestellt gewesen, könnte ich in einer der besten Wohnungen wohnen, mich in erstklassigen Hotels und Restaurants verwöhnen lassen. Ich hätte mich nur rechtzeitig auf die richtige Seite schlagen müssen, also sei ich ein armer Wicht, ein Besserwisser, der im Grunde genommen ein Dummkopf ist. Jetzt denke ich das nicht mehr, liebe Gabriela. Im Gegenteil werfe ich mir vor, warum ich in manchen Momenten überhaupt unsicher wurde. Jetzt weiß ich, dass ich richtig gehandelt habe, nicht nur ich, sondern auch Hans, um in unserem kleinen Kreis zu bleiben.

Du weißt, Gabriela, wie viele Leute mich damals wegen meiner sogenannten ausländischen Herkunft schlecht behandelt haben, ich will das nicht wiederholen und ich will

---

ist zur Marionette des Geldes und der Maschine geworden. Wem der Mensch dienen wollte, war unklar. Die Bilder sollten erschüttern, aber keiner der Besucher ließ sich schütteln. Keiner ließ sich aus seiner Trance wachrütteln. Was würde passieren, wenn sich die Leute tatsächlich aufrütteln ließen, was würde aus ihnen herauskommen? Es war, als würde nichts aus ihnen herauskommen, denn sie waren leer, unheimlich leer. Leer wie ein kleiner Raum, der niemanden beeindrucken konnte.

schon gar nicht lamentieren. Ach, Gabriela, ich weiß, dass diese Menschen, die nur jammern, weil sie alt geworden sind, nicht alt werden wollen. Sie dachten, sie würden für immer jung bleiben, genauso wie sie dachten, sie könnten alle anderen beschimpfen. Sie sagen, die Gesellschaft ist alt geworden, weil sie die Leute, die aus anderen Teilen der Erde kommen, nicht sehen, nicht zählen wollen. Es sind diejenigen, die selbst aus egoistischen Gründen nicht in der Lage waren, Kinder zu zeugen, weil sie Geld verdienen und ausgeben mussten und keine Zeit für Kinder hatten... Sie denken nach wie vor, die Welt oder Teile der Welt gehörten ihnen.

Ich sage dir, Gabriela, die Welt gehört niemandem. Wir gehören der Welt und wir sind nur ein winziges Etwas in der Welt, und im All kaum noch zu entdecken. Ich weiß, dass sich die Zeiten geändert haben, und diese Veränderung hat Deutschland fest im Griff. Der Spielraum für diejenigen, die den Menschen das Leben ihrer Herkunft wegen zur Hölle machen wollen, ist eng geworden, und das ist gut so. Damals gab es auch viele Menschen, die nicht gleich das Handtuch geworfen haben. Du warst eine von diesen Liebsten, die ich kannte.

Hier, Gabriela, reden wir nicht über solche Probleme, wir, ich meine Hans und ich, haben ein paar Seiten geschrieben, aber es gibt hier solche Probleme gar nicht. Wir sind froh, dass wir uns damals dieser Unmenschlichkeit nicht gebeugt

---

Da, da drüben waren die anderen, die mit den nackten Busen, den glatt rasierten Körpern, Männer wie Frauen schlenderten durch die Kathedrale Notre Dame, vor der Hütchenspieler, Taschendiebe, Straßenhändler, Straßenkünstler, Halsabschneider, jugendliche Akrobaten, Skate-Boarder, christliche Gruppen und jede Menge andere wimmelten, genauso wie um die Kirche Sacré Cœur. Am Sacré Cœur war es überfüllt wie überall, sowohl draußen als auch in der Kirche. Die Kirchenmänner waren hilflos und ratlos

haben. Darauf sollten die Menschen dort stolz sein, denn hier hat auch dies keine Bedeutung mehr. Aber es ist erstaunlich, du fühlst dich wohl, auch hier, gerade deswegen, weil du dir dort nichts von diesen widerwärtigen Menschen hast vorschreiben lassen.

Du wirst dich wahrscheinlich fragen, warum ich dir das erzähle, es ist schließlich nichts Besonderes, so was ist schließlich gang und gäbe. Ja, das stimmt, da hast du recht. Es war aber insofern für mich etwas Besonderes, weil ich plötzlich begriffen habe, wie man sich vom Saulus zum Paulus wandeln kann. Also durch einfaches Überlegen. Ich will dir noch ein Geheimnis verraten: Ich sehne mich so sehr nach dir, was dort nichts Besonderes ist, aber hier ist das eine große Ausnahme, ich glaube, niemand ist hier so, kann hier so sein. Ich bin quasi auch im Jenseits eine Ausnahme, denn ich sehne mich nach dem Diesseits, und zwar deinetwegen. Das gibt es hier nicht. Es gibt hier keinen einzigen Menschen, der von einem anderen abhängig ist. Daher denke ich mir manches Mal, ich bin noch nicht richtig im Jenseits angekommen, ich bin quasi nicht richtig gestorben, und das ist das Verrückte dabei. Die Liebe und die Sehnsucht nach der Geliebten sind wichtige Eigenschaften der Lebenden, und obwohl ich offiziell tot bin, lebe ich, gerade so wie viele, die offiziell leben, schon längst tot sind. Daher behalte das bitte alles für dich und erzähle es niemandem, denn keiner wird dir glauben, du würdest dir nur Schwierigkeiten

---

gegenüber den knapp bekleideten jungen Leuten, die nicht einmal vor einem Quickie in der Toilettenkabine des Gotteshauses zurückschreckten.

Ich habe viele Körperteile gesehen, sie waren tätowiert, an vielen Stellen von Piercings durchlöchert, als seien sie Kriegsopfer, die von einem hochmodernen Maschinengewehr beschossen wurden. Sie hätten natürlich wie Menschen sein können, aber sie distanzierten sich von ihrem Umfeld, von der menschlichen Natur und somit von sich

schaffen, zumindest halten die Leute dich für verrückt. Obwohl es die Wahrheit ist, klingt es wie Zauberei, die Toten sind lebendig, die Lebendigen sind tot. Es ist auch verrückt, und das muss Gott selbst beantworten, warum einer wie ich so ist und der andere ist ganz das Gegenteil von mir. Aber er redete nicht mit den Menschen. Ich sage mir, selber schuld, solange er oder sie, ich meine Gott, sich weigert, mit den Menschen zu reden, wird es Leute wie mich geben. So wird seine Behauptung, dass er alles unter seiner oder ihrer Kontrolle hat, selbstverständlich relativiert.
Es ist hier wirklich alles merkwürdig, aber zugleich auch einfach und herrlich. Ich weiß nicht, warum ich hier eines Tages plötzlich an meine Mutter gedacht habe. Sie erschien blitzartig neben mir und sagte als erstes: „Mein Sohn, du bist jung. Im Diesseits habe ich jahrelang auf dich gewartet und du bist nicht gekommen. Ich weiß, die Menschen haben dich daran gehindert. Aber nun bist du viel zu früh ins Jenseits gekommen. Ehrlich gesagt, ich habe dich noch gar nicht erwartet."
Ich sagte: „Dort ist nichts los, Mutter. Die Freunde werden zu Feinden. Der Brudermord ist fast alltäglich, und zwar viel grausamer als in der biblischen Version. Diejenigen, die Gerechtigkeit versprachen, wandelten sich zu Dieben, zu Kriminellen und Verbrechern. Überall liegen die Diebe und Verbrecher auf der Lauer. Es ist eine Art allgemeiner Krieg ausgebrochen, kein Mensch hat Erbarmen mit dem ande-

---

selbst. Sie waren eher Elektrizität, Impulse in der virtuellen Welt. Sie waren übertragbares Tun über Handy und iPhone. Sie waren alles, nur nicht sie selbst, ein Konglomerat unzähliger Werbekampagnen, je nachdem, wo sie dieser Werbung zum Opfer gefallen waren. Ihr biologisches Konstrukt dürfte eine Mischung aus Chips und Cola mit verschiedensten Geschmäckern, weiterer dank der Duftindustrie zusammengestellter aromatischer Getränke und Knabbereien sein. Sie futterten sich durch die Auflage von McDonalds, Bur-

ren. Es wird mit jedem Mittel erschossen, erwürgt, vernichtet, gelyncht…" Und ich habe ihr stundenlang von diesen schrecklichen Ereignissen im Diesseits erzählt.
Aber meine Mutter lachte nur, sie war froh, so fröhlich habe ich sie nie in ihrem Leben gesehen. Sie klatschte und tanzte, sie sang dabei irgendwelche fröhlichen Lieder, die mir unbekannt waren. Ich hatte das Gefühl, sie habe mir überhaupt nicht zugehört. Trotzdem sagte ich weiter: „Es freut mich sehr, dass ich dich so fröhlich sehe. Im Diesseits ist die Fröhlichkeit verflogen. Ich meine, die echte Fröhlichkeit, wie du sie mir nun zeigst, so wie du in dieser Unendlichkeit singst, lachst und tanzt."
Da sagte sie unerwartet: „Ich weiß, mein Sohn, dort ist alles voller Bitternis, Krankheit, Gier und Geiz, voller Verrücktheit."
Sie nahm mich bei der Hand, und während sie mich mit sich fortzog, sagte sie: „Komm, ich zeige dir etwas."
Wir sind ein Stück gelaufen, bis wir an einen Platz kamen, wo eine Gruppe Menschen eine Art Fußballspiel spielte. Meine Mutter zeigte auf einen Mann, es war derjenige, der am meisten hin und her rannte, anscheinend war er der Spielführer, kräftig, lebhaft sehr gut gebaut. „Kennst du diesen Mann?", fragte sie mich.
Ich schaute ihn genauer an und überlegte, ich versuchte mein gesamtes Gedächtnis zu durchforsten. Ich war kurz davor zu sagen, nein, ich kenne ihn nicht. Doch da ich mir

---

ger King und asiatischer Fastfood-Ketten. Sie bildeten sich ein, sie wären sie selbst, die Wahrheit aber war, dass sie entfremdet waren, wie sie waren. Sie waren in Paris, aßen aber zugleich in Thailand oder Shanghai. Sie waren im Hotelzimmer, aber zugleich zersplittert in virtuelle Netzwerke jeder Art.
Am Ende meiner Parisreise machte ich mich wieder auf den Wege zum Pantheon, wo in den dunklen Kellerräumen die Repräsentanten der sogenannten Grande Nation

noch unsicher war, fragte ich sie: „Ist das nicht mal ein Papst im Diesseits gewesen?“
„Richtig“, sagte sie. „Das ist Papst Johannes Paul der Zweite, der im Diesseits die Krankheit, das Leiden, die menschliche Schwäche bis zur letzten Sekunde seines Lebens repräsentierte. Er ist nun nicht nur der beste Sportler, sondern auch einer der besten Sänger und Tänzer, ich habe dieses Tanzen und Singen bei ihm gelernt. Er ist einer derjenigen, die auch arabisch, wie man so sagt, hervorragend tanzen, außerdem Tango, Flamenco, Rap, und wenn er gerade nicht tanzt, spielt er Gitarre oder Bass und haut auf die Pauke…“
Ich konnte zwar nachvollziehen, dass er tanzt und singt, aber dass er nun so muskulös aussieht, hätte ich nicht gedacht. Der alte Papst mit dem Rollstuhl düste nun wie eine Rakete.
Dann fragte meine Mutter mich leise: „Hast du dort irgendetwas aus deinem Leben gemacht, mein Sohn? Bist du zu einem Ergebnis gekommen?“
„Nein, Mutter. Ich habe nichts erreicht. Ich bin mit leeren Händen hierhergekommen.“
Sie sagte: „Alle kommen mit leeren Händen hierher, mein Sohn.“
Ich sagte: „Liebe Mutter, dort habe ich auch nichts gehabt. Dort waren mein Hände im wahrsten Sinne des Wortes leer. Ich habe nichts zurückgelassen außer ein paar sehr alten

---

schweigend und versteinert herumstanden. Ich kannte viele von ihnen, namentlich und was sie gesagt hatten, sie waren die Vertreter und Antreiber der europäischen Aufklärung französischer Couleur gewesen. Ich habe Voltaire gefragt: Was meinen Sie zum jetzigen Zustand Europas und der Menschen? Er aber rührte sich nicht und gab keinen Ton von sich, wie die anderen auch. Ich schrie in die Räume hinein: „Habt ihr das gemeint mit Liberté, Egalité, Fraternité… Freiheit, Gleichheit, Brüderlichkeit?!“

Schuhen, einer relativ zerschlissenen Hose, einem abgenutzten Hemd und einem Kugelschreiber, und der war auch bloß ein Werbegeschenk. Darüber hinaus bin ich bewusst hierhergekommen. Ich meine, ich habe selbst entschieden, das Diesseits zu verlassen."
Sie lachte kurz und leise: „Niemand entscheidet selbst, mein Sohn."
Sie hatte recht. Ich war nicht der Mensch, der Entscheidungen trifft, und auch noch so große. Es ist nicht einfach, eine so große Entscheidung zu treffen, von einer Welt in die andere zu wandern. Das war mein Weg, Gabriela, ich musste diesen Weg gehen, weil es keinen anderen Weg gab.

Gabriela war jedes Mal erstaunt und hatte keine Kraft darüber nachzudenken, sie verstand das alles nicht und glaubte zu Recht, dass niemand dies verstehen konnte. Es bewegte sie tief, dass Hassan sie dort vermisste. Das war die einzige Aussage, die sie so maßlos betroffen machte. Sie hatte tatsächlich nie richtig von Hassan Abschied genommen und nie geglaubt, dass er so von heute auf morgen einfach verschwinden würde. Es schien tatsächlich so zu sein, dass Hassan etwas von sich bei Gabriela zurückgelassen und zugleich auch etwas von Gabriela für sich mitgenommen hatte. Mit Hans war es nicht so, Hans war ihr sogenannter Mann gewesen, sie hatten bürgerlich geheiratet und sich bürgerlich getrennt, dann war Hans nach so vielen Jahren

---

Sie aber zogen es vor zu schweigen, als wären sie aus Stein. Ich hörte nur den schwachen Hall meines eigenen Gebrülls. Vorher hatte ich an einer Fassade beim Pantheon diese Losung lesen können, dabei fiel mir auf, wie verblasst die Worte schon waren, anscheinend hatte sich seit Jahrzehnten niemand mehr die Mühe gemacht, die Parole aufzufrischen. Die Worte waren mit Ruß, Dreck, Staub, ja sogar Taubenkacke verschmiert. Schade, habe ich mir gesagt. Ich war traurig.

plötzlich wieder aufgetaucht und hatte die letzte Nacht mit Gabriela verbracht, bevor er endgültig die Bahn des Lebens verließ. Es sah zumindest so aus, als sei er bis heute nicht mehr lebendig in Gabrielas Leben aufgetaucht.
Gabriela legte die Blätter wieder zurück in die Schublade, sie hatte fast alles, was Hassan geschrieben hatte, auswendig gewusst…
Dann griff sie nach dem Telefon und bestellte eine Pizza. Seit Jahren hatte sie keine Pizza mehr gegessen. Es dauerte kaum eine halbe Stunde, bis der Pizzamann klingelte. Sie hatte gerade eine Flasche Wein geöffnet. Nun saß sie am Tisch, körperlich allein, seelisch verbunden mit Hassan. Ganz wie damals trank sie Wein und genoss die Pizza. Es war nicht auszumachen, ob es sich um die Auffrischung einer Erinnerung handelte oder ob tatsächlich Hassan da war, mit ihr speiste und trank. Nach dem zweiten Glas Wein nahm Gabriela richtig Abschied von der realen Welt. Sie fühlte Hassan bei sich. Sie diskutierten lebhaft, über die Probleme in der ganzen Welt, über die Machenschaften der herrschenden Elite, über die Möglichkeit zur Abschaffung ihrer Herrschaft, und und und… ganz in der Tradition der damaligen Zeit. Ob es überhaupt irgendeine Möglichkeit gab, wie die Menschen sich wehren konnten, und ob sie das überhaupt wollten. „Ich spüre, dass uns nichts Gutes bevorsteht. Die Menschen verlieren viele ihrer Eigenschaften, wie Kreativität, Anstand und Moral und soziale Verantwor-

---

Ich bin in ein Café gegangen und habe mir eine kleine Tasse Kaffee bestellt, nur um etwas bestellt zu haben, denn ich hatte keine Lust etwas zu trinken oder zu essen. Ich war verzweifelt, mein Kopf war leer. Die Masse, die im Café saß, ekelte mich an, ihr Idioten, wisst ihr nicht, dass ihr verkommen seid oder dabei seid, vollständig zu verkommen? Ich wusste nicht, wer diese Leute waren, ich wusste auch nicht, ob sie meine Vorwürfe überhaupt verdient hatten. Ich war einfach wütend und musste schimpfen. Leise und in-

tung. Jeder sieht nur noch sich selbst, tut nur etwas für sich, wenn es geht. Sie gehen davon aus, dass es nicht geht, denn sie fühlen sich hilflos und maßlos ausgenommen, aber von wem sie beherrscht werden, wissen sie auch nicht. Dann wieder wissen sie nicht, gegen wen sie sich erheben sollten. Viele sind satt, übersatt, sie wissen nicht, was ihnen fehlt, aber es fehlt ihnen alles, das sagt ihnen ihr Gefühl. Sie können nicht mal ihre Bedürfnisse adäquat artikulieren, obwohl sie reden, unendlich viel reden, alle auf einmal, sie reden anscheinend miteinander, aber in Wirklichkeit reden sie aneinander vorbei. Keiner hört zu, obendrauf weiß jeder alles besser als der andere. Und am Ende weiß niemand, was er weiß“, sagte Gabriela.

Hassan lachte bitter und sagte: „Ich wundere mich, dass du nun sagst, was ich immer gesagt habe, und zwar vor vielen, vielen Jahren.“

Gabriela versuchte, gelassen zu reagieren und nicht nervös wie damals: „Lass es, Hassan, ich weiß, dass du damals alles gesagt und erlebt hast, aber lass es mich nun auch sagen. Ich kann es nicht mehr aushalten. Es ist nicht erfreulich, dass ihr beide, du und Hans, bestätigt werdet. Es ist eher schrecklich, wenn man mit einer schlechten Prophezeiung für die Menschen recht behält. Ich weiß, dass ich euch damals immer wieder eure pessimistische Einstellung vorgehalten und euch als zu streng bezeichnet habe. Ich weiß, dass ich diejenige war, die optimistisch war. Ich weiß, dass

---

nerlich, natürlich. Ich trank einen Schluck von meinem bestellten Kaffee, mehr wollte ich nicht trinken, obwohl nur zwei Schlucke in dem Tässchen waren. Ich bezahlte und gab dem Kellner zwei Euro Trinkgeld, obwohl er ein Idiot war, er hatte alles andere an sich als die französische Höflichkeit. Diese Tradition des Benehmens war auch abhanden gekommen.

Da fiel mir etwas ein. Ich konnte etwas unternehmen. Ich stand auf und ging durch die Rue Mouffetard, um noch

ich alles rosig sah, weil es mir und meinesgleichen gut ging, im Vergleich zu den Menschen vor uns in diesem Land und den jetzigen Menschen in vielen anderen Ländern. Was den sogenannten Lebensstandard anbelangte, meine ich. Ich weiß, dass ich mich nicht vollständig unterworfen habe. Ich weiß auch, dass ich diejenige war, die an die Fähigkeit der Menschen glaubte. Aber nun glaube ich an die Unfähigkeit der Menschen, zumindest dieser Menschen, die ich überall sehe, die ich kenne und erlebe. Ihr habt recht, du und Hans, es sind hilflose, schutzlose Menschen. Ich will heute Abend nicht jammern, denn ich jammere seit ihr weg seid fast jeden Tag, das ganze Land ist ein Jammerchor, und jeder stimmt in das Lied des Jammers ein. Jung, Alt, Reich, Arm, weniger Arm, weniger Reich… alle. Jede und jeder findet einen Grund dafür. Sie jammern, dass ihre Kinder viel Geld und viele Möglichkeiten zur Verfügung haben, und beklagen, dass sie nichts geworden sind, die Kinder jammern, dass ihre Eltern ihnen alles zur Verfügung gestellt haben und sie daher faul, und was die Gesellschaft anbetrifft, teilnahmslos geworden sind. Also, wenn es ihnen gut geht, jammern sie, und wenn es ihnen schlecht geht, jammern sie, sie wissen nicht mehr, wann es ihnen gut und wann es ihnen schlecht geht. Es gibt nichts, worüber sie sich freuen können. Ihre Gesichter vermitteln Leiden, wenn sie mit ihren vollgestopften Einkaufswagen an der Supermarktkasse Schlage stehen, genauso wie in der Schlange am Postschal-

---

einmal dorthin zu gelangen, wo ich eine halbe Stunde zuvor gewesen war

So bin ich noch einmal dort gewesen und habe mich nach dem Hausmeister erkundigt. Ich sagte: „Monsieur, bon jour“, und zeigte auf die Losung der Französischen Revolution da oben. Er schaute in die Richtung, die ich ihm wies. „Fällt Ihnen nichts auf?“, fragte ich höflich. Ein Bettler ging vorbei, und ich schaute ihm kurz nach, er hatte am Zaun ein Zelt aufgeschlagen und wohnte unmittelbar am

ter. Ständig sind sie gereizt, genervt, unheimlich unfreundlich schauen sie aus der Wäsche, obwohl sie gerade aus dem Geldautomaten ihre Scheine ziehen. Ich habe versucht und versuche immer noch, die Gesichter in diesem Land nicht anzuschauen, wenn ich irgendwo unter fremden Menschen bin, versuche ich, mit meinen Gedanken irgendwo anders zu wandeln und mich von dem Ort, an dem ich unter den sogenannten Menschen bin, wegzudenken. Wenn man mit ihnen redet, was selten der Fall ist, kommen noch Trotz und Frust dazu, mehr als du von ihren Gesichtern abliest. Du wirst verzweifelter als du sein kannst. Sie verkünden den Weltuntergang, ohne die Grenzen dieser Welt zu kennen. Und die Welt ist schlecht, schlecht… Nein, ich will heute nicht jammern, ich habe die Nase voll von diesen Jammerlappen. Ich will heute mit dir sein, Hassan, ja, ich bin mit dir. Ich bin nicht verrückt geworden, ich spüre deine Anwesenheit, du hast recht, du bist nicht ganz gestorben, für mich ganz und gar nicht, du warst nur aus Trotz verschwunden. Du hast die Nase voll gehabt von diesen Menschen, die ich beschrieben habe. Nun bist du wieder da, wenn auch vielleicht nur für ein paar Stunden. Du hast mir so gefehlt, Hassan. Ich weiß, dass meine Beziehung zu dir am Ende etwas gewackelt hat. Aber auch da warst du großherzig zu mir, hast es mir nicht übel genommen. Du hast mir sogar alles Gute gewünscht. An dem Tag, an dem du weggingst und ich nicht wusste, wohin du gehst, hast du

---

Pantheon. Der Hausmeister war etwas verwirrt. Ich meinte die Taubenkacke und den Dreck. Er sagte: „Doch, doch." Ich meinte, man könne das doch sauber machen. Er sagte: „Merci, Monsieur", und ging.
Als ich am nächsten Tag noch einmal dorthin gegangen bin, war es tatsächlich sichtlich sauber und glänzte, aber die Inschrift war beschädigt, man sah nun die abgebröckelte Stelle. Er hatte getan, was er konnte, mehr war nicht zu machen. Der Spruch strahlte nun vor sich hin, wenn auch et-

mich umarmt und geweint, du hast gesagt: Du bist der beste Mensch, den ich kannte. Aber nun bist du da und ich bin auch da. Und ich fühle mich wohl! Wir werden bald für immer und ewig zusammen sein. Das ist es, was ich mir wünsche." Und sie erinnerte sich fast an alles, was sie mit Hassan damals erlebt hatte.
Die Weinflasche war leer. Als Gabriela aufstand, um eine neue Flasche Wein zu holen, spürte sie, dass sie das Gleichgewicht nicht halten konnte. Sie taumelte zu dem kleinen Weinschrank, dort merkte sie, dass sie am Ende ihrer Kraft war. Nein, trinken kann ich nicht mehr, sagte sie sich. Schade, schade.
Sie stellte die Weinflasche wieder in den Schrank. Nun fing sie an zu weinen, sie weinte so lange, bis sie keine Tränen mehr hatte. Dann war sie erleichtert. Sie machte sich mit Mühe schlafbereit und schleppte sich ins Bett. Es war Mitternacht. Am nächsten Tag musste sie arbeiten gehen, sie konnte sich zwar krankmelden und zu Hause bleiben, aber was sollte sie zu Hause machen, fragte sie sich. Hassan war wieder fort und alles war wieder beim Alten. In der Schule war immer viel los, sie verstand sich mit den meisten, eigentlich mit fast allen Schülerinnen und Schülern, recht gut. Mit ihrer freundlichen Art gewann sie ihre Herzen, und andererseits bewahrte sie genügend Distanz, um sich bei ihnen Respekt zu verschaffen, was tatsächlich angesichts der schwierigen Situation und der angespannten Beziehung

---

was angefressen, und ich hoffte, dass die Leute nun nach oben schauen würden, aber stattdessen schauten sie auf die Displays ihrer Handys und anderer Gerätschaften, die sie mit sich führten.

Von Paris fuhr ich nach Barcelona. Dort traf ich auf noch mehr Menschen, was ihre Konzentration an einem Ort anbelangte, aber sie schienen noch einsamer, durch den Musik-Terror von Laden zu Laden getrieben, von Kasse zu Kasse, von Bar zu Bar. Hier habe ich noch deutlicher gese-

zwischen den Lehrkräften und den Schülerinnen und Schülern als eine große Leistung galt. Denn der Aufschrei war nicht zu überhören, dass es an den deutschen Schulen nicht mit dem Rechten zuging und die Beziehung zwischen Lehrenden und Lernenden zerrüttet war. Sie fand aber dieses ganze Geschrei, das durch die Medien zog, übertrieben. Gabriela blieb gelassen, sie hatte Vertrauen zu sich und zu den Schülerinnen und Schülern. Manche Mädchen betrachteten sie sogar als Vertrauensperson und besprachen ihre privaten Probleme mit ihr, und sie versuchte, ihnen behilflich zu sein. Manchmal wirkten ihre Ratschläge positiv, und das freute sie sehr. Insofern war die Schule ein Ort, an dem sie sich wohlfühlte. Trotz all ihrer Macken und Meisen zog sie es vor, sich mit den jungen Menschen zu beschäftigen, als mit den Kollegen und Kolleginnen, die fast komplett in den deutschen Jammerchor eingestimmt hatten. Sie konnte tatsächlich diesen unsäglichen Gesang nicht mehr ertragen. Darüber hinaus gehörte sie zu den wenigen Menschen, die für den jetzigen Zustand der Jugend, gut oder schlecht, die älteren Menschen verantwortlich machten. Die Älteren waren doch diejenigen, die diese Kinder erzogen hatten, wenn man das überhaupt Erziehen nennen durfte, was sie angerichtet hatten. Die älteren Menschen waren es, die die Fernsehprogramme gestalteten, die ältere Generation war es, die die Jungen durch perfektes Marketing zu diesem und jenem Konsum zwang, die Älteren waren es, die unzählige Com-

---

hen, dass die Unterschiede zwischen Mensch und Maschine erheblich zu Gunsten der Maschine reduziert waren. Und diese Änderung war nicht nur zu Gunsten der Maschine, sondern sie zeigte sich, als ob eine ganze Maschinerie entstanden sei und die Menschen wären ein winziger Bestandteil dieser Maschinerie. Ich musste an diejenigen denken, die beabsichtigen, eine Art Computer zu entwickeln, der schlauer als die Menschen sein soll, der wie das menschliche Gehirn funktionieren soll, nur intelligenter und

puterspiele für Kinder entwickelten, die älteren Menschen waren es, die Kinder mit Werbespots in allen Medien, mit Plakaten an den Bus- und Bahnhaltestellen und im Internet mit Werbung bombardierten, dass sie so und so sein sollten, wie sie nun einmal geworden waren. Mit anderen Worten, sie fand, die Gesellschaft sei gegenüber ihren Mitgliedern verantwortlich, insbesondere gegenüber den Kindern und Jugendlichen, die zunächst wenig Einfluss auf die Verhältnisse haben, die ihnen quasi ausgeliefert sind, und diese Verhältnisse wurden und werden hauptsächlich von den Älteren dominiert und weitestgehend bestimmt.

Die Dummheit der älteren Menschen war zwar manches Mal so groß und ihre Verantwortungslosigkeit gegenüber den Jungen so unsäglich, dass die Jugendlichen und schon die Kinder sich verselbständigten und den Prozess des kulturellen Zerfalls beschleunigten. Gabriela war fest davon überzeugt, dass in ganz Europa eine Art kultureller Zerfall eingetreten und diese ganze unbestimmte Angst und Panik damit zu begründen war. Die Älteren jammerten herum, dass die Jüngeren zu lauter Egozentrikern geworden seien, aber mit keinem Wort gaben sie zu, dass sie bloß das Resultat ihrer Erziehung waren. Was die Jüngeren gelernt hatten, war nicht vom Himmel herabgefallen, sondern Menschen hatten es selbst auf der Erde geschaffen. Und das war der Geist ihrer Gesellschaft, der über ihren Köpfen schwebte, und zwar jener Geist, den die herrschende Elite als herr-

---

mit einer ungeheuren Kapazität. Dieses Ziel war nicht abwegig, denn die Menschen halfen bei der Idealisierung und dem Realisieren dieser Idee, indem sie sich auf den Weg begaben, sich dümmer und zu einem Teilchen der sogenannten intelligenten Maschinerie zu machen. Ich musste abermals ein wenig um uns Menschen trauern und fragte mich weinend, was haben wir aus uns gemacht? Was ist von uns eigentlich übrig geblieben?

Ich weinte und weinte und weinte, die anderen lachten und

schenden Geist entwickelt, gepflegt und vermittelt und was diesem Geist widersprach, mit jedem erdenklichen Mittel bekämpft und brutal vernichtet hatte. Aus diesen Menschen hatten sie eindimensionale, funktionierende Wesen im wahrsten Sinne des Wortes fabriziert. Und die waren nun außer Kontrolle geraten und stellten selbst ihre Schöpfer in Frage. Gabriela wusste, dass es unter den Älteren kaum jemanden gab, der solcherart Diskussion führen mochte. Im Gegenteil, obwohl sie nörgelten und jammerten, was sie ihren Kindern erfolgreich vermittelt hatten, hatten sie entgegen ihrer Klage selbst diesen Geist verinnerlicht, und so war es, dass quasi jeder direkt und indirekt den Kindern beibrachte: Rette sich, wer kann, nur du allein zählst, und nicht mehr und nicht weniger.
In den vielen Jahren als Lehrerin hatte sie gesehen, wie manche Eltern, insbesondere aus den Reihen der Wohlhabenden, und allen voran die sogenannten Aufsteiger, verzweifelt und ausgeflippt ihre Kinder bereits in ganz jungen Jahren von Unterricht zu Unterricht scheuchten, seien es Fremdsprachen, seien es Musik oder Sport – Hauptsache Unterricht. Sie trieben die Kinder von Termin zu Termin, sie meinten, ihnen nur so eine bessere Zukunft wie eine Infusion in die Adern pumpen zu können, während sie argumentierten, sie wollten sie fit für die Zukunft machen.
Was die erhoffte bessere Zukunft war, wussten sie selbst nicht genau. Nur eines wussten sie genau, dass die Zukunft

---

lachten. Sie standen unter Drogen und genossen es. Ich stand unter Schock und litt darunter.

Ich konnte nicht auf einen erneuten Besuch Italiens verzichten. Nicht, dass Italien mich sonderlich interessierte, nein, ich wollte nur sehen, wie dort der Stand der Dinge ist, ob die Massenerscheinung dort eigene Charakteristika hat. Ich fing an mit Venedig, genauer gesagt Venezia. Die stinkende Lagunenstadt versetzte mir gleich zu Anfang, als ich das Schiff verließ, unverzüglich einen Schock, wodurch es

und das Leben von ihrem Geld abhingen, und zwar von viel Geld. Und dann erwarteten sie von diesen auf den glatten Weg kutschierten jungen Menschen, deren innere Triebkräfte durch das Bombardement mit allerlei Konsumwaren und durchgeplanten Aktivitäten zerstört worden waren, irgendwelche eventuell auftretenden Probleme selbst lösen zu können, oder überhaupt auch mal an andere zu denken. Dieser Art Eltern standen die anderen Eltern gegenüber, die ihre Kinder direkt und vorbehaltlos der Industrie und dem Geist der sogenannten Konsumgesellschaft überließen, ohne das überhaupt zu wissen und zu planen. Sie ließen sich sozusagen einplanen in den Plan der sogenannten Großen. Die eine Gruppe schickte das Kind, wenn es etwas von ihrer Vorstellung abwich, zum Psychologen, die andere Gruppe nahm das Kind überhaupt nicht wahr.

Gabriela bedauerte es, wenn sie keine Möglichkeit sah, mit den Eltern dieser Kinder in irgendeine Art Diskussion treten zu können. Die Führung der sogenannten Konsumgesellschaft hielt beide Gruppen mit den entsprechenden Mitteln in Schach. Und beide Gruppen jammerten über die herrschenden Verhältnisse. Man brachte ihnen bei, mal über die Banken, mal über die Ausländer, mal über die Griechen und mal über die Türken, Moslems, Rentner… zu schimpfen, aber niemals im Geringsten sich selbst in Frage zu stellen. Ach, das geht mich nichts an, versuchte sich Gabriela

---

in meinem Kopf zu summen begann. Der weitläufige Markusplatz war dermaßen vollgestopft, dass ich, um ein Stückchen voranzukommen, mich der Regel der Ellenbogengesellschaft unterwerfen musste, um nicht gleich verloren zu sein. Die Sonne prallte erbarmungslos auf mich herab und machte alles eine Nummer härter. Mühsam drang ich, verschwitzt und völlig entnervt, durch Ansammlungen von Tausenden und Abertausenden Touristen, die wie Herden hinter einem Mann oder einer Frau, die einen Wimpel,

jedes Mal zu sagen, wenn sie sich über die Menschen Gedanken machte.
In dieser Nacht schlief Gabriela ausgezeichnet. Tags darauf hatte sie weder Kopfschmerzen noch fühlte sie sich schlapp, sie hatte sogar Lust ausgiebig zu frühstücken. Sie tat es auch. Als sie in der Schule ankam, fühlte sie sich voller Elan, wie in jungen Jahren, wenn auch nur vorübergehend. Es war ein merkwürdiges Gefühl, das sie seit Jahren nicht mehr empfunden hatte.
Angela war ebenfalls fröhlich und gut gelaunt, und als sie sich in der kurzen Pause trafen, fing Angela an, von ihren Plänen für die Verbreitung eines Teils der Schriften von Hans und Hassan zu reden. Es sah in letzter Zeit aus, als habe sie nur noch über dieses Thema mit Gabriela zu reden. Ihrer Vorstellung nach wäre es zu zweit möglich, etwas daraus vorzutragen, aber es wäre noch schöner, wenn sich eine dritte Person beteiligen könnte, dann wäre es perfekt. Gabriela meinte, sie könnten vielleicht Elke fragen. Von ihr hatten seit langem nichts gehört, seit Fabians Hochzeit. Sie könnten sie anrufen und fragen. „Das wäre hervorragend, wenn sie mitmachen würde!“, meinte Angela.
„Ich frage sie mal“, sagte Gabriela.
Da war schon die Pause vorüber. Sie mussten wieder unterrichten.

---

einen Schirm, einfach ein Stück Holz oder auch ihr Handy in die Höhe hielten, hertrampelten und dabei pausenlos die umliegenden Gebäude fotografierten. Dazu kamen Zehntausende Individualreisende. Nach einer Stunde Quälerei hatte ich es endlich geschafft, über die Rialtobrücke aus dem Stadtzentrum zu flüchten. Ich gelangte in ein Gewirr armseliger Gassen, wo kaum Menschen zu sehen waren. Hier war es angenehm ruhig, wenn auch das Wasser stank und die Luft schwer machte. Diese trostlosen Gassen

11. Kapitel

Als Gabriela am späten Nachmittag nach Hause kam, rief sie als Allererstes bei Elke an. Elke freute sich sehr. Beide gaben kund, dass sie lange nichts voneinander gehört hatten und dass sie es schade fanden, in der letzten Zeit so wenig miteinander gesprochen zu haben. Elke hatte sich auch zuletzt kaum auf Facebook oder in irgendeinem der anderen Netzwerke blicken lassen. Dabei kam es Elke gar nicht so lange vor. Denn sie spürte, dank ihres neuen Freundes, den sie auf Fabians Hochzeit kennengelernt hatte, die Zeit nicht so intensiv. Es ging ihr so gut, als wolle die Zeit davonrasen, und sie raste. Dabei gab es Momente in diesen Tagen und Wochen, in denen Elke die Zeit am liebsten angehalten hätte.

Elke war die einzige Frau in Gabrielas Freundes- und Bekanntenkreis, die irgendwie ganz anders war als die anderen, sie war lebenslustig, aufgeschlossen und vor allem unkompliziert. Ihre Aufgeschlossenheit und ihre soziale Kompetenz schienen manches Mal nicht nur den anderen, sondern auch ihr selbst unheimlich. Sie konnte sehr gut mit Männern umgehen und daher war sie in ihrem Leben nie allein. Wenn sie merkte, dass es mit ihrem derzeitigen Freund nicht mehr so gut lief, machte sie sich sofort auf die Suche nach einem neuen, noch bevor sie sich von dem alten trennte. Für sie war Männer suchen nicht komplizierter als

---

schienen mir im Vergleich zu dem, was ich unter den Massen gesehen hatte, geradezu paradiesisch. Aus Langeweile lief ich weiter durch menschenleere Gassen und genoss den Anblick der verkommenen alten Häuser. Ich verließ diese Idylle nicht, bis es richtig dunkel wurde. Nun waren die Massen entweder in ihre Unterkünfte in den umliegenden Ortschaften zurückgekehrt, oder sie bevölkerten die unzähligen Restaurants und Bars, wo sie sich etwas von der Speisekarte bestellten, die sie nicht richtig verstanden. Ich eilte

einkaufen. Sie zog sozusagen mit dem Einkaufswagen durch die geeigneten Orte der Stadt oder tauchte damit auf Partys wie der Hochzeitsparty von Fabian auf, schaute sich um, sah sofort, welche Männer zu haben waren, wählte einen aus und packte ihn wie einen Sack Blumenerde in den Wagen. Manches Mal war es schwer, sofort und allein einen zu packen, wie es halt mit der Blumenerde ist, aber sie schaffte es immer wieder, auch wenn sie dabei ein bisschen ins Schwitzen kam. Sie trank zwei Gläser Wein mehr, und wenn ein wenig Hemmungen oder Vorbehalte vorhanden waren, spülte sie alles ab. Gabriela war immer neidisch auf sie und machte sich ihre Gedanken über sie. Woher hatte Elke diese ganze Aufgeschlossenheit und dieses kommunikative Verhalten? Sie versuchte, Elke wie alle anderen Dinge zu analysieren, zu erklären, festzustellen, wie sie am besten mit ihr umgehen konnte. Aber ihr Wissen reichte nicht aus, um Elke zu verstehen. Elke wollte in keine einzige der vielen Schubladen, die sie zur Verfügung hatte, hineinpassen.
Denn Elke kam aus einer enorm strengen Familie, und wie sie war, passte nicht zu der Art und Weise, nach der sie erzogen worden war. Ihre Großeltern, insbesondere ihr Opa, war kriegsbeschädigt, zwar nicht äußerlich, aber er hatte bis zu seinem Tod nicht zehn Sätze mit Elke gesprochen, er sprach eigentlich nie mit jemandem, auch nicht mit seiner eigenen Frau. Die Oma war ihrerseits auch nicht gerade kommunikativ. Elkes Familie wohnte zusammen mit diesem

---

zurück zum Hafen und nahm das letzte Schiff zu dem Ort, wo ich ein Bett gefunden hatte. Was hatte ich von Venedig mitbekommen? Alle Winkel dieser Stadt, die historisch etwas zu erzählen hatten, waren von den Massen erobert, die unweigerlich die Aufmerksamkeit auf sich zogen und von den historischen Gebäuden ablenkten. Auch die Häuser wirkten erschöpft, sie hatten nichts mehr zu erzählen. Die Bilder, die Statuen litten unter dem Anblick der Kameras und der lärmenden Masse. Wenn sie sprechen könnten, hät-

Opa und der Oma väterlicherseits in einem Zweifamilienhaus in einem kleinen Ort in Mittelhessen, bis die Großeltern tot waren. Dann hatten Elkes Eltern alles, was sei geerbt hatten, verkauft und waren nach Frankfurt gezogen. Das anonyme Leben in der Großstadt verschlechterte ihre Kontakte zur Außenwelt. Die Eltern waren auch nicht sonderlich gesprächig. Sie führten die Tradition der Großeltern fort, es wurde kaum gesprochen, weder bei Tisch noch sonst irgendwo. Ganz zu schweigen davon, dass die Kinder als eigene Persönlichkeit wahrgenommen oder jemals gelobt würden, und natürlich wurde auch kein Lob angenommen, falls jemand aus Versehen eines aussprechen sollte. Die Aufgaben in der Familie waren streng verteilt, zwischen Mutter (Haushalt), Vater (Geld verdienen), Kindern (sklavischer Gehorsam) und Fernsehen (nach Plan). Elke hatte noch einen wesentlich älteren Bruder, der das alles nicht mehr ausgehalten hatte und frühzeitig ausgebrochen war, der sich mit den Eltern anlegte und in der Karawane der antiautoritären Bewegung mitzog. Elke, fünfzehn Jahre jünger als er, war quasi aus Versehen gezeugt worden. Das einzig Unplanmäßige in ihrem Leben war somit ihre Zeugung gewesen, da ihre Mutter irrtümlich annahm, schon längst in den Wechseljahren zu sein und nicht mehr schwanger werden zu können. Aber sie wurde schwanger, und für Elke war es Glück und Unglück zugleich, dass ihre Eltern zwei Jahrhunderte von Gedanken wie Abtreibung

---

ten sie gesagt: Warum lasst ihr uns nicht in Ruhe? Doch auch Gegenwartsmenschen hatten Parolen an die Wände gesprüht: „Tourist go home!“ und „The City doesn’t live from you“.

Ich fuhr nach Rom, in die ewige Stadt, wo von der Ewigkeit nichts zu spüren war. Ich fand auch dort keinerlei Gelassenheit, denn es wurde ein schrecklicher Druck ausgeübt, alles drehte sich ums Verkaufen, und die Masse erfreute sich

und solchen Dingen entfernt waren. So hatte sie den Bruder nie bewusst erlebt und nie gesehen, sie wusste auch später nicht, wo er sich herumtrieb, er war nie mehr zu Hause aufgetaucht, und es war auch nie mehr die Rede von ihm, nie wurde über ihn gesprochen, zumindest nicht in Elkes Anwesenheit. Ihre Eltern wussten auch nicht genau, ob er noch lebte, und falls er lebte, was er tat.
Doch, er lebte und tobte sich in einer Stadt in Norddeutschland aus, dort führte er eine Werbeagentur mit harter Hand und duldete keinerlei Kritik. In jungen Jahren hatte er eine Zeitlang als Anführer einer Gruppe der undogmatischen Linke agiert und selbst dort wollte er immer recht haben, denn er meinte, niemand außer ihm wäre in der Lage, die Welt wirklich zu verstehen und zu erklären. Mit seinem unermüdlichen Geschwafel versuchte er die Hirne seiner Gesinnungsfreunde zu durchdringen. Seine Erfahrungen als undogmatischer Linker halfen ihm später dabei, in der Agentur innerhalb kürzester Zeit Oberhand zu gewinnen, er machte erfolgreich alle anderen mundtot, und wer in seinem Schatten nicht bleiben konnte, musste gehen. Damals war er umweltbewusst und sozial, fuhr demonstrativ Fahrrad und griff aggressiv die Gegner an, heute war er selbstbewusst und asozial, fuhr demonstrativ und ohne Rücksicht auf andere Verkehrsteilnehmer Porsche und griff aggressiv seine Konkurrenten an. Und selbstverständlich hatte er sowohl für sein damaliges als auch für sein aktuelles

---

an diesen ganzen Angeboten. Ich rannte zum Petersdom, vielleicht würde es mir diesmal gelingen hineinzukommen. Ich hatte extra eine lange Hose angezogen, aber es gelang mir auch diesmal nicht den Dom zu betreten, denn auf den Tafeln am Eingang stand, dass mit Taschenmesser und kurzer Hose überall der Eintritt verboten sei. Ich wollte mein Taschenmesser nicht wegschmeißen, und so blieb ich eine Weile draußen stehen und schaute mich um.
Die Massen waren da, rund um die Kirche und den Vatikan

Verhalten stundenlange Erklärungen, genauer gesagt Rechtfertigungen, parat. Er wusste auch nichts von Elke, er hatte gerade mal ihren Namen erfahren, damals, kurz bevor er aus dem Elternhaus ausbrach. Schweigend hatten die Eltern ihren Sohn testamentarisch enterbt.
Und Elke wuchs quasi in dieser Schweigespirale auf. Nichts wurde hinterfragt, keine Meinung wurde geäußert, die Gefühle blieben im Schrank, wie Schuhe und Kleider. Das wusste Gabriela, und gerade deshalb war sie hilflos bei dem Versuch, sich das jetzige Verhalten von Elke zu erklären und einzuordnen, weder ihr erworbenes pädagogisches Wissen noch ihre jahrelang angeeignete Psychologie halfen ihr dabei. Schließlich kam ihr etwas Neues in den Sinn, nämlich die Gene. Es könnte doch sein, dass Elke andere Erbanlagen besaß als ihre Eltern. Aber woher hatte sie die beschafft? Gabriela wusste, dass Elkes Eltern früher ihre Urlaube wie viele andere in Italien verbrachten, womöglich hatte sich die Mutter dort einen Seitensprung geleistet? Wenn man nach dem äußeren Verhalten und normativen Leben der Mutter urteilte, konnte man zwar einen Seitensprung entschieden ausschließen, aber Gabriela wusste, dass es Fälle gibt, in denen das äußere Verhalten der Menschen genau das Gegenteil von dem ist, was in ihrem Inneren vor sich geht. Insofern hielt sie es durchaus für möglich, dass ein Seitensprung stattgefunden hatte. Darüber hinaus sah Elke in der Tat ein wenig italienisch aus, schwarzes Haar,

---

war alles abgesperrt, doch an verschiedenen Stellen hatten sich beinahe unendliche Menschenschlangen gebildet, deren Enden weit weg vom Eingang zu finden waren. Wer den Petersdom oder Vatikan betreten wollte, wurde wie am Flughafen gefilzt. Ein bisschen Metall sorgte dafür, dass die Anlage piepste, und man musste mit entleerten Hosentaschen abermals durch. Es war richtig Bewegung in den Schlangen, die Frauen wickelten Tücher um ihre nackten Beine und bedeckten ihre Schultern ebenfalls mit Tüchern,

braune Augen, große Klappe, ihre Gesichtszüge, sogar ihre Art zu reden, so laut und vorbehaltlos und dabei gestikulierend. Na also, es ist etwas daran. Gabriela war sich sicher, dass diese Analyse richtig sein könnte. Doch das alles überforderte sie zugleich, denn die Argumentation mit der DNA fand sie nach wie vor problematisch. Schließlich gab sie auf, sie wollte sich nicht mehr damit beschäftigen.

Tatsächlich war unter Elkes zahlreichen Freunden kein einziger deutschstämmiger Deutscher. Gabriela kam anscheinend nicht auf die Idee, dass Elke etwas von diesen Menschen dazugelernt haben könnte, wenn auch erst im Erwachsenenalter. Seitensprung hin oder her, sie wusste tatsächlich nicht alles über sie, und schon gar nicht über ihre zahlreichen Liebesbeziehungen. Auf jeden Fall war Elke das genaue Gegenteil von Gabriela und Angela. Sie war nie allein. Sie lebte ihr Leben ganz anders als die beiden, obwohl sie auch Lehrerin war. Alle ihre Urlaube verbrachte sie in Südeuropa oder Südamerika.

Gabriela erzählte Elke vorsichtig, warum sie angerufen hatte und was sie ihr vorschlagen wollten, und fragte sie, ob sie vielleicht mithelfen mochte. Elke reagierte nicht nur unerwartet positiv, sondern geradezu begeistert, sie fand die Idee ganz hervorragend und darüber hinaus sehr lustig. Elke kannte Hans und Hassan persönlich, auch über Gabriela. Sie war damals von dieser Dreiecksbeziehung zwischen Gabriela, Hans und Hassan begeistert gewesen. Seit vielen

---

dabei versuchten sie, immer noch modisch schick auszusehen.

Aber in der Stadt gab es genug zu sehen, man zog zur Spanischen Treppe, wo der Teufel los war, ins Kolosseum und zum Forum Romanum oder zur Piazza Venezia, es machte eigentlich keinen Unterschied, überall waren die Massen, überall wurde fotografiert, überall wurde einfach herumgetrampelt und überall musste man höllisch auf seine Tasche, Kamera etc. aufpassen.

Jahren hatten sie nicht mehr über diese Themen gesprochen. Die ehemaligen Freunde hatten sich wahrhaftig verändert, viele Ehen waren in die Brüche gegangen, einige waren gestorben, manche waren ausgewandert. Einige aus ihren Reihen waren, wie sie sagten, sogar in den Rang der sogenannten prominenten Persönlichkeiten aufgestiegen, sei es in der Politik, sei es in den Medien, wie zum Beispiel Elkes Bruder. Sie waren, wie Elke und Gabriela fanden, nun große Arschlöscher geworden, ihr Handeln stand um hundertachtzig Grad konträr zu dem, was sie damals ihre humanitären Ansichten betreffend behauptet hatten. Nun argumentierten sie, falls jemand sie darauf ansprach: Wer sich nicht ändert, der ist dumm. Damals hatten sie Steine gegen Polizisten geworfen, nun ließen sie sich von Polizisten vor Eierwerfern und eventuellen neuen Steinwerfern schützen. Im Grunde genommen hatten sie alle für dumm verkauft. Daher war wieder ein großes Schweigen im Lande ausgebrochen, keiner redete mehr so richtig über die Vergangenheit, und dabei waren sie als Personen immer noch Gegenwart. So hatte auch Elke Gabriela nie gefragt, was eigentlich aus Hans und Hassan geworden war. Leute wie Hans konnten Medienberater des Bundeskanzlers beziehungsweise der Bundeskanzlerin oder auch dieses oder jenes Konzerns werden, wenn man ihnen ein paar Scheine unter die Nase hielt, und Leute wie Hassan konnten von den Mullahs bis zum Sohn des Schahs aktuelle und aufstrebende Politiker

---

In Florenz war es nicht besser, die Massen hatten auch die Künstlerstadt erobert, die Wartezeit vor den Museen auf vier Stunden erhöht, auf den Plätzen werden wie in Rom illegale Geschäfte abgewickelt, von Taschen und Gemäldekopien über sonstige Mitbringsel bis zu Gras und Cannabis wird alles gehandelt und die Händler und Polizisten spielen Katz und Maus.
Ich stand nur stumm da und konnte nicht mehr weinen.

beraten, aus denselben Gründen, nämlich gegen Geld. Elke kannte jede Menge solcher Leute.
So war sie tief beeindruckt und sagte sich angesichts der Lebensgeschichte dieser beiden: „Es haben sich also doch nicht alle verkauft."
Erstaunlich fand Elke auch, dass niemand etwas von diesen Menschen erfuhr. Man erfährt nur etwas von den damaligen Freunden und Bekannten, wenn sie rechtsextreme Politiker geworden sind, wenn sie sich als Minister in diesem und jenem Kabinett oder als Medienstar mit provokanten Thesen in dieser und jener Talkshow vermarkten, oder wenn sie aus Versehen oder auch absichtlich einen Skandal ausgelöst haben.
Die beiden Frauen vereinbarten, sich noch am selben Abend zu treffen. Gabriela würde eine Kopie von dem Stapel mitbringen. Elke fragte, ob Gabriela etwas dagegen habe, wenn sie ihren neuen Freund Hamid mitbrachte. Gabriela hatte natürlich nichts dagegen, sie war sogar interessiert, ihn kennenzulernen, zumal Hamid aus dem Iran kam.
Während Gabriela die Papiere kopierte, überlegte sie, wie wenig sie von Elke wusste. Sie hatte Elke immer für oberflächlich gehalten, eher fixiert auf Lüsternheit als interessiert an gesellschaftlichen Problemen, überhaupt an Problemen anderer Menschen. Nun war sie froh, dass sie sich geirrt hatte. Trotzdem war noch immer ein bisschen Skepsis da. Vielleicht würde sie sich, wenn sie die Papiere gelesen

---

V. Stapel

Er stand froh gelaunt am Rande eines feierlich anmutenden Areals. So weit das Auge reichte, ragten aus lieblichen Wiesen Bäume empor, dazwischen plätscherten Bäche mit glasklarem Wasser in alle Himmelsrichtungen. Wohin sie flossen, war völlig unerheblich, denn es gab hier weder ein Wohin noch ein Woher. Sie flossen einfach hier. Auch die Bäume ragten in alle Richtungen, dann es gab weder ein

hatte, doch noch drücken. Erst kürzlich hatte sie Erika angesprochen, auch sie war am Telefon begeistert gewesen, und Gabriela hatte ihr eine Kopie gegeben. Dann meldete sich Erika lange Zeit nicht. Als Gabriela schließlich bei ihr anrief, sagte Erika ihr klipp und klar, dass sich heute niemand mehr für so ein Geschwafel interessieren würde und Gabriela sich auch nicht den Kopf damit heiß machen sollte. Gabriela war völlig sprachlos gewesen. So etwas hatte sie von Erika nicht erwartet, denn sie war eine derjenigen, die am meisten und am lautesten jammern und schimpfen. Daher machte sie sich heute keine große Hoffnung, sie wollte erstmal realistisch bleiben und sich nicht wieder enttäuschen lassen.

Diese und ähnliche Vorbehalte erwiesen sich jedoch als grundlos, als sie sich trafen. Elke schlug vor, anstatt über dieses und jenes zu reden, zunächst etwas von den Papieren vorzulesen. Gabriela strahlte vor Freude und fing an, aus dem ersten Stapel zu lesen. Als sie fertig war, war nicht nur Elke schwer beeindruckt, sondern auch Hamid.

„Also, ich mache mit“, sagte Elke, „egal, was ihr vorhabt. Als du am Telefon davon gesprochen hast, war ich so froh, so etwas zu hören! Ich hätte mir nie vorgestellt, dass sie unsere Lage so treffend und verständnisvoll beschrieben haben. Zumindest was sie gesehen haben, was sie für wichtig hielten, wie heute jede und jeder alle miserablen Zustände zu rechtfertigen versucht.“

Oben noch ein Unten, es gab nur das Hier. Atmosphärisch war es einfach himmlisch, von mir aus paradiesisch, zu nennen. Es war das Paradies, fern von den Menschen gelegen. Fern von Gier und Angst, von Lug und Trug. Niemand musste sich hier ständig selbst optimieren, sich immer wieder neu in Szene setzen, niemand stand unter dem Druck der Medien und Werbeagenturen, wurde durch ihre List und Tücke getrieben. Jede und jeder war hier gegen alle Angriffe von außen geschützt, denn es gab kein Außen, es

Kurz und gut, beide fanden es völlig berechtigt, was Hans und Hassan da verfasst hatten. Während Elke und Gabriela sich noch über andere alltägliche Dinge austauschten, vertiefte sich Hamid in die weiteren Stapel. Die Zeit verging wie im Fluge, schon waren zweieinhalb Stunden um, und Hamid hatte fast alles durchgelesen, wenn auch nicht so tiefgründig, aber es reichte durchaus, um sich ein Bild von dem gesamten Stapel zu machen.
„Wir haben die ganze Zeit geschwätzt, aber du hast mindestens was zu lesen gehabt", warf Gabriela in den Raum. Im Grunde genommen wollte sie wissen, wie er alles fand.
„Es ist sehr, sehr interessant. Darf ich auch dabei sein, wenn ihr das vortragt? Elke hat mir erzählt, was ihr vorhabt."
Gabriela strahlte: „O ja, gerne, sehr gerne!"
„Ich kann auch eine Rolle übernehmen, wenn ihr wollt, das heißt, wenn ihr etwas für mich vorsehen könnt", fügte Hamid hinzu. „Wenn die Veranstaltung öffentlich ist, kann ich auch ein paar Leute mitbringen, um euch zu unterstützen."
Gabriela freute sich noch mehr, sie teilte mit, dass die Veranstaltung für jeden zugänglich sei. Die Eltern der Kinder, Verwandte, Freunde und andere Interessierte würden dorthin kommen. Die Schule veranstaltete so etwas ein paarmal im Jahr, einmal in der Vorweihnachtszeit. „Was wir so machen, weiß ich noch nicht genau, das müssen wir mit Angela besprechen, denn die Idee ist von ihr. Ich freue mich,

---

gab nur das Hier. Hier hatten die Heuchler und Verbrecher keine Chance, sich über die anderen zu erheben und ihr dreckiges Dasein in adretter Kleidung zu verbergen, ihre wertlose Existenz mit sogenannten Wertpapieren zu bewerten und den Mitmenschen die Klinge frisch gedruckter Geldscheine an die Kehle zu setzen, auf diejenigen zu zeigen, die mit einem rostigen, stumpfen Messer ein Stückchen von ihrem schimmeligen Brotkanten abzuschneiden versuchen, um nicht Hunger zu leiden. Diese dreisten, von

dass du es gut findest. Außerdem war Hassan Iraner."
„Ich weiß", sagte Hamid. „Ich bin schon informiert." Er schaute auf Elke. „Sie hat mir alles erzählt. Ich bin auch Iraner. Viele Iraner und Iranerinnen haben wie die Deutschen kapituliert und ihre Ideen, falls sie welche hatten, ad acta gelegt. Ich sage bewusst, falls sie welche hatten, weil Iran, beziehungsweise die sogenannten Iraner, immer nachgeahmt und nachgeplappert haben, was gerade weltweit in Mode war, und das tun sie immer noch. Daher beeindruckt es mich, dass es jemanden wie Hassan gibt, genauer gesagt gab, der bis zum Ende nicht aufgibt, mit anderen Worten, über das Ende hinaus bei der Sache geblieben ist. Ich denke, Leute wie Hans und Hassan haben verstanden, was in dieser Welt vor sich geht, und sie haben tatsächlich an die Welt und die Menschen geglaubt, und ehrliche Menschen müssen solchen Menschen Respekt erweisen. Ich weiß, dass viele das nicht tun, denn wenn sie es tun würden, dann würden sie sich selbst und ihre Lebensweise doppelt in Frage stellen. Ich glaube, ihr wisst das auch, ich will euch nicht weiter totlabern. Nur eines will ich hinzufügen, diese Feigheit, diese Selbstherrlichkeit und ständige Rechtfertigung der jetzigen Zustände sind nicht typisch für die deutschen Verhältnisse, sondern sie sind ein weltweites Phänomen, und das macht alles noch viel schlimmer. Zum Glück haben Hans und Hassan alles universal gesehen. Ich verneige mich vor diesen Menschen, die Mut zeigen, und zwar bewusst

---

Gier getriebenen Kreaturen betrachteten sich einst als zivilisiert und sahen die Hungernden als Barbaren. Sie wuschen ihre blutigen Hände in den Tränen der Menschen. Um die üblen Ausdünstungen ihrer Hirne zu kaschieren, badeten sie in Parfüm, aber innerlich waren sie sich selbst unerträglich, sie flohen vor sich selbst, denn sie wussten noch viel besser als die anderen, was für ungeheuerliche Gestalten sie waren. Um von sich selbst abzulenken zögerten sie nicht, Unheil anzurichten, Kriege, Finanzkrisen, Wirtschaftskri-

und von sich aus." – „Es ist schön, so etwas zu hören. Seit langem habe ich das nicht von einem lebendigen Menschen gehört", erwiderte Gabriela.
„Doch, Gabriela, es gibt viele, die so denken, aber man hört leider nichts von ihnen. Es gibt viele, die bereit wären, irgendetwas zu unternehmen, aber sie wissen nicht, wie und wo. Um mit Hans' und Hassans Sprache zu sprechen, die sogenannten Herrschenden haben die Welt dermaßen im Griff, dass diese Leute noch nicht in der Lage sind, sich wieder zusammenzufinden. Ich bin mir sicher, dass die Zeit kommen wird, in der sie sich wieder zusammenfinden. Die Welt wird nicht untergehen. Gerade wegen dieses Optimismus halten mich viele für altmodisch."
Elke küsste Hamid sanft auf den Mund: „Hoffentlich hast du recht, mein Lieber. Aber ich denke auch, die Menschen haben stets eine Lösung für ihre Probleme gefunden, zwar keine endgültige Lösung, aber immerhin eine Lösung, und eine Lösung ist besser als keine Lösung."
Gabriela lächelte die beiden an. Obwohl das Paar höchstens fünf bis sechs Jahre jünger war als sie selbst, kamen ihr die beiden vor, als wären sie sehr viel jünger. Wie Hamid redete, wie er die Worte betonte, erinnerte Gabriela an Hassan in der damaligen Zeit. Aber Hamid war wesentlich älter als Hassan damals. Ein weiterer Unterschied war, dass Hamid viel optimistischer war als Hassan damals, vielleicht war das so richtig, sagte sich Gabriela. Angesichts der jetzigen Lage

---

sen, Hungersnöte, Atomkatastrophen, Umweltkatastrophen… nannte man ihre Missetaten. Nein, hier gab es keine Spur von diesen Verbrecherbanden, die sich dort Präsidenten, Minister, Könige, Vorstände dieser und jener Banken und Konzerne, Familie X und Familie Y und so weiter nannten. Hier lagen sie, von den Pharaonen, den Königen der Könige, Cäsaren, Adolf Hitler und Franklin Roosevelt, Churchill, Stalin und selbst Abraham Lincoln, bis hin zu den sogenannten Milliardären, gleich den Milliarden Hun-

blieb einem nichts anderes übrig, als optimistisch zu sein, denn die pessimistische Einstellung war weit verbreitet. Gabriela war sich sicher, dass dieser Optimismus eine spirituelle Wurzel hatte oder besser haben musste und jeglicher realen Grundlage entbehrte oder entbehren musste. Nur auf spiritueller Grundlage konnte man an die Lösung der jetzigen Probleme glauben, eine Hoffnung in sich keimen lassen. Gabriela wollte aber Hamid nicht widersprechen und vermied zu sagen, dass es immer wieder in der Geschichte der Menschheit eine kleine Minderheit oder Einzelpersonen gegeben habe, die anders dachten als die sogenannte Mehrheit. Diese kleine Gruppe, das waren quasi die Klugen. Aus den Reihen dieser Menschen waren entweder Propheten, gerechte oder ungerechte Herrscher, Weise und Philosophen hervorgegangen. Aber in unserer Zeit war die Mehrheit viel größer und die Minderheit im Verhältnis dazu viel kleiner, und ihre Stimme verhallte sehr schnell. Darüber hinaus war es eindeutig, dass viele der sogenannten Klugen ihre Klugheit nicht zu Gunsten der Menschheit einsetzten, sondern nur zu ihren eigenen Gunsten. So waren diejenigen, die die Menschen beherrschten, viel stärker und in der Lage, die klugen Köpfe zu kaufen und in ihre Dienste zu stellen, und das taten sie auch. Natürlich hatte es auch in der Geschichte viele Hofdichter gegeben, die im Dienste der Diktatoren standen… Nein, sie wollte nicht die damalige Rolle von Hans und Hassan übernehmen. Lass die Leute

---

gernden am Boden und waren der Erde gleich. Es war ruhig hier, kein Fernsehen, kein Internet, kein iPhone, iPod, keine Flugzeuge und keine Autos, keine Börse, keine wichsenden Yuppies, keine Kreuzfahrtschiffe, keine Fettsäcke… Weder flatterte ein Vogel noch summte eine Fliege, es wehte nicht einmal eine Brise, weder aus Westen noch aus Osten. Norden und Süden waren auch nicht erkennbar. Es war ein Kreis, ein ewiger Kreis, in dem Mensch und Tier, Pflanze und Gegenstand, Wind und Wasser, alles was es gab, nur

optimistisch sein, wenn sie wollen, was geht mich das an? Sie hatte sich aus Liebe zu Hans und Hassan die Aufgabe zu eigen gemacht, das, was die beiden Lieben ihr überlassen hatten, möglichst vielen Leuten zu vermitteln. Sie waren ihr damals und im Nachhinein bis heute die liebsten Menschen, die sie kannte. Nun hatte sie Elke und Hamid dafür gewonnen, das war ein Grund, sich zu freuen, insbesondere wenn Hamid weitere Leute davon überzeugen würde, mitzumachen. So fand die Freude der Nacht über das Wiedersehen mit Hassan auf diese Weise ihre Fortsetzung. Gabriela bedankte sich im Voraus bei Elke und Hamid und bezahlte für alle. Sie versprach sich bei ihnen zu melden, sobald der Plan von Angela stünde, was zu machen wäre.

Hamid war sehr froh, seit Jahren hatte er sich nicht so wohlgefühlt. Er war unendlich dankbar, dass er Elke kennengelernt hatte. Wie gut war es, dass er an dieser Hochzeitsfeier teilgenommen hatte. Er besaß einen Freund, der in großen Abständen bei ihm anrief. Sonst hatte er mit niemandem auf dieser Welt Kontakt. Nicht, dass er niemanden hatte, er kannte jede Menge Menschen, die er jedoch nicht ertragen konnte. Sein Freund hieß Jamal und war immer noch gesellschaftlich aktiv, er schrieb, er dichtete, er protestierte gegen dieses und jenes im Iran. Hamid war sicher, wenn er ihn darauf ansprach, würde er mitmachen und ein paar Leute organisieren. Vor Fabians Hoch-

---

kreisen konnte. Merkwürdig war, dass die Grenzen des Kreises nicht auszumachen waren, sie waren nicht passierbar. Wenn irgendetwas aus dem Kreis hinausgeschleudert wurde, wurde es sofort durch das Nächste ersetzt, und das Nächste unterschied sich nicht von seinem Vorgänger, es schien, als passiere nichts, obwohl ständig etwas passierte. So ging es weiter, wie der Kreislauf des menschlichen Lebens.
Vom Anschauen dieses ewig kreisenden Kreises wurde mir

zeit war Jamal persönlich bei ihm vorbeigekommen und hatte ihn mit Mühe überzeugt, an der Feier teilzunehmen. Er solle etwas aus sich herauskommen, diese Hochzeit wäre eine gute Gelegenheit. Er nehme sowieso an keinen Veranstaltungen teil. Die Hochzeit sei höchst privat, also, es sei die Hochzeit der Tochter eines ehemaligen guten Freundes, die kleine Anaroxana, sie sei nun eine erwachsene Frau. Es würde ihm Freude machen, es würde ihm auch begreiflich machen, wo die Zeit geblieben war. „Die kleine Anaroxana, weißt du noch, wie sie damals keine Ruhe gegeben hat, wenn wir uns bei ihrem Vater zu Hause trafen, sie wollte immer mit dir spielen. Jetzt heiratet sie, lieber Hamid, komm bitte aus dir heraus, wegen dir selbst. Ich weiß, ihr Vater ist ein Anpasser geworden, vom linken Anti-Kapitalisten zum rechten Unternehmensberater. Aber was soll das, wer ist schon ganz er selbst geblieben?" Und er trug ein Gedicht vor und sagte dabei, dass er es Anaroxanas Vater auch vorgetragen habe, und dass der danach anfing zu weinen:

Auch Du wirst sterben
Wenn du gestorben bist
Was wirst du dann machen
Mit deinem riesigen Haus
Willst du es mitnehmen?
Es passt freilich nicht

---

schwindelig, und ich kreiste mit, wie ein Schaf, wie ein Stein, wie ein Stück Holz, denn ich war der Mensch. Es war eine sinnlose, monotone Bewegung des menschlichen Wesens. Hier sollte es nicht so sein und es war auch nicht so. Hier war alles konstant und in Bewegung zugleich, endlich und unendlich. Es war sozusagen konstant gleich beweglich und endlich war gleich unendlich.

Aber das war nur vorübergehend. Nichts konnte vorübergehen. Denn es war eben alles schön. Es war wunderbar. Es

in dein kleines Grab hinein
Auch deine vier Limousinen nicht
Wie deine zwei Yachten
plus deine drei Flugzeuge
Was wirst du machen
Mit deinem vielen Geld
Willst du es zählen
Auf die Bank bringen
Zwei erstklassige Huren
Auf dein Zimmer
Bestellen
In einem Acht-Sterne-Hotel
Wo du eine Etage gemietet hast
Aber dazu bist du nicht mehr fähig
Wenn du gestorben bist
Du kannst dich nicht mehr
Bewegen
Die anderen beschimpfen
Sie kommandieren
Oder Menschen belügen
Ein Steak für hundertfünfzig Dollar
In einem Nobelrestaurant
In New York City
Ordern
Wenn du gestorben bist
Woran wirst du denken?

---

gab übrigens weder hinüber noch herüber, denn es gab nur hier. Das Leben, oder wie man das hier nennen sollte, war völlig unbeschwert. Er war niemand anderes als Hassan. Weder jung noch alt war er, genau in der Mitte, in der besten Zeit eines Lebens, wenn er nur lebte. Er hatte gelebt und lebte immer noch, in einem anderen Leben eben. Ein Reh preschte herbei, ein besonderes Reh. Es war Mechthild, er kannte sie, obwohl er ihr nie begegnet war, außer damals, als sie verrückt geworden war. Er drehte sich um, sah Frau

An deine Zukunft?
Die gibt es nicht mehr
An deine Vergangenheit?
Die gibt es auch nicht mehr
Du kannst gar nicht mehr denken
Lachen und weinen auch nicht
Wenn du gestorben bist
Wem wirst du erzählen
Dass du Fehler gemacht hast
Umsonst warst du gierig
Hast die Leute übers Ohr gehauen
Viele Menschen, die vor dir lebten,
Viele, die nach dir immer noch leben
Bewusst verachtet
Zu Gunsten deines eigenen Egos
Wenn du gestorben bist
Wie wirst du dich schämen
Um Verzeihung bitten
Für all die Gräueltaten
Die du begangen hast
Wenn du gestorben bist
Und
Auch Du wirst sterben!

Hamid erinnerte sich an sein letztes Telefonat mit ihm, relativ lange Zeit vor Fabians Hochzeit. Zu dieser Zeit fühlte er

---

Thomas neben einem iranischen Arzt, von dem er von Gabriela und Hans gehört hatte. Hans näherte sich ihnen, ebenfalls unbeschwert. Er hatte lange auf Gabriela gewartet, deshalb hatte er sich verspätet. Gabriela folgte ihm nicht, noch nicht. Es war merkwürdig, sie sahen einander nicht, es schien, als würden sie nicht aneinander denken. Sie dachten in diesem Moment auch nicht aneinander, sonst hätten sie sich gesehen. Jeder erzählte irgendetwas, aber niemand sah hinüber in die andere Welt, in der gerade ein

sich sehr schlecht und verspürte keinerlei Lust mit irgendjemanden zu reden.
Das Telefon klingelte, er nahm den Hörer ab. „Hallo", sagte er. Normalerweise wäre Hamid kaum ans Telefon gegangen. „Ach du bist's, ich habe dich erkannt."
„Wie hast du mich erkannt?", fragte Jamal.
„Ich habe deinen Namen auf dem Display gesehen."
Er hörte nur zu oder auch nicht, aber Jamal redete ununterbrochen und fragte ab und zu, ob er noch daran sei. Er war daran. Seit langem hatte er keine Menschenstimme mehr gehört, außer denen aus dem Fernsehen. Er hörte ihm gerne zu, irgendwie freute er sich, aber was Jamal sagte, konnte er nicht nachvollziehen, denn er ratterte ohne Pause, und Hamid war nicht daran gewöhnt, so viel auf einmal aufzunehmen.
Endlich fragte Jamal: „Was gibt es Neues bei dir?"
Hamid fühlte sich plötzlich ertappt. Er wurde kurz nachdenklich. Bei ihm passierte nichts, seit langer Zeit, gar nichts. Was sollte er sagen? Er sagte aber: „Ich habe meinen Schnauzbart abrasiert."
„Hast du einen gehabt?"
„Seit einigen Monaten."
Sie hatten sich seit fast einem Jahr nicht mehr gesehen. Jamal rief zwar ab und zu an, aber auch nicht so oft. Hamid rief von sich aus bei niemandem an, selbst bei Jamal nicht.
„Ich wusste nichts von deinem Schnauzbart."

Kind unter Millionen anderer Kinder geboren wurde, denn hier bei ihnen wurde nicht mehr geboren.
Doch, Hassan erblickte merkwürdigerweise, wie dieses Kind geboren wurde, aber weit entfernt, entfernt von dort, wo er war, entfernt von seiner Welt, denn die andere Welt galt als verlassene Welt, als eine Welt voller Unheil. Merkwürdigerweise hieß dieses Kind in dieser anderen, neuen Welt auch Hassan. Jedenfalls war es Hassan, als hieße das Kind auch Hassan. Dieses Kind war eine Art Wunderkind,

„Letzte Woche habe ich nach langem Hin- und Her-Überlegen beschlossen, ihn abzurasieren.“
„Und warum hast du ihn abrasiert?“
„Er war so stachelig, nicht wie früher weich und glänzend. Mich hat das gestört. Dabei habe ich mich ein wenig geschnitten. Ich hatte mich nämlich entschieden, mich nass zu rasieren. Im Übrigen rasiere ich mich ab und zu nass. Ich will nicht, dass mein Rasierapparat kaputtgeht, ich habe kein Geld für einen neuen. Neulich ist meine Mikrowelle kaputtgegangen, jetzt habe ich keine mehr, sonst ist bei mir nichts los.“
Er schwieg wieder. Während Jamal redete, versuchte er, einen Fleck, der seit geraumer Zeit auf seinem rechten Hosenbein war, gerade jetzt, zu entfernen, indem er ab und zu in seine rechte Hand spuckte und konzentriert auf dem Fleck hin und her rieb. Jamal fragte nach gut zehn Minuten Reden erneut, ob er ihn noch höre. Er sei so still. Was gab es noch Neues bei ihm? Hamid überlegte, ohne mit dem Reiben auf seinem Hosenbein aufzuhören. „Neues?“, wisperte er. „Das Neueste ist, dass du angerufen hast. Ich bin dabei, einen Fleck auf meinem Hosenbein zu entfernen.“
Und er versank wieder in Schweigen.
„Wie fandest du das Gedicht?“, fragt ihn Jamal.
„Welches?“
„Das, was ich gerade vorgetragen habe.“
Ihm wurde klar, dass er nicht zugehört hatte, genauso, wie

---

wenn man es mit den Maßstäben der Welt des alten Hassans maß, denn unmittelbar nach seiner Geburt richtete es das Wort an die Anwesenden mit der Frage: „Was ich bin wert?“ Als einer der Anwesenden sagte: „Viel wert, unendlich viel!“, lachte das kleine, fünf Minuten junge Wesen und brachte heilfroh zum Ausdruck: „Dann macht es Spaß, hier zu sein. Hoffentlich habe ich eine gute Entscheidung getroffen.“ Das verblüffte niemanden, also von den Eltern bzw. den Leuten, die dort anwesend waren, und die man

er häufig Fernsehen schaute. Hamid hörte tatsächlich häufig nicht zu, er hatte die Einstellung, dass die Menschen sowieso Mist reden und er in seinem Leben genug Mist gehört habe. Wenn er Fernsehen schaute, achtete er meistens nur auf die Bewegungen der Figuren. Es sei denn, es lief ein besonderes Programm oder es gab einen Film oder einen Beitrag, der ihn interessierte. Er weigerte sich, über ernste Dinge zu reden, denn er war nicht nur frustriert, sondern er sagte klipp und klar, die Menschen kotzten ihn an. Er hatte tatsächlich aufgehört, die Menschen ernstzunehmen. Für ihn hatten sie ihre Eigenschaft als Mensch schon längst verloren. Denn Hamid hatte in seinem Leben erhebliche Enttäuschungen einstecken müssen, sei es von Seiten der Freunde, sei es von Seiten der Verwandten. Er hörte den Menschen wirklich nicht mehr zu und irgendwie hatte er sich daran gewöhnt, alles zu überhören, auch wenn es Jamal war.

„Ach so, das, gut, du hast immer gut gedichtet“, sagte er höflichkeitshalber.

„Danke!“, sagte Jamal. „Gestern Nacht erst habe ich diese Verse niedergeschrieben.“

Als sie sich verabschiedeten, wunderte sich Hamid, dass Jamal von einem Gedicht sprach. Hamid fand Jamal zwar nett und treu, aber er war für ihn ein Mensch, der viel spricht und wenig tut. Wenn er etwas tat, dann hatte das meistens keinen Sinn. Von Jamals Gedichten hatte er noch

---

nach Tradition und Brauch Eltern nennen konnte. Nein, dieses Kind hatte mit den Kindern in der alten Welt nichts gemein. Dieses Kind, dessen Existenz durch den Auftrag seiner sogenannten Eltern an das Institut für die Produktion intelligenter genmanipulierter Kreaturen zustande gekommen war, dieses Kind konnte nicht nur unmittelbar nach seiner Geburt sprechen, sondern es verlangte auch sogleich, kaum dass die sechste Minute seines Daseins schlug, nach einem leistungsstarken Rechner, den man

nie etwas gehalten. Es war jetzt wieder in Mode, dass jeder entweder dichtete oder halt ein Buch schrieb, von denen die allermeisten nichts taugten, denn sie hatten keine Inspiration. Wenn ein Baby schrie, war das inhaltsvoller als diese Gedichte, zumindest wusste man, dass es entweder Hunger hatte oder ihm etwas wehtat, es Blähungen hatte oder Hilfe wollte, damit es aufstoßen konnte. Hamid war in höchstem Maße verbittert und urteilte hart.

Aber nun war er alles andere als ein angeschlagener, ja depressiver Mann. Elke hatte ihn tatsächlich zum Leben erweckt, und zwar zu einem einfachen Leben. Das fehlte ihm seit Jahren, seit seine Frau ihn verlassen hatte und sein Sohn sich nicht mehr bei ihm blicken ließ. Seine Frau hatte sich emanzipiert, und als ihre jahrelangen Versuche, einen geeigneten Mann, am liebsten einen deutschen Beamten, aber einen aufgeschlossenen, zu finden, endgültig gescheitert waren, schloss sie sich den Truppen der iranischen Spätfeministinnen an.

In den drei Monaten Freundschaft mit Elke war Hamid wie ausgewechselt. Er meldete sich nach und nach bei ein paar alten Freunden, wenn sie auch nicht mehr wie früher waren. Nun störte es ihn nicht mehr, dass sie so waren wie sie waren. Ausgiebig hatte er sich bei Jamal bedankt, dass er ihn zu dieser Hochzeit mitgeschleppt hatte. Und nun war er beim Anblick dieses Stapels von Hans und Hassan noch

---

schon für es bereitgestellt hatte. Der Rechner war nicht größer und schwerer als eine Streichholzschachtel ohne Streichholz. Damit berechnete das Kind selbst seinen Wert. Es würde nur eine Woche später schon an die Börse gehen.

Aber das war nicht alles, was es konnte, das war nur der Anfang von dem Vielen, das es konnte… Es begann, ein neues Konzept für die Firma seines Vaters bzw. des Mannes, den man nach Tradition und Brauch Vater nennen konnte, zu entwerfen, und meinte, man müsse alles ändern. Und es

lebendiger geworden. Er fragte Elke, wie lange sie Gabriela schon kenne. Als sie sagte, fast fünfzehn Jahre, fragte er sie, ob sie die Mutter von Fabian auch schon so lange kenne. „Nein, ich kenne sie gar nicht, ich kenne sie eigentlich erst so lange wie ich dich kenne, vielleicht ein paar Stunden mehr, nur mit dem Unterschied, dass ich dich nun viel intensiver kenne als sie."
Hamid machte große Augen, er wunderte sich zutiefst. Elke merkte das sofort und küsste ihn auf den Mund. „Du brauchst nicht so große Augen zu machen, ich erzähle es dir, meinen Lieber."
Und sie erzählte, dass sie über Gabriela zu dieser Hochzeit eingeladen worden war, weil Angela nicht so viele Verwandte und Freunde hatte. Sie oder vielmehr ihr Sohn wollte, dass bei dieser deutsch-iranischen Hochzeit auch ein paar Deutsche dabei sein sollten, da die Zahl der Gäste von Seiten der Braut sehr groß war. So habe Gabriela sie und eine weitere Freundin mitgeschleppt. Sie ging gerne auf solche Partys.
Hamid ging durch den Kopf, dass er nicht nur seinem Freund Jamal dankbar sein musste, sondern auch Gabriela. Und wie es halt seine Art war, wollte nun unbedingt etwas für sie tun und hoffte, dass sie und Angela ihn mit einbeziehen würden.

---

begann tatsächlich alles umzukrempeln. Denn diese Leute hatten sich so ein Kind gewünscht. Schon nach einer Woche erklärte das Wesen seine Eltern für überflüssig und belastend für das System, denn es war dabei, die menschliche Gemeinschaft in ein System zu verwandeln, das nur voll funktionsfähige Wesen behalten konnte. Wer alt oder krank war, irgendeine Behinderung aufwies oder nicht den Tanz der Vampire mittanzen konnte, war mit diesem System nicht kompatibel. Das System höhlte jeglichen zuvor mehr

12. Kapitel

Das Wetter war grausam kalt. Der Schulhof war mit Autos vollgeparkt, auch in den umgebenden Straßen sah es nicht besser aus. Es wurde tapfer um jede Parkmöglichkeit gekämpft, es schien, als sei die winzigste Lücke so viel wert wie ein Haus, wie eine Übernachtung in einem Super-Luxushotel, all inclusive, einschließlich Massage und Sex. Einige gestörte Polizisten sorgten anstatt für Ordnung für Ärger, indem sie einen Vater, der gerade dabei war, seine Kinder vor dem Schultor aussteigen zu lassen, um sich anschließend auch auf die Suche nach einer Parkmöglichkeit zu begeben, in aller Ernsthaftigkeit ermahnten. Dummerweise mussten sie dafür das Polizeiauto in der Mitte der schmalen Straße neben ihm anhalten, nur um ihm mitzuteilen, dass sein weniger als 30 Sekunden dauerndes Anhalten vor der, genauer gesagt, neben der Ausfahrt der Schule ordnungswidrig sei, und blockierten somit selbst den Verkehr ungerechtfertigt. Der Vater wies sie darauf hin, dass seine Kinder hier aussteigen müssten, und es stehe auch kein Schild da, dass man nicht anhalten dürfe, außerdem störe er gar nicht, und im Übrigen sei es gang und gäbe, dass die Eltern ihre Kinder hier aussteigen ließen. Sie, die Polizisten, seien selbst gerade dabei, den Verkehr zu blockieren, man habe sie doch wohl gebeten, das Gegenteil davon zu tun, da heute hier eine größere Veranstaltung liefe.

---

oder weniger gültigen Moralkodex aus. Alles, was den Menschen moralisch, emotional und sozial am Ende noch aufrechterhalten hatte, wurde durch ein System ersetzt, das allein auf Profit- und Gewinnmaximierung ausgerichtet war. Profit und Gewinne spiegelten sich nicht nur in den Gegenständen wider, die man anfassen und spüren oder überhaupt benutzen konnte, sondern vor allem in den Zahlen, die man nur sehen konnte. Je höher eine Zahl war, je mehr Wachstum sie suggerierte, desto besser war sie.

Die Polizisten regten sich auf, sie wollten nicht hinnehmen, von einem Fahrer mit Migrationshintergrund belehrt zu werden. Also ließen sie das Polizeiauto kurzerhand mitten auf der Straße stehen, stiegen aus und verlangten seine Autopapiere zu sehen. Während der Vater versuchte, die Autopapiere aus seiner Tasche zu kramen, verlangte er seinerseits von ihnen ihre Namen und sagte dabei: „Wenn Sie Ärger suchen, bitteschön, den können Sie gerne haben. Sie werden es bereuen, was Sie da tun. Was Sie jetzt gerade veranstalten, ist ungerechtfertigt und sinnlos. Ich werde mich umgehend an Ihren Polizeipräsidenten wenden und mich dort persönlich über Sie beschweren, und darüber hinaus werde ich die Sache einem erfahrenen Anwalt überlassen. Ich erlaube Ihnen nicht, mich zu schikanieren. Sie müssen erklären, warum Sie jetzt von mir die Papiere verlangen."
Er zog sein iPhone aus der Tasche, stieg aus und fotografierte nicht nur das Polizeiauto und das eigene, sondern drehte einen kurzen Film von der ganzen Situation, insbesondere der Bushaltestelle, deren Parkbucht leer und lang vor ihnen lag, und wie die Polizisten trotzdem gerade hier neben ihm, mitten auf der Straße, anhielten und den Verkehr blockierten. Denn die Autoschlange hinter dem Polizeiauto, das immer noch nicht an die Seite gefahren war, wurde immer länger. Eine Autofahrerin, auch eine Mutter, die ihre Kinder dort aussteigen lassen und einen Parkplatz suchen wollte, stand direkt hinter dem Polizeiauto. Sie stieg

---

Puh, was für eine komische Maschine bist du? Wo bin ich hier? Ist dieses Kind echt? Hassan schüttelte den Kopf, als eine lästige Mücke ihn störte und in sein zartes Gesicht ihr Gift spritzen wollte. Er rieb sich die Augen. Wo bin ich? Was sehe ich da? Ach, ich träume nur. Nein, das ist unmöglich. Eine genmanipulierte Kreatur landet doch nicht hier! Jedenfalls nicht als Mensch, und schon gar nicht als Kind. Hier ist doch die Endstation für die Menschen. Bin ich wach oder träume ich, fragte er sich abermals. Doch wieder

aus und schlug sich sofort auf die Seite der Polizisten, obwohl sie eindeutig im Unrecht waren, und griff den Autofahrer an. Doch angesichts der Aufnahmen mit dem iPhone waren die Polizisten nun unsicher geworden, und die Unterstützung dieser Dame half ihnen auch nicht weiter, da der Vater neben seiner Fotografiererei und dem Filmen nun anfing, auch die Autonummer der Polizisten plus ihre Namen aufzuschreiben, als wolle er in diesem Psychokrieg den Gegner mehr und mehr in die Enge treiben. Er rief zwei weitere Personen, die gerade durch das Schultor gehen wollten, zu sich. Er kannte sie namentlich und sagte laut, damit die Polizisten es deutlich hören konnten: „Schaut mal her, wie diese Herren mit mir umgehen, als ob ich ein Verbrechen begangen hätte! Ich möchte, dass ihr meine Zeugen seid." Die Männer blieben neben ihm stehen. Der Fahrer ging auf die Polizisten zu und sagte: „Bitte erklären Sie mir, was ich verbrochen habe, warum Sie meine Papiere in der Hand halten?"

Da merkten die Polizisten, dass sie hier auf Granit gepinkelt hatten, dass sozusagen das, was sie abließen, ihnen selbst ins Gesicht sprang, denn der Mann war außergewöhnlich selbstbewusst und unterschied sich bei weitem von den Migranten, die sie sonst nach Belieben belehrten und beleidigten. Sie änderten umgehend die Tonlage auf schleimig und gaben ihm seine Papiere zurück. „Wir wollen die Leute hier nicht weiter warten lassen", gaben sie klein-

---

erhielt er keine Antwort. Das ist bloß die neue Realität in der neuen realen Welt.

„Willkommen, willkommen!", sagte Hassan, als er Hans vor sich sah. Er wusste nicht, warum er in diesem Moment an Hans denken musste. „Dich habe ich nicht erwartet, Hans. Wie geht es Gabriela?" Dann umarmte er ihn.

Hans war verlegen, er wusste nicht, was er sagen sollte. Er lächelte und blieb für eine Weile still. Dann brachte er hervor: „Ich habe doch gesagt, ich folge dir. Kannst du dich

laut von sich, allerdings ohne die Fähigkeit zu besitzen, sich zu entschuldigen. Sie stiegen in ihr Auto und machten sich davon. In diesem Moment sprach der Fahrer, der noch neben seinem Auto stand, die Frau an: „Warum haben Sie mich angegriffen, ich habe gar nichts gemacht. Die Polizisten haben Sie am Weiterfahren gehindert, nicht ich. Ich habe gesehen, dass Sie Ihre Kinder mitten auf der Straße aussteigen ließen. Die Polizei hätte eigentlich Sie belehren müssen, dass man nicht in der Mitte der Straße anhält und die Kinder rauslässt, erstens weil das für die Kinder lebensgefährlich ist, und zweitens behindern Sie dadurch an so einem Abend den Verkehr spürbar."
Die Frau reagierte nicht, sie schaute nur geradeaus. Entweder hatte sie Angst, was durchaus vorstellbar war und allgemein ist, dass man immer Angst haben muss, oder sie ignorierte ihn mit Absicht. Aus welchem Grund auch immer, es gefiel ihm nicht. „Dumme Gans", sagte der Mann und wurde unhöflich. „Haben Sie wieder den Führer in Uniform gesehen, sich brav auf seine Seite geschlagen? Da sieht man mal wieder, wie gut es ist, dass es diese Regeln und Gesetze gibt, sonst kommt ihr alle aus euren Löchern heraus und versucht wieder mit Mord und Totschlag das Leben der anderen zur Hölle zu machen. Aber ich versichere euch, in dieser Phase der Geschichte habt ihr keine Chancen mehr. Denn es gibt Gottseidank genügend anständige Menschen in diesem Lande und in dieser Welt. Da-

---

nicht daran erinnern, an die Diskussion zwischen dir, Gabriela und mir? Es hat zwar ein wenig länger gedauert, aber ich habe mich an mein Versprechen gehalten. Als ich auf dem Weg in die Ewigkeit war, habe ich nur an dich gedacht."
Hassan lächelte: „Schon gut, du alter Hase, du hast wieder mal dein Wort gehalten. Nun sag mal, wie findest du es hier? Was sagst du dazu?"
„Gut finde ich es hier. Ich frage mich lediglich, warum lau-

rüber hinaus sind die Migranten nicht annähernd so hilflos wie die Juden, die ohne Erfahrung überfallen wurden. Hinter jeder einzelnen Migrantengruppe steht ein mächtiger Staat. Die Juden haben damals keinen Staat und keine Möglichkeiten gehabt, sich zu schützen."
Da, in diesem Moment fiel ihm auf, dass er die Frau kannte. Sie war die Mutter einer Klassenkameradin seiner Tochter, durch und durch konservativ und wirklich dumm, sie hatte stets direkt und indirekt etwas gegen die Migranten gehabt, wenn mal Elternabend war. Sie war eine derjenigen, die für die Unfähigkeit ihrer Kinder immer die Schuldigen in den Reihen der Migranten suchte. Auf die unhöfliche Bemerkung des Mannes reagierte sie nicht und tat weiter so, als höre sie nichts, aber auch gar nichts, und fuhr davon, um einen Parkplatz zu suchen. Der Mann bedankte sich bei den beiden Herren, die immer noch dastanden, stieg dann kopfschüttelnd wieder in sein Auto und machte sich ebenfalls auf den Weg, um einen Parkplatz zu suchen. Normalerweise, wenn er so oder ähnlich hart reagiert hatte, ärgerte er sich hinterher ein bisschen über sich selbst und fand seine Reaktion übertrieben. Diesmal aber war das Gegenteil der Fall, er fühlte sich befriedigt und empfand seine Reaktion sowohl gegenüber der Frau als auch gegenüber den Polizisten als adäquat und gerechtfertigt. Nun wollte er sich auf das bevorstehende Konzert freuen, insbesondere über den Auftritt seiner Kinder. Sonst war nichts Besonderes los, au-

---

fen hier alle nackt herum? Beziehungsweise sind alle nackt, merken es aber offenbar nicht. Zumindest merke ich irgendwie nicht, dass ich nackt bin."
Hassan lächelte wieder: „Hier ist es weder kalt noch heiß. Weder gibt es aggressive Tiere noch vom Zaun gebrochenen Streit zwischen Menschen. Hier sind die Natur und die Menschen gleichermaßen friedlich. Solche Fragen wirst du nach einer Weile nicht mehr stellen wollen. Man sieht alles so, wie es halt eben ist. Außerdem gibt es hier weder gut

ßer dass es überall von Menschen wimmelte, die alle rechtzeitig dabei sein wollten.
Wenn man über den dunklen Schulhof in Richtung Schulgebäude lief, konnte man eine Ahnung davon erhaschen, dass die Stimmung krampfhaft feierlich werden sollte. Zumindest war es ungewöhnlich, auf allen Stockwerken der Schule wimmelten Kinder und Eltern durcheinander, es gab allerhand zu kaufen, Kuchen, Brezeln, Kaffee, Sekt, Bier und alle möglichen anderen Getränke. Viele Eltern füllten sich mit Sekt ab oder schütteten ein paar Bier herunter, um in Stimmung zu kommen oder auch aus Unsicherheit, vielleicht aus Gewohnheit oder weil ihnen gerade nichts Besseres einfiel. Aber insgesamt war man ausgesprochen zurückhaltend und unendlich steif, als hätte man einen Stock im Arsch, wie die jungen Leute zu recht sagten, oder als hätte man Angst voreinander, vor einem Smalltalk oder – noch schlimmer – davor, keinen Gesprächspartner zu finden. Die sich kannten, begrüßten sich überschwänglich und lachten ebenfalls voller Unsicherheit, die verdammt für alles verantwortlich war und zu den merkwürdigsten Verhaltensweisen führten, dann schwiegen sie wieder und gingen auseinander. Manche begnügten sich damit, einander von weitem zuzuwinken. Irgendwie vermittelten sie einem das Gefühl, dass sie mitteilen wollten, ich oder wir sind wegen des Konzerts gekommen, nicht mehr und nicht weniger, insofern vermieden sie, einander etwas näherzukommen. Das ist ein

---

noch schlecht, hier gibt es nur das, was es gibt. Also, es gibt diverse Existenzen, die alle die Existenz als solche bilden."
Hassans Philosophiererei gefiel Hans. Es ist noch nicht alles verloren, sagte er sich.
Er hatte tatsächlich vorgehabt, die Diskussionen, die sie dort geführt hatten und die für ihn als unbeendet galten, hier weiterzuführen. Warum eigentlich nicht? Genau hier war doch der Ort, an dem man die Leute zur Rechenschaft ziehen konnte, keiner konnte sich mehr herausreden oder

Schulkonzert, das unsere Kinder und ihre Lehrer und Lehrerinnen zu Gunsten der Bildung unserer Kinder veranstalten. Punkt, aus.
Hier und da sah man ein paar Jungen und Mädchen, die den Gästen Zettel hinhielten, auf denen stand: HANS UND HASSAN HABEN RECHT. Das war jetzt wirklich neu in diesem Jahr. Dennoch fühlte sich keiner so recht angesprochen, warum sollten sie sich von so einem Stück Papier beeindrucken lassen? Von wegen Hans und Hassan haben recht, sie hatten selber recht, und zwar nur sie und jeder für sich. Jeder meinte, er mache alles richtig, und was die anderen machten und sagten, wäre falsch oder zumindest nicht beachtenswert, solange es nicht in seinem eigenen Interesse war. Sie ignorierten nicht nur Sprüche wie „Hans und Hassan haben recht", sondern die gesamte Welt, und dabei gaben sie sich, als ob sie für immer und ewig recht hätten, und das Recht war das, was sie dafür erklärten, und das war nur in ihrem Interesse und alles andere war Mist. Ich und mein Tun im Zentrum meines Ichs und mein Ich ist das Zentrum der Welt und die Welt ist das, was ich haben will. Es schien unmöglich, diese Menschen durch irgendetwas zu beeindrucken.
Darüber hinaus fielen sie nicht auf, denn überall waren die Werke der Schülerinnen und Schüler, seien es Gemälde, seien es gebastelte Kunstwerke aus verschiedenen Projektwochen, ausgestellt, die Kinder zeigten sie stolz ihren Eltern,

---

sich der Verantwortung entziehen, denn es gab keine Veranlassung dafür. „Dort machen scharenweise die Metzgereien zu, dafür eröffnen Tierärzte alle zweihundert Meter eine neue Praxis, trotzdem reicht es nicht aus. Dort ist das Reich der Tiere gekommen. Die Diskotheken und Kinderärzte machen ebenfalls ihre Läden dicht. Dafür gib es an jeder Ecke Altersheime. Ein Trend hat sich durchgesetzt, man ist dabei, alles, was menschlich war, zu zerstören. Viel Unheil ist angerichtet worden, dort."

andere wollten Zeitschriften oder diese und jene selbst gefertigte Broschüre zu diesem und jenem Hilfsprojekt in Afrika, Asien oder sonstwo verkaufen oder Spenden sammeln. So kam es, dass die Besucher höchstens auf die Idee kamen, die Zettel hätten mit einem dieser Projekte zu tun, falls sie überhaupt darüber nachdachten. Man war zwar wegen der Kinder da, man nahm aber die Kinder nicht ganz für voll, geschweige denn ihre Kunstwerke oder ihre Tätigkeiten. Das alles zählte zur humanistischen Bildung, die man ihnen zugedacht hatte. Es war alles wie ein großes Kaufhaus mit einer breiten Angebotspalette, man konnte eine Zeitlang darin herumschlendern, sehen und gesehen werden. Daher war dieser Zettel im DIN-A4-Fomat beinahe wie die Nadel im Heuhaufen, wenn sich überhaupt jemand für die Suche nach einer Nadel interessierte.
Diesen Spruch von den paar jungen Menschen tragen zu lassen war die Idee von Hamid und seinem Freund Jamal gewesen. Sie hatten die Jugendlichen aus ihrem Bekanntenkreis gesammelt, um Stimmung für Angelas und Gabrielas Auftritt zu machen. Sie wollten quasi die Leute darauf aufmerksam machen, dass heute Abend etwas Außergewöhnliches passieren würde. Die jungen Leute sollten sich später, wenn die Veranstaltung beginnen würde, an verschiedenen Stellen im Konzertsaal aufstellen, und wenn Angela mit dem Chor anfangen würde, sollten sie aufstehen, die Zettel hochhalten, ohne ein Wort zu sagen oder sich zu bewegen.

„Ich habe das Gefühl, Hans, dass du von dem Ort erzählst, an dem du gerade die reale Welt verlassen hast. Wie ist es mit den anderen Orten der realen Welt?“
„Hem, du glaubst mir bestimmt nicht, wenn ich dir sage, an den anderen Orten ist es nicht besser, eher schlimmer, was die Realisierung dieses Trends anbelangt. Sie sind quasi skrupelloser, sie gehen an die Sache mit noch größerer Begeisterung und Fleiß und mit grenzenloser Ausdauer und Gier.“

Hamid und Jamal hatten ein riesiges Transparent dabei, das sie ebenfalls im entscheidenden Moment ausrollen wollten. Darauf stand der gleiche Spruch. Plus: JETZT IST ES AN DER ZEIT AUFZUSTEHEN.

Von wegen aufstehen! Alle saßen stur und steif auf ihren Plätzen, die manche Kinder für ihre Eltern oder Großeltern, sofern diese noch am Leben waren und mit ihren Kindern und Enkelkindern noch intensiven Kontakt hatten, am liebsten in der ersten und zweiten Reihe reserviert hatten, indem sie ihre Jacken und Taschen oder einfach selbst gedruckte Zettel mit dem Hinweis „Reserviert" auf die Stühle legten. Da saßen sie nun auf diesen Stühlen, als seien sie für immer und ewig dort festgenagelt, als gebe es keinen Gott, keine Macht und kein Ereignis, das in der Lage wäre, sie zu bewegen, außer wenn es um ihre eigenen Interessen ging, und ihr Interesse war nun dort zu sitzen und zuzuhören. Man konnte das Gefühl bekommen, wenn sie aufstünden, wären die Plätze sofort von anderen besetzt. Deshalb sah jeder in jedem einen Feind, einen potentiellen Angreifer, einen Aufdrängler, zumindest einen Konkurrenten, wie es auf dem Arbeitsmarkt, in der Kunstszene und im Medienbereich, einfach überall der Fall war. Die Stimmung war feierlich und kämpferisch. Man saß da und wartete ungeduldig und angespannt auf den kämpferischen Auftritt der eigenen Kinder und Enkelkinder auf der Bühne, und jeder meinte, sein Kind werde das Beste von sich geben können

---

„Und wer leistet dort Dienste für die alten Leute, wenn die Frauen keine Kinder mehr gebären?" Hassan wollte nur wissen, ob er vor ein paar Sekunden geträumt hatte oder wach war, obwohl hier weder der Schlaf noch Träume eine Bedeutung hatten.

„Die Roboter tun das, es gibt für alles und jede Gelegenheit spezialisierte Roboter."

„Und mit wem reden sie, wenn sie das Bedürfnis haben sollten, irgendetwas zu sagen?"

oder müssen. Die Musik war hier nicht Genuss, sie war eine Marschmusik, ein Beileidsgesang, eine ernste Begleitmusik auf dem Marsch ins Leben. Das Leben war ein Schlachtfeld, auf dem man grausam und ohne Rücksichtnahme und mit jedem Mittel kämpfen musste, um die feindlichen Konkurrenten niederzumetzeln. Mit Blick auf diesen harten Kampf, der nach dem Motto „Auge um Auge, Zahn um Zahn“ vonstatten ging, war es selbstverständlich zu lügen, zu mogeln, zu täuschen, zu treten, zu schießen, zu kompromittieren und zugleich kompromisslos zu sein, es kam lediglich darauf an, wie und mit welchen Maßnahmen man sein Ziel erreichte oder ihm näherkam. Alles war erlaubt, alles konnte man einsetzen, von der Peitsche bis zur Bombe.

Angesichts dieser feindlichen und kämpferischen Umgebung schien Elkes Aufgabe fast lebensgefährlich. Sie sollte aus dem Publikum heraus, mitten in dieser verbissenen Masse, wo nicht einmal mit dem Sitznachbarn ein Wort gewechselt wurde, einen Teil des Stapels ab und zu stichwortweise zwischen den Reden von Angela und Gabriela und dem Chorgesang vortragen. In der Planungsphase hatte Hamid vorgeschlagen, Elke könne sich mit einem Megaphon dort hinstellen, aber Gabriela und Angela rieten davon ab, denn es schien ihnen zu gefährlich für Elke. Sie sollte lieber so aussehen, als gehöre sie zu dem ganz normalen Publikum. Sie sollte sich mit grimmiger Miene zu den ande-

---

„Ach, sie reden nicht mehr.“

„Wie meinst du das?“

„Sie haben zu reden verlernt. Das hat sich einfach so entwickelt, Schritt für Schritt, Etappe für Etappe. Zum Beispiel sagten sie statt guten Tag zeitweise nur noch ‚hallo’.“

„Das haben wir doch auch gesagt.“

„Ja, ja, aber warte, statt ‚hallo’ sagten sie dann zeitweise ‚hei’, bis sich ‚hei’ auf ‚hi’ reduziert hatte. Dann sagten sie noch eine Zeitlang ‚i’.“

ren setzen, so wirken, als stünde der Weltuntergang kurz bevor und die anderen seien daran schuld. Wichtig war, auf keinen Fall locker und fröhlich zu sein, sonst wäre es wirklich möglich, dass die Massen, die zwar sehr fein und bürgerlich gekleidet waren, sich gestört fühlten und durchschauten, worum das Ganze ging, und sich auf sie stürzen würden. Jedes Mal wenn Elke ihre Sprüche aufsagte, sollte Angela zwischendurch den Chor ein Lied anstimmen lassen, dann Gabriela mit ihrem Text anfangen, Angela selbst ein Stückchen von ihrem Text vortragen und so weiter. Hamid und Jamal mit ihrem Transparent wären eigentlich nicht in Gefahr, denn man würde sie höchstwahrscheinlich ignorieren. Darüber hinaus hatte das Publikum die Augen an solchen Abenden ohnehin weitgehend außer Betrieb gesetzt, dafür die Ohren voll in Betrieb genommen. Es war Hören angesagt, man war völlig auf Musik und Gesang und Worte eingestellt. Das wussten Gabriela und Angela alles aus Erfahrung, aus ihren langen Jahren an dieser Schule. Der Ablauf des Abendprogramms war seit Jahrzehnten immer der Gleiche.

Als alle sich in dem Saal platziert hatten, schloss man die Tür, und das Programm begann pünktlich wie immer. Wie jedes Jahr begrüßte zunächst der Schuldirektor das Publikum, hieß alle willkommen, trug dann seine Sorge bezüglich der Finanzierung dieses und jenes Projekts vor, die in außergewöhnlichem Maße zur Erhöhung des Bildungsniveaus

---

„Wie meinst du das?“
„Also ‚i‘ statt guten Tag oder guten Abend.“– „Und dann?“
„Manche brachten es nicht fertig, überhaupt noch ‚i‘ rauszukriegen. Nicht, dass sie es nicht versucht hätten, aber es kam entweder ein gedämpftes ‚i‘ oder ‚h‘ aus ihren Hälsen heraus, oder ihr Mund blieb zwischen ‚h‘ und ‚i‘ tonlos offen, und schließlich haben sie ganz aufgehört zu reden.“
„Wie haben sie sich dann gegrüßt?“
„Wenn zwei sich sahen, schauten sie einander kurz an.“

der Kinder beitrügen, vor allem die Anschaffung der Instrumente und anderer nötiger Ausstattungsgegenstände für den Saal mit allem drum und dran. Er bat höflich um Spenden, insbesondere in der Pause und am Schluss, wenn einige Schüler und Schülerinnen mit Sammelschalen an den Ausgängen stehen würden. Dann wünschte er allen einen musikalischen fröhlichen Abend, sie sollten sich von der musikalischen Kreativität ihrer Kinder verführen lassen. Nach ihm war unmittelbar der Chor daran, nach dem Chor wurden verschiedene klassische Musikstücke von verschiedenen Schülerorchestern gespielt. Und jedes Mal war, egal was gespielt wurde, gut oder schlecht, mit Fehlern oder fehlerfrei, die Begeisterung des Publikums enthusiastisch. Manches Mal klatschten sie immer weiter und setzten so das Zeichen für eine Zugabe, und manche Stücke wurden wiederholt.

An diesem Abend kommt alles anders. Nachdem der Schuldirektor seine lange Rede gehalten und schließlich beendet hat, applaudiert niemand. Sonst hat man stets sowohl während der Rede, als auch am Ende stürmisch applaudiert. Auch Gabriela und Angela halten eine stürmische Rede und der Chor zieht planmäßig und hervorragend sein Programm durch. Aber weder als Gabriela und Angela sprechen, noch während der Chor singt, und auch am Ende wird nicht applaudiert. Es scheint niemand interessiert zu

---

„Immerhin."
„Ja, aber mit der Zeit schauten sie sich auch nicht mehr an, sie marschierten wie Ochsen aneinander vorbei, der einzige Unterschied war, dass die richtigen Ochsen gelegentlich Muh sagten, sie aber nicht."
„Das klingt ja fürchterlich."
„Leider, leider, ist es so, Hassan."
Ein ehemaliger Kollege von Hans, der gerade angekommen war und das Gespräch zwischen den beiden mit angehört

sein. Gabriela und Angela denken nur, die Leute sind wirklich sauer und ignorieren alles. Merkwürdig ist, dass Elke, Hamid, Jamal und die jungen Leute mit ihren Zetteln entgegen jeder Planung nirgendwo zu sehen sind. Doch auch nach dem Vortrag sämtlicher klassischer Stücke durch sämtliche Schülergruppen gibt es keinerlei Beifall von Seiten des Publikums, keinen Applaus. Eiskalte Stille. Es sieht aus, als wäre niemand im Saal, obwohl der Saal voll ist. Weder Protest noch Begeisterung oder überhaupt eine Regung sind zu erkennen. Gabriela und Elke sind sprachlos. Was ist geschehen, fragen sie sich. Als das Ende des Programms angekündigt wird und das Orchester, der Dirigent und die Chorgruppe die Bühne verlassen, verharrt die Masse im Saal trotzdem reglos. Gabriela und Elke geraten in Panik und laufen zu dem Publikum hin. Sie betasten die Gestalten und stellen zu ihrem Erschrecken fest, dass alle aus Plastik sind, alle Made in China, so steht es auf ihren Handrücken oder auf der rechten Brust.

Dies war eine Horrorvorstellung von Gabriela. Als Gabriela von ihrer Vorstellung sprach, meinte sie, die Menschen in diesem Lande seien nicht mehr weit davon entfernt, zum Plastikmenschen zu werden. Wenn die Menschen noch ein wenig gefühlloser, noch widerstandsunfähiger, noch sprachunfähiger und noch begeisterungsunfähiger würden, unterschieden sie sich tatsächlich überhaupt nicht mehr von diesen Plastikmenschen, dann wären sie diese Plastikmen-

---

hatte, mischte sich ein: „Ach, liebe Leute, ich bin gerade ankommen und habe gehört, was ihr sagt. Es ist alles noch viel schlimmer geworden, Hans. Stell dir vor, wenn die Leute zu Hause sind, drücken sie zur Begrüßung einen Knopf auf einer Tastatur, nicht dass ihr denkt, sie würden ein Wort schreiben, wie guten Abend oder hallo oder so ähnlich, sie drücken nur diesen Knopf, das ist alles, und wenn sie unterwegs sind, haben sie ständig kleine Gerätschaften dabei, und anstatt mit den anderen zu reden, drücken sie auf die

schen. Nur könnte man Plastikmenschen billiger in China oder wo sonst noch Menschen für Hungerlöhne und noch weniger ausgebeutet werden, herstellen lassen. Es gab zwar Leute, die behaupteten, man könne echte Menschen durch Genmanipulation verformen und beliebig so oder so herstellen, aber das war bislang nur eine Behauptung, und das Ergebnis war zu ignorieren. Und außerdem, auf diesem Wege Menschen zu verformen oder zu manipulieren, wäre unnötig teuer und lohne sich nicht.

Nun war es soweit. Die Leute hatten Platz genommen und alle saßen klassisch festgenagelt auf ihren Stühlen. Der Chor stand wie immer am rechten Bühnenrand, die Mitglieder des Orchesters besetzten die restliche Bühne. Angela, die Chorleiterin, stand schweigend da, Gabriela zwei Meter links von ihr. Gabriela war neu in dieser Aufstellung, der Orchesterdirigent stand ebenfalls da, und zwar in der Mitte. Gabriela und Angela stand die innere Anspannung ins Gesicht geschrieben. Tausende Gedanken schwirrten durch ihre Köpfe. Wie würden die Leute reagieren, was würde der Schulleiter sagen, wie würden die Schülerinnen und Schüler alles sehen? Gabriela quälte der Gedanke, dass viele kleine Kinder dabei waren, für die alles zu viel sein könnte. Würden die anderen überhaupt etwas verstehen? Fragen über Fragen stellten sie sich. Vielleicht würden die Leute nach kurzer Zeit Buh rufen und brüllen, sie sollten mit diesem

---

Knöpfe dieser Dinger, und so sagen sie: ‚Wir kennen uns'. Oder: ‚Mach mir Platz, ich will vorbei'. Ich will nicht alles erzählen, außer einer Szene, die ich sah. Ich war einmal in einem Laden an der Wursttheke, wo man heute anstatt etwas zu sagen, zum Beispiel ‚hundert Gramm Schinken' oder ‚Wurst', einfach auf eine Taste drückt, daraufhin leuchtet ein Lämpchen auf, und so bekommt man, was man wünscht. Das ist nun überall so. Es ist nicht nur das Reden vorüber, sondern viel länger schon das Schreiben, nicht nur

Mist sofort aufhören. Gedankenvoll starrten sie wie abwesend die Masse an, die der traditionellen Eröffnungsrede des Schulleiters harrte. Der nahm schließlich das schnurlose Mikrophon und fing an, die Leute herzlich und weihnachtlich zu begrüßen. Er hatte noch nicht zehn Sätze gesprochen, da knallte es plötzlich in der rechten Ecke vorne im Saal.
Alle hielten irritiert inne, als es auch schon zum zweiten Mal knallte. Dann hörte man Schreie: „Ein Amokläufer!!"
Man hörte ein Raunen im Publikum: „Gott bewahre! Nein, um Gottes willen!"
Manche zitterten und sagten mit bebender Stimme: „Das sind Terroristen!"
Andere waren überzeugt: „Es sind bestimmt Selbstmordattentäter!"
Beim dritten Knall sprangen die festgenagelten Menschen blitzartig von ihren Sitzen auf und schauten sich verwirrt um.
Es war ein Schüler, genauer gesagt ein ehemaliger Schüler, der da am Werk war. Er sprang auf die Bühne, rannte zu dem Schuldirektor hin, hielt ihm einen Pistolenlauf an den Kopf, riss ihm das Mikrophon aus der Hand und schrie hinein: „Ruhe, bleibt gefälligst ruhig!!"
Es nutzte zuerst nichts, die Masse brummte weiter. Da schoss er noch einmal in die Luft und schrie: „Verdammt noch mal, Ruhe habe ich gesagt! Alle setzen sich wieder hin,

---

das Schreiben im klassischen Sinn, so auf Papier oder an eine Tafel, sondern auch das Schreiben mithilfe einer Tastatur. Das wollte ich euch sagen."
„So gesehen ist eine Art Steinzeit ausgebrochen, in der die Leute sich mit Zeichen verständigen, mit dem Unterschied, dass die Steinzeitmenschen reden konnten."
„Ja, so ähnlich würde ich das auch sagen", äußerte sich der Kollege. „Ich bin froh, dass ich jetzt hier bin", fügte er hinzu.

ihr macht, was ich sage, sonst knallt's. Los, weiter!"
Die Leute versuchten, sich zu beruhigen, sie hatten keine andere Wahl. Sie setzten sich brav wieder hin, ihre nun blassen Gesichter, ihre zitternden Lippen und Hände waren nicht zu übersehen. Auch der Schuldirektor zitterte wie Espenlaub. Nie hätte er sich, auch nicht im Entferntesten, so etwas vorstellen können. An seiner Schule war immer alles beim Besten, die Schüler waren in Ordnung, die meisten Eltern waren wohlhabend, gebildet und stammten aus höheren Schichten. Dass ein ehemaliger Schüler nun in dieser Weise auftauchte, so etwas stand nicht mal in den Sternen.
„Hört, was ich sage, und tut, was ich verlange, sonst ist nicht nur dieses Arschloch hier tot, sondern viele von euch! Ich hab auch Handgranaten dabei!"
Dabei drücke er die Pistole an die Schläfe des Schuldirektors und zeigte auf seine geschwollenen Jackentaschen. „Hört genau zu, was ich sage, tut genau, was ich sage, keiner kommt auf dumme Gedanken! Ihr geht jetzt brav nach Hause, keiner von euch ruft die Polizei! Wenn ich nur eine Polizeisirene höre oder ein Polizist hier auftaucht, sind diese Leute sofort tot!"
Er rief Angela, Gabriela und den Dirigenten zu sich und befahl ihnen, sich auf den Boden zu setzen, genau vor die Füße des Schuldirektors. Und sie setzten sich. Das Publikum kam in Bewegung, die Kinder stürzten zu ihren Eltern, und alle strömten auf die Ausgangstüren zu. Panik stand in

---

„Und die Älteren, die zu uns kommen, was ist mit denen, ich meine die Älteren sind doch wahrscheinlich nicht so weit gegangen?"
„Ach, die sind fast normal, nur viele kapieren nicht, dass sie in der neuen Welt angelangt sind. Siehst du nicht, wie Karl-Heinz energisch nach seiner Bockwurst verlangt und nicht einsehen will, dass hier man kein Essen braucht. Oder wie ausgerechnet Manfred Gottlieb wegen seines Biers beinahe eine große Auseinandersetzung mit Gott veranstaltet hätte,

ihren Gesichtern. Manche Frauen knickten mit ihren Stöckelschuhen um und mussten sich stützen lassen. „Langsam laufen, nicht so drängeln!“, hörte man die Stimme des Attentäters.
Doch, sie wurden tatsächlich ruhiger und bewegten sich scheinbar gesittet durch die Türen. Im Hof aber rannten sie los wie die Verrückten, hin zu ihren Autos, rissen die Türen auf und ließen die Motoren brüllen. In dem Durcheinander, in dem alle gleichzeitig auf die Ausfahrt zusteuerten, wurden Stoßstangen und Kotflügel eingedrückt, aber das kümmerte in dem Moment niemanden. Man verzichtete darauf, auszusteigen, jetzt war alles egal, selbst das geliebte Auto spielte keine Rolle. Hauptsache, so schnell wie möglich weg von hier, sich und die Kinder retten, das hatte die höchste Priorität.
Tatsächlich hatte niemand bei der Polizei angerufen, aus Angst oder weil man überhaupt nicht daran dachte, keiner wollte nur einen Augenblick länger als unbedingt nötig dort bleiben, und außer Elke, Hamid, Jamal und dem Hausmeister blieb auch niemand da. Die vier verbargen sich in einer dunklen Ecke des Schulhofs, die jungen Leute, die sie begleitet hatten, hatten sie natürlich auf dem schnellsten Weg nach Hause geschickt. Blitzschnell war der riesige Schulhof wie leergefegt.
Die vier warteten in ihrem Versteck und berieten, ob sie bei der Polizei anrufen sollten. Es könnte sein, dass die Polizei

---

oder Thomas Jefferson, der tagelang wie ein kleines Kind weinte und von seinem gesamten Vermögen zumindest sein dickes Auto verlangte.“
„Solche Leute gehören zu den Leuten, die ihre letzten Wünsche mit sich hierhertragen, weil sie, wie gesagt, dort nicht verstanden haben, dass die neue Welt eine andere Welt ist. Das Beispiel mit der Wursttheke sagt viel über diese paar Leute aus der früheren Zeit, dort hatte man für sie zeitweise extra einen Menschen hingestellt, der ihnen ein

sie nicht ernst nehmen und mit Sirene hierherkommen würde, zumal es ihnen anscheinend Spaß machte, mit Blaulicht durch die Stadt zu düsen und die Straßen frei gemacht zu bekommen. Dann würde der Attentäter womöglich Angst bekommen und losschießen. Hamid war der Meinung, dass der Typ sehr unfähig war, er ging davon aus, dass er nicht in der Lage war, tatsächlich auf irgendjemanden zu schießen. Er war bestimmt so einer, der ein Computerspiel, das ihm seine lieben Eltern besorgt hatten, nun in echt spielte.

Doch niemand wollte ein Risiko eingehen. Wer weiß, was für ein Mensch er ist, manchmal stecken hinter einem naiven Äußeren die schrecklichsten Psychopathen, die zu allem fähig sind. „Lieber vorsichtig", sagte Elke. „Nicht, dass ausgerechnet wir eine Katastrophe verursachen." Und an Hamid gewandt fügte sie hinzu: „Wenn der Kerl so naiv ist, wie du sagst, umso besser, dann wird er von sich aus aufgeben."

Trotzdem schlug der Hausmeister vor, er könne in die Aula zurückkehren und sich dumm stellen und sagen, er wäre hier der Hausmeister, er wohne hier, was solle er machen, wo solle er hingehen, hier wäre sein Zuhause, und wie lange sie noch die Aula besetzen wollten, er müsse abends die Schule abschließen, ob der Herr auch hier zu bleiben gedenke oder ob er gehen wolle. „Ich kann euch was zu trinken und zu essen anbieten", schlug er vor.

---

paar Scheiben Wurst oder ähnliches reichte…"

„Was ist mit den anderen, die noch nicht so weit sind, ich meine diejenigen, die aus anderen Teilen der Erde kommen, die noch nicht roboterisiert worden sind."

„Ach, die! Sie sind dabei, sich gegenseitig mit Pfeil und Axt umzubringen. Mit dem Unterschied, dass ihre Pfeile und Äxte sich in Bomben und hochmoderne Waffen verwandelt haben, welche wiederum die anderen ihnen gegen viel Geld zur Verfügung stellen, die anderen aus den anderen Teilen

Elke fand ihn sehr mutig und opferbereit. Dann meinten alle, es könne nicht schaden, wenn er mal nachschauen würde, höchstens würde der junge Mann sagen, er solle auch abhauen.
Also schlich sich der Hausmeister die Treppe hinauf und betrat die Aula. Der junge Mann sah ihn sofort und brüllte ihn auch sofort an, immer noch die Pistole an den Kopf des Schuldirektors drückend: „Was hast du hier verloren, du elender Hund?!"
Der Schuldirektor stand da, die Frauen und der Dirigent waren ausgezogen und standen splitternackt in einer Reihe vor dem Direktor. Der Hausmeister sagte, was er sich ausgedacht hatte, dass er die Schule abschließen wolle. Da rief ihn der ehemalige Schüler zu sich und befahl ihm, sich ebenfalls auszuziehen. Nirgendwo werde er hingehen, er kenne ihn sehr wohl, und der Hausmeister tat wie ihm geheißen. Die beiden kannten sich tatsächlich, der ehemalige Schüler fand den Hausmeister sogar nett, denn er war auch nett, insbesondere zu den Schülern und Schülerinnen. Nun befahl er allen vieren, den Schuldirektor zu entkleiden.
Elke und die beiden Männer, die immer noch auf dem Schulhof warteten, ahnten, dass der Hausmeister auch festgehalten worden war. Da beschlossen sie, zu dritt zur Polizei zu fahren, dort die Lage genau zu schildern und sie zu bitten unauffällig mitzukommen. Sie fuhren los. Es ging alles gut und es ging alles wirklich ganz schnell. Als sie in

---

der Welt, meine ich." – „Warum denn das?"
„Jeder meint, der andere wäre vom Pfad des Herrn abkommen und verdiene den Tod. Es ist immer noch so, Diktaturen kommen, Diktaturen gehen, die Etiketten werden gewechselt, aber die Verbrechen bleiben die Gleichen."
„Was sagt der Herr eigentlich dazu? Kann man ihn überhaupt fragen?"
„Du weißt, dass wir den Herrn nicht sehen und nicht hören können und dürfen, aber ich habe von seinen Leuten ge-

die Nähe der Schule zurückkamen, sahen sie etwas Merkwürdiges. Hamid war gerade dabei, auf dem Parkstreifen vor der Schule, der nun komplett frei war, zu parken, denn sie wollten kein Risiko eingehen und auf den Schulhof fahren. Da sah Jamal durch das Hofgitter, dass Gabriela, Angela, der Dirigent und der Hausmeister nackt waren, sie trugen den Schuldirektor, der ebenfalls splitternackt war, auf den Schultern und marschierten auf Befehl dieses Verrückten in dieser scheußlichen Kälte über den Schulhof. Jamal schrie: „Um Gottes willen, da sind sie, alle nackt!!“
Als Elke die Szene sah, schrie sie: „Ach du Schreck! Was bedeutet das, will er sie schikanieren oder will er sie nackt totschießen?“
Sein Plan war, sie nach ein paar Runden auf dem Schulhof die Straße entlangmarschieren zu lassen.
Als Hamid den Wagen geparkt hatte, sagte er, während sie aus dem Auto ausstiegen: „Wir müssen ganz ruhig bleiben, wir dürfen auf keinen Fall auffallen, ich meine, der ist verrückt.“
Elke winkte das Polizeiauto herbei. Es hielt ebenfalls an. Hamid und Jamal schlüpften sofort durch das Schultor auf den Schulhof und verbargen sich hinter einem Müllcontainer, wo die Nackten gerade vorbeimarschiert waren. Sie stellten fest, dass der Junge nun nur noch unaufmerksam hinter seinen Gefangenen her lief, ohne überhaupt den geringsten Verdacht zu haben, dass irgendjemand außer ihnen

---

hört, er mache sich lustig darüber.“

In der Tat war es so, dass sich der Herr mit diesen Kreaturen von der Erde, die er auf verschiedenem Wege und zu verschiedenen Anlässen zu sich zurückgerufen hatte, nicht sonderlich intensiv beschäftigte. Er hatte einfach die Nase voll von ihnen. Sie waren dermaßen von den sogenannten menschlichen Eigenschaften auf der kleinen Erdkugel geprägt, dass dem Herrn nichts anderes übrig blieb, als sie für eine Zeitlang einfach sich selbst zu überlassen, bis sie end-

in der Schule sein könnte. Er brüllte: „Links, zwei, drei, vier, ihr Schweine, los, weitermarschieren!“

Als sie wieder auf ihrer Höhe waren, zögerte Jamal nicht. Er packte den jungen Mann von hinten und Hamid kam ihm zur Hilfe. Gemeinsam überwältigten sie den Jungen sofort. Als die Polizisten ankamen, überließen sie ihnen den ehemaligen Schüler.

Elke eilte als erste in Die Aula zurück und holte alle Kleidungsstücke her. Mittlerweile waren auch Gabriela, Angela und die zwei Männer im Erdgeschoss. Sie zogen sich rasch an. Alle zitterten. Sie waren kurz vor einem Nervenzusammenbruch. Ein Polizist sagte: „Gleich kommt der Krankenwagen.“ Aber Gabriela und Angela erholten sich rasch wieder, sie waren so froh, dass alle ihre Freunde noch da waren und fanden schnell ihre Fassung wieder. Auch um den Dirigenten und den Hausmeister stand es nicht weiters schlimm.

Nur dem Schuldirektor ging es wirklich schlecht, er wurde ins Krankenhaus transportiert. Er hatte inzwischen seine Frau informiert, die ausnahmsweise und zum Glück in diesem Jahr bei dem Konzert nicht hatte anwesend sein können, da sie als Unternehmensberaterin einen Termin in einer anderen Stadt hatte, der etwas länger dauerte. Sonst war sie fast jedes Jahr beim Adventskonzert anwesend und ging mit ihrem Mann und den Vorsitzenden des Fördervereins nach Konzertende etwas trinken, und wenn sie auch Hun-

---

lich einsehen würden, dass das, was auf der Erde wert und wertvoll war, hier ist wertlos war. Dann würde er recht einfach mit ihnen reden können.

„Also sind wir auch hier von ihm im Stich gelassen!“, sagte Hans verbittert. „Kein Wunder, dass viele glauben, dass es überhaupt keinen Herrn gibt. Ich finde es nicht gut, dass er die Menschen hier auch allein lässt, er hätte daraus lernen müssen, dass die Menschen, wenn er ihnen alles selbst überlässt, viel Unheil anrichten können.“

ger hatten, gingen sie eben richtig essen. Doch in diesem Jahr hatten sie ausgemacht, dass sie ihren Mann nach dem Konzert abholen würde und sie zu zweit etwas essen oder trinken gehen würden, je nachdem wonach ihnen der Sinn stand. Nun durfte sie ihn aus dem Krankenhaus mitnehmen. Denn nach zwei Stunden ging es dem Schuldirektor wieder besser, körperlich war er unversehrt, seine Psyche aber war im Eimer. Es bestand jedoch keine Gefahr für ihn, wie ein Arzt sagte. Es schien, als habe ihm genauso wie den anderen die Kälte überhaupt nichts ausgemacht, da ihre Körper dermaßen angespannt waren, dass die Kälte nicht auf sie wirkte.

Der Schuldirektor und seine Frau gingen trotz der Aufregung nicht direkt nach Hause, sie dachten, es wäre besser, etwas zu trinken oder zu essen. Sie gingen also wie geplant in ein Restaurant. Doch der Schuldirektor fühlte sich nicht ganz wohl, er fand die Masse im Restaurant auf einmal unerträglich. Sie begnügten sich also mit einer Kleinigkeit zu trinken und fuhren nach Hause.

Die Polizisten hatten sofort festgestellt, dass der Junge bloß eine Schreckschusspistole hatte, und hatten das allen Anwesenden mitgeteilt. In seinen Taschen entdeckten sie statt Handgranaten zwei große Orangen und nichts weiters. Es stellte sich heraus, dass er sogar an dieser Schule seinen Abschluss gemacht hatte und dass er an dem Schuldirektor, der ihn gerade während eines solchen Konzerts einmal

---

Hassan lachte. „Nein, Hans, das können sie nicht, ich glaube, er weiß, was er tut. Du wirst noch erfahren, dass die Menschen hier ohne Wenn und Aber mit sich selbst abrechnen. Das tun sie wirklich. Denn sie haben hier tatsächlich keine andere Chance, keine andere Aufgabe."

Hans glaubte ihm, aber er war zugleich davon überzeugt, dass er versuchen würde, mit Gott zu reden. Er war doch da, warum sollte er es also nicht versuchen? Das war die Frage, die ihn beschäftigte.

schikaniert hatte, Rache nehmen wollte. Überhaupt wollte er sich an der gesamten Schule, die er zutiefst hasste, rächen. Er wurde mitgenommen und in Gewahrsam behalten und später untersucht, die Psychologen haben in ihren Gutachten erklärt, dass der Junge unter einer akuten Paranoia litt und durch seine labile Persönlichkeit wirklich gefährlich werden konnte, und wenn er eine richtige Pistole zur Verfügung gehabt hätte, hätte er höchstwahrscheinlich auch geschossen, und wenn die Orangen Handgranaten gewesen wären, hätte er nicht gezögert, sie zu werfen. Es war auch nicht auszuschließen, dass er jemanden töten würde, denn er war nicht in der Lage, zwischen Normalität und Anormalität zu unterscheiden wie zwischen Wärme und Kälte. Er musste unbedingt in Gewahrsam bleiben und behandelt werden und das wurde auch angeordnet.
So kam es, dass dieser Verrückte an diesem Abend einen Strich durch Gabrielas und Angelas Rechnung zog. Gabriela war danach sehr deprimiert. „Wir haben wochenlang geplant und geübt, um diesen Menschen etwas mitzuteilen, diesen Menschen, die nicht bereit sind zuzuhören und sich von irgendeinem Ereignis beeindrucken zu lassen, und nun hat dieser junge Mensch mit seiner Schreckschusspistole sie zum Gehorchen gebracht, und zwar so, dass keiner von ihnen in der Lage war, bei der Polizei anzurufen. Ist das nicht traurig?“, fragte sie sich und Angela und die anderen am Ende.

VI. Stapel

Hans war ein wenig traurig, wenn auch hier im sogenannten Gottesreich Trauer und Fröhlichkeit keinen richtigen Sinn hatten. Als er eines Tages, wie immer begleitet von Hassan, durch eine Gasse der Unendlichkeit flanierte, flüsterte er Hassan zu: „Ich würde gerne mit Gott sprechen. Ist das möglich?“
Hassan schaute tief in Hans’ Augen, die irgendwie funkel-

Ja, es war traurig. Sie nannten diesen Freitag den schwarzen Freitag in der Geschichte dieser Schule und des Schulkonzerts. Denn seit beinahe fünfzig Jahren lief dieses Programm in dieser Schule, und es war bis zu diesem Zeitpunkt niemals irgendetwas Nennenswertes vorgekommen, nicht einmal eine ernstzunehmende technische Störung hatte es gegeben. Merkwürdigerweise war ausgerechnet in diesem Jahr an diesem Abend das schrecklichste aller schrecklichen Ereignisse geschehen und in diesem Jahr war zum ersten Mal das vorweihnachtliche Programm ausgefallen. Nach diesem Abend und dieser Demütigung war der Schuldirektor nicht mehr Derselbe, er wollte nicht mehr Schuldirektor sein und wollte auch nicht mehr an dieser Schule, überhaupt an irgendeiner Schule, dienen. Sein Wunsch wurde ihm erfüllt, er arbeitete bald in der Verwaltung des Schulamts.
Gabriela entschuldigte sich bei Angela, dass sie diese Unannehmlichkeit ihretwegen hatte mitmachen müssen, und bedankte sich herzlich bei Elke, Hamid und Jamal für ihre besonderen Bemühungen. Sie war so gerührt, dass sie anfing herzzerreißend zu weinen. Unter Tränen küsste sie alle diese Lieben. Unvorstellbar, wie ohne ihre Hilfe alles geendet hätte! Es wäre schrecklich gewesen, wenn sie nur durch eine Straße in dieser Kälte in diesem Zustand hätten marschieren müssen, und das auf Kommando eines ehemaligen Schülers, meinte Gabriela. Dann sagte sie: „Hans und Hassan hatten immer Pech. Sie tun mir wirklich leid.“

---

ten, es war wie der Glanz in den Augen eines Katers, der in finsterer Nacht gelangweilt auf einer Mauer herumlungert. Er war auch lässig wie ein gut gefütterter Kater. „Hast du etwas Besonderes mit ihm zu besprechen?“, fragte Hassan. „Denn mit Gott kann man nur Besonderes besprechen. Der allgemeinen Meinung nach geht er allerdings davon aus, dass der Mensch nichts Besonderes hervorgebracht hat. Daher sieht er keine Veranlassung, mit einem Menschen zu reden. Also, hast du irgendetwas Besonderes im Sinn?“

Hamid fügte hinzu: „Hans und Hassan haben aber in erster Linie recht, es kommt darauf an, wie man es sieht. Genau das, was geschehen ist, bezeugt, dass die beiden mit ihrem Schreiben recht haben. Ein Verrückter hat zweitausend Menschen mit einer Schreckschusspistole ohne jeglichen Widerstand nach Hause gejagt."
Elke schlug vor, dass alle zu ihr nach Hause gehen sollten, und alle waren mit diesem Vorschlag einverstanden. Bei Elke versuchten sie, sich etwas zu beruhigen. Sie sprachen über die Welt und die Menschen, und sie stellten fest, dass dieser junge Mann nichts anderes als ein Opfer war. Was er getan hatte, war schrecklich, aber harmlos, wie seine Spiele. Vielleicht hatte er diesen Massen einen Schock versetzt, aber nur vielleicht. Als es spät wurde, brachte Hamid mit seinem Auto Gabriela und Angela nach Hause. Jede wollte zu sich nach Hause, jede wollte allein mit sich sein.
Gabriela sah Hamid nicht wieder und auch Elke nicht. Ihre Treffen mit Angela beschränkten sich auf die Begegnungen in der Schule. Auch die beiden mochten diese Schule nicht mehr, insbesondere die Eltern, die sie an diesem Abend so jämmerlich im Stich gelassen hatten.
Gabriela war häufig allein. Sie lief manches Mal durch die Straßen dieser Stadt, besuchte die Orte, die damals von Bedeutung für sie waren, und war nach jedem Besuch immer wieder enttäuscht. Es war alles anders als damals. Alles kommerzialisiert, vom Zeitgeist zerfressen. Sie beschloss,

---

„Ich fürchte, nein. Ich möchte ihm oder ihr einfache Worte vortragen. Vielleicht lässt sich die Besonderheit mit der Einfachheit meines Anliegens erklären. Übrigens, ist Gott eigentlich weiblich oder männlich?"
„Von mir aus, ich kann für dich ein Gespräch mit Gott arrangieren, das heißt, ich kann dir den Weg zeigen, der zu Gott führen soll. Aber bedenke nur, dass Gott alles weiß. Jedenfalls kursiert das Gerücht, dass er oder sie über alles Bescheid weiß, an dieser Einstellung der Menschen hat sich

die Erinnerung an die Vergangenheit nicht mehr durch solche Besuche zu überprüfen. Sie fand es schade, auf diese Weise die Erinnerung kaputt zu machen. Die Erinnerung sollte bleiben wie sie war. Auch fand sie es schön, dass Angela weiterhin im Schlaf lebte. Sie hätte gerne wie Angela im Schlaf gelebt, bis sie für immer und ewig einschlief. Aber das konnte sie nicht. Sie war ein anderer Mensch.

---

hier auch nichts geändert. Außerdem heißt es, Gott sei weder weiblich noch männlich. Es steht dir also frei, wie du Gott ansprichst." Hassan wies mit der rechten Hand auf den unendlich lang erscheinenden Pfad: „Auf diesem Weg musst du weitergehen, bis du einen Punkt erreichst, an dem du Weisung erhältst, wohin du dich weiterbewegen musst. Du verhältst dich, wie man dich anweist. Was dich dort erwartet? Das weiß nur Gott. Es kann sein, dass du gehst und gehst, und niemals Gott erreichst, du musst auf alles gefasst

13. Kapitel

Den ganzen Abend hatte sich Gabriela einsam und traurig gefühlt, so elend war ihr schon lange nicht mehr gewesen, seit sie sich nicht mehr freitags mit Angela traf. Beide waren stillschweigend übereingekommen, sich freitags nicht mehr so häufig oder überhaupt nicht mehr zu treffen, im Grunde genommen begegneten sie sich nur noch zufällig in der Schule. Es war, als hätten sie eine große Niederlage hinnehmen müssen, weil aus ihrer Aktion beim Schulkonzert nichts geworden war. Der tatsächliche Grund aber war, dass Angela sich bereits vor diesem Ereignis für ein anderes Leben, nämlich für die Rückkehr ins Innere, entschieden hatte. Mit Gabriela war es nicht anders, und wenn dieser Stapel Papier nicht ins Spiel gekommen wäre, wäre sie sowieso nicht so weit mit Angela gegangen. Sie standen nun diesen Papieren und ihrer Vermittlung hilflos gegenüber, und so gab es auf einmal kein gemeinsames Thema mehr zwischen den beiden. Selbst Gabriela hatte es fast aufgegeben, sich mit dem, was Hans und Hassan geschrieben hatten, so intensiv wie vorher zu beschäftigen. Es hat alles keinen Zweck, sagte sie sich. Leute wie Hans und Hassan, die Vertreter des sogenannten kritischen Geistes ihrer Generation, haben es eben verpasst, eine Brücke zur nachkommenden Generation zu schlagen. Wie soll man dann ihre Erfahrungen auf die Jüngeren übertragen, in einer Weise wie voran-

---

sein. Ich warte dort unter diesem Baum auf dich, bis du zurückkommst." Hassan zeigte auf einen riesigen Baum, der sich fast zweihundert Meter entfernt von ihnen am Rande des Pfads erhob und unter dem sich eine einzige Sitzmöglichkeit befand, für eine Person, aus schwarzem Stein.

„Willst du mich nicht begleiten?", fragte ihn Hans.

„Nein, Hans, den Weg zu Gott muss jeder allein gehen."

„Und wenn es lange dauert, was tust du dann hier allein?"

gegangene Generationen es mehr oder weniger erfolgreich taten? Die Menschen haben heute einen anderen Weg zum Leben und Überleben eingeschlagen. Sie folgen einem linearen Weg, der zwei Enden hat, an einem Ende steht der Konsum und am anderen Ende der Tod, ihr Leben verläuft durch verschiedene Phasen und Arten des Konsums, bis der Tod dem ein Ende setzt. Es ist ein aussichtsloses Unterfangen, es so richtig wissend und bewusst lenken zu wollen. Vielleicht werden irgendwann einmal irgendwelche Menschen kommen, die sich vom Joch der skrupellosen Führungseliten der Konsumgesellschaft zu befreien wagen. Und vielleicht werden sie dann auf der Suche nach Ideen und nach Inspiration in die Vergangenheit hinein forschen wollen, dann, und nur dann, und wenn sie noch dazu Glück haben, werden sie in dem riesigen Müllhaufen der Geschichte auf die Meinungen und Ideen edlerer Menschen stoßen. Dann vielleicht werden auch Hans und Hassan entdeckt werden. Ein schweres Unterfangen wird es sein, wenn sie es auf sich nehmen, aber die Menschen sind bekanntlich zu vielem fähig, das zeigt ihre Geschichte. Sie werden für sich eine Lösung finden. Sie waren in ihrer Geschichte mal passiv und schlapp und dann wieder aktiv und explosiv.
Mit diesen Gedanken tröstete sich Gabriela. Ihr war auch nichts anderes übrig geblieben. Gestern, am Freitag, war ihr danach zumute gewesen, irgendetwas zu unternehmen, sie wollte nicht im Internet surfen, sich nicht mit den Face-

---

„Oh, Hans, begreif doch, lange oder kurze Dauer gibt es hier nicht. Allein ist niemand hier, es sei denn, du willst allein sein, bzw. du denkst an nichts oder du denkst nur an dich selbst. Ich habe dir schon mal gesagt, dass du hier existierst wie jede andere Existenz. Geh jetzt, los. Die Zeit ist unendlich wie der Raum, wie oft soll ich das sagen?"
Hans begab sich auf dem Pfad in die Richtung, die Hassan ihm gezeigt hatte. Er schritt und schritt voran, wie benommen, ohne müde zu werden, wie viele Tage, wie viele Wo-

book-Freunden beschäftigen oder sich an den unsinnigen Diskussionen in diesem oder jenem Forum beteiligen. Sie wollte hinaus, aber sie wusste nicht wohin. Ziellos und gedankenverloren war sie oft genug, ja sogar mehr als genug in ihrem Leben durch die Straßen dieser Stadt geschlendert. Nichts interessierte sie, nichts begeisterte sie. Die Menschen schon allein anzusehen war dermaßen monoton und langweilig, dass sie selbst beim obligatorischen Einkaufen am liebsten die Augen geschlossen hätte, um nichts und niemanden sehen zu müssen. Sie war so froh, dass die Menschen hierzulande gemeinhin nicht allzu viel sprachen, sonst wären ihr die Begegnungen auf der Straße absolut unerträglich gewesen, wenn die anderen ihre wahren inneren Triebe auch noch verbal preisgegeben hätten.

Gabrielas Gedanken zersplitterten sich, sie war kurz davor, vollkommen die Kontrolle über ihre Gedankenströme zu verlieren, als plötzlich das Telefon klingelte. Das Festnetz-Telefon! Alle Gedanken verflüchtigten sich mit einem Mal. Ihr Festnetz-Telefon hatte immer noch den damaligen schrillen Klingelton, sie behielt ihn als Andenken an damals. Wer mag das sein, fragte sie sich. Wer ruft denn auf diesem Telefon an, das tut doch selbst Angela nicht?

Der Klingelton schien ihr unheimlich. Angela rief seit den Ereignissen in der Schule nicht mehr an, sie kannte nicht mal diese Telefonnummer, keiner aus Gabrielas Bekanntenkreis kannte diese Nummer.

---

chen, Monate oder Jahre er auf dem Weg zu Gott stapfte, oder zum Gespräch mit Gott, war nicht zu erkennen. Plötzlich stand er vor einem riesigen Areal, das keine Dimensionen hatte, in alle Richtungen schien es sich unendlich auszudehnen. So weit sein Blick reichte, sah er nur gelbe Sandwüste, es war nicht einmal mehr ein Pfad zu erkennen, weder nach rechts oder links, noch nach vorne oder hinten. Er sah nur einen Torrahmen mit zwei Scharnieren ohne Türflügel. „Du musst hier durch“, hörte er eine Stimme.

Sie hörte auf zu spekulieren, ging zum Telefon und nahm den Hörer ab. Sie kam nicht einmal dazu, sich zu melden, denn die Frau am anderen Ende der Leitung war schneller: „Bin ich richtig bei Gabi?"
Gabriela war etwas irritiert, niemand nannte sie Gabi. Sie sagte nur: „Hallo, wie bitte?!"
Die Frauenstimme fuhr fort: „Bist du es, Gabi? Ich bin's, die schöne Gabi."
„Entschuldigung, können Sie sich etwas näher erklären, ich bin ein wenig aus dem Konzept."
„Ich dachte mir schon, dass ich dich aus dem Konzept bringe. Ich bin die schöne Gabi, die Taxifahrerin von damals, vor vielen, vielen Jahren."
„Die Taxifahrerin vor vielen, vielen Jahren?", wiederholte Gabriela.
„Ja, genau, die Taxifahrerin vor vielen, vielen Jahren. Erinnerst du dich an jenen Abend, als du aus dem Theater kamst, bei mir ins Taxi eingestiegen bist und ich dich nach Hause gefahren habe?"
Gabriela versuchte, sich zu erinnern, aber sie war häufiger ins Theater gegangen und immer mit dem Taxi nach Hause gefahren, und ab und zu wurde das Taxi auch von einer Frau gefahren. „An welchem Abend war das?", fragte sie.
Aber sofort bereute sie es, gefragt zu haben, denn es war ihr eingefallen, dass es vielleicht ein Trick der Anruferin war, ein Versuch, etwas auf diese Weise loszuwerden, etwas zu

---

Er zögerte einen Moment, wusste nicht, wozu es gut sein sollte, durch diesen Torrahmen zu gehen. Er konnte genausogut rechts oder links an dem Rahmen vorbeigehen. „Zögere nicht, du musst hindurch", hörte er wieder die Stimme, die wie der Wind in der Wüste in seinen Ohren pfiff, ohne das geringste Gefühl. Er tat wie ihm geheißen. Und kaum war er durch das Tor geschritten, sah die Welt völlig anders aus. Er hatte nicht einmal Gelegenheit gefunden, sich umzudrehen, um den Torrahmen zu sehen. Der war auch tat-

verkaufen oder sie für diese und jene Spende zu gewinnen. Sie überlegte kurz, wollte sagen: „Entschuldigung, ich kenne Sie nicht, Sie haben sich bestimmt verwählt", und dann den Hörer auflegen, aber die schöne Gabi war wieder schneller als sie: „Das Theaterstück hieß ‚Untergang der Republik', du bist bei mir eingestiegen, und kaum waren wir losgefahren, hast du angefangen zu weinen. Dann hast von menschlicher Grausamkeit und Dummheit geredet, denn du warst von dem Stück zutiefst berührt und aufgewühlt. Dann haben wir uns vorgestellt. Du heißt Gabriela und ich auch, und wir haben vereinbart, uns zu duzen, und am Ende der Fahrt haben wir unsere Telefonnummern ausgetauscht."

Nun machte es Klick in Gabrielas Kopf: „Oh, mein Gott, das ist vor vielen Jahren gewesen!"

„Ja, das stimmt, es ist eine lange, lange Zeit vergangen seither. Vielleicht fünf oder sechs Jahre oder mehr, ich weiß es nicht genau."

„Ja, ja", seufzte Gabriela in den Hörer. „An das Theaterstück erinnere ich mich wohl, ‚Untergang der Republik', jetzt, wo du es sagst, erinnere ich mich auch an dich."

„Ich habe dich nie vergessen", sagte die schöne Gabi. „Ich war nur zu feige, um bei dir anzurufen. Aber jedes Mal wenn ich mit Freunden und Bekannten diskutierte, habe ich dich als Beispiel genannt, eine Frau, die sich ernsthaft über die gesellschaftlichen Missstände Sorgen macht. Und ich

---

sächlich nicht mehr da. Der Weg zu Gott könnte auch spielerisch sein, ging es ihm durch den Kopf. Vor sich sah er nun Tausende und Abertausende Wege und Pfade, die unendlich schienen, und genauso unendlich viele Arten von Bäumen, Pflanzen, Tieren und weiteren merkwürdigen Lebewesen, die ihm völlig unbekannt waren. Er stand auf einem dieser Wege. „Du musst geradeaus!", hörte er wieder diese rare Stimme.

Hans lächelte. „Aha, er will seine Macht demonstrieren",

habe immer gesagt, die Zahl dieser Menschen wird im Laufe der Zeit immer geringer."
„Danke schön", sagte Gabriela. Immer noch wusste sie nicht, warum die schöne Gabi sie nach so vielen Jahren ausgerechnet jetzt angerufen hatte. Immerhin, jemand hat an mich gedacht, ohne dass ich davon wusste, sagte sie sich.
„Das Stück läuft wieder", sagte die schöne Gabi. „Ich habe es gestern gesehen. Und das hat mich so beeindruckt. Daher habe ich Mut geschöpft und bei dir angerufen. Jetzt weiß ich viel besser, warum du damals geweint hast. Es ist zwar schon so lange her, aber immerhin."
Nun wurde auch Gabriela alles erinnerlich. Diese Taxifahrerin war eine Architektin, die einiges mitgemacht hatte, was die Beziehung zwischen Männern und Frauen anging, auch ihr Unternehmen war Pleite gegangen, und sie hatte sich ein Taxi gekauft, weil sie während ihres Studiums als Taxifahrerin gejobbt und damals wenig Sorgen hatte, so war das eigene Taxi für sie ein Versuch, an das vergangene Leben, und zwar auf höherem Niveau, anzuknüpfen. Gabriela fand die schöne Gabi interessant. Nun sagte diese: „Ich möchte das Stück heute Abend noch einmal sehen. Es ist die letzte Aufführung, und ich würde mich freuen, wenn du das Stück mit mir besuchen würdest."
Gabriela überlegte kurz und sagte sich, vielleicht wäre das die Rettung an diesem schrecklich langweiligen Abend. Warum nicht? Zumal sie damals das Theaterstück nicht bis

---

murmelte er vor sich hin. Er schwor sich, sich nicht einschüchtern zu lassen. „Du armer Gott, was nutzt es dir, wenn du deine Macht einem Verstorbenen demonstrierst. Nee, bitte schön, zeig, dass du mächtig bist", sagte er laut, „schau mal auf die Erde, was da los ist, und zeige deine Macht dort, zeige den Verbrechern, Mörderbanden, wo es langgeht! Richte sie! Siehst du nicht, wie sie Kriege anstiften und sich scharenweise gegenseitig umbringen? Siehst du nicht, was dort vor sich geht? All diese Brutalität! Oder

zum Ende gesehen hatte. Aber sie hatte das Stück sowohl vorher als auch nachher gelesen. Das machte sie damals traurig, es tat ihr weh, zu sehen, wie die Menschen immer unkritischer wurden, wie sie sich an neue Situationen anpassten, auch wenn sie noch so übel waren, wie sie sich alles gefallen ließen. In dem Stück ging man brutal mit einem kritischen Menschen um, und keiner stand ihm bei, alle formierten sich gegen ihn, von der Polizei über die Massen, die in Form der Besucher eines Cafés dargestellt wurden, bis hin zu dem Besserwisser-Philosophen, der zu Gunsten der Dummheit der Massen philosophierte, als eine Art Hofphilosoph. Was sie nicht gesehen hatte, war, wie alle am Ende diesen kritischen Geist auf der Bühne zu Tode trieben, weil sie damals aus Protest gegen das echte Publikum, das sich auf die Seite der Unterdrücker, des blöde und dumm dargestellten Publikums und des angepassten Philosophen, der als Zeichen seines Verständnisses für das Publikum dem Kritiker persönlich einen Korken in den Mund steckte, geschlagen hatten. Was Gabriela auch nicht gesehen hatte, war, wie einige aus dem echten (nicht aus dem von Schauspielern dargestellten) Publikum beinahe die Bühne erstürmten, um sich auf den Mann bzw. den Schauspieler, der die Rolle des kritischen Menschen spielte und das gespielte Publikum ein dummes Volk nannte, zu stürzen. Das Stück sollte zwar die Realität zeigen, in der die Menschen immer dümmer werden, der Philosoph und Welterklärer

---

liebst du vielleicht Kriminalgeschichten? Ach ja, die Geschichte deiner sogenannten Geschöpfe ist die allergrößte Kriminalgeschichte, die sich ein vernünftiger Gott vorstellen kann. Amüsierst du dich beim Zuschauen, wie jemand, der einen Krimi liest?“

Er schritt geradeaus, obwohl er angesichts dieses unglaublichen Wirrwarrs der Wege nicht wusste, was geradeaus bedeuten könnte. Er ging quasi der Nase nach und ging einfach davon aus, es wäre geradeaus, wie er lief. Und er lief

nichts als ein Dummschwätzer ist und alles einschließlich der sogenannten kritischen Journalisten von oben kontrolliert wird, aber die echte Realität war noch viel schlimmer, damals schon, und das war es, was Gabriela so empörte. Nun wusste sie Bescheid. Alles war inzwischen noch viel weiter fortgeschritten. Die Menschen waren, was gesellschaftliche Kritik anbelangte, völlig anspruchslos geworden und entmündigt. Es war damals so und es ist heute immer noch so. Man schreibt Bücher, Theaterstücke über den Untergang der sogenannten Republik, man schaut und hört eventuell zu, man liest eventuell Bücher, man amüsiert sich im Kabarett, aber man tut nichts. „Was soll man tun, damit die Republik nicht untergeht?“, das ist die Frage, die jeder sich stellt. Aber anscheinend weiß niemand eine Antwort darauf, und niemand will eine wissen.

Gabriela hatte eigentlich keine Lust, dieses Stück noch einmal anzuschauen. Warum sollte ich abermals hören, dass alles im Eimer ist? Ich weiß es doch. Wenn man ein bisschen denkt und genauer hinschaut, merkt man das doch!

Aber sie wusste zugleich, dass es darauf ankommt, wie die Leute es sehen, wie sie überhaupt zu der Gesellschaft, in der sie leben, stehen. Ob sie die Republik überhaupt als Symbol für ein gemeinschaftliches Leben betrachten, ist stark zu bezweifeln, denn das Gefühl für dieses gemeinschaftliche Leben ist den meisten schon lange abhanden gekommen. Aber vielleicht denken sie doch und sie wissen,

---

und lief, zugleich hatte er das Gefühl, unbeweglich zu sein und sich nicht vom Fleck zu rühren.

Hans spürte weder Zeit noch Raum. Er wusste nicht, ob er vorwärts oder rückwärts lief, ob er überhaupt lief. Es war kein Ende in Sicht und somit auch kein Ziel und kein Anfang. Nein, es hatte keinen Sinn. Er schrie so laut er konnte: „Hey, Gott wo versteckst du dich?! Ich habe etwas mit dir zu bereden! Seit langem will ich dir Fragen über Fragen stellen. Erinnerst du dich an jenen Tag, an dem ich sterben

dass der Untergang der Republik ohnehin unvermeidlich ist.
Doch die schöne Gabi ließ nicht locker und sie nicht weiter nachgrübeln, indem sie sagte: „Ich weiß, dass es sehr kurzfristig ist, aber ich habe mir gesagt, ich frage dich einfach, vielleicht hast du Zeit und Lust, und wenn nicht, dann habe ich wenigstens endlich einmal bei dir angerufen. Ich hoffe, dass es dir gut geht.“ Und sie fuhr fort: „Danach können wir etwas trinken gehen. Bei mir hat sich einiges geändert. Ich kann nicht mehr die ganze Zeit selbst Taxi fahren, daher habe ich eine Fahrerin eingestellt. Sie ist o.k., viel besser als die Männer.“
Gabriela wusste nicht, was sie sagen sollte, sie suchte krampfhaft nach einem Hindernis für den spontanen Theaterbesuch. So fragte sie erst einmal: „Bekommt man so kurzfristig überhaupt noch zwei Theaterkarten?“
„Ach, keine Sorge“, antwortete die schöne Gabi. „Das Stück ist nicht gut besucht. Als ich dort war, war höchstens ein Drittel der Plätze besetzt. Ich habe gerade im Internet nachgeschaut, es sind immer noch viele Plätze frei. Wenn du willst, kann ich gleich zwei Karten reservieren und dich danach abholen.“
„Gerne“, sagte Gabriela. „Warum nicht?“
Warum hatte sie zugestimmt? Viel lieber hätte sie gesagt: Warum sollen wir ins Theater gehen, wir können direkt etwas trinken oder essen gehen.

---

wollte? Ich habe von der von dir geschaffenen Welt und ihren Bewohnern die Nase voll gehabt, habe alles schwarzgesehen, wollte nicht mehr dort sein. Meine Geduld war am Ende. Ich habe auch nicht an dich geglaubt. Und weißt du, warum? Ich will es dir sagen, weil die Leute, die dich hoch gepriesen haben, genauso verlogen und abscheulich waren wie die anderen, ja, sogar noch schlimmer, noch grausamer! Denn sie haben bewusst mit den Gefühlen und den Befindlichkeiten der anderen gespielt, haben ihre Sorgen und Nöte

Aber das war zu viel für sie. Sie kannte diese Frau doch gar nicht, und sie wusste auch nicht, warum sie sich nach so vielen Jahren auf einmal bei ihr meldete. Dann hörte sie auf, sich ständig diese und jene Frage zu stellen. Vielleicht will sie mit jemandem redend und es fällt ihr niemand ein außer mir. In letzter Zeit hatte Gabriela öfters davon gehört, dass sich plötzlich, nach wer weiß wie langer Zeit, jemand bei jemandem meldete. Sie hatte selbst einmal etwas Ähnliches erlebt, als sich eine sehr alte Bekannte nach fast fünfzehn Jahren bei ihr meldete, die niemanden mehr auf dieser Welt hatte, mit dem sie etwas vertraulicher reden konnte. Sie hatte Gabriela erklärt, dass sie mit ihrem Anruf den Rat ihres Therapeuten befolge, der ihr empfohlen habe, an ein paar Kontakte von früher anzuknüpfen, dies täte ihr gut. Und Gabriela war eine von den Personen, die sie nun kontaktierte.
Diese Bekannte hatte nur ein einziges Mal bei ihr angerufen, dann war sie wieder untergetaucht.
Aber die schöne Gabi war nicht einmal eine Bekannte von ihr. Wer weiß, was mit dieser schönen Gabi los ist? Die Menschen sind eben merkwürdig. Sie selbst war auch nicht besser, wenn sie an ihre eigene Vergangenheit dachte. Einmal war sie völlig daneben, als sie sich tatsächlich einbildete, sie wäre von einem Studenten aus Afrika schwanger, und ihm nach Nairobi hinterher geflogen war. Erst dort hatte sie gemerkt, dass sie total konfus war. Sie kehrte auf der

---

instrumentalisiert, gegen die anderen und sich selbst. Sie haben die Erde dein Reich genannt – war es wirklich dein Reich? Wenn ja, dann hast du ein grausames Reich gehabt, ich will dir gegenüber nicht unhöflich sein, ich sage nicht, dass du ein durch und durch beschissenes Reich gehabt hast. Ich weiß, du würdest sagen, mein Reich ist viel, viel größer als dieses verdammte Stück Erde und ihre Bewohner. Ich glaube dir auch, aber es kann sein, dass die Kreaturen deinen Namen manipuliert und missbraucht und in dei-

Stelle zurück und lebte weiter sozusagen normal. Weiß Gott, wie sie auf die Idee gekommen war, schwanger zu sein, sie wusste es bis heute nicht. Sie ging davon aus, dass alles eine psychische Vernebelung war, sonst hätte sie einfach anstatt nach Nairobi zu fliegen, zu einem Arzt gehen können, und der hätte sehr schnell festgestellt, dass sie überhaupt nicht schwanger war.
„In zwei Stunden hol ich dich ab, wenn es dir recht ist?", schlug die schöne Gabi vor.
„Ist mir recht, das ist sehr nett von dir."
„Kein Problem, ich tue das gern."
Die schöne Gabi wollte aus dem Taxi heraus zwei Theaterkarten über das Internet reservieren. Da sie jedoch gerade in der Nähe des Theaterhauses war, fuhr sie an eine Taxihaltestelle und holte die Karten direkt an der Theaterkasse. Noch immer verstand Gabriela den Sinn und Zweck dieser Aktion nicht. „Ach, was soll's?", sagte sie sich schließlich. „Die Menschen sind eben merkwürdig." Sie konnte diesen Spruch für sich unendlich viele Male wiederholen.
Sie fuhr den Computer hoch und loggte sich bei Facebook ein. Sie schrieb: „Hallo, ihr Lieben, ich war lange nicht online, weil ich einiges offline erledigen musste. Ich gehe heute Abend ins Theater."
Eine reagierte: „Welches Stück?"
„Der Untergang der Republik!"
„Kenne ich nicht."

---

nem Namen Unheil angerichtet haben. Aber warum, warum gibst du ihnen dann nicht eins auf die Fresse? Ich weiß, du würdest sagen, das ist unter deiner Würde. Du hast diese Leute ihre Konflikte selbst austragen lassen. Du hast, um Saddam Hussein zu vernichten, George W. Bush geschaffen. Gegenüber Hitler hast du Stalin auf die Bühne geholt, Churchill, Roosevelt… andere aufgestellt. Hast du einen Teil des sogenannten Europas gegen den Rest der Welt gehetzt, damit sie zeigen, dass sie wie Tschingis Khan oder die

Das war alles, was sie erfuhr. Eigentlich hatte sie nicht einmal diese Antwort erwartet. Sie hatte es nur mitgeteilt, damit, falls ihr irgendetwas zustoßen würde, zumindest ein paar Leute Bescheid wussten, wo sie hingegangen war. Denn sie war immer noch skeptisch, obwohl sie im Internet nachgeschaut hatte, das Stück lief tatsächlich heute Abend und die meisten Plätze waren frei, genau wie die schöne Gabi gesagt hatte. Gabriela erinnerte sich wohl daran, dass damals alle Plätze besetzt gewesen waren, das hatte sich also auch geändert. Sie war aber nun eine erfahrene Frau, die ganz genau wusste, dass niemand ohne verborgenen Beweggrund mit einem Mal wie die schöne Gabi auf einen zukam.

Sie stöberte weiter in Facebook und schaute, was ihre sogenannten Facebook-Freunde so schrieben, worüber sie sich unterhielten. Sie hatte mittlerweile 79 Freunde, von denen sie nur zwei, nämlich Angela und Elke, persönlich näher kannte, seit jenem Abend auch Hamid und Jamal, einige waren Kollegen, den Rest kannte sie gar nicht, sie hatte sie quasi über Facebook kennengelernt.

Nun hatte Eva ein Foto von ihren Katzen eingestellt und beschrieb sie: „Die süße Rote vorne ist Mama von vier Kätzchen, der Schwarzweiße ist ein Stubentiger geworden, die schwarze Cati und der rotweiße Sam sind richtig schnuckelige Jungkatzen, wir leben alle zusammen."

Sabine Bimbam kommentierte: „voll süüüüüüß :)"

Pharaonen sein konnten? Wenn das Leben so einfach ist, warum kannst du deinen Geschöpfen dann nicht vermitteln, dass und wie sie sich zu benehmen haben? Ich habe eine Milliarde Fragen an dich! Ich könnte deine Ohren, falls du welche hast, mit diesen Fragen vollstopfen. Bist du bereit, mir zuzuhören? Hast du Mut genug, die Vorwürfe eines Menschen zu verkraften? Und zwar direkt, offen und schonungslos?!"

Irgendwie hatte Hans plötzlich das Gefühl, irgendeine

Cordula Bergsteiger: „ja die sind sehr süß, unendlich süüüüüüüüüüüüüß“
Sabrina tri fühlte sich hingerissen und fragte: „Willst du alle behalten oder würdest du welche verschenken?“
Eva: „Du kannst eine abholen, wenn du willst“
Sabrina tri: „Wo wohnst du?“
Eva: „In der Nähe von Köln.“
Sabrina tri: „Ein bisschen weit, kann man sie nicht per Post, ich meine wie ein Postpaket oder so ähnlich schicken?“
Eva schrieb: „Ich kann bei unserem Postamt fragen.“
Sabine Bimbam erklärte: „Du brauchst nicht zu fragen, es geht nicht, als wir letztes Mal in Urlaub gefahren sind, wollten wir unseren Hund per Post zu meinen Eltern schicken, ich hab gefragt, aber die Post hatte keine Möglichkeit. Also haben wir ihn per Taxi geschickt, hat fast hundert Euro gekostet, immerhin war's billiger als das Tierheim, weil wir fünf Wochen weg waren.“
Sabrina tri schrieb: „ich bin aber in der Nähe von München, weit weg von Köln…“
Sabine Bimbam: „das wird sehr teuer… über 400 Euro“
Sabrina tri: „Morgen frage ich meine Bank nach einem Kredit, schade, dass du so weit weg wohnst“
Gabriela wusste nicht, ob sie das wirklich ernst meinten oder einfach so. Eigentlich wusste es niemand genau. Keiner wusste, ob diese Katzenfotos überhaupt von Eva waren, oder ob sie sie von irgendwo einfach hineinkopiert hat-

---

Stimme zu hören, die sagte: Was willst du mit mir reden? Was erwartest du dir davon? Wenn es meine Art wäre, auf euch zu schimpfen, hätte ich die schlimmsten Schimpfwörter benutzt. Was willst du dich bei mir beklagen? Wofür willst du mich verantwortlich machen? Ich habe euch alles zur Verfügung gestellt, es stand euch frei, wie ihr alles in Gebrauch nehmt. Die Erde war eines der schönsten Geschenke, das ich euch machen konnte, euch Menschen habe ich eine besondere Intelligenz geschenkt, damit ihr mit al-

te, um sich interessant zu machen und ein Unterhaltungsthema zu fabrizieren. Es war Gabriela auch egal, eine Million solcher Themen gab es stündlich auf Facebook oder Gottweißwo.

Jessica hatte das Foto eines kleinen Kindes und lauter Tierbilder eingestellt.

Fabian kommentierte: „Eines von meinen Lieblingsalben."

Jessica: „Ich weiß, dass du sie so magst! Und ich mag dich!"

Fabian: „Danke, liebe Jessika! Ich mag dich auch!

Jessica antwortete: :-)

Eine andere Frau namens Sonia: :-)

Jessica antwortete: „Danke Sonia :-) "

Jessica schrieb: „Das Wichtigste ist, dass es dem Fabian gut geht! :-) "

Fabian: „Oh Jessica! Das ist lieb von dir, aber es gibt noch viel, viel wichtigere Dinge!! und danke, es geht mir gut!! :-) "

Jessica schrieb: „Ich denk viel, ganz viel an dich. Und es ist mir wirklich wichtig, Fabi! Es freut mich, dass es dir gut geht. Ich meins echt ehrlich und ernst..."

Gabriela wusste nicht, worüber sie redeten, und schaute bei einer anderen Frau vorbei, Renate Brombach. Sie hatte ein Paar rote Stiefel eingestellt und dazu geschrieben: „Und weil ihr heute alle so brav wart bring ich euch morgen die mit ins Studio, denn Nikolettas tragen auch schwarze Stiefelchen"

Ratte kommentierte: „dann komm ich auch ins studio :-) "

---

lem gut umgehen könnt, es hegen und pflegen, kultivieren und bewahren könnt. Und ihr? Ihr habt euch zur Krone der Schöpfung erklärt – ich nahm es stillschweigend in Kauf und hoffte auf eure Vernunft. Nun seid ihr dabei, die Erde zu vernichten und setzt dabei all eure Kraft ein. Vernichten könnt ihr sie zwar nicht, aber ihr habt sie von ihrer Ursprungsform entfernt, und dabei kommt an allererster Stelle ihr selbst, als Menschen, um, ihr verwandelt euch in irgendeine Materie oder Energie. Was aus euch wird, hängt davon

Gisie Bimbach schrieb: „dann komm ich auch ins studio, endlich mal“
Kata Schirmemacher stellte eine Frage: „O wie hoch sind die denn?“
Gundi Sauerman kommentierte: „ohhhhhhhhhhhhhhhh sehr fein“
Kati Mayer freute sich und schrieb: „... ENDLICH!!!!...... .... loooooool“
Renate Brombach: „Absatz 18 cm. Ich war schnell messen :) “
Susi Schmidt: „boah :o) “
Renate Brombach: „Barbara du bist die erste die die anziehen darf“
Sylvi Mimi schrieb: „Ja Johannes da tanzen die Puppen bzw die nikolettas u die Engelchen“
Barbara Hansen: „hmm das laufen wäre mit plateau oder keilabsatz sichtlich leichter gefallen...“
Jordana Maurer: „kanns kaum abwarten... :-) mir wird ja jetzt schon schwindelig vor lauter glück“
Hilda Usedom-Küfner: „Für's Foto brauchst du nicht zu laufen“
Jenni König: „Heeeeelll ow“
Jordana Maurer: „ok... wann bist du im laden... ab 9 oder 10... macht nix ich warte vor der tür... kauf mir nen coffe to go und warte :-) “
Peter van Petersburg: „... schöne Geschäftsidee! I like!“

---

ab, wie ihr euch zugrunde richtet. Ich habe euch so geschaffen, dass ihr in der Lage wart, Schlecht von Gut zu unterscheiden – warum habt ihr euch überwiegend für Schlecht entschieden? Ich habe euch geschaffen, dass ihr den Unterschied zwischen Hunger und Sattsein merkt – warum habt ihr, damit alle friedlich satt werden, nicht gerecht miteinander teilen können? Stattdessen habt ihr euch gegenseitig Hunger leiden lassen, obwohl jeder von euch nur einen Bauch hat. Wenn eure Bäuche voll waren, habt ihr, anstatt

Brigitte Vergissmein Nicht: „Ich bin früh da und den Kaffee mach ich dir“
Jordana Maurer: „mit fluffi milchschaummmmmmm… hmmmmmmmmm“
Hilda Usedom-Küfner: „Wer macht den besten milchschaum? Du kennst meinen omamilchaufschaeumer“
Jordana Maurer: „der aller, aller besteeeeeeeeeeee, weltbeste schaum :D “
Petra Pissing: „Ein richtiger Racker…“
Jo Henner: „so'n kleines Ding für die Wesentasche :-)) “
Sue Tamtam: „horst hast auch einen ????“
Jo Henner: „ne… der ist von meiner Stieftochter :-) “
Ein Gruppenfoto wurde eingestellt und jemand bzw. Roland Rindfuß kommentierte: „Es ist mir ein Herzensbedürfnis, einmal danke zu sagen! Danke an meine so lieben Kirstin Schumm-Radebach, Florian Brummer, Stefanie Pummel und auch den guten Wolf Putzmann!! Viele gemeinsame Stunden, gute Gespräche, innige Gebete, ein liebevolles Mittagessen, all die Freude nach all dem Schweren. Einfach: GUT, DASS WIR EINANDER HABEN … Und dass Jesus in unserer Mitte ist. Dir, liebe Kirstin, ein besonderes ‚Drückerle' für Deine besonders große Mühe in so vielen Bereichen! Ich hab Euch sooo lieb!“
Gabriela stöberte weiter, dabei entging ihr völlig, wie die Zeit davonraste. Aber sie musste sich um nichts kümmern, bis die schöne Gabi klingelte, sie war anzogen und konnte

---

Dankbarkeit gegenüber der Mutter Erde zu empfinden, in die Erde gestochen und sie umgegraben, ihre anderen Bewohner verjagt, manches Mal ganz ausgerottet, um eure unverständliche und undefinierbare Gier zu stillen, wobei ihr aber auch gescheitert seid, denn eure Gier schien und scheint immer noch nicht zu stillen zu sein.
Ich habe euch geschaffen, dass ihr zwischen Liebe und Hass unterscheidet, warum habt ihr euch für den Hass entschieden, habt Hass geschürt, statt Liebe zu verbreiten, seid

sofort hinuntergehen. Plötzlich fiel ihr Blick auf die in der rechten unteren Ecke des Computers angegebene Uhrzeit. Es waren mehr als zwei Stunden vergangen. Sie wurde unruhig. Wo bleibt die schöne Namensvetterin, fragte sie sich. Sie stand auf und ging ins Wohnzimmer, schaute auf die Uhr dort, sie zeigte die gleiche Uhrzeit.
Hmm, sagte sie sich. Es kann sein, dass sie im Stau steht, die Vorstellung beginnt erst in einer Stunde, also, wenn sie kommt, ist noch genug Zeit.

Die schöne Gabi war unruhig. An der Theaterkasse überlegte sie, ob sie Gabriela überhaupt abholen solle. Warum sollte sie diese Frau einbeziehen? Dass sie das Theaterstück besucht und sich besonders schlecht gefühlt hatte, das hatte nichts mit Gabriela zu tun, sondern eher damit, dass sie dort realisierte, wie die Menschen geworden waren, dass sie auf der Bühne ein Bild von dem sah, was ihr tagtäglich begegnete. Denn sie hatte ihre Erfahrungen mit Menschen aller Couleur gemacht, als Taxifahrerin hatte sie häufig unangenehme Begegnungen. Dass sie das Theaterstück besucht und sich so schlecht gefühlt hatte, verdankte sie also einer Palette von schlechten Erfahrungen, die sie seit Jahren immer wieder machte. Sie hatte alle Typen von Menschen erlebt und war damit umgegangen. War da ein Säufer und benahm sich nicht, sagte sie sich, gut, was erwartet man schon von einem Säufer. War da ein Rechtsextremist und

---

hasserfüllte Kreaturen geworden, die sich gegenseitig bestialisch zu vernichten versuchen, statt liebevolle Menschen zu werden? Zum Teil seid ihr erfolgreich gewesen, was eure Vernichtungsstrategie gegenüber den anderen anbelangt. Nein, ich habe nichts mit euch zu bereden, ihr müsst selbst mit euch klarkommen!
Hans war irritiert, er wusste nicht, was er darauf antworten sollte. Er dachte an Hassan und an das, was er gesagt hatte. Plötzlich sah er Hassan neben sich. Er hatte ihm den Arm

Rassist und redete puren Müll, sagte sie sich, das ist ein Nazi, mehr ist von dem nicht zu erwarten. Stieg eine Hure ein, zerstört und durchgefickt, und benahm sich völlig daneben, sagte sie sich, das ist eben eine Hure, nahm sie einen Dealer mit, der während der Fahrt mit dem iPhone seine Geschäfte abwickelte, okay, das war dann eben ein Drogenhändler. Kam ein hochnäsiger Yuppie, der sich wie Scheiße benahm, sagte sie sich, das ist eben ein echter Yuppie, der nur Geld im Kopf hat und kein Benehmen. Begegnete sie einem lieben Menschen, so wünschte sie sich jedes Mal so einen als Fahrgast.

Die schöne Gabi hatte immer wieder Menschen getroffen und konnte jeden als dieses oder jenes einordnen. Es war zwar unangenehm, wenn sie auf diese schrecklichen Menschen traf, und merkwürdigerweise war die Zahl dieser schrecklichen Menschen in den letzten Jahren wesentlich größer gewesen, aber in dem Theaterstück wurde kollektiv ein Haufen von unfähigen, schrecklichen Menschen gezeigt, die für nichts tauglich sind. Nach dem Besuch der Vorstellung sah sie diese Menschen plötzlich überall, und es wuchs in ihr das Bedürfnis, sie direkt anzugreifen. Deshalb musste sie an Gabriela denken, die damals nach dem Theaterbesuch bei ihr eingestiegen war, geweint und gesagt hatte, die Menschen seien so dumm. Und das hatte sie dazu bewogen, bei Gabriela anzurufen, mit ihr zusammen noch einmal das Theater zu besuchen und sie zu fragen, ob die Menschen

---

um die Schultern gelegt. „Und, hast du mit Gott gesprochen?"

„Ich weiß es nicht!"

„Ach, Hans, niemand weiß das!"

„Ich weiß, ich habe das Gefühl, dass eine Stimme zu mir gesprochen hat, aber ich bin mir überhaupt nicht sicher, ob da eine Stimme war oder ob ich mir das alles nur eingebildet habe. Denn alles, was ich hörte, wusste ich selbst, und ich wusste sogar mehr als das."

ihrer Meinung nach relativ zu damals nicht noch dümmer geworden seien.
In diesen Wochen vor Weihnachten erschien ihr die Dummheit der Menschen besonders groß, die sie ständig zu diesen Märkten fuhr. In den letzten Jahren hatte sie sich stets auf die Wochen vor Weihnachten gefreut, da ihre Umsätze stiegen. In diesem Jahr war das anders, sie hatte die Nase voll von diesen Wochen, vielmehr stieg zunehmend die Wut in ihr hoch. Ein paarmal war sie ausgestiegen und hatte die sich durch die Einkaufsstraßen wälzenden Massen angeschaut, und es war immer wieder so. Sie hätte beinahe geschrieen: Mein Gott, wie ihr alle ausseht, wie ihr euren Fraß vertilgt, wie ihr euren Glühwein und euer Bier herunterspült, wie ihr herumtrampelt! Habt ihr mal eure Gesichter angeschaut, seht ihr manchmal in den Spiegel? Macht es euch eigentlich Spaß, hier herumzustehen ohne weiterzukommen, warum drängt ihr euch alle auf einmal hier, gibt es nichts Besseres zu tun, als euch hier mit diesem Müll durchzufuttern und zu besaufen, und dann brüllt ihr herum, als wärt ihr fröhlich, dabei seid ihr ständig angriffsbereit. Ihr kauft und kauft und kauft, als wäre es die letzte Gelegenheit in eurem Leben!
Sie hatte unheimliche Angst von diesen Massen, sie meinte, wenn sie sich äußerte, wenn sie ein kritisches Wort verlöre, würden sie sie sofort mundtot machen, würden ihr mit dem Müll, den sie produzierten, das Maul stopfen, sie am Ende

---

„Na also, Hans, wir wissen alles selbst, wie es um uns bestellt ist. Und das ist es. Wir müssen selbst mit uns klarkommen.“
„Ja, das ist es, Hassan, ich fange allmählich an zu verstehen, worum es geht.“
„Genau!“

zu Tode foltern, sie zerstückeln wie den kritischen Geist auf der Theaterbühne, der von dem gespielten Publikum zu Tode gejagt wurde. Die Polizei würde sich auf die Seite der Masse schlagen oder die Masse sich auf die Seite der Polizei, und der Philosoph würde in Bestätigung ihrer Tat zu philosophieren beginnen, und die Medien würde in vollem Umfang gegen sie Stellung nehmen, weil die Masse das so will und weil die Medien wollen, dass die Masse auch ihren Müll konsumiert. Man wirft ihn ihnen in den Internetforen als Beute vor und die Masse greift zu, entweder aus Langeweile oder unter dem Druck der Massenhysterie.

Die schöne Gabi war völlig durchgedreht und unbeschreiblich wütend. Und die Wut brodelte weiter in ihr. Wenn die Leute stur vor sich hin trampelten und sie anrempelten ohne es zu bemerken, hatte sie Lust, sie zu ohrfeigen. Sie musste sogar einmal mit ansehen, wie eine Frau einer anderen Frau auf dem Weihnachtsmarkt eine scheuerte. Wenn nicht der Ehemann einer der Frauen eingeschritten wäre und seine eigene Frau besänftigt hätte, wer weiß, was da noch vor sich gegangen wäre.

Sie verließ den Markt noch aggressiver, und man konnte in ihrem Gesicht lesen und aus ihrem Verhalten ersehen, dass, wenn ihr jetzt jemand versehentlich im Wege gestanden hätte, er von ihr kurzerhand zur Seite geschubst worden wäre. Was kümmerte es sie, wenn ihr jemand „Blöde Kuh“ oder „Dumme Nuss“ hinterherrief?

VII. Stapel

Liebe Gabriela, ich fühle mich sehr wohl, ich fühle mich so, als hätte ich meine Ruhe gefunden, ich glaube, ich täusche mich nicht, ich habe sie gefunden. Lass mich dir alles erzählen. Hier ist im wahrsten Sinne des Wortes viel los. Glaub mir, ich lüge nicht. Ich fühle mich wirklich erleichtert. Denn ich werde hier nicht als Ausländer, Deutscher, Franzose, Amerikaner, Iraner, Jude, Christ oder Moslem, Hindu oder

Als sie ihr Taxi erreichte, das sie irgendwo stehen gelassen hatte, wo Parken verboten war, und an dem daher ein Strafzettel prangte, nahm sie das Papier, stieg ins Auto, öffnete das Handschuhfach und holte die beiden Theaterkarten heraus. Zusammen mit dem Strafzettel zerriss sie sie und ließ die Schnipsel aus dem Seitenfenster auf die Straße rieseln. Ein Passant nahm Notiz davon, er bohrte sich zu ihr gewandt den Zeigefinger in die Stirn und brummte: „Du Arschloch!“
Die schöne Gabi war immer noch wütend und rief ihm hinterher: „Selber Arschloch! Sonst kriegst du doch auch dein Maul nicht auf!“
Sie ließ den Motor aufheulen, sie kochte immer noch vor Wut und Verzweiflung, dann stellte sie das Auto quer auf die Straße. Eine Straßenbahn nahte, man hörte es klingeln, aber die schöne Gabi reagierte nicht. Man sah, wie die Fahrgäste in der Bahn sich aufregten und herumschimpften. Da sie nicht sahen, wer am Steuer saß, riefen sie: „Der blöde Taxifahrer!“, anstatt „Die blöde Taxifahrerin!“
Nun fuhr die schöne Gabi rückwärts auf den Gehweg auf der anderen Straßenseite, Passanten klopften auf den Kofferraum ihres Autos, manche schimpften, aber das kümmerte sie nicht im Geringsten. Sie hatte auch den Rückwärtsgang nicht eingelegt, um die Straßenbahn vorbeifahren zu lassen, sondern um mehr Anlauf nehmen zu können. Der Straßenbahnfahrer war schon dabei, ihre Autonummer

---

Buddhist, Atheist, Agnostiker oder was auch immer bezeichnet. Ich bin endlich zum Menschen geworden und habe somit mein Ziel erreicht und meine Ehre wieder hergestellt. Ich hätte dieses Ziel gerne erreicht, damals, als ich noch lebte, aber es war nicht möglich.
Übrigens hat hier die Lüge keine Bedeutung, denn es gibt absolut keine Veranlassung zu lügen, auch keinen Grund zu schummeln und zu mogeln. Jeder bekennt sich zu seinen Taten, es ist sozusagen alles registriert, nicht dass du denkst,

aufzuschreiben, er drohte ihr, diese Störung werde sie teuer zu stehen kommen, und einige Fahrgäste beeilten sich, ihm ihre eigene Adresse und Telefonnummer zur Verfügung zu stellen, sie erklärten bereit, vor Gericht gegen diese unmögliche Taxifahrerin auszusagen. Manche schimpften weiter. „Ein Unding, das ist bestimmt wieder so ein Ausländer!" – „Nein, da sitzt eine bekloppte Frau am Steuer, ich habe sie gesehen!", sagte ein anderer. Als die Straßenbahn vorbeifuhr und ihr einige Autos folgten, wurde die Straße wieder frei.

Die schöne Gabi legte nun den ersten Gang ein und drückte das Gaspedal durch. Der Mercedes heulte schrecklich auf, die Leute rings herum erschraken. Dann steuerte sie in blinder Wut auf den Weihnachtsmarkt, schaltete, während sie Vollgas gab, in den zweiten Gang und preschte wütend in die Menge. Erschrocken versuchten die Menschen, ihr auszuweichen, manche fielen zu Boden. Panik brach aus, Geschrei erhob sich, aber Gabi war nicht zu stoppen. Sie rammte ein paar Verkaufsstände und Buden, die dem Aufprall nicht standhielten und zusammenbrachen. Ein Stand aber war etwas stabiler, hier kam sie nicht weiter, die Autoscheibe zersplitterte, das Gesicht der schönen Gabi war blutig. Das Auto blieb stehen, Gabi kippte am Steuer zur Seite. Als der Motor zum Stehen kam, hörte man Martinshörner. Sanitäter eilten herbei, und die schöne Gabi wurde zusammen mit den anderen Verletzten ins Krankenhaus eingelie-

---

irgendein Beamter hätte das getan, nein, hier gibt es keine Beamten, keine Richter, keine Polizei: Es ist höchst erstaunlich, du bist für alles selbst verantwortlich und tust alles selbst, deine Taten werden, eine nach der anderen, wieder lebendig, selbst das Schreien, das du als Baby von dir gegeben hast. Sagen wir mal, du kannst nicht vor dir fliehen, es gibt keine Möglichkeit dafür, sondern du stehst dir selbst gegenüber, Auge um Auge, Zahn um Zahn, aber es sind nur deine eigenen Augen und deine eigenen Zähne. Man ist

fert. Glücklicherweise war niemand zu Tode gekommen. Trotzdem war das Ereignis für die Medien ein Segen in den sonst eher ruhigen Tagen vor Weihnachten, noch perfekter wäre es allerdings gewesen, wenn es ein Rechts- oder Linksextremist oder Islamist gewesen wäre.

Die Zeit verging, und als nur noch eine halbe Stunde bis zum Beginn der Aufführung übrig war, schaltete Gabriela den Computer aus, ging sicherheitshalber noch einmal auf die Toilette, schlüpfte dann in ihre Schuhe und wartete darauf, dass die schöne Gabi unten klingeln würde. Nach zehn Minuten ungeduldigen Wartens kamen allmählich Zweifel in ihr hoch, sie verdächtigte diese Frau, die sich schöne Gabi nannte, sie doch auf den Arm genommen zu haben, aber dann fragte sie sich wieder, warum sie das eigentlich getan haben sollte. Außerdem war es so, dass das, was sie gesagt hatte, alles stimmte, nichts war daran widersprüchlich oder ausgedacht.
Gabriela zog den dicken Mantel über, verließ die Wohnung und ging zur Haustür. Es waren nur noch zehn Minuten bis zum Vorstellungsbeginn. Es war auch recht kalt geworden. Sie lief ein paar Runden hin und her, schaute abermals auf die Uhr. Nun war es fünf Minuten vor Vorstellungsbeginn. Nein, sagte sie sich. Wenn sie jetzt kommt, sind wir sowieso nicht mehr rechtzeitig da.
Sie kehrte zurück in ihre Wohnung, legte den Mantel wieder

---

quasi nicht nur äußerlich nackt, sondern auch innerlich. Du suchst Vergebung und vergibst den anderen. Du vergibst den anderen und sie vergeben dir. Du wirst staunen, wenn ich dir sage, dass hier nicht nur kein Mensch einen anderen Menschen tötet, sondern dass auch die Tiere vor ihnen verschont bleiben. Es bleibt dir nur noch übrig, mit dir selbst reinen Tisch zu machen, und das tust du quasi automatisch. Selbst die grausamsten Despoten, Mörder und Henker der Welt stehen hier freiwillig zu ihren Taten und nehmen frei-

ab. Nicht dass ihr etwas zugestoßen ist, überlegte sie. Sie hatte keine Telefonnummer der schönen Gabi. Sie konnte also nichts machen, und so beschloss sie, zu Hause zu bleiben, entweder käme sie noch, dann würde sie sie bitten, hochzukommen, oder eben nicht. Irgendwie war Gabriela auch erleichtert, dass es mit dem Theater nicht geklappt hatte. Na also, was sie nicht absagen konnte, hatte sich von selbst erledigt.

Eine Stunde später war ihr klar, dass die schöne Gabi nie kommen würde. Gabriela ging in Küche und fing an, eine Kleinigkeit für sich zuzubereiten. Während sie ihre Nudeln mit Pesto genoss, leerte sie eine Flasche Rotwein. Nun nahm sie alles locker. Die schöne Gabi und ihre falsche Verabredung waren ihr egal. Ich bin wieder einmal reingefallen.

Zum Glück ist nichts passiert, im Gegenteil, der Abend ist spannend gewesen, sagte sie sich.

Sie hatte auch keine Lust, den Computer anzumachen. Es war ja alles wie das Warten auf Godot. Warten, meinte sie, sei in der Tat eine Aktivität, in der sämtliche Zellen des Körpers in Bewegung waren, ohne dass man sich bewegte. Es kam ihr vor, als warteten alle irgendwie auf Godot, egal wie sie lebten, einsam, reich, arm, mittelmäßig, intelligent, dumm… man wartet immer auf irgendetwas, das man nie bekommen wird und auch nicht bekommen will. Und wenn man die ganze Welt in Besitz hätte, meint man, man müsse

---

willig die Konsequenzen für ihre Bosheiten auf sich. Und es gibt tatsächlich eine lodernde Hölle! Es gibt auch lieblich plätschernde Bäche, die eine unbeschreiblich idyllische Natur durchziehen, so wie im Garten Eden vielleicht, und vieles mehr. Niemand bestimmt über dich, ob dich die Hölle erwartet oder das sogenannte paradiesische Departement, du bestimmst über dich selbst, entsprechend deiner Taten oder Missetaten auf Erden, und zwar wirklich fair, und niemand kommt auf die Idee, dir diese Entscheidung abzu-

auf den Besitz einer anderen Welt oder von irgendetwas anderem als der Welt warten.
Gabriela war auf einmal völlig entspannt, entweder war das die Wirkung des Weines oder die Philosophie des Lebens, es war auch nebensächlich, das genau zu wissen. Sie machte sich schlafbereit und fiel in ihr Bett, ohne an irgendetwas zu denken. Kaum hatte sie die Augen zugemacht, sank sie in tiefen Schlaf. Sie schlief wie ein Stein bis in den späten Morgen. So lange hatte sie seit Jahren nicht mehr geschlafen.
Kaum war sie aufgestanden und hatte sich eben erst angezogen, als jemand bei ihr klingelte. Gabriela nahm den Hörer der Sprechanlage ab, und es meldete sich der Postbote, er hatte ein Päckchen für sie.
Gabriela gehörte zu denjenigen, die, wenn der Paketbote kam, statt ihn hochkommen lassen, selbst hinunterging. Diesmal tat sie das auch. Sie ging hinunter, nahm dort das Päckchen entgegen und holte zugleich die Zeitung aus dem Briefkasten. Das Päckchen überraschte sie, denn es war von Franz Kaputtmacher. „Der Idiot“, wisperte sie ärgerlich vor sich hin. „Das Arschloch, das hätte er sich sparen können, die Sachen zurückzuschicken. Er hätte einfach alles ins Altpapier schmeißen können.“
Als sie wieder oben war, legte sie das Päckchen auf den kleinen Tisch im Flur, wo auch das Telefon stand. Sie wollte es nicht gleich öffnen und den arroganten schleimigen Brief

---

nehmen. Ich hatte hier einen merkwürdigen Gasgeruch wahrgenommen. Als ich die Ursache suchte, habe ich etwas entdeckt, Gabriela, das du dir nicht vorstellen kannst! Da ist Adolf Hitler, der Tag und Nacht auf glühenden Kohlen hin und her marschiert, und wenn er erschöpft ist, geht er zur Erholung in die Gaskabine, dreht den Hahn auf und duscht ausgiebig, bis er abermals stirbt, und danach wacht er wieder auf. Er hat sich vorgenommen, dies für jeden durch ihn ermordeten Menschen eine Million Tage und Nächte lang

dieses widerwärtigen Kerls lesen, sich von ihm ihre gute Laune verderben lassen. Sie hatte genug Ärger mit diesem Stapel von Hans und Hassan am Hals, und den Ablehnungsbescheid von diesem Kaputtmacher konnte sie beileibe nicht gebrauchen. Eigentlich hatte sie diesen Typen schon längst vergessen, denn sie wusste, dass von ihm nichts zu erwarten war. Sie wollte einfach in Ruhe frühstücken, und zwar diesmal zu Hause.
Eigentlich frühstückte sie, seit sie sich freitags nicht mehr mit Angela traf und sie anschließend am Samstag nicht mehr gemeinsam zu Hause frühstückten, wieder sowohl samstags als auch sonntags im Café. Aber heute hatte sie alles im Haus, sie musste nicht einmal Brötchen holen.
Schon bald duftete ihre Wohnung wieder nach Kaffee. Während Gabriela frühstückte, las sie die Zeitung, und wie gewöhnlich begann sie mit dem Lokalteil. Wenn sie Zeit und Lust hatte, las sie auch ein bisschen in den anderen Teilen. Als erstes sprang ihr die Überschrift ins Auge: „Blutbad auf dem Weihnachtsmarkt. Taxifahrerin rastet aus.“ Gabriela erstarrte. Unbeweglich hielt sie ihre Hand mit der Kaffeetasse in der Luft. „Ach du lieber Himmel!“, schrie sie auf, als sie las: „Eine Frankfurter Taxifahrerin, die unter dem Spitznamen schöne Gabi bekannt ist, ist am Freitagabend aus ungeklärten Gründen mit ihrem Wagen auf den gut besuchten Weihnachtsmarkt in die Menge gerast. Dabei wurden mehr als dreißig Menschen zum Teil schwer verletzt

---

zu tun. Nun rechne mal hoch, wie lange er noch damit beschäftigt ist! Und das ist noch nicht alles, was er sich vorgenommen hat, denn er will sich danach für jede Kugel, die ein deutscher Soldat geschossen und die einen Menschen das Leben gekostet hat, eine Million Mal erschießen lassen. Er will sich auch für jeden Gefangenen, der im Gefängnis oder im Konzentrationslager eingesperrt war, eine Milliarde Tage und Nächte einsperren. Und er will sich für jeden Menschen, der unter seiner Herrschaft gefoltert wurde, mil-

und mehrere Verkaufsstände zerstört. Auch die Fahrerin zog sich schwere Verletzungen zu."
Gabriela war schockiert. Sie konnte sich beim besten Willen nicht erklären, warum die schöne Gabi solch einen Ausraster bekommen hatte. Sie kannte sie ja gar nicht, und nun fragte sie sich abermals, warum sie sich am Nachmittag bei ihr gemeldet hatte. Was wollte sie eigentlich von ihr? Zugleich war sie erleichtert, sie nicht abgewiesen zu haben, sonst hätte sie sich jetzt vorgeworfen, das Unglück mit verursacht zu haben. Und sie war auch froh, dass das Treffen nicht geklappt hatte, aus welchem Grund auch immer.
Sie war wirklich konfus, nicht weil die schöne Gabi ausgerastet war, man hörte in letzter Zeit immer wieder von solchen Vorfällen, sondern was ihr zu schaffen machte, war das Warum. Warum hatte sie sich bei ihr gemeldet? Das konnte sie nicht oft genug wiederholen. Dann sagte sie sich, vielleicht hätte sie ihr helfen, sie vor dieser Tat bewahren können. Vielleicht wollte die schöne Gabi einen Rat von ihr. Dann überlegte sie sich, dass jemand, der so etwas im Kopf hat, vermutlich nicht daran denkt, irgendeinen Rat oder Hilfe von einem anderen einzuholen, solche Menschen denken häufig nicht rational, gerade wenn sie kurz vor ihrer Tat stehen.

Die schöne Gabi wollte nichts von Gabriela, von niemandem hatte sie etwas gewollt. Gabriela war ihr nur im Kon-

---

lionenfach foltern. Außerdem will er sich für jedes beleidigende Wort, das er in seinem Leben dort verloren hat, millionenfach beschimpfen, und er will für jedes jüdische Baby, das die deutschen Nazis an die Wände klatschten und sich dabei amüsierten, seinen Kopf, so lange er existiert, wenn er an einer Wand vorbeigeht, gegen die Wand klatschen und dabei fürchterlich weinen. Ich bin zu ihm gegangen und habe gesagt: Ich bin einer vom deutschen Volke. Da verneigte er sich vor mir. Das kannst du dir nicht vorstellen,

text mit diesem Theaterstück eingefallen, und sie hatte sich vergewissern wollen, wie ein Mensch nach dieser Verzweiflung, in der Gabriela sich an jenem Abend befand, als sie sie gefahren hatte, weiterlebte, ja, ob sie überhaupt noch lebte. Es war ihr nur kurz durch den Kopf gegangen, dieses Stück mit ihr zusammen noch einmal zu sehen, das war der Grund gewesen und der war genauso kurz darauf wieder aus ihrem Kopf geflohen, als sie sich sagte, dass es keinen Sinn hatte, eine Frau wie Gabriela wiederzusehen. Sie hatte als Taxifahrerin viele solche Frauen gesehen. Nein, hatte sie sich deshalb gesagt, es bringt nichts, Gabriela zu treffen. Sie ist wie alle anderen. Warum sollte sie anders sein?

Sie hatte tatsächlich jede Menge Leute erlebt, die bitterlich die Verhältnisse kritisierten und dabei vergaßen, dass sie selbst die Verhältnisse waren. Das war das Schicksal der schönen Gabi, die nun eine Beute nicht nur für die Juristen war, man konnte um sie und um ihre Tat streiten, sie verurteilen, sie für verrückt, für psychisch gestört erklären, sie jahrelang ins Gefängnis oder in psychiatrische Anstalten stecken. Ihr waren alle diese Dinge und Menschen egal. Sie betrachtete seit Jahren das Leben und was um sie herum vor sich ging, als Gefängnis, als Irrenhaus. Wenn sie eine Stunde an einer Taxihaltstelle in ihrem Taxi auf einen Fahrgast wartete, sah sie mehr als andere, wie viele kaputte Gestalten die Stadt beherbergte, wie viele junge Menschen besoffen in den frühen Morgenstunden durch die Straßen

---

der große Führer, vor dem sich ein Volk verbeugte, stand nun gebeugt vor mir. Er bat um Entschuldigung für das, was er den Deutschen angetan hat. Und er sagte weinerlich: „Mein Sohn, ich schäme mich, ein Deutscher zu sein. Ich weiß, hier ist niemand der Sohn oder die Tochter eines anderen, aber ich will einfach jemanden aus meinem Volk bzw. aus den Scharen der Menschen, die sich das deutsche Volk genannt haben, ehrlich und aufrichtig meinen Sohn nennen. Das deutsche Volk, das waren einfache Menschen,

taumelten, wie sie mitten in der Nacht mit Fäusten und Flaschen aufeinander losgingen, wie Schaufensterscheiben dabei zu Bruch gingen. Sie war kaputten Strichmädchen begegnet, bekloppten Bankern, die aus ihren Löchern in den Frankfurter Hochhäusern herausstürmten und stur, steif und unsympathisch durch die Straßen laschten, hier und da saßen und ihre Latte Macchiato tranken. Sie war mehr als die Durchschnittsbürger Verrückten, Pennern, Bettlern, Drogenhändlern, Drogensüchtigen, sogenannten Prominenten… allen diesen Menschen begegnet, und was sie taten und wie sie es taten, interessierte sie nicht mehr. Sie hatte einfach die Nase voll.

Gabriela legte die Zeitung zur Seite. Sie wollte nicht weiterlesen. Sie wollte auch nicht weiter über die schöne Gabi nachdenken. Sie stand auf und holte ihren Laptop, ließ ihn hochfahren, loggte sich bei Facebook ein. Da war wieder die Welt in Ordnung, Musikvideos waren eingesetzt, nette Worte standen da geschrieben. Man schwebte in einem Meer der Gefühle, einem Meer, das nichts anderes war als eine Fata Morgana. Das war die Zeit, die sie in dieser virtuellen Welt verbrachte, das waren die Stunden ihres Lebens, daher war es auch ein Teil ihres Lebens. Aber sie mischte sich nicht in die Diskussionen ein, in den Austausch netter Worte, witziger, ironischer Bemerkungen. Sie las nur, was die anderen sogenannten Freunde oder Freunde von

---

die sich von einem wie mir verführen ließen. Ich habe gehört, sie sind immer noch einfach gestrickt und gehen dem einen oder anderen sehr schnell auf den Leim. Sie sind also immer noch in Gefahr, von einem Verrückten wie mir in die Irre geführt zu werden." Und damit schoss er sich vor meinen Augen, peng, peng, ein paarmal in den Kopf. Du weißt, wie abgrundtief ich diesen Adolf gehasst habe, und nun war es so, dass ich ihm alles vergab, aber er vergab sich selbst nicht. Ich sagte zu ihm: „Führer, leider gibt es immer

Freunden dort von sich gaben. Schon hatte sie die Geschichte mit der schönen Gabi vergessen, zumindest vorübergehend. Hauptsache, die Zeit verging rasant und man wurde dabei müde, erschöpft, wenn auch nicht befriedigt, denn es blieb das Gefühl, es müsse etwas passieren, aber es passierte nichts.
Es war wieder später Nachmittag geworden, ohne dass sie die Wohnung verlassen hatte. Sie bemerkte, wie dieses Internet ihre Zeit auffraß, und heute war es ihr recht.

---

noch Leute, die sich nach deiner Zeit zurücksehnen und dir huldigen." Als er das hörte, weinte er bitterlich und schlug sich mit beiden Händen abermals ins Gesicht und schoss sich abermals in den Kopf. Ich habe gesagt: „Führer, es gibt Leute, die heute sagen, die Juden und Muslime haben andere Gene als die Deutschen, minderwertige Gene, und sie schreiben Bücher, die millionenfach unter den Deutschen verkauft werden." Da schluchzte er jämmerlich und erschoss sich abermals und sagte: „Hör bitte auf, diese

14. Kapitel

Es war spät am Nachmittag, Gabriela wollte nichts unternehmen, nur ein paar Kleinigkeiten musste sie noch einkaufen. Sie zog sich an und war gerade dabei die Wohnung zu verlassen, als ihr Blick auf das Päckchen neben dem Telefon fiel. „Oh", sagte sie. „Das hatte ich vergessen."
Sie nahm das Päckchen, brachte es ins Arbeitszimmer, legte es dort auf den Schreibtisch und nahm sich fest vor, es zu öffnen, wenn sie vom Einkaufen zurückkam. Dann verließ sie die Wohnung und lief die Treppe hinunter.
Kaum war sie auf der Straße, nervte sie wieder der Anblick der unzufriedenen Gesichter. Seit einiger Zeit stopfte sie sich, um das Geschwätz der Leute nicht mehr zu hören, zumindest nicht auf sie aufmerksam zu werden, Kopfhörer in die Ohren, dabei hörte sie mal Musik, mal lauschte sie einem Hörbuch. Aber für diesen kurzen Einkauf lohnte es nicht, die ganze Ausrüstung mitzunehmen. Es war immer so, sie bedauerte, nicht mit geschlossenen Augen gehen oder ihren Blick nicht selektiver ausrichten zu können. Doch nun konzentrierte sie sich auf die Dinge, die sie zu besorgen hatte, und das ging schnell und ohne nennenswerte Komplikationen.
Das Einzige, was sie sah, war die gestresste Visage der Verkäuferin, die vergeblich versuchte, sich hinter der vorgeschriebenen Kundenfreundlichkeit zu verbergen und sich

---

Schwachköpfe wissen nicht, was ihnen bevorsteht! Nenn mich bitte auch nicht Führer, du kannst mich Dieb, Verbrecher, Mörder, Halunke, was auch immer, nennen, aber bitte nicht Führer! Ich weiß, dass die Menschen hier ein menschliches Benehmen haben, und ich würde mich nicht so nennen, das ist das Grausamste daran, wenn sie wüssten, wie weit ich mich von meinen menschlichen Eigenschaften im hiesigen Sinne entfernt hatte. Ich, Adolf, habe damals aus politischen Gründen dem sogenannten deutschen Volke

gegenüber den Kunden nicht allzu angepisst zu zeigen.
Auf dem Weg nach Hause passierte glücklicherweise auch nichts, weder begegnete sie Obdachlosen und Dealern, noch Randalierern oder irgendwelchen Asi-Typen mit ihren großen Hunden. Irgendwie kam ihr heute alles friedlich vor. Immerhin, sagte sie sich. Sie versuchte das Leben von der positiven Seite zu sehen, wenn auch nur für einige Minuten.
Als sie zu Hause ankam, räumte sie die Einkäufe in den Kühlschrank und die anderen Schränke, je nachdem, wo sie aufzubewahren waren. Hunger hatte sie nicht, aber der Gewohnheit nach belegte sie sich ein Brot mit frischem Schinken, Käse und zwei, drei Tomatenscheiben. Während sie abbiss, trat sie ins Arbeitszimmer. Dort setzte sie sich an den Schreibtisch. Auf das Päckchen starrend, schluckte sie ihren letzten Bissen herunter und fing dann an, es aufzumachen, ohne die geringste Anspannung.
Aber kaum sprangen ihr die Worte aus dem Brief, der sehr ordentlich mit der Hand geschrieben war, in die Augen, war es mit der entspannten Atmosphäre vorbei:
„Liebe Gabriela, es tut mir leid, dass Du so lange warten musstest. (Ich erlaube mir, Dich zu duzen.) Aber es war jede Menge zu tun, liebe Gabriela, kurz und gut, wie Du weißt, habe ich mit Scharen von hochrangigen Arschlöchern zu tun. Schließlich war ich selbst einer von ihnen."
Gabriela war völlig irritiert. „Ja, ja, hochrangige Arschlöcher…", murmelte sie, „… ich war selbst einer von ih-

---

gehuldigt, und sie waren so leichtgläubig, haben allen Mist, den ich ihnen erzählte, geglaubt, sie wussten nicht, dass ich sie hasste. Wenn ich die Deutschen geliebt hätte, wie ich behauptete, dann hätte ich ihr Stückchen Land nicht in Schutt und Asche legen dürfen. Ich weiß, viele haben freiwillig mitgemacht, mich sogar angestiftet, so weiterzumachen, aber ich bin hier nur für mein eigenes Tun verantwortlich, und ich weiß, was ich gedacht und getan habe, und nur dafür bin ich verantwortlich und gehe freiwillig in die

nen…" Seit langem wusste Gabriela, dass es viele extreme Menschen gab, die sich hinter Leuten wie Kaputtmacher versteckten. Manche von ihnen waren tatsächlich Faschisten, die nun aus ihren Löchern hervorgekrochen waren, und die unter falschem Namen in Internetforen ihr Gift zu verspritzen versuchten. Dass lauter Arschlöcher um Franz Kaputtmacher geschart waren, konnte sie sich gut vorstellen. Aber solch klare Worte aus seiner Feder überraschten sie.

Sie machte es sich auf ihrem Stuhl bequem und war mit einem Mal sehr interessiert an Kaputtmachers Brief. Sie zündete sich eine Zigarette an, und während sie kräftig an der qualmenden Zigarette zog, verschlang sie beinahe die Worte:

„Wenn man selbst kein Arschloch sein will, hat man es eben sehr schwer unter diesem Haufen von Arschlöchern. Versteh mich bitte nicht falsch, ich will mich nicht reinwaschen oder mein Tun irgendwie rechtfertigen, ich will mich nicht rausreden oder so tun, als ob nichts gewesen sei. Es war etwas und ich war dabei. Aber ich will direkt zur Sache kommen und nicht um den heißen Brei herumreden. Ich fand es hervorragend, liebe Gabriela, was die beiden Kerle da geschrieben haben. Ich habe einen Kommentar dazu verfasst und dazu noch fast einen Stapel zur Begründung dieses Kommentars niedergeschrieben. Ich hatte mich sozusagen vorbereitet und bin in die Redaktionssitzung ge-

---

Hölle, die meiner Meinung nach relativ zu dem, was ich getan habe, ein Paradies ist, und das meine ich ernst."

Ehrlich gesagt, er tat mir leid, und so habe ich darauf verzichtet, ihm weiter von den Menschen zu erzählen, die direkt und indirekt wie Adolf denken und handeln.

Hier sieht man, liebe Gabriela, wie ungeheuerlich die Menschen von ihrem Wesen des Mensch-Seins dort abgewichen sind. Du würdest wahrscheinlich, wie ich dich kenne, fragen, wie ein menschlicher Mensch eigentlich sein soll? Das

gangen, um alles mit den Kollegen und der Kollegin zu besprechen.“

Gabriela wurde unruhig. Ohne weiterzulesen blätterte sie hektisch in dem Stapel, es waren tatsächlich nicht nur die Papiere von Hassan und Hans, sondern ein zusätzlicher Stapel von Franz Kaputtmacher. Gabrielas Ungeduld wuchs. Sie fing sofort an, in dem neuen Stapel zu lesen, den Kaputtmacher so eingeleitet hatte:

„Die Zeiten haben sich geändert, vieles haben wir nicht mitbekommen, vieles haben wir dazu beitragen, dass die Zeiten sich so verändert haben. Wir dachten, die Zeit ändert sich zu unseren Gunsten und wir werden alles in den Griff bekommen, wenn wir die anderen besiegen oder aus dem politischen und gesellschaftlichen Leben ausschalten. Wir waren verbitterte Kämpfer, und um den Kampf zu gewinnen, war uns jedes Mittel recht. Aber was ist passiert? Nach der Niederlage der anderen, ich meine unserer Kritiker, unserer sogenannten Gegner, sind wir jetzt selbst dabei, niederzugehen. Keinem, der nur einen minimalen Rest Intelligenz besitzt, kann verborgen bleiben, dass unsere Gesellschaft in einen Zerfallsprozess eingetreten ist. Wir haben versucht, unseren Niedergang nur durch die Bekämpfung der anderen, und zwar mit Lug und Trug und sämtlichen Tricks, bis es nicht mehr geht, herauszuzögern bzw. zu verlangsamen. Dafür haben wir unsere Kraft aus den anderen, die wir zu unserem Feind erklärten, ja, nicht nur zu unse-

---

ist eine gute Frage, aber die Antwort darauf ist einfach, jedenfalls aus der Sicht des Menschen selbst, denn sie könnte lauten: Der Mensch soll einfach unschuldig sein, also keine Schuldgefühle haben, und dieses Gefühl steht immer in Beziehung zu den anderen Lebewesen, seien es Menschen, seien es Tiere und Pflanzen, sei es die Materie selbst. Aber das ist die Angelegenheit der Menschen dort, lass mich nun weiter von hier erzählen.

Wir existieren hier, ohne uns jemals zu langweilen, ohne

rem Feind, sondern zum Feind der Menschheit, gezogen. Nun, da wir die anderen ausgeschaltet haben, sind wir infolgedessen kraftlos. Wir haben versucht, panikartig neue Feinde, wie den Islam, die Migranten, die Rentner usw., zu installieren, da wir gemerkt haben, ohne Feinde von außen und innen geht es nicht. Doch wir sind auch daran gescheitert. Weil auch so manche unserer Leute zum Islam konvertiert sind, um dort, und wenn auch nur in ihrer Illusion, eine Geborgenheit zu finden, die sie bei uns nicht hatten. Jetzt tönt das Geschrei bis zum Himmel, dass in unserem Bankensystem eine Horde von skrupellosen, hochgradigen Scharlatanen vernetzt ist, deren kriminelle Habgier die Grenzen jeglichen vernünftigen Handelns überschritten hat, und die mit ihren zügellosen Machenschaften unsere Existenz bedrohen. Aus diesem Grunde erhebt sich nun ein neues Geschrei, man ruft schon nach einem islamischen Bankensystem, weil einem nichts Besseres mehr einfällt.
Viele Migranten haben unsere Töchter und Söhne geheiratet. Ohne sie wäre die Dimension der Singlegesellschaft noch größer geworden und entsprechend unser Jammer über das Renten- und das Gesundheitssystem noch lauter. Infolge der sogenannten Globalisierung, die wir vorangetrieben haben, sind wir alle mit einem Mal Ausländer geworden, weil heute keiner mehr weiß, was das Ausland sein soll, weil wir alle ständig überall sind und zugleich nirgendwo. Wir sind nicht nur selber Rentner geworden, sondern

---

dass uns Tage und Nächte durch Albträume und Angst vor den anderen verleidet werden, ohne das Bedürfnis zu haben, irgendjemand anderen zu ärgern oder zu erfreuen. Man definiert den Menschen hier nicht, im Gegensatz zu dem, was dort gemacht wird. Man wartet eine Million Jahre oder vielleicht zwei oder noch länger, bis man vielleicht wieder in die verlassene und vergängliche Welt geschickt wird, um sich abermals auf die Probe stellen zu lassen. Man lernt und lernt Billionen von Menschen kennen, jeder von

unsere Gesellschaft ist fast eine Gesellschaft der Rentner, nicht weil wir alt geworden sind, sondern weil unsere Ideen, unsere Kultur alt geworden ist. Es ist eine dynamische Kultur entstanden, die sich in Riesenschritten ausbreitet, die alles durchmischt, ob wir wollen oder nicht, ob mit negativen Folgen oder positiv. Was allerdings negativ oder positiv ist, das muss erst noch neu definiert werden, genauso wie viele andere gesellschaftliche und moralische Kodices neu festgelegt werden müssen. Denn unsere Maßstäbe sind nicht mehr gefragt und auch nicht in der Lage, den neuen Verhältnissen gerecht zu werden und alles zu definieren. Ob man alles definieren muss, ist die zweite entscheidende Frage, die man sich stellen muss. Wir haben sogar uns selbst belogen, indem wir meinten, alles definieren zu können, und dabei wollten wir uns quasi nur beruhigen. Am Entstehen dieses Durcheinanders, dieser Unordnung, sind wir maßgeblich selbst beteiligt gewesen. Was wir heute vor uns sehen, ist eine riesige Baustelle. Wir haben die Welt in eine Baustelle, in eine Ruine, verwandelt, nicht nur, weil wir die Fähigkeit hatten, alles zu unseren Gunsten kaputtzumachen, sondern auch weil wir nicht mehr in der Lage sind, neu aufzubauen. Da nichts ganz geblieben ist, sind wir auch nicht in der Lage, weiter kaputt zu machen. So sind wir tatenlos und haben massiv an Dynamik verloren. Um es kurz zu machen: Wir sind am Ende. Diese bittere Pille zu schlucken, fällt uns allen schwer. Infolge der Panikausbrüche

---

ihnen hat seine eigenen Erfahrungen in der Vergänglichkeit gemacht. Mit Blick auf diese Tatsache kann niemand von uns „den Menschen“ definieren. Hier herrscht nur eine Stimme, es ist die Stimme des Herrn, die so sanft und eindringlich ist, und die dir von Anfang an sagt: „Geh und sieh, was du dort angerichtet hast, wofür du leben solltest und wie du gelebt hast.“ Und man geht und geht, und mit jedem Schritt werden deine Taten so lebendig in dir. Vom ersten Schrei bis zum letzten Atemzug. Es gibt unendlich

sind in unseren eigenen Reihen Menschen entstanden, die ziellos und wahllos losfeuern, die auf alles schießen und nun auf die eigenen Leute im eigenen Lager angelegt haben."

Gabriela glaubte ihren Augen nicht zu trauen. Doch, sie sah richtig! Aus Franz Kaputtmacher sprach die pure Angst. Er war in Panik geraten, und zwar seit Jahren. Er sah wirklich, wie seine Gesellschaft nach und nach verkam. Er sah, wie die Menschen in seinem Lande nach und nach unfähig geworden waren und wie dieser Prozess weiter voranschritt. Er sah, wie der heilige Kapitalismus zu einer Ungeheuerlichkeit geworden war. Es sah, wie der heilige Kapitalismus eine Allerweltserscheinung geworden war. Er sah, wie die Feinde des Kapitalismus Freunde geworden waren und die Freunde aus Angst versuchten, Feinde zu werden, aber sie konnten es nicht, denn das war gleichbedeutend mit Selbstmord für sie, auch für Franz. Er sah, wie sein Heiligstes auf einmal drei Milliarden Menschen allein in China und Indien in Bewegung setzte, ganz zu schweigen vom Rest der Welt, von Afrika, Lateinamerika und dem übrigen Asien. Er hatte Angst, dass er und sein Land, ja sein Kontinent, durch diese Bewegung hinweggefegt würden. Es waren nicht mehr die Feinde seines Heiligsten, sondern es war sein Heiligstes selbst, nur irgendwo anders und mit anderer Intensität, mit anderen kulturellen Begebenheiten. „Ja, mein Gott, wir reiten auf einem hungrigen, brüllenden Tiger,

---

viele Prüfsteine, an denen du dich prüfst, so siehst du, was du getan hast und übernimmst die Verantwortung für deine Taten und trägst die Strafe, und zwar freiwillig. Es ist höchst interessant, denn hier gibt es niemanden, der dich bestraft, dich foltert, der dich erschießt oder aufhängt. Jeder muss das selbst tun.

Jetzt wirst du wahrscheinlich fragen: Warum tut man das? Diese Frage ist einfach damit zu beantworten, dass der Mensch sich durch seine Taten wohl oder unwohl fühlt.

ständig in Gefahr, dass er uns jeden Moment abschüttelt, um uns auf der Stelle zu fressen", schrieb er.
Diese Furcht trug er schon seit langer Zeit in sich. Nun, beim Lesen des Stapels von Hans und Hassan, war ihm aufgefallen, dass die eigentlichen Verursacher dieser riesigen Angst niemand anderes als Menschen wie er selbst waren. Der Tiger, den Leute wie er gezüchtet hatten und den sie gezähmt glaubten, war wilder als jeder andere wilde Tiger geworden. Er selbst war es, der den Weg für diese Entwicklung mit geebnet hatte. Er war es, der die Welt so sah und sie allen so zeigte, wie er sie sah. Daher schrieb er: „Die Leute, ich will konkretisieren, wir, wir waren diejenigen, die alles und alle definiert haben und immer noch versuchen zu definieren, und zwar immer und ausschließlich in Relation zu uns. Wer wir selber waren, wussten wir nicht, das war es auch nicht, was uns interessierte, Hauptsache, es gab die anderen, und solange es die anderen gab, waren wir so wie wir waren, wir fühlten uns stark, und unsere Welt war in Ordnung. Aber wir waren nur relativ zu dieser anderen Existenz, denn sie war quasi anders als wir und wir waren schließlich wir. Es gab das Hier und Dort, wir waren hier und sie, die anderen, waren dort. Es gab Entwickelt und Unterentwickelt, es gab Schlecht und Gut, und das Schlechte gehörte zu den anderen und das Gute zu uns. Aber jetzt sehen wir auf einmal, dass es weder ein Dort gibt, noch ein Hier, es gibt weder ein Wir, noch gibt es die Anderen. Und

---

Hier ist genau der Ort und die Stelle, wo der Mensch mit sich selbst abrechnet und weiß, wer er ist, wo er erleuchtet wird. Ich will dir ein Beispiel nennen: Nehmen wir an, du hast jemanden geohrfeigt und es hat ihm weh getan, du erinnerst dich daran, was für Schmerzen du dem Geohrfeigten zugefügt hast, und du fühlst es ganz intensiv in dir, und das gilt genauso für verbale Verletzungen der anderen, du spürst hier alles in dir. Man fühlt sich so oder so, je nachdem, was man getan hat. Da der Mensch keine andere Stra-

auf einmal wissen wir nicht mehr, wer oder was wir sind. Und zwar absolut. Im Prozess der Entstehung dieser Selbstherrlichkeit und Arroganz haben wir auch uns selbst betrogen, belogen, beklaut, denunziert, verklagt, beschimpft, verhaftet, an den Pranger gestellt, gebrandmarkt, niedergemetzelt, zerfleischt, zerhauen, zerhackt, bombardiert, systematisch vernichtet, guillotiniert, verbannt, verbrannt, vergast... und... und... und... bis nun von unserem sogenannten Uns nichts mehr übrig geblieben ist, und zwar absolut nichts. Wir haben dies alles Zivilisation genannt, Demokratie, wir haben uns mit Tausenden Schein-Verpflichtungen gefesselt und nannten das Freiheit. Im Namen der Freiheit haben wir die Freiheit ausgenutzt und dabei die Freiheit der anderen in Frage gestellt. Wir haben die anderen verleumdet, Lügen über sie verbreitet und haben das Pressefreiheit genannt. Aber jetzt sind wir nicht einmal mehr in der Lage, uns als Heuchler zu bezeichnen, denn wir sind absolut uninteressant geworden. Uns ist nicht nur die Munition ausgegangen, sondern wir haben vielmehr überhaupt kein Ziel mehr. Keiner will uns mehr Kolonialisten, Imperialisten oder sonst irgendwie nennen. Wir selbst stellen fest, dass unsere sogenannten Eliten, die hochrangigen Politiker, Manager, Bankiers, sich reihenweise als korrupt und bestechlich erweisen, und vor lauter Verzweiflung stellen wir diese Leute vor Gericht, und dabei wissen wir, dass sie nichts anderes als Bauernopfer sind, sie sind es, die

---

fe für seine Missetaten weiß, bestraft er eben sich, foltert sich, erschießt sich. Das ist zumindest meine Erklärung, wenn ich irgendetwas von jemand anderem höre, werde ich es dir erzählen. Interessant ist auch, dass keiner dir hilft, wenn du dich foltern oder erschießen willst. Selbst Herr oder Frau Gott ignoriert dich, das heißt, er oder sie erteilt dir keine Anweisungen, gibt nicht einmal den kleinsten Hinweis. Ich habe Herrn Gott – ich sage Herr, weil blöderweise immer noch alle davon ausgehen, Gott sei männ-

gerade den Schwarzen Peter gezogen haben, denn man fragt sich, warum sollten diejenigen, die gerade in Amt und Würden sind, anders sein? Es ist mehr als eine Redensart: Jeder von uns, der mit dem Finger auf andere zeigt, zeigt zugleich mit drei Fingern auf sich selbst. Wer frei von Sünde ist, der werfe den ersten Stein?! Ach, was soll's, wir wissen alles zu rechtfertigen…"

Als diese Worte in der Redaktion fielen, hatten ihn alle wie benommen angeschaut. Wenn sonst die Rede von Autos, Bahnhöfen, Flughäfen, Finanzkrise, Aktien, Zertifikaten, Boni, Staatsanleihen, Griechenland, Italien, Spanien, islamistischer Gefahr, 11. September, World Trade Center, Saddam Hussein, Muhammar al Ghaddafi, russischer Mafia, steigenden Ölpreisen, Schuldenerlass, Renten, privaten und staatlichen Versicherungen, Kostenreduzierung, Gewinnmaximierung, den Gürtel enger schnallen, Produktionsverlagerung, Immobilienkrise, Bankenkrise und Währungskrise, Konsumanreizen war, und davon, dass in der islamischen Welt so viele junge Muslime geboren werden, aus denen Terroristen werden, sangen alle leise und heimlich im Chor: Es gibt nur eine Wahrheit, und für diese Wahrheit leben wir und sterben wir, und das ist das Geld!

Doch er sorgte für weitere Verwirrung, indem er sagte: „Wir kritisieren gerne die jungen Leute, genauer gesagt die Leute, die überall verkabelt auftauchen, als seien sie auf einer Intensivstation. Sie sind die ganze Zeit dabei, allein und

---

lich, obwohl es hier, wie ich sagte, keinen Unterschied zwischen dem weiblichen und dem männlichen Geschlecht gibt – nicht gesehen, ich glaube, er zeigt sich nicht. Jedenfalls zeigt er sich uns Menschen nicht. Es kursiert das Gerücht, er habe keine gute Meinung von den Menschen, daher vermutet man, dass das der Grund ist, dass er sich bei den Menschen nicht blicken lässt bzw. den Menschen ignoriert.

Hier ist viel los, viel zu viel, als dass es jemand wagen könnte, nur annähernd verstehen zu wollen, wie alles läuft, und

unaufmerksam in ihr Handy zu sprechen, sie reden und reden und sind völlig aus dem sozialen Leben ausgeklinkt. Sie sind dabei, zu verlernen, dass sie Menschen sind, sie kommen einem vor wie die Vögel, die vor sich hin zwitschern, die Hunde, die im Rudel heulen. Wir beklagen uns, dass die Leute, während sie verkabelt sind, wie die Irren Auto fahren. Wir beklagen uns, dass diese verkabelten Menschen nicht in der Lage sind, verbindliche Beziehungen miteinander einzugehen, Kinder zu zeugen, eine Familie zu gründen. Wir machen uns lustig darüber, dass sogenannte Paare sich nur noch zufällig auf den Flughäfen begegnen, und das auch in aller Hektik, während sie zu den Abfertigungsschaltern eilen, rempeln sie manchmal einander an, dann bemerken sie, dass sie Ehepaare sind, einer kommt aus X und fliegt nach Y und der andere kommt aus A und fliegt nach B, und dabei wünschen sie sich, sich bald wieder einmal in C, wo sie eine gemeinsame Wohnung haben, zu treffen. Dabei sind wir es doch, die diese Leute, Jung und Alt, andauernd und überall beschießen, wir lassen keinen gesunden Fleck in ihrem Kostüm. Wir infizieren sie mit jedem Mittel und überall mit unzähligen Konsumviren, und dann fragen wir, wo bleibt denn euer gesunder Menschenverstand? Wir versuchen mit jedem Mittel, sie dazu zu bringen, dass sie tun, was wir ihnen vorschreiben, und wenn sie es dann tun, fragen wir uns verwundert, warum sie es tun. Wir verwandeln sie in Pfeile, und dann wundern wir uns, dass

---

das ist noch ein Grund dafür, dass jeder bestenfalls mit sich selbst beschäftigt ist, sich im Spiegel sieht, der nur vor ihm aufgestellt ist.
Es gibt Billionen von Diskussionsrunden, die hier absolut ehrlich verlaufen. Es gibt unendlich viele Fragen, Fragen über Fragen, Themen über Themen… Einmal bin ich per Zufall in eine dieser Runden geraten. Lass mich dir erzählen, wer dort war. Stell dir vor, wer da diskutiert hat und worüber geredet wurde! Dort waren tatsächlich alle Prophe-

jeder sie nehmen und in eine beliebige Richtung abschießen kann, die ihm selber nutzt."
Die Leute, die dort mit ihm am runden Tisch saßen, kamen ihm wie Roboter vor. Er wunderte sich, warum ihm das vorher nie aufgefallen war, dass diese Kollegen so steif und streat waren. Sie fingen an, miteinander zu tuscheln, dabei warfen sie ihm ernste Blicke zu, aber was sie sagten, klang in seinen Ohren wie das Summen und Brummen einer Maschine, so wie sein supermoderner, fast lautloser Rasierapparat oder wie das Vibrieren eines auf lautlos gestellten Handys auf einer Tischplatte. Er hörte am Ende nur „Sosososos woooohs, bohhhhhhhh mohhhhh, rohhhhhh…", und er spürte, dass er diesen bis ins Mark gehenden monotonen Lärm nicht länger ertragen konnte. Mit beiden Fäusten auf den Tisch hauend, schrie er die Herrschaften der Redaktion an: „Ruhe! Verdammt noch mal, Ruhe, jetzt rede ich!!" Wie im Kasperletheater verstummten sie augenblicklich und starrten wie vom Donner gerührt mit halb geöffnetem Mund auf die Lippen von Franz Kaputtmacher, der immer noch ihr allmächtiger Chefredakteur war, immer noch stand es ihm frei, zu toben, zu brüllen, jeden von ihnen bloßzustellen, einen jeden zur Sau zu machen, wie es ihm gerade beliebte.
Einer murmelte fast lautlos vor sich hin: „Jetzt ist er durchgedreht…", und wedelte mit seiner rechten Hand ein paarmal vor dem Gesicht, als Zeichen der Verrücktheit.

---

ten und viele andere aus der Sicht der Menschen sogenannte Persönlichkeiten versammelt, ich kannte nur einige von ihnen namentlich, die unsrigen, Abraham, Noah, Moses, Jesus und Mohammad, die, wie du weißt, auch uns damals beschäftigten.
Alle klagten sie unisono, dass in ihrem Namen viel Unrecht begangen und Unsinn angerichtet worden sei. Mohammad zum Beispiel sagte voller Empörung, er habe niemals und niemandem gesagt, dass die scheußlichsten Männer sich

Aber weder hörte noch sah Kaputtmacher ihn. Die anderen jedoch sahen seine Geste und nickten unauffällig mit dem Kopf. Niemand wusste, was zu tun wäre, außer zu schweigen, sie konnten nur schweigen, und sie schwiegen.

„Waren wir an dem Prozess der Verblödung der Massen nicht aktiv beteiligt, haben wir nicht massiv zur Vernichtung des kritischen Bewusstseins beigetragen? Haben wir nicht alles, was anderen als Wert galt, aber nicht unseren Werten entsprach, entwertet? Und nun jammern wir, wir fauchen, wir brüllen wie der zahnlose Löwe, wir schimpfen wie ein vor sich hin brabbelnder Obdachloser und versuchen, die Welt für schlecht zu erklären, weil es uns schlecht geht, weil unsere Gier, unser Wahnsinn dermaßen gewachsen sind, dass wir nicht mehr zu befriedigen sind. Und wir sorgen dafür, dass dieses Jammerkonzert alle Menschen erreicht und sein fürchterlicher Klang immer lauter wird. Wir sind versunken in einem Meer von Konsum, das wir gerne Wohlstand nennen, und dabei blasen wir ohrenbetäubend in das Jammerhorn. Unsere Kinder und Enkel schreiben Bücher, in denen sie beklagen, dass sie unfähig sind, dass sie schlecht behandelt werden, dass sie sich nicht wehren können, dass sie isoliert sind, dass sie die Politik hassen, die Medien auch, dass sie zu viel telefonieren und permanent online sind, sich andauernd im Netz bewegen, selbst wenn sie im Dabeisein ihrer sogenannten Freunde feiern, wenn sie im Bett miteinander schlafen, wenn sie auf der Toilette

---

Mullah, Mufti oder Ajatollah nennen, ihn zu vertreten behaupten und die Menschen im Namen des Islam zu ihren eigenen Gunsten führen sollten. Jesus äußerte in gleichem Ton seinen Unmut über die Bischöfe und Kardinäle und alle anderen sogenannten christlichen Richtungen, von den Orthodoxen über die Calvinisten bis zu allen möglichen Sekten, die in seinem Namen Unfug treiben. Ja, er nannte sogar das, was Luther in seinem Namen getan hat, um für sich und bestimmte Leute einen Vorteil zu ziehen, reinen

eines Clubs einen Quickie haben. Dabei befriedigen sie sich selbst, wie sie in ihren Büchern schreiben, vor dem PC, Männer wie Frauen, also Hose runter oder Rock hoch, und dazu ziehen sie sich die Sexvideos rein, Hardcore oder Kinderporno, oder auch was Milderes, und immer wieder jammern sie in ihren Schriften, ihre Klagen steigen zum Himmel, sie sind schlimmer als ihre Eltern, schimpfen auf Facebook, auf alle sogenannten sozialen Netze, aber ohne die sind sie auch nichts. Sie ziehen sich dort aus, sie essen dort, sie hören dort Musik. Sie beklagen sich über ihre Krankheiten und ihre Gesundheit dort. Und sie merken nicht einmal, dass Facebook, Xing, Twitter, diese ganzen sogenannten virtuellen sozialen Netze, aus ihnen selbst und nur aus ihnen bestehen, denn sie sind selbst Facebook. Das ist genauso wie wenn wir auf der Autobahn im Stau stehen und jammern, und dabei sind wir doch selbst der Stau...
Sie sind geil auf Erfolg im Business, aber mit ihrem Erfolg sind sie nie zufrieden, und dabei tun sie nichts anderes, als sich ständig erfolgreich zu zeigen. Sie jammern und jammern, dass mittlerweile mehr sogenannte Erziehungsratgeber erscheinen als Kinder geboren werden, ihre Eltern schreiben Bücher darüber, dass die Gesellschaft vergreist, dass die Deutschen aussterben, Europa altert, und wenn wir Glück haben, wird ganz Europa zu einem großen Museum für die anderen. Alles wird dargestellt, als sei das alles vom Himmel gefallen, als wären wieder mal die altbekannten

---

Unfug, insbesondere die Hetze gegen die Juden. „Ich war selber Jude", schluchzte er. „Ich habe niemals von Kreuzzügen gesprochen und nie gefordert, auf so brutale Weise andere Menschen zu missionieren!" So schrie der arme Kerl verzweifelt. Mohammad unterbrach ihn, indem er sagte: „Unter meinem Namen haben sie den Koran verfasst und meine Aussagen, sofern ich mich überhaupt geäußert habe, verfälscht, manipuliert, nur um sich gegenüber den anderen durchzusetzen und umgekehrt. Was mich am meisten är-

anderen am Werk und nicht wir selbst. Also sind wieder mal die anderen schuld. Damit sind also die Migranten schuld, dass wir so viele Migranten brauchen, dass ausländische Fachkräfte nötig sind, dass wir so viele ins Land reinlassen müssen. Die Chinesen sind schuld, dass wir dank ihrer Arbeit und ihres totalitären Systems so billig und so viel konsumieren können. Wir machen uns lustig über alles, obwohl das alles andere ist als lustig!
Ich mache diesen Scheiß nicht mehr länger mit! Die Linken haben recht gehabt, jawohl! Sie hatten ein besseres Konzept, wir haben es brutal kaputtgemacht und alles darangesetzt, um aus den Leuten, die diese Ideen und Konzepte tragen wollten, lauter Gesindel wie unser eigenes Gesindel zu machen und sie mit etwas Geld und einer kleinen Karriere in unserem Sumpf versinken zu lassen. Wir haben ihre Utopien lächerlich gemacht, und jetzt ist niemand mehr da, aber auch gar niemand, der irgendeine auch noch so kleine Utopie entwickelt! Die Generation, die wir fabriziert haben, ist bei der Gestaltung ihres Lebens vollkommen teilnahmslos, und daran sind wir selber schuld, ich bekenne mich, hier in dieser Welt, zu meiner Schuld, bevor ich in der Hölle zu schmoren beginne! Ich werde, so Gott will, in der Hölle das Gleiche tun wie alle anderen, meine Taten, genauer gesagt, meine Untaten abermals bereuen, ob euch das etwas nutzt, wage ich stark zu bezweifeln. Ihr seid doch nur Sklaven der Datenbanken, die ihr selbst geschaffen habt, ihr

---

gert, ist, dass sie in einem beträchtlichen Teil des Korans dem Krieg gehuldigt haben. Und die Menschen sind so dumm und glauben ihnen und fragen sich nicht einmal, wie eine Religion, die Frieden heißt, für Krieg sein kann!" „Ja, ja, das verstehe ich", sagte Jesus, „in meinem Namen haben sie mehrere Versionen der Bibel verfasst und sie Neues Testament genannt." Und Moses fügte ärgerlich hinzu: „Und in meinem Namen tragen Vertreter ein dickes Buch vor und nennen es das Alte Testament, und das ist voller

erwartet von eurer Hin- und Herschreiberei und -schieberei dieser und jener Daten die Lösung eurer Probleme, obwohl ihr überhaupt keine Vorstellung von euren wahren Problemen, von den Ursachen unserer Probleme, habt! Ihr denkt bloß, wenn die Daten stimmen, dann stimmt euer Leben, aber die Daten werden nie stimmen, weil jeder von sich aus an diesen Daten herumfummelt. Das wisst ihr genau, aber das wollt ihr nicht wissen. Es ist nicht unrealistisch, wenn man sagt, es ist zu spät für alles. Ob irgendwelche Menschen irgendwo entstehen werden, die die wahren menschlichen Fähigkeiten wieder auferstehen lassen können, das weiß ich nicht. Was ist los, ihr Idioten, ihr braucht nicht so blöd aus der Wäsche zu gucken! Ich bin nicht verrückt geworden, und ich bin bei vollem Bewusstsein! Ich kenne eure Antwort, nämlich dass ihr diese Menschen seid, genauer gesagt, wir sind die Menschen, wer soll kommen und was anders machen, alle versuchen, das zu machen, was wir bis jetzt gemacht haben. Nein, so ist es nicht, und wenn es so wäre, wäre es umso schlimmer!"

Fast zwei Stunden hatte er so impulsiv geredet, wobei er niemandem eine Gelegenheit ließ, ihm zu widersprechen. Aber es wollte ihm auch niemand widersprechen. Die Journalistenhorde war tatsächlich sprachlos. Dass ihr Chefredakteur auf einmal alles hinschmiss, gerade dieser Kaputtmacher, bis gestern hatte er noch jedem, der von seiner Meinung, die nichts anderes als die herrschende Meinung

---

Mord und Totschlag und Kindesmissbrauch und Inzucht."
Marx und Engels sagten: „Was sie unter euren Namen verbreitet haben, haben wir Opium des Volkes genannt. Weder diese Leute noch das Volk haben verstanden, was wir sagten, aber ein Teil dieser Massen hat uns beinahe zu Propheten gemacht und in unseren Namen viel Unheil angerichtet, obwohl wir gesagt haben, dass wir keine Propheten sind, und zwar zu unseren Lebzeiten, und auch gesagt haben, was wir sagen, beruht schlicht und einfach auf wissenschaftli-

war, nur im Geringsten abwich, auf die Finger geklopft, und jetzt stellte er alles so radikal in Frage! Die Welt, die sie bis gestern gemeinsam so schön bunt angemalt hatten, sollte nun mit einem Male so grässlich sein?
Da gab es nur eine Möglichkeit, nämlich ihn als verrückt zu erklären, und das war es, was sie einhellig taten. Kaputtmacher stand alleine da, kein einziger der Anwesenden reagierte auf das, was er von sich gab. Nur einer äußerte sich schließlich. Vielleicht wäre es besser, wenn er eine Beruhigungstablette schlucken oder nach guter alter Manier ein Glas Whisky oder Cognac zu sich nehmen würde, schlug er vor.
Kaputtmacher reagierte nicht, er nahm seine Mappe mit einem Stapel Papier, stand auf und ging zur Tür. Während er den Raum verließ, sagte er: „Macht doch euren Scheiß allein!"
Und er verschwand.

Gabriela war es zu viel, das alles zu lesen, trotzdem las sie weiter. Er hatte alles in allem nichts anderes geschrieben als Hans und Hassan. Er hatte es nur konkretisiert, wie er ständig betonte. Dazu kam, dass Hans und Hassan zum sogenannten gegnerischen Lager gehörten, also zu den Fal-

---

cher Kalkulation, die wir für die Erklärung und Veränderung unserer Gesellschaft für richtig und geeignet halten. Sie müssen ihre Lebensverhältnisse ändern, dann brauchen sie nicht aufeinander loszugehen, es ist genug für alle da. Aber sie haben uns als Gottlose an den Pranger gestellt und haben ihren Mist weiter verzapft und sich wegen ihrer Gier und Machtgeilheit niedergemetzelt und tausend Kriege angestiftet, und sie tun das immer noch, mit noch schrecklicheren noch bestialischeren Methoden und Mitteln als zu unserer Zeit." Marx sagte, während er bitterlich weinte: „Vielleicht hätte ich schweigen und nicht schreiben sollen." Da strich Engels ihm übers Haar. „Weine nicht, Karlchen,

schen, und er gehörte zu den Richtigen. Kaputtmacher wollte alles für seine Leute verständlich machen, und dabei wusste er zugleich, dass das alles vergeblich war. Dennoch meinte er, es vortragen zu müssen, bezogen auf die aktuellen Probleme der Gesellschaft, wie die Finanzkrise, wie die zunehmende Armut, wie Milliarden Menschen in diesem wahnsinnigen Prozess der Ausbeutung der Erde ausgeschlossen werden. Und er war am Ende seines Ausbruchs doch etwas optimistisch, was den Ausschluss dieser Milliarden Menschen betraf, er meinte, vielleicht würden aus den Reihen dieser Menschen, die zwangsweise aus dem Prozess des erstickenden passiven Konsums ausgeschlossen sind, neue Menschen entstehen, die irgendwann in der Lage sein würden, die Welt bzw. was bis dahin von der Welt übrig geblieben war, zu retten. Diese Menschen würden womöglich die positive Variante unserer bisherigen Geschichte entdecken und darauf eine neue Perspektive für das Weiterleben der menschlichen Gattung entwerfen. Aber das war eine Vision für die Zukunft, damit hatte er nichts mehr zu tun. Er selbst gehörte der Vergangenheit an, in der diese Verhältnisse geschaffen wurden, die nun außer Kontrolle geraten waren. Er glaubte nicht im Entferntesten an die Hirnge-

---

du bist nicht schuld daran, du wusstest nicht, dass die Menschen unverbesserlich sind. Außerdem bist du nicht der Einzige, der geschrieben hat, du hast nur Pech gehabt, dass sie deine Sache bzw. unsere Sache nutzen, besser gesagt, ausnutzen konnten, um gegeneinander Front zu machen. Vielleicht sind auch manche wie du von Anfang an mit gutem Willen darangegangen und haben ebenfalls geglaubt, etwas für die Menschen tun zu müssen." Lenin stand mit gesenktem Kopf da. „Zum Beispiel ich", meldete er sich zu Wort. „Wenn ich nicht krank geworden wäre, hätten sie mich beinahe mit dem Uminterpretieren meiner eigenen Schriften umgebracht, wie sie viele meiner und ihrer Freun-

spinste derjenigen, die den Supermenschen erschaffen wollten, sei es mit Hilfe der Genmanipulation, sei es mit Hilfe der Informatik. In beiden Visionen sah er nur die Fortsetzung des Vernichtungsprozesses der menschlichen Existenz als solcher, ganz zu schweigen davon, dass sie in diese Richtung ohnehin nie vorankommen würden. Die Rettung der Menschheit müsste durch die wahren Menschen selbst vonstatten gehen, die Gedankenspielereien um die Herstellung neuer Menschen war passé, der Mensch ist solange Mensch, wie er Mensch bleibt, nicht mehr und nicht weniger, meinte er.

Gabriela war betroffen und froh zugleich, dass jemand wie Kaputtmacher doch von diesen Schriften von Hans und Hassan inspiriert wurde, womit sie überhaupt nicht gerechnet hatte. Sie ging am nächsten Morgen früh und eilig aus dem Haus und holte am Kiosk ein Exemplar der Zeitung, deren Chefredakteur Franz Kaputtmacher war. Sie war neugierig und aufgeregt, was und ob die Zeitung überhaupt etwas über den Vorfall schreiben würde. Sie wusste zwar nicht, wann diese Redaktionssitzung stattgefunden hatte, sie hoffte aber, aus der Zeitung etwas davon zu erfahren. Sie packte die Zeitung in die Tasche und eilte wieder nach Hau-

---

de umgebracht haben.“ Einstein sagte: „Ich wollte auch ein bisschen mit der Wissenschaft helfen und das Leben der Menschen einfacher und bequemer oder sogar leichter machen, aber sie haben die Atombombe daraus gemacht und sie sogar eingesetzt und Hunderttausende getötet, und zwar noch zu meinen Lebzeiten, in denen die deutschen Nazis mich als Juden verjagt haben. Entschuldigung“, fuhr er an Moses gewandt fort, „ich habe nie an dich und deine Mission geglaubt, ich meine die Mission, die sie unter deinem Namen vertreten haben.“ Avicenna sagte: „Ich wollte mit meiner Erfahrung und mit Hilfe der Medizin die Schmerzen der Menschen etwas lindern, und nun haben sie einen

se, um sie dort in Ruhe zu lesen. Aber was sie sah, ließ sie aufschreien. Es war ein Bericht über das mysteriöse Verschwinden von Franz Kaputtmacher… ohne ein einziges Wort über das, was Kaputtmacher ihr geschickt hatte.
Fassungslos legte Gabriela die Zeitung zur Seite. Sie untersuchte das Päckchen genauer, es war vor vier Tagen abgestempelt worden. Dann stöberte sie in dem Stapel, bekam wieder den Brief von Kaputtmacher in die Hand und las ihn dieses Mal zu Ende. Am Briefschluss las sie: „Liebe Gabriela, ich habe mich entschieden, den Weg von Hans und Hassan zu beschreiten. Ich bin sicher, wenn Du diesen Brief und alle Papiere von mir bekommst, bin ich schon am Ende des Weges angelangt. Ich wünsche Dir alles Gute und danke Dir für Dein Vertrauen zu mir. Ich bin froh, dass ich diesen Stapel von Hans und Hassan in die Hände bekommen habe, und bin noch froher, dass ich ihren Weg gehe. Hab Dank dafür! Alles andere hat keinen Sinn, zumindest nicht für jemanden wie mich."
Nun ahnte Gabriela, was geschehen sein mochte. Aber wie ein Mensch wie Franz Kaputtmacher sich innerhalb so kurzer Zeit so radikal ändern konnte, war ihr rätselhaft.
Es ist eine verrückte Zeit, in der alles möglich ist. Wer weiß,

---

riesigen Geschäftszweig daraus gemacht, und wenn die Leute nicht genügend Geld haben, lässt man sie Schmerzen leiden. Diese Idioten nennen sich zwar Ärzte, haben aber nur noch eines im Sinn, nämlich möglichst viel Geld zu verdienen." Zarathustra hatte die ganze Zeit still geschwiegen, er lachte nur vor sich hin, ab und zu. „In euren Namen", sagte er gewandt an Mohammad und Jesus, „haben sie alles, was ich zur Heilung der menschlichen Seele gesagt hatte, vernichtet und damit, Gott sei Dank, diese Religion fast abgeschafft, eigentlich bin ich froh, dass sie diese Religion abgeschafft haben, denn in meinem Namen wurde sie zur Staatsregion gemacht, und schon vor euch allen haben sie

warum er so viele Jahre lang so gehandelt hat und nun mit einem Mal nicht mehr? Ob wirklich und wie weit die Papiere von Hans und Hassan dafür ausschlaggebend waren, war ihr nicht klar. Aber sie war sicher, dass die Papiere ihn dazu veranlasst hatten. Vielleicht hatte er das wirklich schon immer so gesehen, aber sich nicht getraut, das auszusprechen, er tat eben, was die Leute von ihm erwarteten. Das war die beste Erklärung, die sie finden konnte. Und sie war nicht ganz im Unrecht.
Sie fand trotzdem alles merkwürdig, wie die Menschen alles mit sich machen lassen, wo sie selbst gerade dabei war, das gesamte menschliche Leben als eine kurzlebige Spielerei aufzufassen. Seit Monaten fand sie die gesamte Diskussion, die aufgeregten Auseinandersetzungen, im realen Leben wie auch in der virtuellen Welt, unerträglich. Wie die Leute sich gegenseitig angifteten, wie sie sich beleidigten, wie sie um Kleinigkeiten kämpften, sei es materiell, sei es ideell. Sie hatte seit Jahren diese Art Diskussionen, die im Fernsehen liefen, nicht mehr angeschaut, sie beobachtete nur die miese Schimpferei in den Internetforen, wo verbal das Schrecklichste vor sich ging, bis hin zu Morddrohungen. Sie fand alles grässlich und gruselig, wie die Leute in diesen Foren

---

damit Kriege geführt. Ich bin wirklich froh, dass nur noch eine recht kleine Gruppe in meinem Namen etwas treibt und nicht mehr in der Lage ist, größeren Schaden anzurichten, wie die sogenannten Christen und Moslems das tun. Auch im Namen des Kollegen Buddha wurde und wird Unheil angerichtet, aber alles in allem ist das nicht so arg wie im Islam und Christentum.“ Mohammad und Jesus reagierten empört und erklärten wie aus einem Munde: „Sie sollten endlich aufhören, in unseren Namen politische Parteien oder überhaupt Politik zu machen.“ Buddha sagte: „Darum bin ich etwas beruhigt, aber die Gefahr ist nicht gebannt, dass auch in meinem Namen Unheil angerichtet

anonym auftauchten und ihr Gesicht zeigten.
Gabriela hatte keine Lust, den Computer anzuschalten. Sie holte sich eine Flasche Rotwein, als wolle sie diesen Abend, diese Nacht feierlich zu Ende bringen. Sie ließ eine alte Musik erklingen, eine Melodie, die von der Vergangenheit erzählte bzw. die Erinnerung an die Vergangenheit weckte. Erst da merkte sie, wie ihr Körper anfing zu schmerzen. Doch dann ließ der Schmerz nach, bis sie sich wirklich in der Vergangenheit fühlte. Dabei war natürlich der Wein behilflich. Innerhalb kürzester Zeit leerte sie die erste Flasche und dann holte eine weitere, sehr alte Flasche Wein, den Hassan damals, vor vielen, vielen Jahren, als sie sich zum letzten Mal trafen, mitgebracht hatte, es war eine Flasche Rotwein aus Südfrankreich, er hatte sie ihr geschenkt als Erinnerung an die Reise, die sie miteinander dorthin unternommen hatten. Gabriela hatte sie mehr als ein Jahrzehnt als Andenken an ihn aufbewahrt. Sie wollte sie nie trinken, weil sie dachte, vielleicht kommt irgendwann ein besonderer Anlass, dann werde ich die Flasche öffnen.
Heute Abend schien ihr der besondere Anlass da zu sein. Sie öffnete die Flasche, schenkte sich ein und fing an zu trinken, aber nicht so schnell wie die erste. Sie trank ge-

---

wird, denn alle möglichen Typen nennen sich heute Mönche und sind doch nur auf ihren eigenen Vorteil aus. Ja, sie versuchen sogar, sich wieder in die Politik einzumischen. Insbesondere da viele von den sogenannten Anhängern dieser Leute, die ihr genannt habt, enttäuscht sind und in meinem Namen eine neue Mode in Gang gebracht haben."

Ich habe lange darüber nachgedacht, wie es kommt, dass die Leute so über sich reden, selbst die sogenannten großen und berühmten Leute, von denen ich einige genannt habe. Ja, ich war tatsächlich etwas durcheinander. Da habe ich eines Tages zufällig Hassan getroffen. Ja, liebe Gabriela, ich habe tatsächlich Hassan getroffen, wir sehen uns häufig.

mächlich und hörte die Musik abermals. Die Zeit war über Mitternacht. Gabriela wollte so lange sie konnte wach bleiben. Sie hatte beschlossen, morgen, übermorgen, überübermorgen, also für immer und ewig nicht mehr in die Schule zu gehen. Sie bedauerte, dass sie so viele Jahre in der Schule verbracht hatte. Sie wusste nicht, warum sie das alles gemacht hatte und mit sich machen ließ. Hier fand sie eine Gemeinsamkeit mit Franz Kaputtmacher, vielleicht hatte er sich auch gefragt, warum er so viele Jahre seine Arbeit gemacht hatte.
Als sie das letzte Glas von dem kostbaren Wein zu Ende trank, war sie völlig außer sich. Angekleidet wie sie war, schlief sie auf der Liege ein, friedlich und tief.

Ihm geht es gut, was heißt, ihm geht es gut. Er existiert, und zwar jenseits der Existenz. Ich habe ihm mitgeteilt, was ich bislang erfahren hatte. Dann sprachen wir über die Existenz. Und wir nannten es Existieren, das Leben auf der Erde. Hier steht – aus der Sicht der sogenannten Lebenden des Jenseits – die Existenz in Relation zum Universum, und das Universum ist unendlich. Ich habe hier, wo ich jetzt bin, viele Menschen aus dem Diesseits, wie die sogenannten Lebenden sagen, gesehen und sehe jeden jederzeit, jeden Tag, jede Nacht, wann immer ich es mir wünsche. Du wirst dir wahrscheinlich die Frage stellen, wie man unter Milliarden und Abermilliarden Menschen irgendeinem bestimmen

15. Kapitel

Es war schon spät am Morgen, als Gabriela aufstand. Sie fühlte sich erleichtert. Als sie mit dem Waschen und der Toilette fertig war, ging sie in Hans' damaliges Zimmer. Die Schranktür stand offen, und sie bemerkte, dass die Hose ohne Tasche, das Hemd mit der Brusttasche, in der ein Kugelschreiber gesteckt hatte, und auch das Paar Schuhe verschwunden waren. Die Sachen hatten länger als ein Jahrzehnt dort gelegen, sie wusste nicht, wem sie eigentlich gehört hatten, Hans oder Hassan. Und nun waren sie weg. Eines aber wusste Gabriela sicher, nämlich dass diese Hose, das Hemd und die Schuhe die Abschiedskleider von Hans und Hassan waren.

Sie dachte wehmütig an jenen Tag, da sie ohne Ziel in der Stadt umherirrte. An der Mainpromenade hatte sie diese Kleidungsstücke in einer mobilen Mülltonne entdeckt, die gerade ein Müllmann vor sich herschob. Sie ging zu ihm hin und sprach ihn an, sie sagte, die Kleider gehörten ihrem Freund Hassan und sie möchte sie gerne wieder mitnehmen. Der Müllmann hatte nichts dagegen, und als sie alles in ihre Tasche stopfte, gab er ihr den Kugelschreiber und sagte dazu: „Er steckte in der Hemdentasche."

Menschen begegnen kann. Die Antwort ist ganz einfach. Wenn du hier – im Jenseits – an einen Menschen denkst, den du kennst, bist du sofort bei ihm und siehst ihn sofort, als Kind, als Erwachsenen, als ganz Alten. Hier hängt alles von deiner Vorstellung ab, und du zählst nur für dich. Hier gibt es keine Erde, kein Land, keine Stadt, kein Dorf, hier gibt es nur das Universum, und da bist du wie jeder andere. Der Mensch ist klug, ehrlich, allwissend, für sich und über sich, selbstverständlich, und so begegnet er auch den anderen. Also vereinfacht gesagt, du kannst dir niemals selbst entfliehen. Das Universum spiegelt deine Existenz wider, und du musst mit deiner Existenz existieren. Man kann

Gabriela bedankte sich bei dem Mann, zog das Hemd wieder aus ihrer Tasche, steckte den Kugelschreiber in die Brusttasche und packte danach das Hemd wieder ein. Es waren Hassans Sachen, sie wusste noch genau, wie er gesagt hatte, dass er auf dieser Welt nichts habe, selbst seine Hose habe keine Tasche, um etwas hineinzustecken. Die einzige Brusttasche seines Hemdes war auch nur wegen des Kugelschreibers da.
Gabriela hatte diese Klamotten in diesen Schrank gehängt. Sie erinnerte sich an jenen Abend, an dem Hans sie nach so langer Zeit zum letzten Mal besucht hatte, und wie genau in dieser Nacht wieder das Quietschen der Schranktür ertönte. Gabriela war auf dem Liegesessel eingeschlafen, sie hörte weder den Schrank noch den Abgang von Hans, der zu einem nächtlichen Spaziergang an der Mainpromenade aufgebrochen war, von dem er nie zurückkehrte.
Wieder fand Gabriela die Klamotten am Mainufer, diesmal allerdings direkt, vermutlich dort, wo Hans sie abgelegt hatte, denn unter der Woche kehrte kein Müllmann die Promenade, weil die Stadt wegen ihrer hohen Schulden sparen musste, wurde hier nur einmal in der Woche gesäubert. So hatte sie Glück gehabt.

---

nicht seine Existenz mal so, mal anders definieren. Nicht, dass du denkst, es ist hier alles monoton, nein, ganz und gar nicht. Denn es ist eher das Gegenteil der Fall, jedes Wesen existiert anders als die anderen. Jede Existenz ist eine Existenz für sich, jeder traut sich, seine Existenz, wie sie ist, zu erfüllen, wahrzunehmen, auszuleben, daher gibt es absolut keine Chance, dass einer auch nur einen einzigen Anhänger hat, geschweige denn, dass einer in der Lage wäre, eine Gruppe zu bilden und sie zu führen. Der Mensch bekennt sich zu sich selbst. Ich weiß, das dürfte aus deiner Sicht dort völlig unmöglich erscheinen. Ich weiß auch, dass dort die Existenz in Relation zu den anderen und den Dingen eine

Jetzt vermutete sie, dass jemand diese Klamotten aus dem Schrank geklaut haben musste, weil das Fenster des Zimmers, das zur Straßenseite ging, aufgebrochen war. Aber wer hatte Interesse an diesen alten, gammeligen Kleidern? Das war die Frage, die sie beschäftigte und auf die sie in diesem Moment keine Antwort finden konnte.
Gabriela wollte nun raus aus der Wohnung, sie wollte nicht zu Hause bleiben. Sie ging ins Schlafzimmer, um sich umzuziehen, nicht weil ihre Kleider zerknittert waren, sondern weil sie einfach etwas anderes, etwas Schöneres anziehen wollte. Sie öffnete die Schranktür, schaute kurz hinein und entschied sich sehr schnell. Sie zog das rote Kleid aus der hintersten Reihe ganz links hervor. Ein Kleid, das dreißig Jahre alt war, aber immer noch schön aussah und immer noch zu ihr passte. Das merkte sie, als sie sich auszog. Ihr Körper hatte sich gut gehalten, sie war weder dünner noch dicker als damals, so passte das Kleid immer noch wie angegossen. Es war ihr Hochzeitskleid, damals mit Hans an ihrer Seite, real, standhaft, hatten sie eine Zukunft vor sich. Beide hatten das Gefühl, über den Wolken zu schweben, die ganze Welt stand ihnen offen.
Nun stand, erfüllt mit Erinnerungen an Hans und Hassan,

Bedeutung hat. Hier hat die Existenz absolute Bedeutung, und zwar einfach so, wie der Mensch ist. Ich will nicht wie die Philosophen dort philosophieren und eine Reihe von verwirrenden und schwer verständlichen Erklärungen hervorbringen, denn es ist wirklich nicht notwendig, man gewinnt erst hier die Erkenntnis, dass die Existenz einfach so ist, wie sie ist. Die Existierenden stehen hier alle nebeneinander. Sie sind nicht alle von der Erde hierhergekommen, und auch nicht alle, um sie auf die Probe zu stellen, auf die Erde versetzt worden, sie kommen aus allen Ecken und Enden des Universums. Es scheint mir trotzdem, dass das Leben auf der Erde ganz einfach ist und dass die dortigen

die Welt wieder offen, durch diese Erinnerung. Die Welt war wieder etwas, das sie mit sich trug, das sie fühlte, das sie sich wünschte, nicht das, was die anderen beschrieben. Wie albern kam es ihr vor, wenn jemand sich durch diese und jene Herausforderung von den anderen antreiben, seine Unzufriedenheit grenzenlos steigern ließ.

Sie zog mit ihrem Kleid durch die Straßen. Als sie an der Mainpromenade ankam, sah sie sofort die Klamotten, die in ihrem Schrank fehlten, neben einer der Sitzbänke ordentlich zusammengelegt und gestapelt und ganz oben mit einem Stein beschwert. Sie ging hastig zu der Bank und entdeckte unter dem Stein ein Blatt Papier. Sie nahm es auf und las: „Ihr seht, was ich anhatte, im letzten Moment meines Lebens, und das habe ich auch aus der Wohnung einer Bekannten gestohlen und angezogen, um auf das, was ihr als Vermögen betrachtet, zu verzichten. Zwei werte Kollegen von mir, zu deren Elend ich auch meinen Teil beigetragen habe, haben genau auf diesem Wege mit diesem Besitzstand von der Menschheit Abschied genommen. Und das ist es, was ich nun auch tue. Die Tür meines ehemaligen Hauses steht offen, alles was ich hatte, weil ich glaubte, es haben zu müssen, habe ich dort stehen und liegen gelassen. Ich bin

---

Menschen alles umsonst verkomplizieren, denn jedem und jeder dürfte wohl bewusst sein, dass wenn man dort mit dem Atmen aufhört, das Leben aus ist, genauso wie wenn das Herz stillsteht oder irgendeine andere Störung auftritt, du weißt sicher besser als ich, was es mit dem Leben der Menschen dort auf sich hat. Damals habe ich über ihr Verhalten dort so viel Unmut geäußert, ich bereue es zwar nicht, aber seitdem ich hier angelangt bin, finde ich die gesamten Aktivitäten der Menschen, einschließlich und insbesondere meiner eigenen, lächerlich. Man hat dort den Menschen als ein soziales Wesen betrachtet, um ihn ein wenig zu seiner wahren Existenz zurückzuführen oder ihn zumindest

nackt gegangen, wie ich nackt gekommen bin, und das Schöne ist dabei, dass ich mich freiwillig ausgezogen habe, um nicht später von anderen ausgezogen zu werden. Was ich übrig gelassen habe, ist nichts, und nichts kann auch nichts wert sein. Ich habe gemerkt, dass Menschen wie ich nichts mehr zu sagen haben. Unsere Zeiten sind vorbei. Ich kann in diesem Moment nur um Verzeihung bitten, weil ich als Chefredakteur einer Zeitung einen erbitterten Kampf gegen Menschen führte, die ich überhaupt nicht kannte, und weil ich Menschen, die ich kannte, zum Schweigen gebracht, indem ich sie totgeschwiegen habe. Ich weiß, dass auch das, was ich jetzt sage, keinen Sinn hat. Und dass es keine konstruktive Entschuldigung ist. Denn der Zug ist schon längst abgefahren. Ich sage nur eines zu meinen ehemaligen Kollegen und Kolleginnen, die immer noch auf das Falsche pochen: IHR KÖNNT MICH MAL!" Das Stück Papier war mit Franz Kaputtmacher unterzeichnet.

Nun wusste Gabriela, was er in seinem Brief gemeint hatte und wer die Abschiedskleider von Hans und Hassan geklaut hatte. Es kam ihr alles nicht einmal merkwürdig vor. Sie ließ die Klamotten liegen, denn sie meinte, sie hätten ihre Aufgabe erfüllt, und damit hatte sie auch tatsächlich recht. Es

---

daran zu erinnern. Heute würde ich sagen, der Mensch ist ein lächerliches, verdammtes Wesen. Er ist dort wirklich zu einer Art, wenn auch nur für eine kurze Zeit, verdammtem Leben verurteilt worden. Das ist vielleicht der Grund dafür, dass einige Propheten und Weise, die von dort nach hier zurückgekommen sind, nicht müde werden, sich ständig und jeden Tag erneut dafür zu entschuldigen, dass sie dort leider nichts erreicht haben.

Ich war ein weiteres Mal Zeuge einer Versammlung von Tausenden ehemaliger Persönlichkeiten der Erde, an der Zarathustra, Abraham, Moses, Noah, Jesus, Mohammad (Mohammad und Jesus sind, wenn eine Versammlung ist,

waren Männerkleider, sie selbst konnte sie nicht tragen, und sie war mit ihrem roten Kleid höchst zufrieden.
Sie ging weiter, sie hatte noch Zeit. Sie beschloss, zu dem Haus zu gehen, wo Kapputtmacher gewohnt hatte, sie wollte sehen, ob die Tür wirklich offen stand. Es war nicht weit entfernt. Als sie dort ankam, fand sie tatsächlich die Haustür offen. Es war ein mittelgroßes Haus in Sachsenhausen, dem südlichen Stadtteil von Frankfurt.
Gabriela trat ein und fand es vollgestopft mit Gemälden, Skulpturen und feinen Möbeln. Doch man sah auch, dass Franz Kaputtmacher in den letzten Tagen wohl sehr aufgebracht gewesen war, denn er hatte seine Papiere, Wertpapiere, Staatsanleihen, Anteilscheine an diesem und jenem Unternehmen… überall in der Wohnung verstreut, und auf allen diesen Papieren stand mit rotem Leuchtstift geschrieben: MIST.
Er hatte alleine hier gelebt, wirklich ganz allein, seit seine Mutter verstorben war. Seinen Vater hatte er nie gesehen. Er war das einzige Kind seiner Mutter, die bis zu ihrem Tod im Alter von 92 Jahren bei ihm lebte, eigentlich hatte er bei ihr gelebt. Das Haus gehörte der Mutter, die es wiederum von ihrem Vater geerbt hatte, und nun gehörte es nieman-

---

immer dabei, sie schreien am lautesten und äußern am meisten Unmut über ihre selbst ernannten Nachfahren bzw. Vertreter), Gandhi, Buddha, selbst Marx und Lenin wieder teilnahmen, um nur einige, die du auch kennst, zu nennen. Ich habe gesehen, wie diese Leute bitterlich weinten und bedauerten, dass ihre Bemühungen letztlich doch fehlgeschlagen seien. Insbesondere Zarathustra, Moses, Jesus und Mohammad entschuldigten sich andauernd für den Missbrauch ihrer Aussagen, die man dort ohne ihre Genehmigung milliardenfach vervielfältigt, zumal in vielen Fällen verfälscht und viele Aussprüche und Vorschriften, die überhaupt nicht von ihnen stammen, in ihrem Namen ver-

dem. Mit dem Abschied von Franz war auch die Geschichte dieses Hauses beendet. Denn er hatte kein Testament hinterlassen.

Franz Kaputtmacher hatte keine spektakuläre Lebensgeschichte, alles, was ihn sein Leben lang angetrieben hatte, war die Arbeit bei dieser Zeitung gewesen. Die frühe Phase seines Lebens bestand aus Schule, Studium und einigen Jahren Arbeit hier und da, bis er eine feste Anstellung bei dieser Zeitung bekam. Dann, durch Arbeit, Arbeit und noch mal Arbeit, kam bis zu seinem Tod nichts Weiteres hinzu. Sein Lebensinhalt war quasi die Arbeit gewesen, und zwar die Arbeit bei dieser Zeitung.

Er konnte sich nicht aus diesem Dilemma befreien. An jenem Abend, als er sich entschloss, den Weg zu gehen, den Hassan und Hans beschritten hatten, fühlte er sich zum ersten Mal in seinem Leben frei. Er spürte eine echte Freiheit, nachdem er sein Leben lang an eine definierte Freiheit, an die freie Marktwirtschaft, den freien Wettbewerb, freie Fahrt für freie Bürger, geglaubt und davon überzeugt gewesen war, Freiheit, das sei die kapitalistische Marktwirtschaft, ohne zu merken, dass er selbst ein Gefangener dieser Definition war. Als er an jenem Abend zum Main schlenderte,

---

breitet hat. Auch auf dieser Versammlung haben sie bitterlich geweint. Als sich einmal die Gelegenheit bot, habe ich Mohammad gefragt, ob es wahr ist, dass er intime Beziehungen zu so vielen Frauen hatte, und er hat mir mit gesenktem Kopf geantwortet, dass er sich sehr gut daran erinnert, dass er zwar von weiblichen Wesen begeistert gewesen sei, und wenn er noch einmal auf die Erde geschickt würde, höchstwahrscheinlich immer noch begeistert wäre, aber diese Vielweiberei, die aus seinen Aussagen bzw. Taten abgeleitet werde, habe damit nichts zu tun, er habe zu keiner Zeit und an keinem Ort den Männern das Recht auf Vielweiberei zugesprochen. In diesem Moment war Moses

nahm er völlig unbekannte Gefühle in sich wahr, die ihn bemerken ließen, dass er Jahre und Jahrzehnte gefühllos gelebt hatte. Aber er wollte nicht weiter an die Vergangenheit denken, die aus seiner Sicht das war, was er in diesem Haus zurückgelassen hatte. Er wollte den letzten Akt seines Lebens ohne Zwang vollziehen.
Er fand die Mainpromenade herrlich. Hierher drang nicht einmal der Verkehrslärm der Straßen, die rechts und links vom Main stark befahren waren. Franz Kaputtmacher setzte sich auf eine Bank und schaute auf den Fluss, er wusste nicht, ob der Fluss überhaupt fließt, geschweige denn in welche Richtung. Er hatte außer dem Kugelschreiber, der in der Tasche des Hemdes steckte, und einem Blatt Papier, das er die ganze Zeit in der Hand hielt, tatsächlich nicht dabei. Als er das Blatt vollgeschrieben hatte, zog er sich aus. Er stapelte seine Habseligkeiten aufeinander und legte das Blatt Papier obenauf. Dann suchte er nach einem Stein, den er zuerst nicht fand, aber schließlich gelang es ihm mit Mühe, einen Pflasterstein aus dem Gehweg zu ziehen, an einer Stelle, die lose war, und er legte ihn auf den Stapel, genau an der Stelle, an der Gabriela die Klamotten fand. Er hatte nur die Unterhose an. Er schloss die Augen, lief über den

---

auch anwesend, und er lachte bitter, während er beiläufig sagte: „Mir haben sie Zauberei zugeschrieben, dabei habe ich weder einen Stock gehabt noch habe ich die Kinder der Ägypter töten lassen. Ich habe zwar versucht, die Pharaonen zu zähmen, sie auf ihre Pflichten als Mensch aufmerksam zu machen, aber niemals habe ich das Meer austrocknen lassen und auch keine Überschwemmungen verursacht, diese ganzen Geschichten, die sie im Alten Testament erzählen, haben in keiner Weise mit mir tun. Nie habe ich geschrieben, Abraham habe im hohen Alter von über hundert Jahren mit einem Kind, und auch noch mit seiner eigenen Tochter, ein Kind gezeugt! Ich habe niemals die Israelis als

Rand der Flussmauer hinaus, sodass man Sekundenbruchteile später das Aufklatschen seines Körpers hörte. Dann war Stille.
Es war niemand da. Nur Gott allein weiß, wo er gelandet ist. So bezeugte er, dass auch ein bitter kämpferisches Leben einfach sein Ende nimmt, und genau an diesem Ende merkte er, dass alle Menschen gleich sind, obwohl er jahrelang auf die Unterschiedlichkeit der Menschen, ihrer sogenannten Rassen, Haut- und Haarfarben und ihres Glaubens, gepocht hatte.
Jetzt war Schluss.

Gabriela war nicht weiter neugierig, sie verzichtete darauf, alle Zimmer anzuschauen. Es interessierte sie auch nicht, Näheres über Franz Kaputtmacher zu erfahren. Sie verließ das Haus, ohne die Tür hinter sich zu schließen, und zog mit ihrem roten Kleid weiter durch die Straßen von Frankfurt am Main. Der südliche Stadtteil gefiel ihr nicht, sie hatte für diese Gegend nie persönliche Gefühle entwickeln können, ein Stadtteil, der eher für Touristen interessant war. Sie wohnte und lebte in einem nördlichen Stadtteil, und dorthin ging sie jetzt. Sie nahm kein Taxi, sondern lief über die Brücke, obwohl Einiges zu laufen war. Es war, als wolle

---

von Gott auserwählte Menschen bezeichnet."
„Mich haben sie Gottes Sohn genannt", brach Jesus sein Schweigen. Dieses Mal war er insgesamt stiller als Mohammad und Moses. Und gewandt an Moses fuhr er fort: „Und Zauberei wurde mir auch unterstellt, weil ich ein paar psychisch Kranken geholfen habe! Wenn ich noch einmal gerufen werde und unter die Menschen auf die Erde zurückkehren muss, werde ich flehend darum bitten, mich von dieser Aufgabe zu befreien." Niemals würde er freiwillig unter die Menschen dort zurückkehren, er wisse, dass die Menschen dort verloren seien. Jedenfalls fühle er sich außerstande, sie etwas zu lehren, sie einander etwas näherzubringen. Zwi-

sie sich ein neues Bild von der Stadt machen. Sie lief durch die Stadtmitte, wo wie immer der Teufel los war. Aber sie nahm nichts wahr, außer den Häusern und ihren Fassaden, außer neuen und alten Gebäuden, außer den schmalen und breiten Straßen, den kleinen Gassen und großen Plätzen, und sie stellte sich das alles ohne Autos und mit wenigen Menschen vor. So wäre die Stadt herrlich gewesen, ein Ort zum Leben und Lieben.

Sie wollte ein letztes Mal ins Café TELP in Bornheim gehen. Als Erinnerung an jenen Tag, an dem Hassan für immer aus ihrem Leben schied, als sie Hans sah und nicht wusste, ob Hans wirklich Hans oder Hassan sei, und sie ihn Hans, Hassan rief. Hans sagte damals, ich bin es, Gabriela, dein Hans, und er erklärte ihr, dass Hassan weg sei, und auf ihre Frage, wohin, erklärte er, dass Hassan auf dem Weg in die Zukunft sei, und die Zukunft fand Gabriela gut. Nun fühlte sie sich auch auf dem Weg in die Zukunft, ohne zu wissen, wie und wo die Zukunft sein sollte.

Das Café TELP war auch nicht mehr wie damals, das hatte sie bei früheren Besuchen schon festgestellt, es sah jetzt eher aus wie ein Internetcafé, wie eine Arte privates Internetcafé, in dem die Leute mit ihren eigenen Gerätschaften

---

schen diesen Menschen und dem Menschen an und für sich seien viel zu viele Barrieren, die auf der Erde im jetzigen Zustand niemals zu beseitigen wären. Damals, als die Menschen noch näher zueinander waren, sei es schon schwer genug gewesen, und sie hätten fast nichts erreicht, aber jetzt wäre es aus seiner Sicht schon abwegig, sich auch nur Gedanken darüber zu machen.

durch die virtuelle Welt schwirrten. Aber Gabriela machte sich keine Gedanken mehr über solche Erscheinungen. Sie stellte sich nur das damalige Café vor, in dem sie rauchte und Kaffee trank und sich gelegentlich Notizen machte. Sie sah wirklich Hans und Hassan da sitzen, die heiß diskutierten, die eine nach der anderen rauchten, obwohl hier wie überall Rauchverbot war, um die Gesundheit der kranken Massen zu schützen. Die rauchten nicht, sie surften. Es war merkwürdig, als sie sich eine Zigarette ansteckte, kam keiner zu ihr, um sie zu warnen, dass sie gegen das Gesetz verstoße, weder von der Kundschaft, noch von den Bediensteten des Cafés.
Sie versank kurz in Gedanken, und als sie wieder zu sich kam, schaute sie sofort in die Richtung, wo Hans und Hassan saßen. Sie waren nicht mehr da, aber der Aschenbecher auf dem Tisch war voller Zigarettenkippen. Gabriela stand auf und wollte gehen. Sie rief nicht die Kellnerin zum Bezahlen, sondern legte einen Fünfzig-Euro-Schein neben ihre leere Tasse und stürzte auf die Straße, um Hans und Hassan zu folgen. Als sie auf dem Gehweg vor dem Café stand, wusste sie nicht, ob sie nach rechts oder links gehen sollte, sie schaute in beide Richtungen und sah weit vom

---

VIII. Stapel

Ich liebe die Menschen! Schau nur, dieses Babys, wie sie herumzappeln, wie sie leise und herrlich lachen, schau nur, diese Kinder, wie süß sie reden, wie unschuldig sie aussehen! Wenn ich all dies sehe, könnte ich vor Freude in die Luft springen.
Ich liebe die Menschen! Wenn ich neben dieser Frau stehe, deren Körper nur Wärme und Geborgenheit ausstrahlt, deren offener Blick so warm und fröhlich wirkt, als sei mitten im eiskalten Winter auf einmal der Frühling ausgebrochen, wie sie selbst im ganz alltäglichen Gespräch ihre Worte voller Poesie ausspricht, wie sie so appetitlich ihr Essen ver-

Café entfernt in der linken Richtung zwei Männer, von denen sie sicher war, dass es Hans und Hassan waren.
Gabriela lief so schnell sie konnte nach links. An der nächsten Kreuzung sah sie die beiden Männer sich verabschieden. Nun wusste sie auf einmal nicht mehr, wem von beiden sie folgen sollte. Ein Taxi, das zufällig ohne Fahrgast vorbeikam, nahm ihr die Entscheidung ab, denn einer der Männer hielt das Taxi an, stieg ein und fuhr davon. Der andere ging weiter zu Fuß. Er sah von hinten wirklich wie Hassan aus. Gabriela lief schneller, konnte ihn aber nicht einholen. Doch da hatte sie Glück, an der nächsten Kreuzung zeigte die Ampel für Fußgänger Rot, und als Gabriela den Mann beinahe erreicht hatte, rief sie: „Hi, Hassan!"
Der Mann regierte nicht. Er fühlte sich nicht angesprochen.
„Hi, Hassan", sagte sie lauter.
Sie stand jetzt direkt neben ihm. Nun reagierte der Mann: „Meinen Sie mich? Ich heiße nicht Hassan."
Gabrielas Gesicht verfinsterte sich und ihr traten Tränen in die Augen, aber sie hatte sich noch unter Kontrolle. „Es tut mir furchtbar leid, ich habe mich geirrt."
„No problemo, Madam", sagte der Mann lachend. „Ich werde immer wieder mit anderen verwechselt. Mal werde

---

zehrt, egal was serviert wurde, man hat immer das Gefühl, das beste Mahl vor sich zu haben, wie sie die ganze Wohnung mit dem Duft ihres Körpers erfüllt, ach, ich wäre bereit, nicht nur eine Woche, sondern einen ganzen Monat, was sage ich, ein ganzes Jahr, die Wohnung nicht mehr zu verlassen, ich möchte ihr mein ganzes Leben zu Füßen liegen, ich könnte immer und ewig da sein, wo sie gerade ist.
Ich liebe die Menschen, wie sie in der Bahn und im Bus, auf der Straße, bei Einkaufen, kurz, wo immer sie einander begegnen, so rücksichtsvoll, so respektvoll miteinander umgehen, man versucht jede sich bietende Gelegenheit zu nutzen, um den anderen behilflich zu sein. Die Jüngeren stehen

ich Giuseppe, mal Franzisko, mal Ebrahim gerufen, und Sie haben mich eben mit Hassan verwechselt, das bedeutet, die Menschen sind sich auch äußerlich ähnlich."
Als die Ampel auf Grün sprang, wünschte der Mann Gabriela einen schönen Tag und ging los. Gabriela blieb stehen, sie wusste nicht, in welche Richtung sie gehen sollte. Inzwischen wurde die Ampel wieder rot. Gabriela nutzte die Zeit zwischen der Rot- und der Grünphase, um sich zu entscheiden. Dann ging sie weiter und verließ diesen Stadtteil in Richtung Bockenheim, wo die Universität bzw. Teile der Goethe-Universität waren.
Seit Jahren war sie nicht mehr dort gewesen. Die letzten Male, die sie dort war, hatte sie die Atmosphäre als deprimierend empfunden, es war wie überall, sie fand keine Besonderheit hier, die ihr ein anderes Gefühl vermitteln könnte, es war wie in der Stadtmitte, jeder mit sich selbst beschäftigt, jeder kommunizierte mit sich, mit Hilfe der Elektronik. Gerade hier war es extremer als anderswo, denn die Studenten hatten auf dem gesamten Unigelände kostenlosen Zugang zur virtuellen Welt. Es war kein menschlicher Andrang dort, was die Zahl der Studenten anbelangte, denn viele Fachbereiche waren mittlerweile in andere Stadtteile

---

nicht nur auf und bieten den Älteren höflich ihren eigenen Sitzplatz an, sondern manche tragen ihnen sogar die schweren Einkaufstasche bis zur Haustüre.
Ich liebe die Menschen, wenn ich sehe, wie die jungen Leute, wo immer man auf sie trifft, über die Zukunft unserer Welt, über die Umwelt, die Menschlichkeit, Armut und soziale Ungerechtigkeit in der Welt diskutieren und für jedes der Probleme eine Lösung suchen.
Sie machen sich Gedanken, wie es sich vermeiden lässt, diesen ganzen Elektroschrott zu produzieren. Auf der Straße, im Wald, am Meer beobachten sie ihre Umgebung genau, nicht einmal die Bewegung einer Ameise entgeht ihnen. Sie

umgezogen, Gabriela hatte in der Zeitung gelesen, dass das Gelände der alten Uni an Bauunternehmer verkauft worden war, weiß Gott, was sie daraus machen würden, es war die Rede von einer privaten Wohnanlage und einem feinen Einkaufszentrum, als gebe es noch zu wenige Möglichkeiten einzukaufen.

Vor der Mensa war ein Wochenmarkt, hier war ein bisschen mehr Leben. Aber irgendwie ging das alles Gabriela nichts an. Sie trat in ein Café und bestellte sich eine Tasse Kaffee. Hier war es grausam laut, aus den Lautsprechern brüllte die Musik, auf den Plasmabildschirmen an den Wänden zuckten spärlich bekleidete Mädchen, die Leute brüllten dazu, nicht dass sie miteinander redeten, nein, jeder brüllte in seinen Apparat, andere starrten auf ihre Displays, mit zugestöpselten Ohren, nicht mit Ohropax, sondern mit Kopfhörern. Ein paar Leute bemühten sich, miteinander ein Gespräch zu führen, das war wirklich nicht leicht, und sie waren, nachdem sie das Café verlassen hatten, heiser. Gabriela trank einen Schluck von ihrem Kaffee, aber sie hielt es hier nicht länger aus. Sie legte einen Fünfzig-Euro-Schein neben die Tasse, und schon war sie wieder draußen.

Sie überquerte die Straße und lief in eine Passage hinein.

---

nehmen alles, was sie sehen, in voller Verantwortung wahr. Man sieht, wie gerne sie die Erde und ihre Möglichkeiten von den Älteren übernehmen möchten, um sie den kommenden Generationen in einem noch besseren Zustand übergeben zu können. Wo sie auch sind, teilen sie sich einander mit und hören einander zu, durch ihre enorme Wahrnehmungs- und Entscheidungsfähigkeit und ihr konzeptionelles Denken sorgen sie, wenn ausnahmsweise die Stimmung irgendwie negativ belastet ist, dafür, dass sie sich sofort wieder in eine positive Stimmung wandelt. Sie glühen und blühen, und dadurch wächst und gedeiht alles zum Besten.

Da waren ein paar Boutiquen, sie schaute sich die Auslagen an und ging in einen Laden hinein. Sie wollte die Kleider und alles, was im Schaufenster war, kaufen. Als der Besitzer sagte, er habe im Lager noch Ähnliches oder sogar das Gleiche wie dieses, bestand sie darauf, dass nur die Auslagen im Schaufenster ihr gefielen. Schon immer hatte sie Lust verspürt, die Schaufenster solcher Boutiquen, in denen lauter dürre Menschenpuppen stehen, leerzufegen, denn es war nie etwas Passendes für sie in diesen Schaufenstern zu sehen.
Der Besitzer fing an, die Schaufensterpuppen auszuziehen und auch die anderen Kleidungsstücke aus dem Schaufenster zu holen. Gabriela bezahlte alles bar, und er packte es in mehrere Tüten. So bepackt verließ sie den Laden und die Passage und lief ein Stückchen die Straße entlang. Dabei steckte sie die Tüten mit den Kleidern, eine nach der anderen, in die am Straßenrand angebrachten Müllkörbe, und als sie die letzte Tüte hineingestopft hatte, kehrte sie zur Passage zurück, kaufte die Auslage im Schaufenster der nächsten Boutique und tat mit dem Eingekauften das Gleiche.
Sie machte so weiter, bis alle Läden und ihre Schaufenster leer waren. Interessant war, dass keiner der Ladenbesitzer

---

Ich liebe die Menschen, wenn ich sehe, wie sie in Berlin, in Köln und Hamburg, also überall in deutschen Landen, singend und tanzend durch die Straßen ziehen, und zwar jeden Tag, um ihre Dankbarkeit gegenüber allem, was sie zur Verfügung haben, auszudrücken. Ich schließe mich den Reihen dieser glücklichen Menschen an und danke mit ihnen Gott für alles, was wir haben. Man singt und tanzt, und das alles ohne einen Tropfen Alkohol oder gar Rauschgift zu sich genommen zu haben, es ist die natürliche Freude aus der Seele natürlicher Menschen im normalen Alltag, ohne besondere Veranlassung. So erreichen alle fröhlich und entspannt ihr Ziel, sei es ihr Arbeitsplatz, sei es ihr Zuhause, und in dieser Stimmung trifft man sie an, gleich, wo sie sich

mitbekam, dass die Schaufenster der Nachbarläden, selbst der gegenüber liegenden Läden, leer waren. Das war der Vorteil für Gabriela, dass die Leute selbst hier als sogenannte Geschäftsleute so ausschließlich auf sich selbst bezogen waren.
Sie lief durch die Passage, die nun wie verlassen aussah. Sie hatte das Gefühl, ihr Ziel dort erreicht zu haben, und lief ziel- und zwecklos, aber sehr aufmerksam weiter. So stieß sie auf eine Schar von Obdachlosen, die herumsaßen, einer von ihnen fragte Gabriela, ob sie einen Euro für ihn habe. Da fragte sie ihn, wozu er das Geld brauche, und er war ehrlich und sagte anstatt, ich habe Hunger: „Ich will mir was zu trinken zu kaufen."
Gabriela fragte ihn: „Nur für dich?"
Der Typ verstand nicht, was sie meinte, aber Gabriela half ihm auf die Sprünge: „Komm, nimm ein paar von deinen ‚Kumpels mit, wir gehen in den Laden dort und ich kauf euch, was ihr wollt."
Das wollte niemand glauben, aber Gabriela macht ihnen klar, dass ihr ernst damit war, und sie zeigte ihnen einen Stapel Geldscheine: „Ich will euch was schenken!"
„Wenn du willst?", sagte einer und rief in die Menge: „Hei,

---

befinden. Ja, ich liebe die Menschen, wenn ich sehe, dass kein einziger von ihnen klagt, im Gegenteil, die Stimmung ist so positiv, dass viele nun Bücher schreiben mit Titeln wie: „Die Freude und Heiterkeit in unserer Gesellschaft", oder „Steht unsere Gesellschaft am Anfang eines herausragenden Weges?", „Wir haben alles, was wollen wir mehr?", „Hier ist alles in Ordnung!", „Es gibt absolut keine terroristische Gefahr", „Der Anfang der Geschichte, jetzt kann es glücklich losgehen", „Der Islam ist keine Gefahr!", „Alle Menschen sind gleich", „Wir freuen uns über jeden Neuankömmling in unserer Gemeinschaft", „Älter werden ist ganz natürlich", „Die Deutschen sterben nicht aus, genauso wenig wie alle anderen auf der Welt", „Deutschland ist bunt

ihr Penner, hört, die gute Frau will uns was schenken, wer kommt mit?"

„Mitkommen, wohin?", fragte ein anderer.

„In den Laden da, du alter Penner, warum raffst du das nicht?"

Vier kamen mit, und als sie im Laden waren, nahm jeder einen Einkaufswagen und sie füllten alle vier Wagen mit harten alkoholischen Getränken aller Art, plus sechs Kästen Bier und allen möglichen Chipstüten. Einer von ihnen ging zu einem Verkäufer, damit er ihm den Glasschrank mit den sehr teuren Getränken aufschloss. Der Verkäufer schaute ihn verächtlich an: „Was willst du, hast du Geld?"

„Ja, natürlich." – „Dann zeig was du willst."

Er zeigte auf einige Flaschen Cognac, Whisky und Champagner, die alle dreißig Euro aufwärts kosteten.

„Die sind sehr teuer, zeig, wie viel Geld hast du?"

Der Typ wusste nun nicht, was er tun sollte. Er sagte verlegen: „Geld hat die Frau, die gute Frau will uns einladen."

Gabriela hatte die beiden aus der Ferne beobachtet, und

---

und schön!", „Deutschland, mach weiter so!", „Deutschland schafft sich nicht ab, Deutschland schafft die Probleme ab". Ich nehme eines dieser Bücher aus dem Regal, schlage es auf und lese auf der ersten Seite: „Zunächst danke ich dir dafür, dass du in dieses Buch hineinschaust. In diesem Buch möchte ich mitteilen, dass die Menschen nun einen Entwicklungsstand erreicht haben, auf dem wir alles zur Verfügung haben, um das Leben für alle auf dieser Erde so zu gestalten, dass wir alle noch zufriedener werden, dass keiner von uns Angst vor der Zukunft haben muss. Die Zukunft wird noch schöner sein als die Gegenwart, unsere Kinder werden noch glücklicher sein als wir, denn wir sind in der Lage, dank unserer Vernunft alles weiterhin im Griff zu haben. Auf den weiteren Seiten schildere ich den positiven Verlauf der Entwicklung unserer Gesellschaft und was wir tun können, damit nichts schiefgeht."

nun ging sie auf den Verkäufer zu und erklärte ihm, dass der Mann recht habe. Während er die Glastür von den Schrank aufschloss, sagte der Verkäufer: „Ich muss die Flaschen selbst zur Kasse bringen und frage Sie höflich, was Sie wollen.“
Er suchte fünf Flaschen aus. Gabriela ging mit ihm und seinem Wagen zur Kasse und bezahlte alles. Dann sagte sie zu ihm, er solle warten, bis die anderen auch soweit waren. Einer fragte: „Darf ich auch ein paar Frikadellen nehmen?“ Gabriela wunderte sich über dieses Benehmen, dann sagte sie, jeder solle nehmen, was er wolle, sie brauchten nicht zu fragen, auch zum Rauchen könnten sie sich nehmen, was sie wollten. Sie nahmen alle, was sie konnten. Gabriela bezahlte am Ende weit über viertausend Euro. Anfangs hatte die Kassiererin ihre Geldscheine noch auf Echtheit kontrolliert, dann musste sie aufgeben. Die Männer schoben ihre Einkaufswagen zu dem Platz, dort luden sie alles aus und brachten dann brav die Wagen zurück. Es sah herrlich aus, und die Stimmung war mit einem Male höchst feierlich.

Ich liebe die Menschen, wenn ich sehe, wie die Ärzte die Kranken in der Tradition des medizinischen Humanismus mit Betonung auf Humanismus gewissenhaft und nur auf ihre baldige Genesung bedacht behandeln, ohne darauf zu achten, ob die Kranken privat oder gesetzlich versichert sind, ob die Kranken arm oder reich sind, ob sie schwarz sind oder weiß, ob sie Kopftuch tragen oder Minirock, ob ihre Kinder im Wartezimmer etwas lauter sind oder leise. Sie sehen im Kranken nur den Menschen, und sie haben sich freiwillig dafür entschieden, für die Gesundheit der Menschen zu sorgen. Ist das nicht herrlich, wenn man sieht, wie die Mediziner Kranke, die kein Geld haben, kostenlos behandeln, ja, ihnen sogar auf eigene Kosten Medikamente zur Verfügung stellen! Und die Pharmazeuten und Pharmazeutinnen verkaufen nur Medikamente, die wirklich notwendig sind, auch wenn das umsatzmäßig nicht viel bringt,

Gabriela drückte jedem von ihnen noch einige Hundert-Euro-Scheine in der Hand und sagte: „Kauft euch mit dem Geld was ihr wollt."
Einer der Männer fragte Gabriela, ob jeder dieser Scheine tatsächlich hundert Euro wert sei. Als Gabriela bejahte, freute er sich. „Da kann ich für jeden Schein mindestens zweihundert Bier kaufen, Mensch!"
Der eine wollte eine Jacke kaufen, der andere ein Paar Schuhe. Ein weiterer sagte: „Am Samstag gehen wir auf den Flohmarkt!"
Der die Jacke kaufen wollte, entgegnete betroffen: „Nee, ich will mal in einem richtigen Laden einkaufen gehen." Und während er das Geld in die Tasche seiner dreckigen, zerschlissenen Jacke stecke, flossen Tränen über seine Wangen, vielleicht Tränen der Freude oder auch der Trauer, die er mit seinem Ärmel fortzuwischen versuchte.

---

kurz und gut, es ist eindeutig, sowohl die Mediziner als auch die Pharmazeuten sind da, um den kranken Menschen genesen zu helfen, und keiner lässt sich von Geldgier antreiben, um ahnungslose Kranke zu unnötigen Behandlungen zu überreden. Ich bin stolz, dass die Mediziner auf ihren Status als Arzt stolz sind und nicht als erfolgreiche Betriebsleiter in der eigenen Praxis.
Ich freue mich, wenn ich sehe, dass sich kein einziger Mensch in den Reihen der Eliten rassistisch oder sexistisch äußert, dass alle die Minderheiten ebenso schätzen wie die Mehrheiten. Es gibt unter ihnen keinen einzigen, der, und sei es auch nur annähernd, sozialdarwinistisch, machiavellistisch oder faschistisch denkt und handelt.
Ich liebe die Menschen, wenn ich merke, dass seit ich geboren bin – das ist mittlerweile weit über fünfzig Jahre her – kein einziger Krieg in dieser Welt stattgefunden hat, niemand ist wegen eines Krieges auf der Flucht. Nirgendwo in der Welt werden Menschen wegen ihrer Meinungsäußerung ins Gefängnis gesteckt. Und überall da, wo die Menschen in

Gabriela verabschiedete sich und sagte nur: „Feiert schön, ihr habt es verdient.“ Dann ging sie weiter, und die Männer feierten. Gabriela wollte nicht darüber nachdenken, wer am Schicksal dieser Leute beteiligt war, inwieweit sie selbst daran schuld seien. Sie fand es jetzt zu spät, solche Fragen zu stellen. Sie hatte heute etwas anderes vor.

Sie lief und lief. Jedes Mal, wenn sie einen Bettler oder eine Bettlerin sah, drückte sie ihm oder ihr einen Hundert-Euro-Schein in die Hand, ihr war nun egal, ob sie organisierte Bettler waren oder wirkliche Bettler. Um noch mehr dieser Leute zu finden, zog sie wieder mal in Richtung Stadtmitte. Dort teilte sie reichlich Geldscheine aus, unter sämtlichen Bettlerinnen und Bettlern, Straßenmusikerinnen und Musikern. Sie stattete weiteren Obdachlosen Besuch ab und beschenkte sie mit Getränken, Speisen und Bargeld.

Der Abend war angebrochen. Gabriela war fast die ganze

Freiheit und Frieden leben, wird nie, niemals die Freiheit missbraucht, jeder gönnt dem anderen seine Freiheit, und jeder weiß, wo seine eigene Freiheit endet, nämlich dort, wo er mit seinem Egoismus die Freiheit der anderen verletzen würde. Jeder tut sein Bestes, um diese unsäglichen Eigenarten wie Egozentrik, Habgier und Geiz von sich abzuschütteln. Alle stimmen in den Chor ein, sie singen: „Wir sind alle Menschen, wir haben nur eine Welt, mit allen ihren anderen Lebewesen, wir Menschen als bewusstere Lebewesen tragen eine besondere Verantwortung gegenüber dem Rest. Wir sagen laut und deutlich, wir töten die unschuldigen Tiere nicht, wir machen mit den Abgasen unserer Autos nicht die hilflosen Wälder kaputt, wir trüben nicht das glänzend klare Wasser, wir gönnen uns das Strahlen der Mutter Sonne, anstatt Vitamin-D-Tabletten zu schlucken.“

Ich liebe die Menschen, wenn ich sehe, wie die Migranten ehrlich und anständig handeln, und zwar alle, ohne Ausnahme. Sie kennen ihre Rechte und Pflichten. Sie entwickeln unsere hochentwickelte Kultur noch weiter und berei-

Zeit auf den Beinen, aber sie verspürte keinerlei Müdigkeit. Sie schaute in ihre Tasche, dort waren noch ein paar Hunderterscheine. Sie atmete auf, sie war fast alle Geldscheine losgeworden, es waren fünfzigtausend Euro gewesen, ihre gesamten Ersparnisse. Sie hatte das Geld zuerst von der Bank abgeholt, und dabei hatte sie Glück, dass man ihr alles auf einmal auszahlen konnte, ohne dass sie das Abheben vorher angekündigt hatte, und ein weiterer Glücksfall war, dass sie verschiedene Konten bei verschiedenen Banken hatte.

Sie wollte zumindest noch dieses Geld eigenhändig ausgeben, sie brauchte es nicht mehr. Es war für sie ein merkwürdiges Zeug, gegen das Geld hatte sie einst mit ihren Freundinnen und Freunden gekämpft. Sie waren viele. Und sie wünschten sich eine Gesellschaft ohne Geld und ohne Gier. Aber das Geld hatte gesiegt. „Das Scheiß-Geld hat

---

chern sie in unglaublichem Maße. Sie geben und nehmen, nicht nehmen und nehmen. Sie verstehen sich untereinander hervorragend, genauso wie mit den Ureinwohnern. Die gesellschaftliche Harmonie ist so groß, so prägend, dass man überhaupt nicht weiß, wer von wo gekommen ist. Ich bin glücklich, wenn ich feststelle, dass alles Lüge ist, wenn man diesen Leuten nachsagte, dass sie sich nicht an Verträge, Vereinbarungen oder Termine halten würden.

Ich liebe die Menschen, wenn ich sehe, wie jede und jeder versucht, irgendwie, irgendwo irgendeinen Grund, eine Gelegenheit zu finden, um mit dem anderen ins Gespräch zu kommen, ohne dass Hautfarbe, Haarfarbe, Herkunft und Zukunft der anderen auch nur die geringste Rolle spielen. Man merkt irgendwie, dass die Ampel auf Grün geschaltet ist, man läuft irgendwie flott, fröhlich, aufgeschlossen durchs Leben. Man spürt, dass das Leben auf der Erde tatsächlich schön sein kann, und es ist auch schön.

Natürlich liebe ich die Menschen, wenn ich sehe, wie die großen Unternehmer, die Top-Manager, also die Reichen

alle meine besten Freunde unterworfen", sagte sie oft.
Wie es schien, wollte sie sich nun an dem Geld rächen. Sie hasste den Spruch „Geld stinkt nicht", für sie war Geld die Wurzel aller schrecklichen menschlichen Taten. Sie wollte nicht ökonomisch über das Geld und seine Geschichte sinnen. Nein, das interessierte sie nicht mehr. Sie sah in ihrer Umgebung genügend Menschen, Kinder, Frauen, alte Menschen, die wegen des Geldes in eine bedauernswerte Lage geraten waren, deren Beziehungen durch das Geld zerstört waren, und sie wusste, viele litten ein Leben lang darunter.
Gabriela beschloss, essen zu gehen. Sie ging in ein Restaurant und bestellte ein feines Essen und eine teure Flasche Wein. Sie trank und aß gemütlich, aber distanziert zur Welt, zu ihrer Umgebung, zu allem, was sie sah, was sie hörte. Sämtliche Aktivitäten der Menschen kamen ihr lächerlich vor. Das freundliche Lächeln der Kellnerin, das verkrampfte

---

dieser Erde, einen riesigen sogenannten Menschlichkeitsfonds eingerichtet haben, in den sie Teile ihres vielen Geldes geben, um es den Menschen, die es nötig haben, zugute kommen zu lassen. So werden die Bedürftigen versorgt und vielen gelingt es, Zugang zu Bildung und Ausbildung zu bekommen. Somit geben sie auf diesem Wege auch einen entscheidenden Impuls für die weitere Entwicklung der menschlichen Kultur.
Ich liebe die Menschen, wenn ich sehe, wie die jungen Männer und Frauen mit lachenden Gesichtern und voller Elan ihre glücklich lächelnden Kinder im Kinderwagen vor sich herschieben, dabei singen sie schöne Kinderlieder, und die Kinder blühen und gedeihen, und die Eltern versprechen, dass sie in Zukunft ein noch schöneres Leben haben werden. Die Passanten, die diesen glücklichen Eltern begegnen, lächeln sie an und winken den fröhlichen Kindern zu. Manche haben extra in der Manteltasche ein paar Bonbons oder Schokolade. Sie fragen die Mutter oder den Vater höflich, ob sie den Kindern ein Bonbon oder ein Stück

Benehmen der Gäste an den Nachbartischen, die meinten, weil sie ein bisschen mehr Geld hatten, sich so fürchterlich benehmen zu müssen. Wenn sie versehentlich den Kopf hob und jemanden von ihnen ansah, sagte sie sich: Mein Gott, sie benehmen sich, als säßen sie auch hier mit einem Stock im Arsch. Sie versuchte, nichts zu sehen, nichts zu hören, nur zu essen und zu trinken. Am Ende, als die Kellnerin die Rechnung über 145 Euro brachte, legte sie zweihundert Euro in die Mappe, klappte sie zu und verließ das Restaurant, bevor die Kellnerin kam. Sie hatte keine Lust auf Verwunderung und überschwängliche Freundlichkeit der Kellnerin.

Es war nun spät am Abend, die Dunkelheit breitete sich aus. Die Straßen waren nicht mehr ganz so voll, aber immer noch waren viele Autos und Menschen unterwegs. Doch man merkte eindeutig, dass der Andrang allmählich nach-

---

verpackte Schokolade anbieten dürfen, und wenn die Eltern bejahen, dann tun sie es überglücklich. Es ist alles herrlich, wenn man sieht, wie die älteren Menschen das größte Verständnis für Kinder haben. Die Gesellschaft ist so kinderfreundlich, dass die jungen Frauen und Männer immer mehr Kinder bekommen wollen.

Ich liebe die Menschen, wenn ich sehe, wie die Autofahrerinnen und Autofahrer auf die Passanten Rücksicht nehmen, wie sie entspannt und gelassen fahren, sei es auf der Autobahn, sei es auf den Straßen der Stadt, selbst auf den Landstraßen. Sie sind dermaßen rücksichtsvoll und freundlich, dass sie einem ein romantisches Gefühl vermitteln. Wenn ich mich nicht beherrschen könnte, wäre ich beinahe an sie herangetreten und hätte alle diese netten Männer und Frauen aus Dankbarkeit kurzerhand abgeküsst und ihnen gesagt, bei ihrer Fahrweise kommt man sich vor, als sei man ein Stück im Paradies gelaufen. Ich liebe die Menschen, wenn ich sehe, wie ein auf dem Fahrrad noch unsicheres Kind auf dem Gehweg fährt und die erwachsenen Fußgän-

ließ, die Hektik des Alltags war dabei, sich in abendliche Ruhe zu verwandeln. Gabriela wusste, dass die Leute ihre Unruhe, ihre Hektik und Unzufriedenheit nach Hause mitnahmen, und um dort ihre Unruhe und Unzufriedenheit weiter köcheln zu lassen, schauten sie entweder fern oder surften im Internet, immer auf der Suche nach neuen Skandalen, Katastrophenmeldungen, Unglücken hier und anderswo, danach, wo sie ihre gekauften Gegenstände hätten billiger erstehen können, bis sie am nächsten Morgen wieder kaputt aufstanden, weil ihre Nacht unruhig und voller Albträume war, oder weil sie wenig geschlafen hatten, und so ging der Teufelskreis des Lebens im Wirbel des Konsums weiter. Dafür waren die Straßen um diese Zeit ruhig, als habe jemand die Unruhe und die Scherben des zerfetzten Konsumwahns aufgekehrt, wie man halt die Müllreste aufkehrt.

---

ger es ermutigend anlächeln und ihm verständnisvoll Platz machen. Und die Kinder? Die Kinder sagen: „Danke schön, Oma, danke schön, Opa", oder einfach „Dankeschön!" Meine Freude steigert sich weiter, wenn ich sehe, wie sich dieser verständnisvolle Umgang zwischen Autofahrern und Radfahrern an den Kreuzungen wiederholt.
Ich liebe die Menschen, wenn ich sehe, wie respektvoll die Begegnung zwischen Kindern und Lehrern, Kindern und Kindern ist. Die Lehrer beurteilen die Kinder nach ihrer Leistung, nicht nach Vermögen oder Einfluss der Eltern, und keines von ihnen bekommt ein oder zwei Noten weniger aufgrund seiner Herkunft. Die Kinder sind in der Schule wirklich nur, um zu lernen, sie nehmen die Anregungen der Lehrerinnen und Lehrer begeistert wahr und die Lehrer lieben es zu lehren, sie sind ganz eifrig, bereiten sich auf jede Stunde gut vor und wertschätzen ihre Schülerinnen und Schüler, kurz und gut, beide Seiten sind sich ihrer wichtigen Aufgabe voll bewusst.
Ich liebe die Menschen, wenn ich irgendwie von einer Situa-

Gabriela lief gemächlich in Richtung Main. Als sie an die Stelle ankam, wo die Klamotten noch immer gestapelt lagen, setzte sie sich zunächst auf eine Bank. Der Blick auf den Main vermittelte ihr ein merkwürdiges Gefühl. Es war, als könnte es immer so paradiesisch sein, wenn sich alle Lebenszwänge für immer und ewig verflüchtigten. Dieser Main, zu dieser Stunde, an dieser Stelle, auf dieser Seite, war anders als der Main auf der anderen Seite, die sie kürzlich besucht hatte, die nun auch unter die Räder der Konsumenten gekommen war. Ihr Main auf dieser Seite, an dieser Stelle war ein Naturereignis und war mit der menschlichen Natur verbunden, während der Main auf der anderen Seite, an anderer Stelle, eine menschliche Tragödie und weit entfernt von der menschlichen Natur war.
Nein, sie hatte keine Lust, nun auch hier über die Menschen nachzudenken, sich über sie aufzuregen, das hatte sie ein

---

tion erfahre, in der versehentlich und völlig zufällig beinahe ein kleiner Krieg ausgebrochen wäre, weil irgendjemand aus den Eliten dieser Welt ausnahmsweise einen Fehler begangen hat, was aber nicht geschieht, denn im Handumdrehen gehen Millionen Frauen und Männer, ja selbst Kinder, auf die Straße und protestieren gegen diese vermeintlichen Kriegstreiber. Die wiederum kommen sofort wieder zu sich, sie treten verantwortungsbewusst vor die Menschen und entschuldigen sich für ihre falsche und nur ganz kurze, so schwerwiegende Überlegung und treten wegen dieses Fehlers, den sie noch gar nicht begangen haben, sondern den sie nur im Kopf hatten, ganz selbstverständlich sofort freiwillig von ihrem hochdotieren Posten zurück.
Ich liebe die Menschen, wenn ich unter ihnen keinerlei Zeichen von Gier und Rücksichtslosigkeit, auch nicht bei einem einzigen von ihnen, feststellen kann. Es gibt keinen einzigen korrupten Menschen, weder in Afrika oder Asien, noch in Europa oder den USA. Nirgendwo gibt es auch nur einen in den Reihen der Eliten, der unter dem Verdacht von

Leben lang getan, es hatte nichts genutzt, und nun genügte es. Sie schaute auf die Klamotten, die ruhig und besitzerlos dort lagen. Ihr Blick blieb einige Zeit darauf haften, auf den Kleidungsstücken und den Schuhen, atemlos und ruhig, als erzählten sie ihr eine Geschichte, die Geschichte ihres gesamten Lebens. Gabriela seufzte tief. Erleichtert. Die Kleidungsstücke konnte sie nicht mehr gebrauchen. Sie hatte ihr eigenes Kleid, das sie nie mehr ausziehen würde. Das schöne rote Kleid aus ihren jungen Jahren. Sie fragte sich, warum die jungen Leute heute solche undefinierbaren Kleider trugen.
Sie ließ alle alten Klamotten da liegen, als Denkmal an die Vergangenheit gewisser Menschen, sie legte selbst das Blatt Papier, das sie die ganze Zeit in ihrer Tasche mit sich geschleppt hatte, unter den Stein, und auch die wenigen Geldscheine, die sie noch hatte, legte sie dorthin, auf das Papier.

Korruption oder Machtmissbrauch steht.
Ich liebe die Menschen, weil ich noch niemals auf Leute gestoßen bin, die mit dem Zeigefinger auf die anderen zeigten, aber selbst am schlimmsten waren, die, was sie den anderen vorwarfen, im großen Rahmen selbst taten.
Ich liebe die Menschen, wenn ich auf eine Gruppe und Künstler treffe, seien es Wort- oder Bildkünstler, seien sie im Film oder Theater aktiv, und sofort feststelle, wie solidarisch sie miteinander sind. Sie wertschätzen sich gegenseitig, sparen nicht an Lob für die Leistung des anderen. Es ist kein Zeichen von Selbstherrlichkeit, kein Zeichen von Neid oder Gehässigkeit auszumachen. Sie sind weit davon entfernt, sich gegenseitig niederzumachen. Keiner klaut dem anderen Ideen und gibt sie für seine eigenen aus, jeder versucht, er selbst zu sein. Keiner redet schlecht über die Kolleginnen und Kollegen, die gerade nicht da sind, nein, man freut sich, wenn die anderen hier und da erfolgreich sind. Die Erfolgreichen hoffen und helfen, dass die anderen auch mal Erfolg haben. Kurz und gut, es gibt kein Zeichen einer

Die Geldscheine wären vermutlich behilflich, um eine gewisse Aufmerksamkeit auf sich zu ziehen. Vielleicht wurde so jemand auf das Schreiben aufmerksam und vielleicht würden so die Leute erfahren, was aus Franz Kaputtmacher, dem Chefredakteur einer der großen Zeitungen seiner Zeit, geworden war. Vielleicht würde er doch noch ein Thema für die Medien, die unter enormer Armut litten, was die Themeninhalte betraf, daher war jede Sensation höchst willkommen, aber vielleicht erfuhr eben auch niemand davon, vielleicht kam genauso wie bei Hassan ein Straßenkehrer, der die Sachen in die Mülltonne schmiss und das Geld plus den Kugelschreiber in die Tasche steckte. So würde jegliche Spur von seinem öffentlichen Leben ausgelöscht. „Wer weiß? Aber was kümmert's mich?", sagte sie laut zu sich. Denn es war niemand mehr zu sehen, die Mainpromenade war wie leergefegt.

---

negativen Konkurrenz unter diesen Leuten. Ich finde es herrlich, so etwas mitzuerleben.
Ich liebe die Menschen, wenn ich unter meinen Freunden und Bekannten bin und merke, wie herzlich und ungeziert sie miteinander umgehen. Alle sind offen und ehrlich, keiner verstellt sich. Wenn sich jemand äußert und seine Meinung dem anderen nicht passt, wird er nicht angegriffen oder gar angegiftet. Keiner hat es nötig, sich ständig zu produzieren. Niemand macht sich auf Kosten anderer interessant. Ja, es herrscht eine klasse Stimmung, in der man sich nur freuen kann.
Ich liebe die Menschen und bin gerne unter ihnen. Ich gehe regelmäßig auf den Wochenmarkt, um an der wunderbaren Stimmung teilzuhaben. Alle sind so nett zueinander. Keiner rempelt den anderen – nicht mal versehentlich – an, daran, dass jemand dem anderen absichtlich den Weg abschneidet, ist gar nicht zu denken. Ganz im Gegenteil, einer lässt höflich und gelassen dem anderen in dem Gedränge den Vortritt. Ich höre gerne, wie sie einander von ihren schönen

Gabriela stand auf, schaute sich um, fand einen Müllkorb und warf ihre leere Tasche hinein. Dann stieg sie gemächlich die Stufen hoch zum Eisernen Steg. Als sie auf der Brücke stand, schaute sie auf den Main in beide Richtungen, niemals hatte sie den Main so herrlich und beruhigend und so einladend gesehen. Es musste nun ganz spät in der Nacht sein. So lange hatte sie auf der Bank da unten an der Promenade gesessen? Die Zeit kümmerte sie nicht mehr, die Zeit war unendlich. Wenn alle Uhren, Kalender, alle Messgeräte zerstört wären, was wäre dann die Zeit für die Menschen? Die Zeit wäre alles und zugleich nichts.
Hauptsache, es war kein Lebewesen zu sehen. Sie hatte das Gefühl, als gehörten die Brücke, der Fluss, alles darum und daran ihr, sie fühlte sich mit dem Wasser, mit der Luft, mit der Welt verschmolzen. So ein behagliches Gefühl hatte sie nie in ihrem Leben verspürt. Sie hörte eine Melodie, die

---

Erlebnissen erzählen, manchmal mische ich mich sogar mit einer kleinen Bemerkung ein, und sie sind erfreut darüber und knüpfen sogleich ein Gespräch mit mir an, als sei ich schon seit langer Zeit einer ihrer Kumpels. Manches Mal gehe ich auf die Post, obwohl ich meine Briefmarke genauso gut aus dem Automaten ziehen könnte, dann reihe ich mich in die Schlange der vor dem Schalter Wartenden ein, nur um die fröhlichen Gesichter um mich herum zu sehen und die herzerwärmenden Gespräche der anderen mitzuhören, und auch hier mische ich mich gerne in das eine oder andere Gespräch ein, und die Leute sind hocherfreut darüber, und man fragt mich sogleich, ob ich auch hier in der Nähe wohne, und wenn ich bejahe, fragen sie genauer nach, und am Ende tauschen wir dann die Telefonnummern aus. So einfach ist das. Aus dem gleichen Grund kaufe ich kaum in den großen Läden ein, sondern ich gehe gerne in die Metzgerei oder zum Bäcker, um schneller in so angenehmen Kontakt mit den Leuten zu treten. Selbst in den großen Läden ist die Stimmung so, gerade samstags oder einen

Melodie der ewigen Liebe, die Melodie der Großherzigkeit, eine Melodie, deren Klang in die Ewigkeit reichte. Die Ewigkeit war überall, man musste nur in der Lage sein, sie zu spüren, sie wahrzunehmen.
Wenn man sie wahrnimmt und spürt, merkt man unmittelbar, wie das sogenannte Leben der Menschen nur ein Augenblick ist, und man aufpassen muss, diesen Augenblick nicht zu verpassen.
Ja, leider ist es nicht so, die Menschen beschäftigen sich mit vielen, so vielen Nebensächlichkeiten, und diesen Augenblick vergessen sie darüber völlig!
Dieser Satz schrie aus ihr heraus, aber es war niemand da, sie zu hören. Sie wusste nach so vielen Jahren als Lehrerin, wie schwer das Zuhören ist. Die Menschen waren in einer Zeit angekommen, in der jeder vor sich hin redete, und während der andere redete, formulierte man bereits seine

---

Tag von den Feiertagen, wenn die Läden überfüllt sind, herrscht eine herrliche Stimmung. Die Leute sind dann noch viel fröhlicher und gelassener, ja, gesprächiger, denn sie wissen, dass sie am nächsten Tag freihaben. Sie sind manches Mal so sehr ins Gespräch und in ihren Meinungsaustausch vertieft, dass sie gar nicht merken, wie lange sie in der Schlange an der Kasse gewartet haben, und dann bedauern sie, dass alles so schnell ging. Auch in allen Ecken dieser riesigen Läden stehen Menschen beieinander, die miteinander reden, sie finden stets irgendein Thema, und wenn es dieses oder jenes angebotene Produkt ist. Hauptsache, man redet miteinander. Egal wohin ich gehe, überall treffe ich auf solche Kommunikationszentren.
Ich liebe die Menschen, weil ich weiß, dass der Mensch ein soziales Wesen ist. Schau nur, dieser Busfahrer, wenn er merkt, dass ein Fahrgast zu spät daran ist, um die Haltestelle noch rechtzeitig zu erreichen, und er laut Plan schon losgefahren ist, so hält er mitten auf der Straße extra noch einmal an, um ihn dort einsteigen zu lassen. Der Fahrgast

nächsten Sätze, ohne dem anderen zugehört zu haben. Und alle redeten aus dem Bauch heraus.
Gabriela kletterte auf das Brückengeländer des Eisernen Stegs. Es war breit, sie konnte richtig darauf stehen, sogar laufen. Sie tanzte und flatterte mit den Armen in der Luft, es kam ein Gefühl über sie, als ob sie fliegen könnte. Sie fühlte sich so leicht und unbekümmert. Als sie mit ihrem roten Kleid tanzend ein Stück hin und her lief, fühlte sie sich frei, frei im Universum.
Sie lief, sie sprang mit ausgestreckten Armen in die Luft und landete aufrecht wieder auf dem Geländer. Sie lief und tanzte abermals hin und her. Plötzlich hing sie ganz in der Luft, über ihr war das tiefdunkle Blau des Himmels, unter ihr das Graublau des Wassers. Sie schwebte zwischen Wasser und Himmel, fröhlich, gezielt auf die Ewigkeit. Mit einem Mal schien es, als ob der Fluss sich öffnete und Gab-

---

kann das kaum glauben, froh und erleichtert steigt er ein und bedankt sich herzlich bei dem Fahrer, der natürlich stolz ist, dass er jemandem eine Freude macht, man kann es in seinem Gesicht lesen.
Ich liebe die Menschen, wenn ich jeden Tag erlebe, dass im Bus, in der Bahn oder im Zug eine heitere, wirklich freundliche Stimmung herrscht, obwohl es noch ganz früh am Morgen ist. Eine leise Musik lassen alle Fahrer ausnahmslos spielen, und die Fahrgäste lauschen und manche flüstern miteinander. Die Frau, die sich gerade aus ihrer Thermosflasche eine Tasse Tee einschenkt, fragt den Nachbarn, ob er auch eine Tasse möchte, denn sie hat einen zusätzlichen Becher dabei. Aber er bedankt sich herzlich bei ihr und erklärt, dass er eben gefrühstückt hat, er und seine Frau frühstücken jeden Morgen zusammen, und dann fahren sie zur Arbeit. Er wünscht der Nachbarin guten Appetit.
Ich liebe die Menschen. Als ich einmal vorhatte, meine alten Freunde und Bekannten zu besuchen, stellte ich mit Erstaunen fest, dass alle ohne Ausnahme die Bildschirme ihrer

riela mitnahm, dorthin, wo sie hingehen wollte, dann wurde er still.
Der Main schäumte nicht, er rauschte nicht, es war nicht klar, in welche Richtung er sich bewegte und ob er sich überhaupt bewegte. Doch der Wind wirbelte und zog durch den Main, er peitschte auf das Flussbett, riss das Wasser in zwei Teile und holte Gabriela aus der Tiefe des Flusses wieder hervor. Nun flog sie in ihrem roten Kleid über die Stadt, und die Menschen hoben ihre Häupter gen Himmel und meinten, es wäre ein Wunder geschehen.
So war es, der Wind hatte über das Wasser gesiegt, und nun schwebte Gabriela über den Köpfen der Menschen. Ob irgendwann die Menschen die schwebende Gabriela in ihrem roten Kleid sehen würden, das stand in den Sternen, die zu Abertausenden in dieser Nacht am Himmel leuchteten.

Fernsehapparate mit einem schwarzen Tuch bedeckt haben. Ich fragte vorsichtig nach dem Grund und erfuhr von ihnen wie aus einem Munde, sie hätten mit dieser Verblödungsmaschine Schluss gemacht. Als ich sie fragte, warum sie sie dann nicht auf die Mühlkippe werfen, sagten wieder alle wie aus einem Munde: „Wir haben den Apparat als Erinnerung an ein schwarzes Kapitel der Menschheitsgeschichte behalten und daher mit diesem schwarzen Tuch bedeckt." Ich konnte meinen Augen und Ohren kaum trauen. Anstatt fernzusehen sprachen, spielten, rätselten sie miteinander, oder einer spielte ein Stück selbst komponierter Musik, ein weiterer spielte etwas anderes vor, andere wiederum trugen zur Abwechslung ein paar eigene Gedichte vor, und noch andere lasen aus den von ihnen zuletzt gelesenen Büchern Abschnitte vor, die sie besonders interessant fanden. Es ist eine herrliche Zeit unter den Menschen ausgebrochen!
Ich liebe die Menschen, denn sie sind so kreativ und unheimlich erfinderisch. Wenn einer einen Roman schreibt, schreiben hundert weitere nicht Romane mit dem gleichen

Inhalt unter anderem Titel, sondern jeder versucht, etwas Neues, etwas Originelles zustande zu bringen. Wenn einer eine Kebabbude aufstellt, versuchen nicht zehn weitere, in derselben Straße zehn weitere Kebabbuden aufzustellen, sondern jeder versucht, eine neue Idee in einem neuen Stadtteil auszuprobieren. Das gilt für andere geschäftliche Aktivitäten ebenso, sei es die Eröffnung eines Frisörsalons, eines Lebensmittelgeschäfts, einer Apotheke, einer Arztpraxis, wobei die beiden letzteren ja einem Verband unterworfen waren, und jetzt tun sie das ohnehin nicht mehr. Dadurch sind die Menschen, die in dieser und jener Aktivitäten stehen, nicht gezwungen, einander, und sei es auch friedlich, zu bekämpfen. Diese Menschen muss man einfach lieben, denn sie überlegen und untersuchen, was wo benötigt wird, und dann agieren sie. Sie denken nur an die anderen, ist das nicht herrlich?
Ich liebe die Menschen!
Einmal nahm ich mir die Zeit, die einem sonst durch die anderen geraubt wird, und schaute alte Fotos an. Ich habe meine Freunde wiedererkannt und frühere Weggefährten entdeckt, die mir Kraft zum Leben verliehen haben, und zwar zu einem wirklich schönen, unbelasteten Leben. Ein Leben, in dem persönliche Zuneigung, Liebe, Hilfsbereitschaft, idealtypische Vorstellungen, ungezwungene Lebensplanung und moralische Erwägungen die Triebkräfte waren, nicht die Regeln und der Zwang der anderen. Jedes Foto erzählte mir eine schöne Geschichte, die Geschichte des Daseins und der Freude am Dasein. Nicht, dass ich anhand dieser Fotos die Vergangenheit idealisiere und mich durch eine Art Nostalgie dazu hingezogen fühle, denn ich weiß, die Vergangenheit als solche war nicht schön und steht im wahrsten Sinne des Wortes hinter der Gegenwart, was die Möglichkeiten zur Gestaltung des Lebens anbelangt. Nein, diese Menschen, die ich gerade vor mir auf diesen Fotos sehe, waren schlicht und einfach liebe Menschen. Und ich liebe die lieben Menschen!
Ich suche die lieben Menschen, und ich finde die lieben Menschen, denn wer sucht, der findet.

„Allafi ... packt ein ebenso irritierendes wie faszinierendes Thema an." (ekz-Informationsdienst)
Nalan ist ein Mensch mit vielen Gesichtern, und er ist zugleich das Symbol vieler Menschen mit jeweils eigenem Gesicht. Er hält den Menschen den Spiegel vor und ist zugleich selbst die Widerspieglung menschlicher Untaten. Gnadenlos reißt Nalan den Menschen alle Masken ab und entblößt so den Menschen. Und dieser Mensch ist nichts anderes als er selbst. In raffinierter Weise reflektiert der Autor den im Iran herrschenden Zeitgeist, wie er in Form einer unglaublichen, selbstbezogene Rücksichtslosigkeit zutage tritt, während die politischen Akteure im wahrsten Sinne des Wortes über Leichen gehen.

Nalan – Ein Mensch ohne Gnade

Roman. 162 S. 14,90 Euro. ISBN: 978-3-930761-68-5

Die selbstbewusste Iranerin Leyla will nichts mehr mit der legendären orientalischen Leyla und ihrer unerfüllten Liebe zu tun haben. Sie will sie selbst sein, nicht mehr und nicht weniger...

„eine anerkennenswerte Botschaft..." (ekz-Informationsdienst)

Leyla – Auf der Suche nach Freiheit

Roman. 357 S. 18,00 Euro. ISBN: 978-3-930761-40-1

Die Nächte am Main

Roman. 240 S. 15,25 Euro. ISBN: 978-3-930761-10-4

„Der iranische Schriftsteller lässt seine Erzählfigur durch Frankfurt irren wie durch ein unbekanntes Labyrinth. Das ist mal komisch, mal rührend und oft auf eine herbe Weise poetisch." **(FAZ)**

„Nach langen Ehejahren ist Hans aus der Beziehung zu Gabriela ausgebrochen. Er sucht nach einem neuen Lebensinhalt und glaubt, diesen bei der Mystikerin Victoria gefunden zu haben. Victoria jedoch will vor allem ihre Unabhängigkeit. Mit seiner neuen Partnerin Mariam reist Hans in deren Heimatland Iran, doch die Reise wird zur Enttäuschung." **(ekz-Informationsdienst)**

Die letzte Nacht mit Gabriela

Roman. 302 Seiten. 21,50 Euro. ISBN: 978-3-930761-19-7

„Der Autor schreibt über Beziehungen und über die Suche nach Sinn in unterschiedlichen Kulturen." **(ekz-Informationsdienst)** „... sieht der Autor die Menschen eingeklemmt zwischen einer öffentlich propagierten Moral, ihrer Armut und ihrem Konsumanspruch ..." **(Frankfurter Rundschau)**

Verloren

Erzählung. 131 S. 13,70 Euro. ISBN: 978-3-930761-02-9
„Was in den Augenblickssensationen von Krieg, Terror und Morddrohungen untergeht ... füllt Allafi aus." **(Frankfurter Rundschau)**

Sachbücher:

M. H. Allafi: Ein Fenster zur Freiheit. 100 Jahre moderne iranische Literatur. 236 S. 24,60 €. ISBN: 978-3-930761-23-4

M.H. Allafi: Islam, Gesellschaft und europäische Moderne. 300 S. 27,00 €. ISBN: 978-3-930761-27-2

M. und S. Allafi: Iran an der Schwelle zur Demokratie? 140 S. 18,00 €. ISBN: 978-3-930761-33-3

www.glareverlag.de

GLARÉ